U0526113

主　编：陈　恒

光启文库

光启学术

光启文库

光启随笔　　光启讲坛
光启学术　　光启读本
光启通识　　光启译丛
光启口述　　光启青年

主　编：陈　恒

学术支持：上海师范大学光启国际学者中心

策划统筹：鲍静静
责任编辑：李亚迪

商务印书馆（上海）有限公司　出品
The Commercial Press (Shanghai) Co.Ltd

文叙之思

申 丹 著

图书在版编目（CIP）数据

文叙之思 / 申丹著. — 北京：商务印书馆，2022
（光启文库）
ISBN 978-7-100-21302-8

Ⅰ. ①文⋯　Ⅱ. ①申⋯　Ⅲ. ①文学理论 — 文集
Ⅳ. ①I0-53

中国版本图书馆 CIP 数据核字（2022）第105110号

权利保留，侵权必究。

文 叙 之 思

申　丹　著

商 务 印 书 馆 出 版
（北京王府井大街36号　邮政编码 100710）
商 务 印 书 馆 发 行
苏州市越洋印刷有限公司印刷
ISBN 978-7-100-21302-8

| 2022年10月第1版 | 开本 640×960 1/16 |
| 2022年10月第1次印刷 | 印张 28¾ |

定价：125.00元

出版前言

梁启超在《清代学术概论》中认为,"自明徐光启、李之藻等广译算学、天文、水利诸书,为欧籍入中国之始,前清学术,颇蒙其影响"。梁任公把以徐光启(1562—1633)为代表追求"西学"的学术思潮,看作中国近代思想的开端。自徐光启以降数代学人,立足中华文化,承续学术传统,致力中西交流,展开文明互鉴,在江南地区开创出海纳百川的新局面,也遥遥开启了上海作为近现代东西交流、学术出版的中心地位。有鉴于此,我们秉承徐光启的精神遗产,发扬其经世致用、开放交流的学术理念,创设"光启文库"。

文库分光启随笔、光启学术、光启通识、光启讲坛、光启读本、光启译丛、光启口述、光启青年等系列。文库致力于构筑优秀学术人才集聚的高地、思想自由交流碰撞的平台,展示当代学术研究的成果,大力引介国外学术精品。如此,我们既可在自身文化中汲取养分,又能以高水准的海外成果丰富中华文化的内涵。

文库推重"经世致用",即注重文化的学术性和实用性,既促进学术价值的彰显,又推动现实关怀的呈现。文库以学术为第一要义,所选著作务求思想深刻、视角新颖、学养深厚;同时也注重实用,收录学术性与普及性皆佳、研究性与教学性兼顾、传承性与创新性俱备的优秀著作。以此,关注并回应重要时代议题与思想命题,推动中华文化的创造性转化与创新性发展,在与国外学术的交流对话中,努力打造和呈现具有中国特色的价值观念、思想文化及话语体系,为夯实文化软实力的根基贡献绵薄之力。

文库推动"东西交流",即注重文化的引入与输出,促进双向的碰撞与沟通,既借鉴西方文化,也传播中国声音,并希冀在交流中催生更绚烂的精神成果。文库着力收录西方古今智慧经典和学术前沿成果，推动其在国内的译介与出版；同时也致力收录汉语世界优秀专著，促进其影响力的提升，发挥更大的文化效用；此外，还将整理汇编海内外学者具有学术性、思想性的随笔、讲演、访谈等，建构思想操练和精神对话的空间。

我们深知，无论是推动文化的经世致用，还是促进思想的东西交流，本文库所能贡献的仅为涓埃之力。但若能成为一脉细流，汇入中华文化发展与复兴的时代潮流，便正是秉承光启精神，不负历史使命之职。

文库创建伊始，事务千头万绪，未来也任重道远。本文库涵盖文学、历史、哲学、艺术、宗教、民俗等诸多人文学科，需要不同学科背景的学者通力合作。本文库综合著、译、编于一体，也需要多方助力协调。总之，文库的顺利推进绝非仅靠一己之力所能达成，实需相关机构、学者的鼎力襄助。谨此就教于大方之家，并致诚挚谢意。

清代学者阮元曾高度评价徐光启的贡献，"自利玛窦东来，得其天文数学之传者，光启为最深。……近今言甄明西学者，必称光启"。追慕先贤，知往鉴今，希望通过"光启文库"的工作，搭建东西文化会通的坚实平台，矗起当代中国学术高原的瞩目高峰，以学术的方式阐释中国、理解世界，让阅读与思索弥漫于我们的精神家园。

上海师范大学光启国际学者中心
2020年3月

自 序

2020年秋的一天,我意外接到北京大学哲学系韩水法教授的电话,他受商务印书馆上海分馆鲍静静总编之托,邀我加盟"光启文库"。我十分为难,因为了解到文库的收文旨趣着眼于学术随笔或文化散文一类;而我在北大任教三十多年来,写的基本上都是所谓"中规中矩"的学术论文,即便是序言、导读和书评等,也大致不出纯粹学术的范围。然而韩老师还是耐心地进行动员,并帮助我与鲍总编建立了联系。她提出我的选文若收入"光启学术"系列,就不算逾矩,这解除了我的顾虑。在编选过程中,将自己的自述、论辩、序言、导读、书评、访谈等文字组织成集与读者分享,我越来越觉得是一件幸事。在这里,我首先要感谢韩老师和鲍总编为本书的面世铺路搭桥。

我是"文革"后第一批大学生,我们中不少人的经历带有传奇色彩,我也不例外。当年我虽然以湖南省外语类考生第一的成绩被北大西语系英语专业录取,但我的英语分数并不高,低于我的平均分。这是因为我在中学被分配学习俄语,高中毕业时连英文字母表都没有认全,仅认识从数理化中得来的十几个字母。那么我是如何从这么薄弱的基础起步,成长为北大英语系的讲席教授的?又为何会多年坚持在国际前沿拼搏?此外,就文学、语言学和翻译学而言,如果我们不把老一代学人包括在内,我同时代或后起的英语专业教师一般只专注于其中一个或两个领域,而我的研究却横跨这三个领域。对此可能有读者会感兴趣,想知道这背后有哪些主动和被动的原因。本书第一辑"问学历程"中收入的文章或将提供点滴答案。

第二辑名为"论辩"。在西方,商榷和论辩可以说是推动学术进步的一个重要动力,而国内这种氛围则相对冷清。因此,本书着重选入了这一类文章,除有意提示我做学问的一个重要特点,也旨在从旁帮助推动国内的学术争鸣。

2021年美国《文体》这一国际顶级期刊将春季刊的全部篇幅用于讨论我首创的"隐性进程"和"双重叙事动力"(也称"双重叙事进程""双重叙事运动")理论。编辑部先邀请我写出"目标论文"(Target Essay),然后邀请八个西方国家的十四位学者以及两位中国学者加以回应,最后由我逐一作答。形式上是一来一往探讨异同、辨析源流,实质上则往往不能避免问难与论辩的文字波澜,就仿佛设台摆擂,目的自然是突出争鸣。此前我也曾数次应邀回应西方学者的目标论文,挑战擂主的观点,这一过程有效促进了彼此学术观点的交流与理解。

该辑第一篇较为全面地介绍了上述对话过程与内容。接下来几篇是我与国内学者的对话,第二至第四篇是我对其他学者商榷的回应,而第五和第六篇则是我三十年前作为"初生牛犊"主动撰写的商榷文章,后来发现国内缺乏论辩气氛就辍而不作了,仅被动回应一些质疑。然而,无论是在国内还是国外,我一直主动挑战西方权威的观点,揭示多种理论概念被误解或被掩盖的内涵,并指出研究领域中存在的问题。该辑最后收入了三篇在国内发表的这类文章,它们都有在西方学刊上发表的姐妹篇。探讨"故事与话语"一文的姐妹篇在美国《叙事》杂志2002年第3期登出后,文章所针对的学者之一布赖恩·理查森教授做出了回应,《叙事》杂志主编马上邀请我撰文作答;随后《叙事》2003年第2期又登出了我跟理查森教授就此议题展开的直接交锋。探讨"隐含作者"一文的姐妹篇投到《文体》杂志后,编辑部察觉了其特殊的论辩价值,于是决定组织一期关于"隐含作者"的特刊。也就是说,它事实上引发了一场国际性学术争鸣。

第三辑收入了两篇新近的访谈。第一篇题为《如何正确理解"隐性进程"和"双重叙事进程"？》。从题尾的问号就可看出，这篇也不乏论辩意味，与上一辑的前两篇形成呼应和互补关系。这篇访谈以我跟英国塞德里克·沃茨教授的私下交锋为引子，阐明了我提出的"隐性进程"和"双重叙事进程"概念的实质内涵，说明为何容易对其产生误解，以及如何避免批评实践中的误用。第二篇的题目是《理论的表象与实质》，从中可以看出我研究的一个特点是力求透过现象看本质。

第四辑为"序言"，前面三篇是为全国或国际叙事学研讨会论文集撰写的。我之所以会成为这些序言的作者，首先要感谢首届全国叙事学研讨会筹委会。2004年我收到会议邀请，感到惊喜和振奋。20世纪90年代以来，国内叙事学研究发展迅速，但此前从未开过全国性的研讨会，因此我收到由漳州师范学院（主要是中文系）、文艺报社、《文艺理论与批评》杂志社联合发出的首届会议通知后自然感到十分高兴。然而，会议日期与我需要出席的北京市人大常委会的会期直接冲突（需要三分之二的委员出席才能开会，故规定除了出国和住院不得请假）。无奈我只好回复叙事学研讨会那边说无法参会；几天之后我收到筹委会的电邮，竟然跟我说"如果您确定能参会，您什么时候能来，我们就什么时候开"。作为年仅四十六岁又在外语专业任教的女性，受到中文专业学者的这般重视，令我受宠若惊，感动不已。结果会期为我推迟了一周（未对外说明原因），至今思之惭愧。到福建漳州参会时，负责会议筹办的祖国颂老师告诉我，坚持让我出席有两个原因，一是不少学者询问我是否能到场；他们大多与我素不相识，只是读过我的叙事学研究论著。另一更为重要的原因是，当时正在筹建全国性的叙事学研究会，希望我能出任首届会长。尽管毫无思想准备，但大家的高度信任和期待让我无法推辞。在中国中外文艺理论学会常务理事会，尤其是钱中文会长的大力支持下，一年之后该一级学会的叙事学分会宣告成立。作为分会会长（2005—2017，后任名誉会长），为这些会议论文集作序也可说责无旁贷吧。

该辑第四篇是"新叙事理论译丛"的总序。世纪之交，我观察到一种现象：在国际上，尤其是在美国，20世纪90年代以来后经典叙事学蓬勃发展，而国内同期翻译出版的基本都是西方学者在七八十年代发表的经典叙事学理论,忽略了后经典叙事学。为了纠正这一偏颇,我主编了这套系列译丛。因为从事叙事学研究的大多是中文系文学方向的学者和学生,这套译丛为他们了解国际前沿动态提供了很大帮助,促进了国内的研究与国际接轨。

第五至第八篇是我为国际和国内文体学会议论文集写的序言。与叙事学领域相对照,从事(西方)文体学研究的主体是英语专业语言学方向的学者。英语文体学在国内体制化的时间要早于叙事学,1985年就进入了教育部《高等院校英语专业教学大纲》,1996年召开了首届全国文体学研讨会。2004年,河南大学主办了第四届全国研讨会。在中国修辞学会王德春会长和常务理事会的大力支持下,会上成立了隶属于该学会的文体学研究会,我被推举为首任会长(连任至2012年,后任名誉会长)。我上任后做的第一件事,就是像出任叙事学分会会长后一样,推动举办国际会议。首届文体学国际会议2006年在清华大学召开,此后每两年举办一次,并出一本论文集。这些会议在我国叙事学和文体学发展史上,均具有里程碑式的意义;从论文集的序言里,也可对这两个学科当时的发展状况窥见一斑。

再后面五篇,是我为自己的博士生在论文基础上完成的专著撰写的序言。我先后指导有三十多位博士生,其中二十六位已获博士学位,有八位获得北京大学优秀博士论文奖,包括一篇全国百篇"优博"。他们中有多位已成为知名学者、学术带头人或青年学术骨干。我为他们的成长和成就感到欣慰和骄傲。

第五辑为书评,第六辑为导读;涉及的书籍有的属于文体学领域,有的属于叙事学领域,有的则属于翻译学领域。其中有自选集,有我参与撰写的西方学者主编的文集,也有我主编的发表在国外学刊上的论文的结集。由于了解有的文集的组稿和成书过程,我在相关书评中也提供了这方面的信息。

本书附录第一篇是一篇纪念文:《人格的魅力——怀念我的公公李赋宁》。李先生对我影响很大,我也乐意与读者分享他超凡脱俗的品德,这往往由生活中的点点滴滴体现出来。附录第二篇是一篇有关我求学经历的自述。不少人告诉我,我身上存在一种对照:学术思想的深刻锐利和性情的纯真善良。这篇自述说明了这一对照能延续至今的重要原因。

书中的选文基本保留了发表时的原貌，但为了方便读者阅读，我将英文人名、书名、期刊名等径直译成了中文，或者删掉了中文译名后面的英文括注；为了便于读者了解相关信息，在有的专名前面添加了所属国名；为弱化过于浓厚的"学院"气息，还删除了不少对于本书来说并非不可或缺的脚注，简化了若干作者介绍。此外，有的选文成稿于多年之前，零星表述随时间推移已失去意义或显得不顺，故也加以删削润色。

本书书名中的"文叙"是"文体学"与"叙事学"首字的缩略。虽然我的研究横跨了叙事学（文学）、文体学（语言学和文学交叉）和翻译学领域，但我主要从事的是叙事学和文体学的研究，且一直致力于将这两个学科的方法相结合，进行跨学科研究。

回顾走过的学术历程，我深深感激众多帮助过我的人。我高中毕业时连英文字母都没有认全，后来能在英语语言文学方面取得一些成绩，离不开在成长过程的每个阶段所得到的大力扶持。我感恩在求学期间老师们的悉心栽培；感恩在北大工作的三十多年间，同事、领导和学生的帮助与厚爱；感恩国内外学界同仁给予我的鼓励和支持；感恩我的家人和朋友给予我的关爱和陪伴。

感谢李铁、刘方、许钧、周小仪等老师阅读本自序初稿并提出宝贵意见。

感谢商务印书馆对本书出版的大力支持，感谢责任编辑为本书出版所付出的辛劳。

申　丹

2022年春于燕园

目录

自　序　　　　　　　　　　　　　　　　　　　　3

第一辑　问学历程

跨学科研究历程　　　　　　　　　　　　　　　3
叙事研究发展历程　　　　　　　　　　　　　　8
不同阶段著作之关系　　　　　　　　　　　　　16
研究早期的创新经验　　　　　　　　　　　　　22

第二辑　论　辩

叙事学的新探索：关于双重叙事进程理论的国际对话　　35
《解读叙事》的本质究竟是什么？　　　　　　　83
也谈"叙事"还是"叙述"　　　　　　　　　　96
《一小时的故事》与文学阐释的几个方面　　　　109
对自由间接引语功能的重新评价　　　　　　　　124
也谈中国小说叙述中转述语的独特性　　　　　　137
"故事与话语"解构之"解构"　　　　　　　　146
何为"隐含作者"？　　　　　　　　　　　　　164
试论当代西方文论的排他性和互补性　　　　　　183

第三辑 访 谈

| 如何正确理解"隐性进程"和"双重叙事进程"? | 199 |
| 理论的表象与实质 | 210 |

第四辑 序 言

《叙事学的中国之路：全国首届叙事学学术研讨会论文集》序	225
《叙事学研究：第二届全国叙事学研讨会暨中国中外文艺理论学会叙事学分会成立大会论文集》序	233
《叙事学研究：理论、阐释、跨媒介》序	235
"新叙事理论译丛"总序	237
《文体学：中国与世界同步》序	242
《文体学研究：回顾、现状与展望》序	245
《文体学研究：探索与应用》序	249
《文体学研究：实证、认知、跨学科》序	253
《连贯与翻译》序	256
《历史的叙述与叙述的历史——拜厄特〈占有〉之历史性的多维研究》序	258
《历史话语的挑战者——库切四部开放性和对话性的小说研究》序	261
《英国经典文学作品的儿童文学改编研究》序	263
《跨媒介的审美现代性：石黑一雄三部小说与电影的关联》序	266

第五辑 书 评

| 关于西方叙事理论新进展的思考 | 271 |
| 《小说修辞学》第一版与第二版评介 | 286 |

关于西方文体学新发展的思考 296
文体学研究的新进展 312
《语言与文体》评介 321
从三本著作看西方翻译研究的新发展 332

第六辑　导　读

《含混的话语：女性主义叙事学与英国女作家》导读 343
《西方文体学的新发展》导读 362
《文学中的语言：文体学导论》导读 390
《小说文体论：英语小说的语言学入门》导读 401
《跨文化性与文学翻译的历史研究》导读 414
《跨越学科边界》导读 423

附　录

人格的魅力——怀念我的公公李赋宁 433
爱心铺成希望之路 438

第一辑　问学历程

跨学科研究历程[1]

我中学被分配学俄语,高中毕业时仅认识十几个英文字母。后来通过自学,在"文革"后恢复高考的第一年考入北京大学西语系英语专业(1983年方成立英语系),毕业时以研究生入学考试第一名的成绩获得公派留学英国的资格。1982年秋赴英国爱丁堡大学读硕博研究生,因表现出较强的研究潜力,第二年便获得爱丁堡大学研究生全额奖学金和爱德华·博伊尔奖研金,并得到博士论文自由选题的"特许",我选择了翻译研究,但导师伊丽莎白·布莱克的研究领域是文体学。我先研读了一年翻译理论,然后着手博士论文的撰写,完成了两章初稿:第一章批判乔治·斯坦纳提出的"翻译四步骤"理论;第二章批判尤金·奈达提出的"形式等同论",该章的主要内容后来以《字面翻译:并非"形式等同"》为题,在国际译协的会刊《巴别塔:国际翻译杂志》1989年第4期首篇位置发表——其主要观点构成本书选用的第一篇翻译学论文的基础。香港中文大学翻译系的陈善伟教授读到发表在《巴别塔》上的这篇论文

---

1 本文是《跨越学科边界——申丹学术论文自选集》(高等教育出版社,2021)的序言,现篇名为本文集添加。

后,给素不相识的我发来邀请,为他和戴维·波拉德合编的《翻译百科全书》撰写约五千英文单词的长篇词条"字面翻译"(Literalism)。尽管我的博士论文初稿后来能在国际一流期刊发表并成为翻译大百科中的词条,但因为批判对象是学界公认的权威理论而引起了导师的不安。她告诉我,她无法指导批判性如此强烈的翻译研究论文,我必须转而研究她在行的文体学。在这样的情况下,我转了系,更换了导师,第一导师是著名文体学家詹姆斯·索恩,第二导师是诺曼·麦克劳德,两人都未涉足翻译研究,但允许我把小说翻译作为文体分析的对象。这样,我完成了以《文学文体学与小说翻译》为题的博士论文。根据其中涉及小说翻译的内容,我撰写了数篇论文,在《巴别塔:国际翻译杂志》(欧洲)、《比较文学研究》(美国)和《文体》(美国)等国际一流期刊上发表。这些论文引起了英国著名翻译理论家莫娜·贝克的关注,她写信邀请我出任其主编的期刊《翻译家:跨文化交流研究》的顾问。本书选用的第二篇翻译学研究论文发表于《中国翻译》,是我将文学文体学与翻译相结合的研究成果。这种跨学科研究越来越得到重视,《劳特利奇文学翻译手册》的两位美国主编读到我在国际上发表的这方面文章后,于2016年发来电邮,邀请我撰写《文体学》这一章,其中一节"文体学与假象等值"探讨了本书第二篇翻译学论文重点关注的"假象等值",这也是我在国际上率先提出的概念。

与翻译学研究相比,我在文体学研究方面投入了更多精力。著名英国文体学家凯蒂·威尔士读到我在国际上发表的相关成果后,于1998年给我写信,邀请我担任她主编的文体学顶级期刊《语言与文学》(英国)的编委,后来我又被并列为文体学顶级期刊的《文体》(美国)聘为顾问,并应邀在2011年的国际文体学协会(Poetics and Liguistics Association,简称PALA)的年会上做一小时大会主旨报告,另外三位主旨报告人为著名美国学者乔纳森·卡勒、帕特里克·霍根和著名英国学者保罗·辛普森。因篇幅和语言所限,在本书中,我仅选用了在《外语教学与研究》上刊载的三篇文体学研究论文。其中,第一篇探讨如何区分不同的西方当代文体学流派,第二和第三篇聚焦于功能文体学这一流派,前者为理论探讨,后者为实际分析。

在写博士论文时,我发现文体学仅关注作品的遣词造句,与关注结构技巧的叙事学形成互补。回国后,我对叙事学展开了深入系统的研究——我在西方和国内发表的论文大多是叙事学方面的。我也被聘为叙事学顶级期刊《叙事》(美国)的顾问和《劳特利奇叙事理论百科全书》的顾问编委。因为语言的限制,本书选用了四篇中文论文。第一篇《经典叙事学究竟是否已经过时?》,与我在美国《叙事理论杂志》2005年第2期上发表的《语境叙事学与形式叙事学缘何相互依存》形成呼应。2013年,我应邀在巴黎召开的欧洲叙事学协会的双年会上做一小时大会主旨报告,报告题为《语境化的诗学与语境化的修辞学:是巩固还是颠覆?》,报告的前半部分再度论述了经典叙事诗学在后经典叙事学中的作用。在德古意特出版社2017年出版的《叙事学的新走向》文集中,该文被置于全书首篇。德国和法国主编对此文予以重点推介,可见,今天依然有必要阐明,经典叙事诗学并未过时。

本书选用的第二篇叙事学论文聚焦于"不可靠叙述"。这是叙事理论的一个核心概念,得到国内外学界的广泛关注,也引发了不少争议,出现了一些混乱。我在国际和国内都发文清理了相关混乱。国际叙事学界第一部《叙事学手册》中有一个约五十英文单词的长篇词条"不可靠叙述",是我受邀撰写的。[1]这一权威参考书中的词条在西方产生了较大影响。本书选用的第二篇论文与之密切相关,在国内发表后也受到广泛关注。

---

1 Dan Shen, "Unreliability," in Peter Huhn et al., eds., *Handbook of Narratology*, 2nd edition, Berlin: De Gruyter, 2014, pp. 896–909.

过去十多年，我将不少精力放在对经典作品的再阐释上。本书收录的第三篇论文重新解读了坡的《泄密的心》。该文纠正了国内外对坡的小说观的长期误解以及对作品的种种误读，揭示出以往被忽略的深层意义。该文还将"不可靠叙述"这一理论概念运用到实际分析中。此外，该文提倡"整体细读"，这是我十三年前提出的新的研究模式，被不少研究者采纳。

本书选用的最后一篇叙事学论文将注意力转向作品的"隐性进程"。这是我近年在国内外首创的新的理论概念和研究模式，美、英、法、德等国的多位学者对此发表了高度评价。法国的叙事学常用术语网站（https://wp.unil.ch/narratologie/glossaire/）已收入法文版的"隐性进程"，并予以详细介绍。在国内，中国知网上已能查到包括《外国文学评论》《外国文学研究》《当代外国文学》在内的多种期刊上发表的五十多篇采用"隐性进程"概念来分析小说和戏剧的论文。国际顶级期刊之一、美国的《文体》2021年春季刊专门探讨我首创的"'隐性进程'与双重叙事动力"理论。编辑部邀请了来自美、英、法、德等八个西方国家的十四位学者和两位中国学者撰写专文，探讨这一理论。这是国际顶级期刊首次邀请多国学者专门探讨中国学者首创的研究西方文学的理论。改革开放以来，我国的外国文学研究者倾向于采用西方学者提出的理论概念和批评方法。我觉得，中国外语领域的学者需要努力在国际前沿开拓创新，帮助构建由中国学者创立的理论话语体系。

我国外语学科的学者一般都从事某一个领域的研究，例如语言学、文学、翻译学。因为种种主动和被动的原因，我的研究横跨了这三个领域。我多年同时担任英美这三个领域国际一流期刊的顾问或编委，也同时指导这三个方向的博士研究生，并同时担任全国性的叙事学研究学会（以文学领域的学者为主体）和文体学研究学会（以语言学领域的学者为主体）的会长。在跨越学科界限的过程中，我对跨学科研究也有了一些感悟。本书最后一部分选用了两篇探讨跨学科研究的论文。第一篇谈跨学科研究与外语自主创新的关系，目的在于帮助激发跨学科研究的兴趣，看到跨学科研究是自主创新的一种重要途径；第二篇谈文体学与叙述学的互补性。这种互补性是我在国内外率先揭示和梳理的，在学界产生了较大影响。希望有更多的学者将文体学与叙述学相结合，从而能更加全面地分析作品的艺术形式与主题意义的关联。

回顾走过的学术历程，我深深感激众多帮助过我的人。我高中毕业时连英文字母都没有认全，后来能在英语语言文学方面取得一些成绩，离不开在成长过程每个阶段所得到的大力扶持。我感恩在北京大学和英国爱丁堡大学求学期间老师们的悉心栽培；感恩在北大工作的三十余年间，博大精深的燕园对我的滋养，以及同事、领导和学生的帮助与厚爱；感恩国内外学界同行的鼓励和支持；感恩我的家人给予我的关爱和陪伴。最后，我要感谢中国英汉语比较研究会邀请我加盟"英华学者文库"；感谢我的博士生宫蔷薇和殷乐对本书统稿伸出援手，感谢主编罗选民教授和高等教育出版社的大力支持。

2020年春于燕园

叙事研究发展历程[1]

长期以来，我一直从事叙事学的研究，本书的一个重要目的是打破亚里士多德以来研究传统的束缚，从关注情节发展拓展到关注在其背后暗暗运行的"隐性进程"，并从理论和实践两方面探讨这两种叙事进程的并列前行和交互作用。要做到这一点，首先要打破自身的两种束缚：一是囿于古往今来的批评传统；二是缺乏自信，认为作为中国人，难以在西方语言文学领域首创理论。在这一领域，容易迷信西方的权威。虽然从读博士时开始，我就打破了这种迷信，会不时挑战权威的观点，但在很长一段时间里，主要着力于发现西方权威学说中的漏洞、混乱或偏颇之处，进而对漏洞进行弥补，对混乱加以清理，对偏颇之处进行修正。诚然，我也在国际上率先揭示了不少概念的实质和不同学派之间的本质关系，譬如揭示出"隐含作者"的实质内涵（载美国《文体》45.1，即第45卷第1期，下同），当代修辞性叙事理论被遮蔽的历史化潜能（美国《叙事》21.2），视角越界现象的本质特征（美国《叙事视角新论》一

---

[1] 本文是申丹的《双重叙事进程研究》（入选国家哲学社会科学成果文库，北京大学出版社，2021）的后记，现篇名为本文集添加。

书），"非自然叙事作品"的实质特征（《文体》50.4），叙述者的建构性和作品中叙述行为的不可知性（《叙事》9.2和英美《劳特利奇叙事理论百科全书》），"故事与话语"的本质特征（《叙事》10.3和《劳特利奇叙事理论百科全书》），字面翻译并非"形式等同"（欧洲《巴别塔：国际翻译杂志》35.4和香港《翻译百科全书》）；率先揭示了文体学与叙述学之间的互补性（英美《叙事理论指南》和《劳特利奇文体学手册》），语境叙事学与形式叙事学之间的互补关系（美国《叙事理论杂志》35.2），"不可靠叙述"的修辞研究与认知建构研究之间的不可调和（德国《叙事学手册》第二版），文体学的客观性与规约之间的关联（欧洲《诗学》17.3），第三人称意识中心和第一人称回顾性叙述在相似背后的差异（美国《叙事行为》一书），当代文论之间的排他、互补和多元（加拿大《国际英语文学评论》33.3-4）；并提出了一些新的概念和模式，如"语境决定的反讽"（欧洲《文学语义学杂志》38.2）、"不可靠性与人物塑造的关联"（《文体》23.3）、"整体－扩展性细读"（欧洲《英语研究》91.2）、"扭曲性的媒介：现实主义小说中的话语"（美国《叙事技巧杂志》21.3），以及翻译中的"两可型"（美国《比较文学研究》28.4）、"假象对应"（英美《劳特利奇文学翻译手册》）、"有意造成的非逻辑性"（《文体》22.4）等。然而，这些新的概念和方法的运作范畴仍然处于传统框架之内。

2012年之前，我跟着关注情节发展的传统思路走，努力挖掘情节的深层意义，即所谓"潜文本"。虽然在挖掘过程中，我发现有的文本成分会产生两种不同主题意义，但受到自古以来中外传统的羁绊，未能有意识地超越情节发展，去追踪与之并行的另一种叙事运动。由于当时的研究旨在对情节本身做出更具深度、更为合理的阐释，因此对以往的解读采取了一种批评和排斥的立场。此外，在有些含有隐性进程的作品中，会不自觉地把它和情节发展往一条轨道上拉，造成顾此失彼。对于这一点，我在第十一章中做了具体说明。这一章研究坡的名篇《泄密的心》。记得2008年我把研究这篇作品的论文《埃德加·爱伦·坡的美学理论、关于精神失常的辩论与〈泄密的心〉中以伦理为导向的叙事动力》投给了19世纪文学的顶级期刊《19世纪文学》(美国)，由于该期刊是单向匿名审稿(仅审稿人匿名)，我希望主编把我也匿名，以免我的中国名字造成先入为主的偏见，这也能看出我当时有多么不自信。主编没有回复我的匿名请求，但一个月之内就发来了接受函，他和审稿人都对论文大加赞赏，而审稿意见中出现的"professor Shen"也显示出主编认为我的匿名请求没有必要。当时以为对这篇作品的解读已经相当好了，但在发现"隐性进程"之后，也发现了这种解读存在三个缺陷：一是对"潜文本"的阐释压制了对情节发展的阐释；二是未能从头到尾追踪隐性进程中一些重复出现的文本成分，探讨其持续表达的主题意义；三是未能关注同一片段中，有的文字对情节发展关系重大，有的则对隐性进程至关重要。如果只是沿着情节发展这一条轨道走，这些问题难以避免，甚至很难发现。而在把视野拓展到情节发展与(一种甚或两种)隐性进程的并列前行之后，这些问题也就迎刃而解了。在劳特利奇出版社推出的拙著《短篇小说中的文体与修辞：显性情节背后的隐性进程》中，我也采取这一新的思路，重新阐释了以前从"潜文本"角度切入的其他几篇作品。

我是在探讨曼斯菲尔德的《苍蝇》时发现"隐性进程"的。这一作品自20世纪中期以来引起了激烈的批评争议。其情节充满象征意味，围绕战争、死亡、施害、命运等大的主题展开。然而，在作品的开头和中部，可以看到对中心人物的虚荣自傲展开的反讽，这偏离了情节主线。我从20世纪90年代开始，就在课上引导研究生关注这种局部反讽，但有的反讽细节显得琐碎离题，这使我产生了困惑。2012年我再度仔细研读作品，发现如果能摆脱古今中外关注"情节、人物、背景"的传统框架的桎梏，将目光拓展到情节背后的另一种叙事运动，沿着另一条表意轨道来考察相关文本细节的选择，就能看到从头到尾运行的一股叙事暗流。一些在情节发展中显得琐碎离题的细节在这股暗流里承担着重要的主题表达功能；与此同时，在情节发展中举足轻重的一些片段，也会因为这股暗流的存在而具有双重意义，对于作品的中后部来说，尤其如此。此外，若能看到这股暗流，还能看到以往不少批评争议的症结所在。我在《外国文学评论》和《今日诗学》（*Poetics Today*）上发文，在国内外首创了"隐性进程"/"covert progression"的概念，提出要超越亚里士多德以来的叙事研究传统，关注情节发展背后的另一种叙事运动。

然而，对这种文学现象的认识难以一蹴而就，需要一步一步往前走。从2012到2014年，我专注于对隐性进程的挖掘，忽略了隐性进程与情节发展如何各司其职、交互作用，对前人的阐释依然持一种批驳的立场。从2015年起，我在国内外发文，开始旗帜鲜明地探讨情节发展与隐性进程的互动，不再排斥前人对表面情节的阐释（除非就表面情节而言，也存在明显偏误）。这一立场的转变也体现于我2015年以来在美国发表的一些论文的标题：《双重文本动力与双重读者动力》（《文体》49.4），《两条并列表意轨道的共同作用》（《文体》51.2），《双重叙事进程与双重伦理》（*Symplokē* 25.1–2），《作为双重作者的交流的双重叙事进程：对修辞模式的拓展》（《文体》52.1–2），《作为双重叙事进程一种修辞资源的虚构性》（《文体》53.4）。

在注重分析隐性进程与情节发展的互动之后，我在国内外挑战了多种**单一的**叙事学模式，以及单一的文体分析模式和翻译批评模式，指出这些单一模式不仅无法用于解读隐性进程以及它与情节发展的互动，而且也形成一种禁锢，阻碍对**双重**叙事动力的认识。走到这一步，我终于摆脱了自身束缚，大胆对各种反传统的"双重"叙事动力模式进行理论建构。在劳特利奇出版社推出的那部英文专著中，"绪论"之后就是对

"隐性进程"的实际分析，而本书的上篇七章则全部用于对"双重叙事进程"进行系统的理论建构。

2017年欧洲叙事学协会（ENN）的双年会邀请我就《双重叙事运动能如何改变和拓展叙事学》做了一小时大会主旨报告（外加20分钟讨论），探讨我自己提出的双重叙事动力理论对叙事学的拓展和重构。2019年底，法国的叙事学常用术语网站收入法文版的"隐性进程"这一术语，并予以详细介绍。2019年11月，我收到美国《文体》期刊主编约翰·纳普的电邮，邀请我以《"隐性进程"与双重叙事动力》为题，撰写约一万英文单词的目标论文，由期刊编辑部出面邀请英、美、法、德等国学者加以回应，然后我再对他们的回应进行回应，这些都在邀请我担任特邀主编、专门探讨我的理论的2021年第1期登出。《文体》是西方权威性的季刊，每年仅出四期，将其中一期专门用于探讨中国学者首创的研究西方文学的理论，彰显了该理论的国际引领作用。本书作为国内外第一部探讨双重叙事进程的专著，从理论和实践两方面系统深入地探讨由"隐性进程"和情节发展构成的"双重叙事动力"，以飨读者。

本书系本人完成的国家社科基金研究成果，结项匿名鉴定为"优秀"。在理论层面，评审专家认为本书"对于中外半个世纪以来流行的西方叙事学理论乃至传统的文学批评和文学理论均是重大突破"。本书也得到国家哲学社会科学成果文库匿名评审专家的高度评价，认为这一成果"具有极强的创新性"；"作者的理论站位高远"，"构建了其独创的理论体系"；"其首创的'双重叙事进程'体现了新时代中国学者的文化自信，道路自信"，"是我国学者对当代叙事学理论所做出的突出的学术贡献"；"体现了很高的叙事学理论素养和开拓精神，对我国的外国文学研究有示范作用"；"具有很高的学术价值和应用推广价值"。对他们的褒扬和鼓励，我表示衷心感谢，同时，评审专家所提出的宝贵修改建议也让我获益匪浅。我深刻地领悟到，在西方文论研究领域，要开拓创新，必须摆脱作为中国人的不自信，勇于在国际前沿不断探索。令人欣喜的是，近两年我国外国文学研究领域也开始强调知识体系创新。跟我们这一代相比，中青年学者享有更好的条件，相信他们能在知识体系创新的道路上奋力前行，不断超越。

本书不少内容以论文的形式发表（或即将发表）于美国的《文体》《叙事》《今日诗学》《叙事理论杂志》等国际一流期刊，以及《重新思考语言、文本和语境》《劳特利奇文学翻译手册》等英美重要参考书；本书也有不少内容发表于《外国文学评论》《外国文学》《国外文学》《外国文学研究》《外语教学与研究》等国内刊物。感谢国内外各位主编、匿名评审专家和责任编辑的支持、鼓励和帮助。

我感佩《外国文学》编辑部主任李铁以他的胆识邀请我撰写《西方文论关键词：隐性进程》，该术语词条于2019年初在中国面世，早于法国学者网站上的同一术语词条，更早于美国期刊上对这一术语的集中探讨（我也借这些机会，着力探讨由隐性进程和情节发展构成的双重叙事进程）。我十分感激《外国文学评论》主编程巍2015年在审阅我分析卡夫卡《判决》中的双重叙事进程的论文时，给予的热情鼓励。他在电邮中写道："'隐性进程'的提出为文学文本的'深度解释'拓展了巨大空间……像弗洛伊德发现'潜意识'一样发现了'隐性进程'……或'隐性进程'是中国学者在文本研究（细读）上的唯一的贡献。"这令我备受鼓舞。我没有学过德文，这篇论文分析的是《判决》的中译文，而《外国文学评论》通常不发表以中译文为分析对象的论文。之所以会破格发表，离不开两位学者的帮助。一位是德高望重的卡夫卡专家叶廷芳先生，我在投稿之前，先发给他征求意见，老先生高度赞赏，并帮助核对了译义；另一位是较为年轻的卡夫卡专家任卫东教授。通过王建教授的介绍，我冒昧地向素不相识的她求助。她拨冗阅读了论文，表示赞同，并帮助仔细审核了译文。

我也感佩美国《文体》杂志编辑部将我分析《心理》和《空中骑士》的论文分别置于该季刊两期的首篇位置发表。我很感激《重新思考语言、文本和语境》的英国和德国主编在读到我以《判决》为主要分析对象的论文初稿后，在重新发出的目录中，将我的论文调到了正文第一篇的位置。这令我惊喜和振奋。

在本书写作过程中，我有幸得到学界同行、北大同事和学生以及我的家人和亲友的多方帮助。

我在叙事文学研究的道路上能不断进步，离不开国内外叙事学以及文体学和文学研究界众多同仁的鼓励和支持，他们的关注和期待是我前行的重要动力之一。

在精神积淀深厚的美丽燕园，北京大学、北大人文学部、北大外国语学院的老师和领导为我营造了理想的工作环境和科研氛围，给予我鼓励、支持和帮助。特别感谢英语专业教研室的同事，他们从各方面伸出了援手。就本书稿而言，周小仪教授仔细阅读了全书初稿，提出了宝贵意见，尤其是涉及消费文化的《一双丝袜》那一章，他建议的几处改动增色不少。助理教授李宛霖仔细阅读了分析《判决》和《巴克妈妈的一生》那两章的初稿，她就后者提出的问题，促使我对作品的性别政治进行了更为深入的思考。浙江大学文科资深教授许钧一直关注我的研究，他也拨冗阅读了本书多章的初稿，提出了宝贵意见。

在本书下篇的写作过程中，我曾经指导过的和正在指导的多位博士生和硕士生对收集西方的批评阐释提供了帮助，可谓有求必应。特别值得一提的是，段枫副教授利用在国外访学的机会，为本书下篇的资料收集做出了最大贡献。不仅如此，当我发现分析《判决》的论文和《隐性进程》那篇关键词的初稿都有两万几千字，希望她能在投稿前帮我压缩时，她非常仔细地反复阅读两篇初稿，分别帮助我压缩了一两千字。从事翻译学研究的宫蔷薇不仅从编辑的角度看过多篇期刊论文的初稿，而且在阅读跟翻译相关的那篇论文的初稿时，精心细化了关于译者翻译选择的一句话，这种主动性令我感动。惠海峰教授拨冗阅读了一遍本书的清样，帮助更正了一些打印错误等。

我也要感谢选修我的本科和研究生课程的来自全国各地的优秀学子。他们对课堂报告分析对象的选择、所提出的问题等都使我获益匪浅。

我十分感激我的先生和亲朋好友对我的研究的鼓励和支持。他们给予我温馨的家庭环境和生活氛围，从多方面提供了我需要的帮助。

最后，感谢北京大学出版社张冰编审一直以来对我的期待和帮助。她和郝妮娜编辑在本书编排过程中十分认真负责，感谢她们为本书出版所付出的辛劳。

2020年秋于燕园

不同阶段著作之关系[1]

《叙述学与小说文体学研究》最初是北京大学出版社1998年推出的，出版后受到广泛关注，据中国知网的检索，截至2018年11月22日，引用已超5400次，其中学术期刊上的引用超过2000次[2]，但一些作者在引用时误把书名中的"叙述学"写成了"叙事学"。其实，正如我在《也谈"叙事"还是"叙述"》（载《外国文学评论》2009年第3期）中所阐明的，如果涉及的是故事结构或者同时涉及故事层和表达层，应该采用"叙事学"这一名称，只有在仅仅涉及表达层时，才应采用"叙述学"。文体学关注的是对故事内容的文字表达，为了强调与文体学的关联，我采用了《叙述学与小说文体学研究》这一书名，但本书有的部分（尤其是第二章）探讨的是故事结构，就这些部分而言，"叙事学"一词应更为妥当。在难以"两全"的情况下，为了文内的一致性，本书作为权宜之计

---

[1] 本文是申丹的《叙述学与小说文体学研究》第四版（北京大学出版社，2019）的后记，现篇名为本文集添加。

[2] 引用是逐年增加的。在本书1998年面世不久，引用还很少时，获得北京市第六届哲学社会科学优秀成果奖二等奖，也几乎同时获得第四届全国优秀外国文学图书奖一等奖，非常感谢评委一开始就肯定了本书。

统一采用了"叙述学"。

北京大学出版社在2007年推出了本书第三版第三次印刷本,但早已售罄,近年来不断有读者反映想购买而不能如愿。本书2015年入选了中文学术图书引文索引(CBKCI),这也使得本书的再版变得更为迫切。本书聚焦于经典叙述学。2010年北京大学出版社推出了我跟王丽亚合著的《西方叙事学:经典与后经典》,那本书也受到读者朋友的欢迎。根据《中国高被引图书年报》(2016),在2010—2014年出版的图书中,此书的期刊引用率在世界文学类排名第一(被引650次)。撇开后经典叙事学不提,就我自己撰写的经典叙述学/叙事学部分而言,这两本书在以下几方面形成一种对照和互补的关系。首先,本书中篇聚焦于文体学理论,下篇探讨经典叙述学与小说文体学的关系,而《西方叙事学:经典与后经典》则没有辟专章讨论文体学;其次,本书研究的情节观(第二章)、人物观(第三章)在另一本书中由王丽亚负责撰写,两人的探讨形成一种互补关系;再者,由于另一本书是教材,因此省略了对有的问题的深入探究,如本书第九章第三节"第一人称叙述与第三人称有限视角叙述在视角上的差异"、第五节"视角越界现象"在另一本书中被完全略去,又如本书第十章第三节"中国小说叙述中转述语的独特性"在探讨《西方叙事学》的另一本书中也无容身之地。此外,即便涉及的是同样的话题,两本书在某些实例选择、商榷对象、研究范畴和探讨重点上都有所不同。就视角分类而言,两本书也提出了不同的分类法,各有所长,互为补充。

笔者非常感激读者朋友对拙著的厚爱,同时也为自己所处的学术环境感到幸运:改革开放以来,国内学术界重视形式审美研究,对经典叙述学(叙事学)的兴趣经久不衰。叙述学分为经典和后经典这两个不同流派,前者主要致力于叙事语法和叙述诗学——且合称"叙事诗学"——的建构,后者则十分注重语境中的具体作品分析。尽管西方经典叙述学兴盛于20世纪60至70年代,而后经典叙述学80年代后期才开始兴起，两者之间却并非一种简单的替代关系。就叙事作品阐释而言，关注语境的后经典叙述学确实取代了将作品与语境相隔离的经典叙述学。但就叙事诗学而言，经典叙述学和后经典叙述学之间实际上存在着互利互惠的对话关系。笔者在美国《叙事理论杂志》2005年夏季刊上发表了《语境叙事学与形式叙事学缘何相互依存》一文，探讨了经典和后经典叙述学之间相互依存的关系。一般认为后经典叙述学是经典叙述学的"克星"，笔者则将后经典叙述学称为经典叙事诗学的"救星"。20世纪80年代以来，被有的西方学者宣告"死亡"了的经典叙事诗学为后经典式的作品解读提供了不少有力的分析工具，而正是由于后经典叙述学家采用这些工具来解读作品，才使得经典叙事诗学成为当下的有用之物。此外，后经典叙述学家在经典叙事诗学的基础上不断建构新的结构模式和提出新的结构概念，这可视为对经典叙事诗学的拓展和补充。2017年，德古意特出版社推出了汉森（Per Krogh Hansen）和约翰·皮尔等欧洲叙事学家主编的《叙事学的新方向》，书中的第一篇论文《"语境化的诗学"与语境化的修辞：巩固还是颠覆？》出自笔者之手，再次捍卫了经典叙事诗学。本书致力于对经典叙事诗学的基本模式和概念进行深入系统的评析，力求澄清有关混乱，并通过实例分析来修正、补充有关理论和分析模式，以便为叙事批评提供有用的基本工具。

　　本书评介了文体学的主要流派，但重点放在与经典叙述学直接对应的"文学文体学"这一流派上。若想进一步了解文体学其他方面的新发展，可参看笔者主编的《西方文体学的新发展》[1]，该书重点介绍了21世纪以来西方文体学的新进展。若对后经典叙述学感兴趣，则可参看申丹、韩加明、王丽亚合著的《英美小说叙事理论研究》[2]，笔者撰写的那一部分

---

[1] 申丹编：《西方文体学的新发展》，上海外语教育出版社，2008年。
[2] 申丹、韩加明、王丽亚：《英美小说叙事理论研究》，北京大学出版社，2005、2018年。

（第203—398页）聚焦于后经典叙事理论，与关注经典叙述学的本书构成一种互为补充的关系。

本书的主要特点之一在于将经典叙述学与文学文体学相结合。两个学科各自的片面性和两者之间的互补性越来越受到国际学术界的关注。笔者撰写的《文体学怎样借鉴叙述学》2005年由美国的《文体》期刊作为首篇论文发表于第39卷第4期。著名美国叙事理论家詹姆斯·费伦和彼得·拉比诺维茨也邀请笔者就叙述学与文体学的互补关系撰写了一篇论文《叙述学与文体学能相互做什么》，收入他们主编的《叙事理论指南》[1]。劳特利奇出版社2014年推出的《劳特利奇文体学手册》也登载了笔者应著名文体学家迈克尔·伯克之邀而撰写的一章《文体学与叙述学》。

本书和《英美小说叙事理论研究》都致力于理论评介，若有实例分析，也是用于说明理论模式或理论概念。笔者的另一部专著《叙事、文体与潜文本——重读英美经典短篇小说》[2]则呈相反走向，重点在于阐释作品，理论概念和模式主要构成分析工具。从该书书名就可看出，这部专著着重于综合采用叙述（事）学和文体学的方法来挖掘经典作品长期以来被掩盖的深层意义。如果这种努力取得了一定成功的话，在很大程度上得益于本书和《英美小说叙事理论研究》等理论专著为分析所做的理论铺垫，所提供的分析方法。

就本书自身而言，尽管曾精心修订，十多年前面世的前一版还是遗留了一些问题，且有的内容已经过时。本书这一版进行了一些局部增删，根据目前国际上研究的发展，更新了书中的相关内容，对有的问题做了进一步说明，而且借重印的机会，更正了书中残留的个别疏漏。此外，还用附录的形式，增加了三篇论文，详细深入地阐述了本书涉及的

---

[1] James Phelan and Peter J. Rabinowitz, eds., *A Companion to Narrative Theory*, Oxford: Blackwell Publishing, 2005.
[2] 申丹：《叙事、文体与潜文本——重读英美经典短篇小说》，北京大学出版社，2009、2018年。

一些话题。然而，本书的引用文献还是保留了原来的格式，这种格式主要受我在英国留学时采用的引用方式的影响；后来我改用了美国MLA的格式，本书权且保留原来的历史面貌吧。

值得一提的是，写这么一本书的念头，我在爱丁堡大学读完博士后不久就产生了。在爱丁堡时，我读了一些语言学和文学的课程，但主攻方向是文体学。在研究小说的过程中，我发现文体学仅仅关注作者的文字选择，忽略小说的结构规律、叙事机制和叙述技巧等，而后者正是叙述学的研究对象。可以说，叙述学与文体学之间存在互为对照、互为补充的辩证关系。这引发了我研究叙述学的兴趣。回国前，著名美国叙述（事）学家杰拉尔德·普林斯曾来函邀请我赴美做一年博士后研究，虽然由于种种原因未能成行，我研究叙述学的兴趣却有增无减。

回国一段时间后，我萌发了写一本以叙述学和小说文体学为主要探讨对象的小说理论专著的念头。为此，我申请了国家社科基金并成功立项。当初报的题目是"外国小说理论"，然而，在写作过程中，发现"叙述学与小说文体学研究"这一标题，更有利于反映研究的特色，也有利于将研究引向深入。迄今为止，国内外尚未出现对叙述学与文体学的理论同时展开深入研究的专著，希望本书对此是个有益的补充。

本书的部分内容我已在北京大学的《小说理论与批评方法》和《文学文体学》课上讲授。修课的硕士、博士研究生和访问学者，在课堂讨论和课程论文中提出种种看法和挑战，给我启发良多。本书的不少内容已在国际上的《诗学》《比较文学研究》《叙事》和国内的《外国文学评论》《外语教学与研究》《国外文学》《外国语》《北京大学学报（哲学社会科学版）》《外语与外语教学》《山东外语教学》等期刊上发表。在成书的过程中，我对相关内容进行了不同程度的增删和修订，改进了一些以前不够成熟的想法，调整了研究问题的角度。

在本书的写作以及修改过程中，我得到了各方面的热情鼓励、关心和各种形式的帮助，令我十分感激。因为"文革"和中学被分配学俄语的原因，我高中毕业时仅认识十几个英文字母，后来能在叙述（事）学和文体学研究方面取得一些成绩，离不开在成长过程的每一步所得到的大力扶持。我感恩在北大工作期间，博大精深的燕园的滋养，同事、领导和学生的帮助和厚爱；感恩国内外学界同行的鼓励和支持；感恩我的家人给予我的关爱和陪伴。

最后，感谢北京大学出版社一直以来对本书的兴趣，将之多次再版和重印。感谢张冰编审和郝妮娜编辑为本书此次再版所付出的辛劳。

2018年11月于燕园

研究早期的创新经验[1]

本文结合作者十余年来的研究体会，从以下四个方面谈外语科研创新：不迷信广为接受的权威观点；从反面寻找突破口；根据中国文本的实际情况修正所借鉴的理论模式；通过跨学科研究达到创新与超越。

一　不迷信广为接受的权威观点

作为中国学者来研究西方的语言学、文学理论、翻译理论等等，较容易对西方的权威产生某种盲目的信任感，对于在西方已广被接受的权威观点，也倾向于轻易接受。而要在这些领域创新，就需要破除这种迷信。20世纪60年代初，当代西方翻译理论界的权威之一E. A.奈达在《翻译科学探索》（1964）一书中提出了"形式对等"的概念。这一概念在国际翻译理论界被广为引用，产生了较大影响。奈达认为："译者在翻译时必须在可能的范围内争取找到最接近的对等成分。然而，有两种完全不

---

[1] 原载《外语与外语教学》2001年第10期，原文题为《试论外语科研创新的四种途径》，现篇名为本文集所改动。

同的对等类型：一种可称为形式上的对等，另一种则主要是动态的对等。形式对等将注意力集中于信息本身的形式与内容。在这样的翻译中，译者关心的是诗歌与诗歌之间、句子与句子之间、概念与概念之间的对等。从形式对等的角度出发，译者力求使接受语言中的信息尽可能地接近源语中的各种成分。"这样一种力求达到"句子与句子之间、概念与概念之间的对等"的翻译应该能较好地传递原文中的意思，但在奈达和泰伯合著的《翻译理论与实践》（1969）中，我们却看到了这样的结论："在形式对等的翻译中，形式（句子结构以及词的类别）得到了保留，而意思却被丧失或被扭曲。"读到后面这段话时，笔者感到它与前面那段话直接矛盾，于是对"形式对等"这一概念产生了怀疑。笔者着手对这一概念进行了考察，发现所谓"形式对等"就是将源语中的语法结构照搬入目的语。如果目的语中不存在自己相对应的语法结构，这样的照搬就确实达到了形式对等。然而，众所周知，任何一种语言都是一个有规则的系统，都具有对应于其他语言的语法结构，例如汉语中的"主·谓·宾"结构就与意大利语中的"谓·主·宾"结构相对应。在意译中时，要达到真正的形式对等，就必须用汉语中的"主·谓·宾"结构来翻译意语中的"谓·主·宾"结构。如果无视汉语中的对等结构，将意语的词序照搬过来，实质上就是仅翻译了原文中的字，而没有翻译原文中的句法结构。换句话说，就是将汉语中的字塞入了意大利语的句法结构之中。不难看出，奈达先生提出的"形式对等"实际上是一种"局部翻译"形式。更确切地说，它是目的语中的字与未经翻译的源语中的语法结构的混合体。

倘若我们从字的角度来看问题，这种"形式对等"的本质也许更会一目了然。意大利语中的"libro"一词表达"书"这一概念，它与汉语中的"书"一词基本对应。在意译中时，要达到对等，必须将意语中的"libro"翻译成汉语中的"书"，而不能将"libro"照搬入汉语。如果有人这么做，并且声称照搬进来的"libro"是汉语中的对等成分，人们一定会觉得颇为荒唐。实际上将意语的"谓·主·宾"结构照搬入汉语，并将它误认为汉语中的对等形式，性质完全相同。只要汉语有自己的文字系统，即便在翻译汉语中没有的词时，也不能将外文词直接搬入，而必须依据汉语的规则来造出译声词或译义词来与之对应。与翻译词一样，语法上达到形式对等的唯一途径就是将源语中的语法结构翻译成目的语中与之相对应的结构，而不是将之原封不动地照搬入目的语。应当指出的是，将原文中的语法结构保留不译的"局部翻译"法具有一定的实用价值。它可以借用目的语中的字向目的语的读者展示出源语特有的语法特征，从而给目的语中初学源语的人提供帮助。我探讨形式对等之实质的文章首先发表于国际译协的会刊《巴别塔：国际翻译杂志》(1989年第4期)。香港中文大学翻译系的学者读到这篇文章后，即邀请笔者为他们主编的《中英翻译百科辞书》撰写一个五千字的词条。

"形式对等"这一概念为"逐词直译"的现代翻版，这一概念在国际翻译理论界产生了相当大的影响，并被当作忠实于原文的两种译法之一。两千多年来，国际翻译理论界一直在争论究竟是"逐词直译"更忠实于原文，还是"意译"更忠实于原文。但在弄清楚了"形式对等"的实质性内涵之后，就可看出这样的争论毫无意义，因为前者实际上是一种"仅译单个词的脱离语境之意＋将原文的形式结构保留不译"的局部翻译形式，而后者是根据语境来翻译原文的全译形式，两者根本不在一条水平线上。如果说前者更忠实于原文，那么在语法结构上，它的忠实性只是在于将原文的形式特征保留不译。倘若保留不译就是忠实，那何苦翻译原文中的字呢？如果连字也不译，岂不会更为忠实？而要达到这样绝对的忠实，翻译也就不复存在了。再就词来说，"拘泥于字面的直译"的忠实性只是在于置词在语境中的作用于不顾。只要我们能意识到被尊为"形式对等"的逐词直译实质上仅为一种排斥语境的局部翻译形式（它具有一定的实用价值，但无理论上的忠实性可言），就能避免很多不必要的争论和混乱。

美国文论界权威之一斯坦利·费什在20世纪七八十年代发表了两篇论文[1]，对文体学进行了所谓的"狂轰滥炸"。费什的基本论点是：文体学家分析的语言特征是主观阐释的产物，因此文体分析无客观性可言。费什的观点产生了较大影响，改变了不少学者对文体学的看法。我在欧洲的《诗学》期刊上发表了《论文体学、客观性与常规惯例的关联》[2]。该文提出通常采用的"主观"与"客观"的区分不适用于语言这一领域，因为语言是约定俗成的社会产物，因而客观性的概念在语言中表现为常规性。譬如，"太阳"一词与其所指之间的关系是约定俗成的，因此是客观的。假如有人说"阳太"指称同一天体，那就是主观的，因为"阳太"与那一天体之间的关系并非约定俗成。费什忽略了语言这一社会产物与现实世界之间的本质不同，将通常所用的主客观标准搬入语言，认为既然语言现象属于约定俗成，而不是自然天成的，那就是主观的。他据此提出文体分析中的语言结构是主观阐释的产物。这就混淆了语言的社会常规与个人阐释活动之间的本质区别。此外，为了进一步阐明文体分析的本质，我的这篇文章还从形式结构、心理价值和文学意义三方面的关系入手，提出文体分析中的语言形式与文学意义的关联可分为性质截然不同的两大类。在第一类中，心理价值与文学意义之间仅有表面相似，并无本质联系，主观性较强；而在另一类中，心理价值与文学意义之间则存在本质关联，客观性较强。在1993年由伦敦和纽约劳特利奇出版社

---

1 Stanley Fish, "What is Stylistics and Why are they Saying such Terrible Things about it?" in Seymour Chatman, ed., *Approaches to Poetics*, New York: Columbia University Press, 1973; Stanley Fish, "What is Stylistics and Why are they Saying such Terrible Things about it? Part II," in Stanley Fish, *Is There a Text in This Class?* Cambridge, Mass.: Harvard University Press, 1980.

2 Dan Shen, "Stylistics, Objectivity, and Convention," *Poetics* 17.3 (1988): 221–238.

出版的《语言、意识形态与眼光》一书中，英国文体学家保罗·辛普森将该文作为近年来捍卫文体学的两篇出色论文之一加以引用（第117页）。在1995年由伦敦C.赫斯特及纽约圣马丁出版社出版的《二十世纪文艺理论》一书中，荷兰文论家佛克马和蚁布思对该文中的主要观点进行了肯定性的引用（第xiv页）。

在叙事理论界，传统上区分叙事作品的形式时，一般采用"内容"与"形式"或"故事"与"话语"的两分法。著名法国叙事学家热奈特在《辞格之三》（1972/1980）中提出了区分叙事作品的三分法：（1）"故事"；（2）"叙述话语"，即用于叙述故事的口头或笔头的话语，在文学中，也就是读者所读到的文本；（3）"叙述行为"，即产生话语的行为或过程。在建构此三分模式时，热奈特反复强调叙述行为的重要性和首要性；没有叙述行为就不会有话语，也不会有被叙述出来的虚构事件。这个三分法在国际叙事理论界产生了较大影响，也从未有人对增加"叙述行为"这一项提出质疑。然而，我们若考察口头叙述和书面叙述的不同，就可发现在研究书面文学叙事作品时，没有必要区分"叙述话语"和"产生它的行为或过程"，因为读者能接触到的只是叙述话语（即文本）。"叙述行为"有两个所指：一、真实作者的写作过程；二、虚构叙述者的叙述过程。就作者的写作过程而言，它处于叙事文本之外，属于外部研究范畴。这一范畴值得研究，但我们需认清这并非叙事文本自身的问题。就文本内的叙述者而言，由于他们的虚构性质，其叙述行为读者一般看不到，而只能读到他们说出来的话。而只有在成为叙述的对象时，他们的叙述行为才有可能展现在读者面前，而一旦成为叙述的对象，就会成为故事（或者话语）的一部分。作品中未成为叙述对象的叙述过程一般不为读者所知，也可谓"不存在"。叙述行为的这种本质未曾引起叙事学界的注意，并因此带来了一些理论上的混乱。美国叙事文学研究协会的会刊《叙事》今年第2期发表了我的一篇文章[1]，该文探讨了口头叙述与笔头叙述之差异，并从作品、现实与虚构叙述者之关系入手，探讨了热奈特、里蒙-凯南和巴尔这三位著名叙事学家提出的三种互为矛盾的三分法，揭示了其本质，清理了一些不必要的混乱。

二　从反面寻找突破口

当学术界就某种看法已达成一致时，很可能会忽略属于相反情形的例外。若能采取逆向思维，反方向来考虑问题，或许能取得某种突破。且举两个叙述视角研究中的例子来说明这一问题。

传统文论在探讨视角时，一般仅关注人称上的差异，即第一人称叙述与第三人称（全知）叙述之间的差异。20世纪初以来，随着共同标准的消失，展示人物自我这一需要的增强，以及对逼真性的追求，传统的全知叙述逐渐让位于采用人物眼光聚焦的第三人称有限视角叙述。叙事理论界也逐步认识到了这种第三人称叙述与第一人称叙述在视角上的相似，但同时也走向了另一个极端，即将这两种视角完全等同起来。里蒙-凯南在《叙事性的虚构作品》一书中说："就视角而言，第三人称人物意识中心［即人物有限视角］与第一人称回顾性叙述是完全相同的。在这两者中，聚焦者均为故事世界中的人物。它们之间的不同仅仅在于叙述者的不同。"（第73页）在这一背景下，笔者采取了逆向思维，集中探讨这两种视角之间依然存在的一些本质差异，包括：(1)第一人称回顾性叙述中特有的双重聚焦；(2)第一人称回顾性叙述中由回顾性的眼光构成常规视角，这与第三人称人物体验视角形成了对照；(3)第一人

---

[1] Dan Shen, "Narrative, Reality, and Narrator as Construct: Reflections on Genette's Narration," *Narrative* 9.2 (2001): 123-129

称体验自我的视角与第三人称人物有限视角在修辞效果上的差异;(4)所涉及的两种体验视角在有的情况下无法通用;等等。这篇题为《相似后面的差异:论第三人称人物有限视角与第一人称回顾性叙述中的视角》的论文在美国叙事文学研究协会1999年的年会上宣读后,引起了热烈反响。该协会的会刊《叙事》今年第2期的编者按一开篇就提到这一点。文中说,由于这篇论文宣读后的热烈讨论因时间关系被迫中断,当时在场的几位著名叙事学家认为应该创造机会,继续这种讨论,因此共同发起组织了一个"当代叙事学专题研讨会"。这篇文章也因此被称为这个研讨会的"催化剂"。[1]

20世纪60年代以来,西方叙事理论界颇为注重对各种视角模式的区分和界定,但很少有人关注视角越界现象。每一种视角模式都有其长处和局限性,在采用了某种模式之后,如果想在不受其束缚的情况下取得某些文学效果,往往只能以侵权越界为途径。叙事作品中视角越界的现象可谓屡见不鲜。笔者将视角越界现象作为一个突破口,对其进行了较为深入系统的理论探讨和实际分析。笔者1995年在荷兰和1996年在美国的国际学术会议上论及这一现象时,均引起了与会者的关注和重视,一篇论文也在美国发表[2]。我们在阐释叙事作品时,如果注意从视角越界的角度来观察有关问题,或许会有一些新的发现,能够对产生作品中有关效果的原因做出更确切的解释。

三 根据中国文本的实际情况修正所借鉴的理论模式

中国的语言和文本有其自身的特点,在引进西方的概念和模式时,

---

[1] 该文后来发表于斯坦福大学出版社2003年出版的 *Acts of Narrative* 一书。
[2] Dan Shen, "Breaking Conventional Barriers: Transgressions of Modes of Focalization in Narrative Fiction," in Will van Peer and Seymour Chatman, eds., *New Perspectives on Narrative Perspective*, New York: SUNY Press, 2001, pp. 159−172.

需要根据中国的实际情况进行修正和补充，这也构成一个创新的途径。20世纪60年代以来，小说中的转述语问题引起了西方文体学界和叙述学界的高度重视。传统上的"直接引语"与"间接引语"之两分法被更为科学细致的各种多分法所替代。就中国学术界而言，在对小说的研究中，向来仅有"直接引语"与"间接引语"之分。这一笼统的两分法被赵毅衡率先打破。[1] 但中国学者的区分一般未能充分体现汉语转述语的特点。

由于汉语与西方语言的不同，中国小说叙述中的转述语有其独特之处。汉语无动词时态变化又经常省略人称代词，因此很容易出现各种直接式与间接式的"两可型"。此外，汉语中常用的代词"自己"是模棱两可的，这也增加了第三人称叙述中"两可型"出现的机会。值得注意的是，中文里未加人称限定的"自己""丈夫"等词语，还给小说家巧妙转换叙述角度提供了便利。在跟西方语言对比时，中文里带引导句的"两可型"转述语尤为引人注目。引导动词后面紧接转述语是间接引语的典型句式。但在中文里，在这种句型中也能出现"两可型"，这是因为汉语中间接引语的转述语所受叙述语境的压力一般要比西方语言中的小得多。在西方语言中，间接引语与无引号的直接引语之间除了人称上的差别，还有语法形式上的各种差别。汉语则不存在这种明显的主从句差别，人们的"从句意识"也相应要薄弱得多，这也增加了"两可型"出现的机会。这样的"两可型"具有其独特的双重优点。因为没有时态与人称的变化，它们能和叙述语言融为一体（间接式的优点），同时它们又具有（无引号的）直接式才有的几乎不受叙述干预的直接性和生动性。笔者根据中国文本的实际情况，在区分中国小说中的转述语时，增加了自由直接引语与自由间接引语、无引号的直接引语与间接引语等"两可

---

[1] 赵毅衡:《小说叙述中的转述语》,《文艺研究》1987年第5期；赵毅衡:《苦恼的叙述者》,北京十月文艺出版社,1994年，第94—116页。

型",探讨了其独特的效果,研究成果分别在美国[1]和国内发表。

四 通过跨学科研究达到创新与超越

跨学科研究是达到创新与超越的一个有效途径。譬如,我们可以将文体学与翻译研究相结合。文体学在分析上注重比较,即将作者对语言所做的特定选择与其他可能性进行比较,从而找出前者的特定效果。在通常的情况下,分析者需要根据经验设想出另外的可能性是什么,以便进行比较。但我们可以利用译本为文体分析探出一条新路:原著与一个(或几个)译本构成了两种(或两种以上的)实际选择,为文体学提供了较为自然的分析素材。此外,两种语言、文学和文化传统在翻译中的对照和冲突也有助于从新的角度揭示文体特征的实质、作用和价值,同时还能帮助揭示在一种语言中因习以为常而不易被察觉的语言、文学和文化常规。

换个角度来看,将文体学引入翻译研究领域,可为解决翻译中的一些问题开辟新的途径。在翻译小说,尤其是现实主义小说时,人们往往忽略语言形式本身的文学意义,将是否传递了同样的内容作为判读等值的标准,而这样的"等值"往往是假象等值。这一层次上的"假象等值"可定义为"译文与原文所指相同,但文学价值或文学意义相去较远"。在传统小说翻译批评中,哪怕人们关注译文的美学效果,这种关注也容易停留在印象性的文字顺达、优雅这一层次上,不注重从语言形式与主题意义的关系入手来探讨问题,而这种关系正是文学文体学所关注的焦点。无论是处于哪一层次,文学翻译中的"假象等值"有一个颇为发人

---

[1] 在美国发表的论文:Dan Shen, "On the Transference of Modes of Speech (or Thought) from Chinese Narrative Fiction into English," *Comparative Literature Studies* 28.4 (1991): 395–415.

深省的特点：译者的水平一般较高，在对原文的理解上不存在任何问题。之所以会出现"假象等值"，是因为译者均有意识地对原文进行改动或"改进"，以求使文本或变得更合乎逻辑，或变得更流畅自然，或变得更客观可靠，如此等等。由于对原文中的语言形式与主题意义的关联缺乏认识，这种"改进"的结果往往在不同程度上造成文体价值的缺损。要避免这样的假象等值，就需要对原文进行深入细致的文体分析，以把握原文中语言形式与主题意义的有机关联，特别注意避免指称对等所带来的文体损差。

在跨学科研究中，要注意寻找新的突破口。我在美国的《文体》杂志第22卷第4期上发表的《从中英翻译看非逻辑性在文学中的美学作用》一文分析了在中英翻译中出现的"非逻辑性"的文学现象与反讽、逼真性、表现强度及悬念等文学效果之间的关系。虽然文学中偏离常规的语言现象吸引了不少批评家的注意力，与"偏离"相关又不同于"偏离"的"非逻辑性"这一文学现象却未引起重视。通过原文与译文的比较，有助于揭示非逻辑性在文学中的美学作用，有助于揭示小说文体技巧以及文学话语的本质。我在《文体》第23卷第2期上发表的《论不可靠性与人物塑造的关联》也在文体学与翻译研究的结合面上找了一个突破口。"不可靠性"（unreliability）这一问题三十年来引起了一些批评家的注意，但一般集中研究叙述者的不可靠性而忽略了不可靠性与人物塑造的关联，该文则集中研究后者，并通过原文与译文的比较来凸显后者。

改革开放以来，我国的外语科研从强调引进介绍逐渐转向强调创新和发展。这次，大连外国语学院将"外语科研创新"明确作为"中国外语教授沙龙"的一个中心议题，这对深化我国外语科研是很有指导意义的。相信这次会议将对外语科研创新起到直接的推动作用，进一步增强中国学者的创新意识，让国际学术界更多地听到中国学者的声音。

第二辑 论 辩

叙事学的新探索：
关于双重叙事进程理论的国际对话

美国的《文体》这一国际顶级学术期刊2008年开辟了一种对话形式的主题特刊，先邀请某一学派的权威学者撰写目标论文，然后邀请多国学者对该文发表各自观点，继而再由目标论文作者作答。至2021年，《文体》总共推出七个这样的特刊，前面六篇目标论文的作者均为美国或英国学者。2021年春季刊首次邀请中国学者撰写目标论文，将这一期的全部篇幅用于探讨其原创理论。在该期编者按中，期刊主编约翰·纳普教授说明目标论文的作者是"来自中华人民共和国北京大学英语系的杰出教授申丹"，"她的论文阐述了她近年来对叙事动力的隐性层面和双重性质的研究，提出了相关理论原理，说明了其重要性"。来自美国、英国、法国、德国、西班牙、挪威、丹麦、意大利的十四位西方学者（其中十二位为国际权威或知名教授）和两位中国学者接受了《文体》编辑部发出的回应申丹目标论文的邀请。

自古希腊亚里士多德以来，叙事研究界一直聚焦于情节发展。然而，申丹发现在不少作品情节发展的背后，还存在一股叙事暗流，她将之命名为"隐性进程"，指出它不同于以往探讨的情节范畴的各种深层意义：

隐性进程自成一体，构成另外一个独立运行的叙事进程，自始至终与情节发展并列前行，在主题意义、人物塑造和审美价值上与情节发展形成对照补充或对立颠覆的关系。这样的"双重叙事进程"或"双重叙事动力"对以往的各种相关理论和方法都构成重大挑战。为了应对这种挑战，申丹开拓了新的研究空间，将一系列理论概念加以双重化，并建构了多种具有双重性质的分析模式。

欧洲叙事学协会2017年在布拉格召开的第五届双年会特邀申丹以"双重叙事运动如何重构和拓展叙事学"为题，做了一小时大会主旨报告，外加20分钟讨论，引起强烈反响。法国的叙事学常用术语网站已将申丹的"隐性进程"作为国际叙事学界的常用术语推出。在《文体》2021春季刊的目标论文中，申丹全面系统地介绍了自己的双重叙事进程理论。参与对话的各国学者撰文回应，从各种角度对申丹的理论表示赞赏，予以阐发，提出问题或质疑，在不同体裁中加以运用，或者讨论这一新创理论与现有理论之间的关系。[1]申丹应编辑部之邀，就各位学者的回应撰写了答辩论文《探讨和拓展"隐性进程"和双重叙事动力：对学者们的回答》，同期登出。该文逐一回答问题，回应挑战，清理误解，进一步阐明申丹理论的创新之处和应用价值，并探讨了更广范围的文学理论和文学阐释的相关问题。

申丹与皮尔的对话

欧洲叙事学协会前任主席、法国教授约翰·皮尔的论文题为《申丹

---

[1] 十六篇回应论文篇幅都不长，要求控制在两千单词左右。虽然申丹的答辩论文长达一万五千单词，但对应于每位学者的篇幅都不算长，且用"***"予以清晰标记。因此下文引用时，不再给出具体页码。

的修辞性叙事学与安伯托·艾柯的符号学阐释理论》[1]。皮尔首先指出，申丹提出"隐性进程"是为了从新的角度挖掘作品的深层意义；"隐性进程"是在情节背后运行的叙事暗流，而这股暗流在以往的批评中一直被忽略。他以亚里士多德关于简单情节和复杂情节的区分为参照，说明申丹理论的独特性。他指出"隐性进程"并非亚里士多德所说的复杂情节中的"突转"，因为"突转"只是情节发展中的一个成分，而"隐性进程"则是与情节比肩、独立运行的叙事暗流。在研究方法上，皮尔指出，若要发现情节发展和隐性进程的关系，需要像申丹那样一方面将叙事学与文体学相结合，另一方面充分考虑作者的传记信息和历史语境。

　　皮尔以其宽阔的视野，梳理了申丹的修辞性叙事学与各种不同学派之间的关系，但他的聚焦点是申丹的理论与艾柯的理论之间的关系。他举例说明了在艾柯的符号学阐释理论中，文本预设的两个层次的模范读者：第一层次是"天真"读者线性的"语义"阅读，第二层次则是更具批评眼光的"元"性质的阅读。皮尔认为，艾柯的符号学视角和申丹的修辞学视角都对亚里士多德的情节观提出了挑战。申丹在回应中指出，艾柯实际上并未超越亚里士多德的情节范畴，用皮尔自己的话来说，第二层次的批评性阅读只是"一步一步地重新仔细探索情节发展"，以求发现其复杂的修辞和逻辑结构。与此相对照，申丹的修辞模式则是将视野拓展到情节背后，探索与情节发展并列前行的叙事暗流。

　　皮尔认为艾柯的双层次阅读理论可以为申丹拓展双重叙事进程的研究提供参照。申丹回应称这一提议并不现实，因为艾柯的理论中更具批评性的第二层次的"元"阅读，需要有第一层次天真的语义阅读作为其审视的对象，而这只能发生在对情节发展的阐释中，不适用于"隐性进

---

[1] John Pier, "Dan Shen's Rhetorical Narratology and Umberto Eco's Semiotic Theory of Interpretation," *Style* 55.1 (2021): 28–35.

程"。后者只有通过深层批评性阅读才有可能挖掘出来。也就是说，不存在对"隐性进程"首先进行天真的语义阅读的可能性。

申丹与费伦的对话

国际叙事学界权威詹姆斯·费伦一直在引领对（单一）叙事进程的研究。其论文题为《创立双重叙事进程的理论：对申丹提出的一些问题》[1]。费伦首先从实践和理论两方面肯定了申丹的探讨：就实践而言，确实有作者创造双重叙事进程，因此需要加以关注；就理论而言，修辞性叙事理论需要向这方面拓展，而申丹借助其文本细读功夫和缜密的逻辑思维，在建构双重叙事进程的理论方面迈出了重要步伐，不仅界定了"隐性进程"，对其与情节发展的关系进行了系统分类，而且提出了如何挖掘隐性进程及其效果的十五个命题，并就叙事作品和叙事交流的不同成分建构了各种双重模式。

在费伦看来，申丹的理论中有三个方面最为重要。首先，隐性进程不是情节发展中的一个成分，而是与情节并行的独立的叙事运动。这有别于以往对作品"深层意义"的各种探讨，因为这些探讨均囿于情节发展的范畴。其次，隐性进程与情节发展构成互为补充或者互为颠覆的关系，但在具体作品中，补充或者颠覆的方式可能会呈现出各种不同形态。再次，双重叙事进程涉及多种叙事成分的双重性。可以说，费伦的总结概述相当精准地把握了申丹理论的这三个方面。

费伦就申丹的理论提出了四个问题。第一个问题是：究竟是存在两个作者主体还是一个作者主体？这一问题针对的是申丹的如下观点：情节发展和隐性进程可能会表达出两种不同的作者立场（譬如情节发展是

---

[1] James Phelan, "Theorizing Dual Progression: Some Questions for Dan Shen," *Style* 55.1 (2021): 36–42.

反种族主义的,而隐性进程则是捍卫种族主义的),这样我们就会推导出两种不同的隐含作者形象,也会应邀进入两种不同的阅读位置。费伦对此发问:难道不是一个作者主体创造了这两种立场相反的叙事进程吗?难道我们不应该仅仅谈论作者的一个总的形象吗?他认为,就双重叙事进程而言,并不存在两个"不同的独立的隐含作者"。

申丹在回答中首先提到自己先前发表的两篇论文:登载于美国《文体》2011年春季刊上的《何为隐含作者》和登载于美国《叙事》2013年夏季刊上的《隐含作者、作者的读者与历史语境》。这两篇论文揭示了西方学界在长达半个世纪的时间里,对韦恩·布斯1961年提出的"隐含作者"这一概念的各种误解,指出了"隐含作者"的真正含义:一个作品的"隐含作者"就是这个作品的写作者,而所谓"真实作者"就是处于创作过程之外、日常生活中的同一人。基于这样的理解,在申丹看来,任何单一作者的作品都只可能有一个隐含作者、一个作者主体。

申丹在目标论文中的表述是:"一个作品的隐含作者(the implied author)在创造两种并列前行的叙事运动时,倾向于采取两种相对照甚或相对立的立场,因此,文本邀请读者从这两种叙事运动中推导出两种不同的作者形象。"费伦没有注意到申丹在讨论创作时,实际上仅提到一个隐含作者,这一作者主体创造了立场相异的两种不同叙事运动,读者也会相应推导出两种不同的作者立场。申丹指出,只有摆脱传统的束缚,关注情节发展背后的隐性进程,才会看到一位隐含作者笔下两种叙事运动所体现的互为对照的作者立场和作者形象。

费伦提出的第二个问题涉及两种不同的"双重叙事进程"。其一,情节发展系表面伪装,而隐性进程才是作者希图表达的真意所在,即后者为实,前者为虚;其二,两种叙事进程均为作者所着力表达的,即两者均为实。费伦认为,可以把"显性—隐性"之分专门用于第一种情况,而把"首要—次要"或者"支配性—从属性"之分用于第二种情况。申丹指出，在安布罗斯·比尔斯的《空中骑士》这样的作品中，情节发展和隐性进程都很重要，因此不能用"首要—次要"或者"支配性—从属性"来加以区分。

费伦之所以就第二种情况质疑"显性—隐性"之分，有一个重要原因：在有的作品中，存在对隐性进程较为明显的局部提示。申丹的回应是：无论相关提示有多么明显，以往的批评家却视而不见。这是因为在亚里士多德以降的研究者视野中，情节发展是唯一的叙事运动，这一视野遮蔽了隐性进程。正如H. 波特·阿博特在评价申丹的研究时所言："读者看不到隐性进程，并非因为它十分隐蔽，而是因为读者的阐释框架不允许他们看到就在眼前的东西。"[1] 由于研究传统的长期束缚，当批评家看到关于隐性进程的提示时，会有意无意地加以忽略，或想方设法将其拽入情节发展的轨道。

申丹指出，"隐性"一词主要与作者的创作布局相关。作者利用批评界仅关注情节发展的特点，创造出超出既有批评视野的另一种叙事进程。申丹提到，自己在一些经典作品中发现的另一种叙事进程，在过去一个多世纪里一直为批评界所忽略，这本身就说明了其"隐蔽性"或者"隐性"。申丹进一步指出，由于文字叙事是一个一个字向前行进的，因此一种叙事进程往往会首先进入视野。即便在未来，当双重叙事进程成为学界熟知的常用策略之后，很有可能一种叙事进程还是会比另一种隐蔽。作者会根据文字叙事的认知特点，让一种叙事运动更显而易见，读者在第一遍阅读时自然而然就会首先关注；而另外一种则有赖于读者在重新阅读时的着意挖掘。此外，申丹指出，在不少含有双重叙事进程的作品中，文字经常会同时产生两种互为对照的主题意义；而因为人类认知的

---

[1] H. Porter Abbott, "Review: *Style and Rhetoric of Short Narrative Fiction: Covert Progressions Behind Overt Plots,*" *Style* 47. 4 (2013): 560.

局限性，我们只能先看到更为明显的那一种，之后才能进一步发现更为隐蔽的那一种。因此，我们依然需要坚持"显性—隐性"之分。

费伦提出的第三个问题涉及"平行"与"综合"之分，他问道：为何不将情节发展和隐性进程视为在交互作用中形成的复合性质的单一叙事进程，而要将它们视为并列前行的两种叙事进程？申丹在目标论文中已经指出，在仅仅含有情节发展的作品中，情节本身"可以有不同分支、不同层次"，它们会通过交互作用而形成复合性质的单一叙事进程。与此相对照，在含有双重叙事进程的作品中，隐含作者设计了两种并列前行的叙事进程，无论两者是相互补充还是相互颠覆，每一种都有其独立运行的主题发展轨道。申丹以三个作品为例来说明这一问题，其中两个属于互补性质。其一是凯瑟琳·曼斯菲尔德的《苍蝇》，在这个短篇中，虽然情节发展和隐性进程互不冲突，和谐互补，两者却始终各自独立前行，没有交集：情节发展充满象征意义，聚焦于战争、死亡、生存等有关人类的重大问题，而隐性进程则毫无象征意味，仅仅表达对主人公个人虚荣自傲的反讽。[1] 另一个例子是比尔斯的《空中骑士》，在这一作品中，情节发展和隐性进程沿着相互冲突的两条主题轨道运行，塑造出两种不同的人物形象。尽管两者都对表达作品的主题起作用，但一直互不相容，无法"综合"为一体。[2] 第三个例子属于颠覆性质。就这类双重叙事进程而言，当隐性进程被发现之后，就会颠覆情节发展，因为后者仅仅是虚假的伪装。在这种叙事作品中，隐性进程与情节发展显然必须各自独立运行，这样才有可能产生颠覆。

费伦的最后一个问题是：隐性进程究竟是"作者创造的还是读者建

---

[1] 详见 Dan Shen, "Covert Progression behind Plot Development: Katherine Mansfield's 'The Fly,'" *Poetics Today* 34.1–2 (2013): 147–175。

[2] 详见 Dan Shen, "Joint Functioning of Two Parallel Trajectories of Signification: Ambrose Bierce's 'A Horseman in the Sky,'" *Style* 51.2 (2017): 125–145。

构的"？这个问题特别针对凯特·肖邦的《黛西蕾的婴孩》提出。费伦接受了申丹对其他作品隐性进程的揭示，唯独这个短篇例外。费伦认为作品中具有黑人血统（而自认为是白人）的奴隶主阿尔芒的种种恶行源于"他深陷于种族主义的意识形态之中"，因此并不存在一个捍卫种族主义的隐性进程。申丹指出，费伦忽略了在这一作品中，处于同样环境中的所有白人奴隶主都丝毫不受种族主义意识形态的影响。黛西蕾的养父是另一个农场的白人奴隶主，他毫不犹豫地收养了血缘不明的弃婴黛西蕾。当黛西蕾被误认为有黑人血统时，农场主的夫人（代表他）不仅召唤黛西蕾回到他们身边，而且称黛西蕾为自己的亲女儿，一如既往地爱她。与此相比，具有黑人血统的奴隶主阿尔芒在误认为妻子和尚在襁褓中的儿子有黑人血统时，却残酷无情地抛弃了他们，导致妻子抱着婴儿自杀身亡。在这一作品的情节发展中，我们看到的是阿尔芒代表了白人奴隶主的种族歧视和种族压迫，而在与情节发展并行的叙事暗流里，我们看到的则是从母亲身上继承了黑人血统的奴隶主阿尔芒和白人奴隶主之间的鲜明对照——所有（真正）的白人都既不歧视黑人也不压迫黑人。值得注意的是，肖邦还精心描绘出这样的情形：如果具有黑人血统的阿尔芒有那么一点点白人的仁慈，或者他本人少一点点撒旦般的恶念，他的妻子就不会自杀。[1]

费伦试图从以下两方面证明在这一作品中不存在隐性进程。一是针对申丹对黑人阿尔芒种族歧视的论述，费伦指出肖邦没有描述其他黑人的种族歧视，尤其是阿尔芒的黑人母亲没有歧视自己的黑人儿子。申丹的回答是：种族歧视指的是一个种族对另一个种族的歧视，黑人母亲自然不会歧视黑人儿子，其他黑人之间也不会存在"种族"歧视。黑人阿

---

[1] 详见 Dan Shen, *Style and Rhetoric of Short Narrative Fiction: Covert Progressions Behind Overt Plots*, London: Routledge, 2016[2014], pp. 70–84。

尔芒之所以会歧视黑人，是因为他误以为自己是白人。诚然，肖邦也描述了有色保姆在误以为黛西蕾母子有黑人血统之后，对他们的态度发生了很大改变。但这是因为保姆开始以为黛西蕾母子是白人，后来则发现他们跟自己一样属于下等种族，因此转而变得态度傲慢。这与白人奴隶主对黛西蕾一如既往的爱形成鲜明对比。隐性进程暗暗建构出一种不可思议的情形：有色人种才有种族歧视，甚至残酷迫害被误认为有色的妻儿；而白人奴隶主则完全没有种族歧视，遑论种族迫害。这一叙事暗流完全违背了社会现实，毫无疑问是肖邦用来美化和神话美国南方种族主义的。

费伦还从另一个角度切入，指出在阿尔芒与黛西蕾结婚生子之后，他对待黑奴也像他父亲一样变得随和宽容。申丹的回答是：白人血统的黛西蕾温柔亲切，对黑奴十分慈爱，而黑人血统的阿尔芒则"秉性"专横严苛。阿尔芒在爱上黛西蕾并与之结婚生子时，受到妻子白人血统的影响，暂时变得跟白人父亲和妻子一样善待奴隶；而在他抛弃妻子之后，他对待黑奴又重新变得严酷。肖邦很可能在通过这种变化暗示优越的白色人种的感化力。值得注意的是，黑人阿尔芒对待黑奴态度的变化，也与其白人父亲始终如一地善待黑奴形成鲜明对照。

申丹进一步指出，在现实生活中，肖邦本人就是白人奴隶主，其生活经历与《汤姆叔叔的小屋》的作者的生活经历形成鲜明对比。如果说《汤姆叔叔的小屋》贴近现实地再现了白人奴隶主对黑奴的残酷压迫，那么《黛西蕾的婴孩》则描绘了与肖邦的生活经历相反的画面。肖邦的公公是残暴的奴隶主，而黛西蕾的公公则对黑奴仁爱有加；肖邦所在的路易斯安那州用法律禁止不同种族之间通婚，而其笔下该州声名最显赫的奴隶主却（在巴黎）明媒正娶一位黑人女子为妻。《黛西蕾的婴孩》创作于1892年，而美国南方的奴隶制在1865年就已被废除，因此肖邦只能在反种族主义的显性情节背后建构一个隐性进程，暗中为白人奴隶制辩护，将黑人的苦难归因于低劣的血统。申丹这次的解释终于说服了费伦。

申丹与马什的对话

美国的凯莉·马什教授是芝加哥学派第四代的代表人物，她以《双重叙事动力与对特权的批判》[1]为题加入对话。马什区分了两类作品，它们都同时批判中上层妇女的个人弱点和造成相关弱点的父权制社会。在第一类中，对父权制社会的批判处于明处，而在第二类中则十分隐蔽。马什的论文旨在说明：申丹的双重叙事动力理论可以帮助揭示第二类作品对父权制社会的批判。

马什分别举例说明了这两类作品。伊迪丝·沃顿的《欢乐之家》属于第一类作品。小说的女主人公受父权制社会女性规范的束缚，在家道中落后一心想嫁一个她并不爱的富有丈夫，但为了自己的精神追求，她最终没往这条路上走。读者既对女主人公与父权制社会的合谋加以评判，又能赞赏女主人公正面的行为，对其保持了同情心。正因为如此，读者能够看到造成女主人公苦难的社会原因。与此相对照，在第二类作品中，譬如曼斯菲尔德的《启示》和克莱尔·布思的戏剧《女人们》，读者就难以发现对造成相关女性人物弱点的父权制社会的批判。这是因为，情节发展持续邀请读者对她们进行强烈的否定性道德评判，结果就使读者无法与她们产生共鸣，给予同情。如此一来，就遮掩了这样一个事实：这些女性人物的弱点在很大程度上源于父权制社会的限制和压迫。马什强调，这类作品尤其需要采用申丹提出的双重叙事动力的模式来加以解读，才能去除遮蔽。并且她身体力行，运用申丹的理论模式对《女人们》这一戏剧进行了较为详细的分析，从中挖掘出以往被忽略的女性主义的隐性进程，以此说明：读者需要打破亚里士多德以来的研究传统，在聚焦于女主人公个人弱点的情节发展背后，挖掘出聚焦于社会原因的"隐性进程"，否则就难以看到作品中隐蔽的社会批判。

1　Kelly A. Marsh, "Dual Narrative Dynamics and the Critique of Privilege," *Style* 55.1 (2021): 42–47.

申丹与霍根的对话

马什对目标论文的回应与帕特里克·霍根的回应既有重合之处,又在观点上形成对照和冲突。霍根是著作等身的康涅狄格大学杰出讲座教授,其论文题为《作为原因的复杂性的隐性进程》[1]。从标题可见,像马什一样,霍根关注的也是人物行为背后的原因。霍根在文中首先称赞了申丹在国际叙事研究领域的影响和成就,并且说"她的任何新作都可能对叙事学研究做出颇有价值的贡献,其目标论文《"隐性进程"与双重叙事动力》也是如此"。

尽管霍根盛赞申丹的研究,并且说"隐性进程无疑是对'叙事学家工具箱'的有效增补",但从他将申丹此一新创理论与其过往研究成果相提并论,就可看出他并未真正把握这一理论更高的创新价值。值得注意的是,霍根也误解了申丹的意图,认为她"意在推翻和抛弃自亚里士多德以来的所有叙事理论"。申丹在回答中指出,这并非她的意图,正如目标论文中反复提及的,她仅仅"旨在将注意力从批评界关注的单一叙事进程拓展到双重叙事进程",并探讨两者之间的*互动*。

霍根仅仅从"原因的复杂性"的角度来理解"隐性进程",认为申丹提出的理论只是拓展了研究单一叙事进程的范畴——在研究情节发展本身时,得以在更广范围看到造成人物行为的复杂原因,因此并不需要重构叙事学。这与马什的观点形成鲜明对照。霍根和马什都采用了申丹在目标论文中详细分析的曼斯菲尔德的《启示》来说明自己的观点,却出现了两个不同的走向。在霍根看来,既然隐性进程涉及的是造成女主人公弱点的社会原因,那么在研究情节发展时,拓宽眼界,注意挖掘社会原因就可以了。而马什则强调,由于作者在情节发展中邀请读者对女

---

[1] Patrick Colm Hogan, "Covert Progression as Causal Complexity," *Style* 55.1 (2021): 47-53.

主人公持续进行否定性道德评判，因而读者难以看到造成女主人公弱点的社会原因。只有像申丹提倡的那样，摆脱传统的束缚，把视野拓展到情节背后，才会看到女主人公的弱点源于父权制社会的限制和压迫。

申丹在回应论文中指出，马什的论证很有说服力，过去一百年来批评界一直看不到《启示》中造成女主人公弱点的社会原因，就是因为作者建构了两种叙事进程，用情节发展中的文字反讽女主人公，又用隐性进程中同样的文字抨击父权制社会。由于情节发展一直引导读者对女主人公产生反感，因此使其难以看到隐性进程表达的另一种主题意义。只有摆脱传统的束缚，才能看到这两条表意轨道如何从头到尾相互冲突，却又联手表达出作品总的主题意义。

霍根用了较多篇幅探讨埃德加·爱伦·坡的《泄密的心》。他沿着情节发展的轨道，挖掘主人公谋杀一位老人的复杂动机，即他所说的"原因的复杂性"。霍根首先提到凶手的负疚感，由于这种负疚感，凶手心跳加快，又误将自己的心跳当成被害者的心跳。霍根进一步指出，这篇小说更为强调的是敏感的观察带来的羞耻感。这种羞耻感往往导致不合群，有时还会引起愤怒，甚至蓄意谋杀。若仔细考察文本，则会发现凶手并无负疚感。他为谋杀得逞而沾沾自喜："眼见大功告成，我不禁喜笑颜开"；对肢解掩藏尸体感到洋洋自得，开怀大笑；在前来搜查的警察面前也十分轻松愉快，感到"格外舒坦"。霍根跟不少先前的批评家一样，仅从精神分析的角度观察凶手，将其视为人类心理的代表，因此会聚焦于其负疚感和羞耻感。

由于申丹提出新的理论并非为了改进对情节的阐释，因此在评论霍根的论文时，没有质疑其对《泄密的心》情节发展的解读，只是指出这一解读未超出情节的范畴，没有涉及申丹揭示的两种充满戏剧反讽的隐性进程。第一种围绕凶手无意识的自我谴责展开；第二种则围绕凶手无意识的自我定罪展开。申丹指出，霍根之所以未能触及这两种隐性进程，是因为它们与霍根所说的"原因的复杂性"毫无关联。在第一种隐性进程里，坡将凶手描绘成从头到尾都在伪装，并以此为荣的恶棍，最后让他把自己不道德的行为投射到警察身上，对其加以谴责，形成贯穿全文的戏剧性反讽暗流。在第二种隐性进程里，坡让作为凶手的第一人称叙述者从头到尾都声称自己神志清醒，这在当时的历史语境中无异于给自己定罪（杀人犯只有因为神经失常才能免于刑罚），因而形成了另一股贯穿全文的戏剧性反讽暗流。如果像霍根那样仅仅沿着情节轨道挖掘，就不可能看到这两股与情节发展并列前行的叙事暗流。霍根的分析恰好可以证明，必须超越亚里士多德以来仅关注情节的研究传统，否则无法看到情节背后与之并列运行的隐性进程。

概括而言，即便是《启示》这种涉及"原因的复杂性"的作品，也需要打破长期研究传统，将目光拓展到情节背后，才能看到隐蔽地表达社会原因的隐性进程。而像《泄密的心》这种隐性进程与"原因的复杂性"无关的作品，就更需要摆脱传统的束缚，不仅要关注情节背后的叙事暗流，还需要关注超出"原因"范畴的其他因素。申丹指出，在自己分析的作品中，大多数双重叙事进程都与"原因的复杂性"无关，包括肖邦的《黛西蕾的婴孩》（涉及的是种族立场相互对立的两个故事世界）、曼斯菲尔德的《心理》（在情节发展中男女主人公相互暗恋，而隐性进程中的女主人公则是单相思）和《苍蝇》（充满象征意味的情节发展与没有象征意义的隐性进程）、比尔斯的《空中骑士》（抨击战争的情节发展与强调履职重要性的隐性进程）。霍根提出的"原因的复杂性"模式在这些作品中毫无用武之地。如果不摆脱亚里士多德以来研究传统的束缚，挖掘情节发展背后的隐性进程，阐释结果就难免片面和错误。

申丹与阿博特的对话

《剑桥叙事导论》的作者、加州大学荣休教授H. 波特·阿博特很好地把握了申丹的理论与研究传统的关系。其论文题为《关于双重叙事动力的思考》[1]。阿博特指出："以往的研究仅仅关注情节发展，这让我们看不到情节背后可能存在的隐性进程。这股叙事暗流拓展或者颠覆了情节发展所表达的意义。"也就是说，若要看到隐性进程，"就必须'摆脱'亚里士多德以来聚焦于情节发展的批评传统的'束缚'"，这说到了点子上。然而，阿博特过于关注申丹所分析的遣词造句层面和离题的文本细节，认为隐性进程在很大程度上由对于情节无关紧要的文体细节构成。申丹指出，这些文体细节往往只是构成重要提示，将注意力引向情节发展背后的隐性进程（详见下面申丹对坎德尔的回应）。

阿博特发问：当隐性进程被挖掘出来之后，是否就不再是"隐性"的了？申丹回答道：自己之所以称其为"隐性的"，是因为作者把这种叙事进程作为情节背后的叙事暗流来构建。即便将来双重叙事进程成为一种常用的叙事策略，只要作者依然如此设计安排两者之间的明暗关系，那么情节背后的叙事进程也就依然是"隐性"的，只不过会更加容易辨认。

阿博特的另一个问题是：显性情节和隐性进程会在更高层次上相互融合吗？申丹的回答是：这要看我们如何理解"融合"一词。情节发展和隐性进程永远都是相互分离、独立运行的叙事运动（参见申丹对费伦的回答）。当这两种叙事运动互为补充时，我们会看到它们如何并列运行，联手表达作品的主题意义。即便它们之间相互矛盾，我们也会看到它们如何沿着相互冲突的表意轨道，表达出复杂的主题意义，塑造出复合的人物形象。就这两种情况而言，如果我们将"融合"理解为共同表达作品的总体意义，那么对阿博特所提问题就可做出肯定的回答。与此相对照，当情节发展和隐性进程互为颠覆时，读者很可能只会接受两者

---

[1] H. Porter Abbott, "Thoughts on 'Dual Narrative Dynamics,'" *Style* 55.1 (2021): 63–68.

之一。就《黛西蕾的婴孩》而言，反种族主义的读者只会接受情节发展，而赞成种族主义的读者则只会接受隐性进程。就曼斯菲尔德的《心理》来说，读者会看到"虚假的"情节发展（男女主人公相互暗恋）如何反衬出"真实的"隐性进程（女方实际上是单相思）。在这里，无论如何理解"融合"一词，对阿博特的回答都只会是否定的。

阿博特将申丹的理论运用于对长篇小说的阐释，对此申丹表示赞赏，尤其肯定他在分析中所显现的对双重叙事动力理论的准确把握。然而，申丹发现阿博特在运用该理论分析伍尔夫的《达洛维夫人》时出现了偏差。阿博特挖掘出：女主人公孩童时代遭受的心理创伤，构成她目前不少行为以及某种心理状态的起因。这一分析敏锐深刻，令人钦佩。但申丹指出，这只是加深了对情节的理解，涉及的并非情节发展背后的隐性进程，因为这里并不存在另外一条表意轨道，同样的文字没有同时产生相互对照的两种主题意义。

申丹与坎德尔的对话

西班牙的丹尼尔·坎德尔副教授对隐性进程的理解与阿博特有一定的相似性。其论文题为《如果显性进程和隐性进程相互关联，又会怎么样呢？》[1]。坎德尔以一则逸事开篇：在欧洲叙事学协会第五届双年会上，他听了申丹关于双重叙事运动的大会主旨报告。此前，他刚完成对弗兰克·米勒的连环漫画《斯巴达300勇士》的分析。由于仅仅关注情节发展，他认为米勒在情节的中腰突然扭转了主题走向。在听报告时，他猛然意识到那一突转实际上就是隐性进程的一部分。听完报告，他就像申

---

[1] Daniel Candel Bormann, "And What If Overt Plot and Covert Progression Are Connected?" *Style* 55.1 (2021): 53-58.

丹倡导的那样，突破了研究传统的束缚，从头到尾追踪与情节发展并列前行的隐性进程，探讨后者如何与前者相冲突，并如何"重新阐释"前者，研究成果刊发于国际顶级期刊《今日诗学》。[1]

尽管有如此成功的体验，坎德尔在此次的回应中，却对申丹界定的隐性进程与情节发展的关系产生了怀疑，其原因是误解了申丹的相关论述。申丹曾在专著中指出，隐性进程"常常（often）包含（contain）从情节发展的主题来看，属于次要或无关紧要的文本细节"[2]。在目标论文中，申丹又在分析了曼斯菲尔德的《苍蝇》之后，针对这一作品提出了一个命题："隐性进程可能会（may）在很大程度上（to a great extent）取决于从情节发展的角度来看，显得次要或无关紧要的文本选择。"坎德尔却在复述申丹的相关理论时，将申丹眼中的隐性进程表达为：毫无例外地，"由从情节发展的主题来看，显得次要或无关紧要的文本细节组成"（consisting of textual details that appear peripheral or irrelevant to the themes of the plot）。这两种表达之间有本质区别。申丹采用了often这一副词以及may这一情态动词来加以限定，意指有的属于这种情况，有的则不属于这种情况，而坎德尔却误以为总是这种情况。更为重要的是，申丹认为即便是《苍蝇》这类作品，其隐性进程也只是"很大程度上""包含"从情节发展的角度观察，显得无关紧要的文本细节——意指隐性进程也可"包含"其他成分，包括从情节发展的角度来看颇为重要的事件。与此相比，坎德尔采用的是consist of这一动词短语，将申丹意指的隐性进程表述成完全是由对情节无关紧要的文本细节所组成。由于这种误解，坎德尔开始怀疑自己发现的《斯巴达300勇士》中的叙事暗流有可能不是申丹

---

[1] Daniel Candel, "Covert Progression in Comics: A Reading of Frank Miller's *300*," *Poetics Today* 41.4 (2020): 705–729.

[2] Shen, *Style and Rhetoric of Short Narrative Fiction*, p. 3.

所界定的隐性进程,因为它"包含"基本事件。

申丹在回应论文中提议,不妨先搁置文本细节,集中考察基本事件在隐性进程中的作用。仅就申丹在目标论文中所探讨的作品而言,已经有必要区分四种不同类型。一、隐性进程和情节发展共享一系列基本事件,譬如肖邦的《黛西蕾的婴孩》和比尔斯的《空中骑士》。在这类作品中,同样的故事事件会表达出两种互为对照甚至互为对立的主题意义。二、隐性进程和情节发展只是表面上共享一系列基本事件,譬如曼斯菲尔德的《心理》:在情节发展中我们看到的是男方的心理活动;而在隐性进程里,则会发现这个心理活动实际上是女方自己的想象在男方意念中的投射,是女方自己的心理活动。三、隐性进程和情节发展在很大程度上共享基本故事事件,但隐性进程也在一定程度上取决于从情节发展的角度看上去无关紧要的文本细节,譬如卡夫卡的《判决》。四、隐性进程在很大程度上取决于从情节发展的角度看上去无关紧要的文本细节,譬如曼斯菲尔德的《苍蝇》或者坡的《泄密的心》。

坎德尔所分析的《斯巴达300勇士》属于第一种类型,其隐性进程和情节发展共享一系列基本事件,却朝着两个相互冲突的主题方向运行。一方面出于对申丹理论的误解,另一方面也由于研究传统的束缚,坎德尔将情节发展与基本事件相等同。以此为前提,他认为在《斯巴达300勇士》《黛西蕾的婴孩》《空中骑士》这样的作品中,隐性进程是在情节发展里面运作的(in plot),或者说,情节发展对于隐性进程这一叙事运动至关重要(a narrative movement "where plot becomes crucial")。而实际上,无论是上面区分的哪种类型,隐性进程与情节发展都并列前行,各有其独立的主题发展轨道。正因为如此,在《斯巴达300勇士》里,隐性进程才能像坎德尔所说的那样,与情节发展相冲突,并且"重新阐释"情节发展。

中丹指出,坎德尔在《今日诗学》上发表的那篇论文中,较好地把握了她所界定的独立运行的隐性进程。他说,"隐性进程可与显性情节并列运行（run parallel），也可替代显性情节"[1]。无论是在那篇论文还是在此次对申丹的回应中，坎德尔都十分关注"悬念—好奇—意外（结局）"的事件发展模式。当作品中存在这种发展模式时，如果像坎德尔所说的那样，故事开头出现了两种阐释的可能性，在亚里士多德以来的研究传统中，我们会两者择一，仅沿着选中的单一叙事轨道前行，自觉或不自觉地压制另一种可能性；我们也可能会在选中的叙事进程的中腰看到一个突转（坎德尔在听申丹的报告之前正是如此）。与此相对照，倘若能突破研究传统的束缚，将目光拓展到隐性进程，我们就会同时接受两种可能性，从头到尾探索两种相互对照、相互冲突的叙事进程（正如坎德尔在听了申丹报告之后所做的）。坎德尔正确地指出："如果看不到隐性进程，就无法恰当地评价《斯巴达300勇士》的复杂性。"[2]通过探讨与情节发展并列前行的隐性进程，坎德尔让我们对这一连环漫画的主题意义和人物塑造有了更加全面、更加正确和更为平衡的了解。

申丹与沃尔什的对话

英国的理查德·沃尔什教授以《叙事动力与叙事理论》为题，回应了申丹的目标论文。[3] 该文指出申丹提出的新理论发人深省，例证丰富；申丹清楚地阐明了自己的理论与先前探讨作品深层意义的各种理论之不同。沃尔什跟霍根一样，也挑战了申丹对坡的《泄密的心》的阐释，目的却不尽相同。霍根旨在验证"原因的复杂性"是否能替代"隐性进程"，而沃尔什则意在用申丹的分析来质疑申丹的理论。他指出，"申丹的论述是否能站住脚，有赖于'隐性进程'概念的阐释功效"。就《泄

---

[1] Candel, "Covert Progression in Comics: A Reading of Frank Miller's *300*," p. 706.

[2] Ibid.

[3] Richard Walsh, "Narrative Dynamics and Narrative Theory," *Style* 55.1 (2021): 78−83.

密的心》而言，沃尔什说："申丹对隐性进程的解读取决于她眼中的一个异常情况：凶手对警察怒喝'恶棍！别再装了！'但警察并不是恶棍，也没有佯装（'目标论文'）。显而易见的是，所谓警察的佯装，只不过是凶手神经错乱的幻觉，认为警察假装没有听到他自以为听到了的声音。这里没有任何隐性的东西；这就是明明白白的不可靠叙述。"申丹在目标论文中的相关论述为：凶手谴责警察是佯装的恶棍，"这对于第一种隐性进程至关重要：凶手是作品中唯一佯装之人，且一直为这种不道德的行为感到洋洋自得。他无意中把自己的佯装投射到警察身上，并强烈谴责警察不道德的佯装。这实际上构成了他无意中的自我谴责，从而产生贯穿全文的戏剧性反讽"（Shen, *Style* 32-44）。申丹在答辩论文中指出，她所说的"隐性进程"根本不是凶手对警察的怒喝本身。在《泄密的心》中，从开始准备谋杀，到整整七天的准备过程，到掩藏尸体，直到最后在警察面前假装无辜，凶手从头到尾都在佯装，且一直对此自鸣得意。他在故事结尾处对警察的怒喝与前文相呼应，形成从头到尾与情节发展并列运行的叙事暗流、一种全局性的戏剧性反讽。

　　沃尔什对申丹阐释的误解与他对申丹理论的误解相关。他说："对叙事进程的探讨需要一直关注时间维度，从头到尾追踪修辞过程。而申丹急于区分不同的进程……这导致她将主题意义视为不受时间的影响。在她列举的不少'隐性进程'的实例中，她并没有真正关注叙事进程……她提出的第十二个命题最能说明这一点。根据这个命题，'隐性进程的支点（fulcrum）仅仅是由一个或者几个微妙的文体选择所构成的'（'目标论文'）。既然如此，隐性进程又何以能成为有别于情节发展的一种进程呢？"申丹指出，她是针对曼斯菲尔德的《心理》和坡的《泄密的心》提出第十二个命题的。如前所述，在《泄密的心》中，虽然围绕凶手无意识的自我谴责展开的隐性进程是持续不断的戏剧性反讽暗流，但它仅有一个支点，即凶手最后对警察的怒喝"Villains! Dissemble no more!"申丹在目标论文中提到，一位高水平的译者将"Villains!"翻译成"你们这群恶棍!"，并将"Dissemble no more!"翻成"别再装聋作哑!"。[1] 就情节发展而言，这种处理相当理想，而对隐性进程则是毁灭性的。其实，申丹同时提出了两个命题，下一个是"命题十三：因为隐性进程的支点可能会在作品的中部或者尾部出现，若要发现它，我们需要反复阅读作品，仔细考察作品不同地方的文体和结构选择是否暗暗交互作用，构成了贯穿全文的叙事暗流"。沃尔什既误解了命题十二，也忽略了命题十三，因此认为申丹不关注时间维度。申丹指出，沃尔什没有意识到"支点"之于"隐性进程"犹如桥墩之于桥梁：一座桥若仅有一个桥墩，这个桥墩倒了，整座桥也就垮了。实际上，申丹在目标论文里一直在强调隐性进程的时间维度；与此同时，她也强调必须关注至关重要的局部"支点"，对于有的隐性进程而言更是如此。

沃尔什也挑战了申丹对曼斯菲尔德《心理》的阐释。一个世纪以来，学界一直认为作品描述的是一男一女相互暗恋，而申丹发现在这一情节发展背后，存在围绕女方对男方的单相思展开的隐性进程。曼斯菲尔德通过持续采用女方的视角来构建隐性进程。在这股暗流里，貌似男方的心理活动，实际上却是女方在男方脑海中的心理投射。[2] 申丹是在看到一个关键片段（支点）之后开始挖掘隐性进程的；沃尔什的挑战也聚焦于这一片段：

> 时钟欢快地轻敲了6下，火光柔和地跳跃起来。他们多傻啊——迟钝、古板、老化——把心灵完全套封起来。

---

[1] 爱伦·坡：《泄密的心》，载《爱伦·坡集：诗歌与故事》上册，曹明伦译，生活·读书·新知三联书店，1995年，第625页。

[2] 详见 Dan Shen, "Dual Textual Dynamics and Dual Readerly Dynamics: Double Narrative Movements in Mansfield's 'Psychology,'" *Style* 49.4 (2015): 411–438。

现在沉默像庄重的音乐一样笼罩在他们头上。太痛苦了——这种沉默她难以忍受,而他会死——如果打破沉默,他就会死……可他还是渴望打破沉默。不是靠谈话。无论如何,不是靠他们通常那种令人恼怒的唠叨。他们相互交流有另一种方式,他想用这种新的方式轻轻地说:"你也感觉到这点了吗?你能明白吗?"……[1]

然而,令他恐怖的是,他听见自己说:"我得走了。6点钟我要见布兰德。"

是什么魔鬼让他这样说而不那样说?她跳了起来——简直是从椅子上蹦了出来,他听到她喊:"那你得赶快走。他总是准时到。你干吗不早说?"

"你伤害我了;你伤害我了!我们失败了。"她给他递帽子和拐杖时她的秘密自我在心里说,而表面上她却在开心地微笑着。

男女双方都是作家。男方跟另一位朋友约了下午六点见面,此前顺便过来看看女方,现在告辞去赴约。沃尔什和申丹都认为关键在于如何理解用自由间接引语表达的内心想法"是什么魔鬼让他这样说而不那样说?"(What devil made him say that instead of the other?)这句话里的"那样说,"指涉上引第二段中的"他想用这种新的方式轻轻说:'你也感觉到这点了吗?你能明白吗?'"女方显然无法知道男方的内心想法。如果"那样说"是女方的愿望——如果这句话是女方自己的想法,那么"他想用这种新的方式轻轻说:'你也感觉到这点了吗?你能明白吗?'"就只能是女方投射到男方身上的,也就会构成隐性进程的重要提示。沃尔什对此表示认同,但他坚信"是什么魔鬼让他这样说而不那样说?"是男方自己的想法,而不是女方投射的;因此在他看来,并不存在女方单相思的隐

---

[1] 此处省略号为原文。

性进程。

申丹做出了下面的回应：在作品的前面部分，曼斯菲尔德已经说明女主人公性格浪漫，想象力极为丰富；与此相对照，男主人公缺乏想象力，毫不浪漫。抛开性格如此的男方是否会想象自己对女方"那样说"不谈，倘若男方真的在想象自己对女方轻柔地甜言蜜语，他也不可能突然失控地告辞。值得注意的是，告辞在男方的计划之中，却完全出乎女方的意料。男方没有预约就来了，女方见到男方喜出望外，并以为他能够久留。此时她希望两人能甜蜜交谈，没想到男方却突然告辞。在上引第四段中，女方恼火的行为紧跟着那一恼火的反应："是什么魔鬼让他这样说而不那样说？她跳了起来——简直是从椅子上蹦了出来"；与此同时，女方忍不住抱怨"你干吗不早说？"从第五段开始，我们可以清楚地看到，男方的告辞令女方而不是男方感到恐怖（"你伤害我了；你伤害我了！我们失败了"）。实际上，在"是什么魔鬼让他这样说而不那样说？"之后，曼斯菲尔德仅仅描写了男方的告辞对女方造成的伤害，以及女方如何在男方面前竭力压制自己的情感，由此可见是女方单方面暗恋男方。从男方的离去到作品的结尾，在占整个作品四分之一的篇幅中，曼斯菲尔德仅仅描述了女方的所思所为：描述女方如何通过激烈的思想斗争，最终放弃自己的单相思，接受了男方想要的纯洁友谊。从作品的开头到结尾，在男女双方相互暗恋的情节发展背后，女方单相思的隐性进程一直在与之并列前行。相信沃尔什看了申丹的详细回应后，会接受相关阐释。

沃尔什还从情节动力这一角度挑战了申丹的理论。他说，"申丹指出叙事动力倾向于被情节主导，这不无道理。与此同时，也应看到情节这一概念从来就并非仅仅涉及故事世界里所发生的事情。这不是亚里士多德所强调的，也不是彼得·布鲁克斯在《阅读情节》一书中所强调的，尽管其书名反讽性地赋予了情节负面的含义，让人仅仅想到对表层事件的阅读"。沃尔什没有意识到无论是布鲁克斯还是申丹，均将"情节"当成一种提喻,用其指代整个叙事运动,而不仅仅限于"表层事件"。沃尔什从自己对"情节"的字面理解出发,仅仅看到其对"表层事件"的指涉,并据此读出了《阅读情节》这一书名反讽性的负面含义。申丹指出,在目标论文中,自己针对情节发展和隐性进程这两种叙事运动,建构了各种双重模式,包括"双重不可靠叙述模式""双重作者型叙事交流模式""双重叙事距离模式""双重叙述视角模式""双重叙述语气模式",以及在宏观层面上的"双重故事与话语模式"。这足以说明申丹所说的"情节发展"绝非限于表层事件。

沃尔什在这方面质疑申丹时,除了布鲁克斯,还提到了费伦。他认为费伦在探讨显性进程时既关注了故事层面的"不稳定因素",又关注了话语层面的"紧张因素",而申丹在目标论文中则仅仅关注了故事层面的事件。就这一点而言,前文提到的皮尔与沃尔什看法相左。皮尔在对目标论文的回应中指出,申丹关注的情节发展"包含不稳定因素、紧张因素和读者的一系列反应"。他清楚地看到申丹采用了"'情节发展'来囊括"故事层面的不稳定因素和话语层面的紧张因素。皮尔和沃尔什的区别在于:前者能看到申丹仅仅是将"情节发展"当成提喻,用其"囊括"显性进程的各个方面;而后者从字面上理解"情节发展",将之等同于表层事件,也忽略了申丹针对故事层和话语层进行的全面分析及其在话语层面所建构的多种双重理论模式。

沃尔什认为申丹对情节的看法流于表面和简单化,"似乎情节发展本身无法表达出'相对照或者相对立的主题意义'"。申丹在回答中指出,其目标论文已经说明"情节发展本身可从各种不同角度阐释";她在探讨曼斯菲尔德《苍蝇》的情节发展时,就提到了对作品情节发展的多种不同阐释,解读出其丰富的主题意义[1];她在分析肖邦的《一双丝袜》

---

[1] Shen, *Style and Rhetoric of Short Narrative Fiction*, pp. 125-128, 139-144.

时，也全程追踪了情节发展本身如何沿着女性主义和消费主义的轨道运行，持续产生相互对照、相互冲突的主题意义[1]。

最后，沃尔什提出了一个意义"最为深远"的问题，涉及申丹的论述所体现的后经典叙事学理论的一些特征，这些特征源于但不限于结构主义的范式。该范式具有类型学的性质：注重辨认、区分和描述。的确，无论是修辞性叙事学、女性主义叙事学还是认知叙事学，在理论探讨上都带有类型学的特点，注重区分不同叙事结构和技巧。沃尔什质疑对理论区分本身的重视，这从一个侧面体现了不同学派之间的排他性。针对这样的排他性，申丹在回应中提到她2002年在《国际英语文学评论》上发表的论文《文学理论的未来：排他、互补、多元》[2]。这篇论文分析了20世纪后半叶不同学派之间的排他性，呼吁学者们对其他学派持更加宽容的态度，因为每一个学派都有其特定的研究目的、研究对象和研究方法，都有其长处和局限性。申丹此次在回应沃尔什对叙事学理论的挑战时，再度强调不同学派之间存在不同程度的互补性，其和谐共存、相互借鉴对于理论研究和批评实践的发展均大有裨益。

申丹与施密德的对话

欧洲叙事学协会前任主席、德国教授沃尔夫·施密德的论文题为《对申丹的"隐性进程"的回应》[3]。他认为申丹的目标论文探讨的是叙事

---

[1] 申丹：《双重叙事进程研究》，北京大学出版社，2021年，第170—187页；"Naturalistic Covert Progression behind Complicated Plot: Chopin's 'A Pair of Silk Stockings,'" *JNT: Journal of Narrative Theory* 52.1 (2022): 1–24。

[2] Dan Shen, "The Future of Literary Theories: Exclusion, Complementarity, Pluralism," *ARIEL: A Review of International English Literature*, 33.3–4 (2002): 159–182.

[3] Wolf Schmid, "Happenings and Story: A Response to Dan Shen's 'Covert Progression,'" *Style* 55.1 (2021):83–88.

作品的一个"中心现象",以"非常重要的洞见丰富了叙事学"。但他跟申丹的基本立场并非完全一致。施密德认为隐性进程取决于读者的阐释,在读者发现之后才会存在。申丹在答辩论文中指出,她所揭示的经典作品的隐性进程均享有上百年的出版史,而历代批评家却未能发现,因为他们仅仅关注情节发展。从申丹的修辞立场来看,作者一旦构建出隐性进程,它就诞生了,等待读者的挖掘。也就是说,隐性进程是否存在取决于作者的创作,而是否能被发现才取决于读者的阐释。这从一个侧面说明了修辞性叙事研究的长处:能平衡考虑作者和读者,而不是单方面考虑读者。在有的作品中,申丹没有发现隐性进程,这并不是因为目光不够敏锐,而是因为作者没有在这些作品中构建隐性进程。

申丹和施密德在基本立场上的另一差异在于如何看待故事事件。施密德从"选中的"和"未被选中的"事件这一角度来区分隐性进程和情节发展。在他看来,读者在阅读时,会将情节发展中一些被选中的故事成分作为定位桩,并以此为出发点,考虑那些未被选中的相关成分,从而建构出另外一个故事——隐性进程。申丹在答辩时指出:施密德在这方面依然囿于亚里士多德以降的研究传统,因为他以情节为本来考虑问题。在施密德眼里,情节发展中才有选中的事件,这些事件构成正统的故事,其中一些事件还构成隐性进程的出发点;隐性进程中包含的则仅仅是未被选中的事件。若能彻底打破传统的束缚,我们就会平等看待情节发展和隐性进程,将在这两种进程中出现的事件,视为被其分别选中的。情节选中的事件,很可能是未被隐性进程选中的,反之亦然。此外,同样的事件可能会被这两种叙事进程同时选中,但会沿着这两条相互对照的表意轨道表达出两种不同的意义。

施密德指出,古希腊时期的亚里士多德不可能考虑双重叙事进程,因为当时并不存在这样的作品。申丹对此表示赞同,但同时指出,后世历代批评家对相关作品中的隐性进程视而不见,很大程度上是因为他们受到亚里士多德开创的研究传统的束缚，仅仅关注了情节发展这一种叙事运动。

施密德还探讨了申丹在目标论文中对曼斯菲尔德《启示》的分析。申丹揭示出《启示》中存在双重叙事进程：情节发展反讽女主人公的个人弱点，而隐性进程抨击的则是造成这些弱点的父权制社会。施密德认为申丹对女主人公得到的一个"启示"缺乏关注。女主人公去理发店理发时，未像往常那样受到热情接待，她很恼火。就在她要离开时，理发师告诉她自己的宝贝女儿（第一个孩子）那天早上死了。这给了女主人公极大的震撼，导致她改变了自己的行为。在施密德看来，理发师强忍悲伤，坚持为被宠坏的女主人公服务是最为重要的事件。在读到这件事之后，作品中其他启示以及女主人公的自私与父权制压迫之间的关系均变得微不足道。也就是说，从这件事开始，仅仅需要关注情节发展。施密德承认孩子的死亡是情节中显而易见的事件，与隐性无关，但其重要性不可低估。

申丹回答说，因篇幅所限她在目标论文中没有分析施密德聚焦的这一片段；但在其著作中，已经对这一片段以及它与结局的关系进行了详细分析。[1] 申丹进一步指出，施密德从此处开始仅仅关注情节发展，而她则关注情节发展与隐性进程这两种叙事运动，因此她不仅看到了施密德所看到的意义（这是情节发展相当明显的主题意义），而且还发现了从情节发展的角度难以察觉的重要意义，包括《启示》的女主人公与易卜生《玩偶之家》的女主人公之间的本质相似和相异，《启示》表面上传统的结局对父权制压迫的暗暗抨击，以及女主人公未能购买表达哀思的鲜花的深层原因：在这一父权制社会中，玩偶型的女性无法实现自己的愿望，而只能服从男性有意或无意的安排。

1　Shen, *Style and Rhetoric of Short Narrative Fiction*, pp. 100–102, 106–107.

施密德将申丹的理论运用于对契诃夫两篇作品的分析。申丹在答辩论文中，经过分析论证指出，虽然施密德的探讨不乏洞见，但这两篇作品中并不存在隐性进程，施密德只是从新的角度来探讨情节发展。申丹进一步指出，施密德本人的分析说明，隐性进程的存在取决于作者的创作，而不是读者的阐释（施密德认为作品中存在隐性进程，而实际上并不存在）。施密德的探讨也提醒我们，对隐性进程的挖掘是否能成功，在很大程度上取决于分析对象：选择含有隐性进程的作品加以分析，才会真正有收获。

申丹与阿尔贝的对话

国际叙事研究协会前任主席、德国教授扬·阿尔贝回应论文的标题是《二元系统、深层意义，以及叙事作品的"正确"解读：对申丹隐性进程分析的几点评论》[1]。阿尔贝指出申丹的理论"无疑给相关作品带来了新的认识"，同时也提出了一系列富有挑战性的问题。第一个问题涉及对隐性进程和情节发展之关系的分类。申丹区分了"互补型"和"颠覆型"这两大类。阿尔贝提出，是否应该放弃这样的二元区分，而是采用阶梯性的眼光，"增加逐渐改变或者部分改变这一类别"。申丹在答辩时指出，情节发展和隐性进程各自独立运行，因此只会相互对照或者相互矛盾，而不会以任何形式相互"改变"[2]。

阿尔贝以卡夫卡的《判决》和曼斯菲尔德的《启示》为例，说明在"互补型"和"颠覆型"之间还存在"灰色地带"。他认为在《判决》

---

[1] Jan Alber, "Binary Systems, Deeper Meanings, and 'Correct' Pictures of Narratives: A Few Comments on Dan Shen's Analyses of Covert Progressions," *Style* 55.1 (2021): 59–63.

[2] 值得注意的是，如果"互补型"中的情节发展和隐性进程在主题意义上相互冲突，那么读者就可能会在综合考虑这两种不同意义时，对其加以某种平衡。

中，隐性进程和情节发展之间的互补性更强；而在《启示》中，这两种叙事运动之间的颠覆性则更强。申丹指出，阿尔贝忽略了这两篇作品的本质相通：《判决》情节发展中的父子冲突是隐性进程所表达的现代社会的压力造成的；与此类似，《启示》情节发展中女主人公的个人弱点也是隐性进程所描述的父权制社会的压迫造成的。在这两篇作品的隐性进程里，相关人物均为社会的牺牲品，邀请读者给予同情。

阿尔贝提出的第二个问题与第一个问题相关。他认为申丹将《启示》划归为"互补型"而将肖邦的《黛西蕾的婴孩》划归为"颠覆型"不合情理。在他看来，这两篇作品中的隐性进程都颠覆了情节发展。申丹指出，阿尔贝忽略了两者之间的本质区别：在《黛西蕾的婴孩》中，反种族主义的情节发展仅仅是虚假的表象，当我们看到捍卫种族主义的隐性进程之后，就会抛弃这一表象。也就是说，隐性进程会直接颠覆情节发展。与此相比，《启示》中的隐性进程虽然跟情节发展相冲突，但其功能是揭示出造成女主人公弱点的社会原因，拓展和补充（仅描述女主人公弱点的）情节发展。

阿尔贝注意到申丹一方面提出"互补型"和"颠覆型"的二元区分，另一方面又指出"隐性进程和情节发展以各种方式产生互动，从和谐互补到剧烈颠覆"，这是一种阶梯性质的递进，而不是二元对立。阿尔贝认为申丹的这两种观点相互矛盾。申丹在答辩中指出，阶梯性递进只存在于"互补型"内部。在某些作品中，隐性进程和情节发展呈现出和谐互补的关系；而在另一些作品中，这两种叙事运动则是在冲突中形成互补，且冲突的程度有强有弱。这样在"互补"这一大类中，就存在从和谐互补到不同程度冲突中的互补这样阶梯性质的递进。与此同时，又存在"互补型"和"颠覆型"这两大类之间的二元对立。"颠覆型"中的情节发展总是虚假的表象，而"互补型"中的情节发展则总是具有坚实的意义；前者会被隐性进程所取代，而后者则会与隐性进程携手表达出作品的总体意义。由此可见，申丹的两种观点并不矛盾。

　　阿尔贝提出的第三个问题涉及作者的创作意图："作者究竟是完全未意识到隐性进程的存在"还是"虽然意识到了，但觉得它并不重要"？申丹首先欣喜地肯定了阿尔贝对作者意图的关注，因为他通常从认知叙事学的立场出发，仅仅关注读者的反应，而对修辞叙事学关注作者意图的立场加以抨击。申丹指出，正如目标论文所提及的，她对相关作品都另文展开了详细深入的分析，逐步揭示出其涵括的隐性进程。从中可以看出，这些隐性进程都是作者从头到尾有意设计和构建的。至于重要性，阿尔贝自己在回应论文中明确指出："隐性进程显然是十分重要且一直被忽略的叙事现象"。诚然，他可以说虽然隐性进程一般来说很重要，但在具体作品中，其重要性可能会不尽相同。申丹指出，既然作者精心设计和构建了隐性进程，就说明其认为这些叙事暗流很重要。例如，就上文提到的《黛西蕾的婴孩》《判决》和《启示》而言，可以推断肖邦、卡夫卡和曼斯菲尔德均十分重视相关隐性进程，因此才会精心构建，以便暗暗表达种族主义的立场或者揭示情节发展背后的社会原因。

　　阿尔贝提出的第四个问题涉及新近的批评动向。进入新世纪以来，有学者捉出应该关注文学文本的表层意义，而不是探索其深层意义。[1]阿尔贝据此发问：在21世纪，我们究竟是否依然需要关注作品的深层意义？申丹回答说：就文学批评家、大学的文学教师和研究生而言，依然需要关注。然而，对那些为了消遣而阅读的读者而言，则是另一回事。究竟坡的《泄密的心》是否仅仅构成简单叙事，究竟《启示》是否仅仅对女主人加以反讽，这对于消遣性阅读来说确实无关紧要。申丹在撰写目标论文时，考虑的是阿尔贝这样的专业读者。他在回应该文时声称"自己一直非常钦佩申丹的研究"，"尤其是"劳特利奇出版社推出的申丹揭示

---

1 Stephen Best and Sharon Marcus, "Surface Reading: An Introduction," *Representations* 108.1 (2009): 1–2.

隐性进程的专著。这本身就体现出他赞成挖掘作品的深层意义。

阿尔贝提出的第五个问题是：若未发现隐性进程，对作品的解读就一定会片面或者错误吗？申丹指出，阿尔贝认可在卡夫卡的《判决》中，隐性进程暗暗表达出"个人与社会的冲突"，父亲与儿子都是社会压力的牺牲品。与此相对照，在情节发展中，仅仅存在父子之间的冲突，读者仅能看到儿子是父亲的牺牲品，或者父亲是儿子的牺牲品。若看不到隐性进程，对作品的解读难道不会片面吗？阿尔贝同样认可在《黛西蕾的婴孩》中，有一个捍卫种族主义的隐性进程，它暗暗颠覆反对种族主义的情节发展。若看不到隐性进程，难道不会对作品进行错误解读吗？如果阿尔贝对这些问题的回答是肯定的，那么他应该不会再认为忽略隐性进程的解读只不过是从不同角度考察作品，也不会再认为这种忽略是"可取的"[1]。

阿尔贝的最后一个问题涉及申丹在目标论文中提出的十五个命题，他认为这些命题不够集中和系统。申丹指出，其中九个命题都聚焦于如何发现隐性进程，另外有四个命题也和这一主题相关，或者解释隐性进程难以被发现的原因，或者指出一个作品可能会含有两个隐性进程，或者说明文本的某一部分可能对情节发展至关重要，而另一部分则对隐性进程至关重要。既然阿尔贝认为隐性进程"是迄今依然被忽略的重要现象"，那么申丹在提出相关命题时，聚焦于如何发现隐性进程就是正确且合理的。申丹也解释了为何在目标论文中没有集中提出这十五个命题：为了有利于读者理解相关命题，她特意在简要分析某一作品之后，根据这一作品的突出特点，提出与之直接相关且具有一定普遍意义的命题，这样读者就能通过分析例证，更好地掌握所提出的命题。

---

[1] 阿尔贝是在以读者为标准来考虑问题。从这种认知叙事学的立场出发，个体读者千变万化的阐释无对错高低之分，都是可取的。

申丹与兰瑟的对话

女性主义叙事学的开创者苏珊·兰瑟教授的回应论文的标题为《解读双重进程：从〈小山顶〉来观察》[1]。兰瑟将申丹的理论运用于对以色列长篇小说《小山顶》的分析。作为逻辑性很强的批评家，她在论文的结语里说："我有可能在上文中混淆了'隐性进程'与'隐性情节'或者类似的概念。但毫无疑问，与其他方法相比，我认为申丹的方法促使我对叙事进程进行了更加全面、更加深入和更加大胆的仔细分析。"申丹认为兰瑟总结得非常到位。

兰瑟指出，有的读者根据作者平时表达的观点，形成对作者立场固定的看法，据此来阐释作品，这形成一种禁锢。她赞赏申丹在目标论文中提醒大家不要受"一个固定的作者形象的束缚"，同时也质疑了申丹所看重的、布斯提出的"隐含作者"这一概念，因为在兰瑟看来，任何对作者的关注都容易形成阐释束缚。申丹指出，所谓"隐含作者"，即这一作品创作过程中的作者，有别于所谓"真实作者"，即日常生活中的这个人（见申丹与费伦的对话）。若要了解"真实作者"，我们需要阅读传记、日记、信件、访谈、政论文等其他材料；而若要了解"隐含作者"，我们则需要细读作品本身。正如兰瑟所指出的，很多读者是根据作者通常所表达的立场来判断《小山顶》的立场的。假若读者熟悉"隐含作者"与"真实作者"的区分，就不会将作者通常的立场视为这一作品的立场，而会通过细读该作品本身来发现作品中复杂的作者立场。申丹指出，正是因为熟悉"隐含作者"与"真实作者"之分，她在阐释卡夫卡的《判决》时，没有受卡夫卡在日记、信件中所表达的观点的束缚（卡夫卡说自己在写《判决》时，仅仅关注父子冲突），而是通过细读

---

1 Susan S. Lanser, "Reading Dual Progression: A View from *The Hilltop*," *Style* 55.1 (2021): 94–99.

作品,发现了卡夫卡自己未曾提及的隐性进程(聚焦于个人与社会的冲突)。申丹进一步指出,她根据"隐含作者"与"真实作者"之分,发现了肖邦的不同作品在种族立场上的对照,这些作品的不同"隐含作者"与生活中的"真实作者"在种族立场上或者相吻合,或者相冲突。[1] 从中可以看到,"隐含作者"这一概念不仅有助于发现某一作品的复杂立场,而且还有助于发现作者笔下不同作品的不同立场。

《小山顶》的情节发展呈现出复杂的作者立场,至少可以从两个互为对照的角度加以解读:或者聚焦于小说对建设犹太人定居点的反讽性批判,或者聚焦于小说对定居者充满同情的人性化塑造。兰瑟的分析与前人的不同之处在于:其他批评家仅仅进行一个角度的阐释,认为那一特定的角度才是正确的;而兰瑟受到申丹理论的启发,沿着两个不同的主题发展轨道来探讨情节发展,并且注重两者之间的对位和制约。正如兰瑟自己所言,她在申丹理论的启发下,同时关注情节发展中的双重表意轨道,这不仅使她对作品达到了更加全面和更加平衡的把握,而且也使她得以对作品的主题意义进行更加深入和更加"大胆"的挖掘,从而深化和拓展对情节发展的阐释。兰瑟的分析很好地体现了申丹的双重动力理论的一种功能:可以把注意力引向情节发展本身含有的两种互为对照的主题发展轨道,并关注两者之间的交互作用。[2]

申丹与卢特的对话

另一位将申丹的理论运用于长篇小说阐释的是挪威奥斯陆大学的雅各布·卢特教授,其论文标题是《将申丹的双重叙事动力理论与伊

---

[1] Shen, *Style and Rhetoric of Short Narrative Fiction*, pp. 84–90.
[2] Shen, "Naturalistic Covert Progression behind Complicated Plot: Chopin's 'A Pair of Silk Stockings,'" pp. 1–24;申丹:《双重叙事进程研究》,第170—187页。

恩·麦克尤恩的〈赎罪〉相连》[1]。卢特首先说明了申丹能够持续对叙事学研究做出重要贡献的三种原因，包括创新研究方法，将文体学引入她的修辞性叙事学研究。他表示赞同申丹的看法，即在不少作品中存在双重叙事动力，这在以往的研究中一直被忽略。他将申丹的理论用于分析麦克尤恩的《赎罪》，聚焦于小说的叙述表达与所述内容之间的双重关系。

《赎罪》的情节发展以第三人称叙述展开。主人公布里奥妮幼年时误将姐姐的恋人罗比认作强奸犯，导致罗比入狱，也导致姐姐和罗比至死一直分离。她成年后深感内疚和自责，采用各种方式包括写小说来赎罪，直至高龄。但在作品的"尾声"中，读者却得知作品的主体部分实际上出自布里奥妮本人之手。在亚里士多德开创的研究传统中，可以从"元小说"的角度来看待这一尾声。也有批评家认为作者在尾声部分突然给（单一）叙事进程带来了一个令人震惊的突转。[2] 从这一角度观察，在"尾声"出现之前，麦克尤恩与布里奥妮笔下的小说是合二为一的，因此在分析时只会探索单一的叙事进程的复杂性。卢特受到申丹理论的启发，看到了在"尾声"之前并列前行的双重叙事进程：一是采用第三人称全知叙述的显性进程，二是暗含的采用第一人称回顾性叙述的（自传体的）隐性进程。他从这一新的角度切入，从作品的开头就开始关注这明暗的双重叙事进程，探讨它们之间的交互作用。

针对申丹就情节发展和隐性进程之间的关系所区分的"互补型"和"颠覆型"这两大类，卢特指出《赎罪》中的双重叙事进程既相互补充又相互颠覆，且两者之间相互渗透。例如，当读者从"尾声"处得知情节发展中的第三人称叙述者就是隐性进程中的布里奥妮本人时，这颠覆了我们在首次阅读时认为情节发展的叙述者客观可靠的印象。与此同时，

---

[1] Jakob Lothe, "Dan Shen's Theory of Dual Narrative Dynamics Linked to Ian McEwan's *Atonement*," *Style* 55.1 (2021): 100–105.

[2] James Phelan, *Experiencing Fiction*, Columbus: Ohio State UP, 2007, pp. 109–117.

由于情节发展的第三人称叙述者在叙述布里奥妮的赎罪行为的同时，也在通过写作来赎罪，这对我们的首次阅读又是一种补充。申丹在答辩时指出，卢特在一定程度上混淆了两种进程之间的界限。若要保持界限清晰，需要这样来看：显性进程中的第三人称叙述者叙述了布里奥妮的赎罪行为，而隐性进程中的第一人称叙述者则在通过写作来赎罪。因为这两位叙述者同为一人，因此显性进程的叙述也并非客观可靠。这两种叙事进程并列前行，联手表达出《赎罪》的主题意义。

卢特认为申丹在分析曼斯菲尔德的《启示》时，提出了这样一个观点：叙事作品的开头"很少包含"一个隐性进程，而他自己在《赎罪》里则看到了隐性进程和情节发展从作品的开头就在并列前行。针对这一质疑，申丹援引了其目标论文中的原话："我们需要牢记隐性进程是从头到尾与情节发展并列前行的，作品开头本身无法包含（cannot accommodate）这种持续前行的叙事暗流。"申丹发现《启示》含有反讽女主人公的情节发展和反讽父权制社会的隐性进程，但由于篇幅所限，在目标论文中仅分析了两者如何在《启示》的开头并列前行。上引申丹的两句原话，意在提醒读者不能仅仅依据作品的开头来判断是否存在隐性进程，而必须考察相关文本成分是否与其他地方的文本成分联手，构成一个贯穿作品始终的叙事暗流，一直与情节发展并列前行。

卢特还指出，在《赎罪》中，隐含作者在两个叙事进程中的立场是复合的，但相互之间并不冲突。申丹在目标论文的摘要和正文中，都强调两种叙事进程有可能和谐互补，也有可能相互冲突，甚至相互颠覆。也就是说，隐含作者在显性和隐性进程中的立场完全有可能和谐一致。

申丹与理查森和魏的对话

非自然叙事学的领军人物布赖恩·理查森邀请魏同安加盟，写出了回应论文《对隐性进程的探索》[1]。文章首先指出申丹多年来在叙事理论的不少领域都做出了令人钦佩的研究成果，包括其隐性进程理论。该文也提出了一系列问题，第一个问题涉及文学史。他们注意到申丹和其他相关学者分析的作品有不少出自早期现代主义作家之手，因此发问：隐性进程是否构成一个典型的现代主义的文学现象？现代主义诗学里是否含有催生这种叙事暗流的成分？申丹做出了肯定的回答，指出由于隐性进程需要作者采用微妙的技巧精心构建，因此是不少现代主义作品的一个典型特征。

第二个问题与历史进程相关。德国和奥地利在第一次世界大战之后出版的小说，描述了大战之前的世界，这个世界很快就会被战争吞没和改变。读者了解相关历史，这种知识对于全面理解小说也不可或缺，但作品未加介绍。又如，在伍尔夫的《到灯塔去》中，第一部分省略了对"一战"十年间的描写，这场战争完全改变了存活下来的人物的生活。理查森和魏的问题是：作品未加描述的相关历史进程是否可视为一种隐性进程？对此，申丹的回答是否定的，因为这是作品外部的历史语境，且仅与情节发展本身相关。

第三个问题是：申丹的叙事理论模式是否期待和假设作品和隐性进程是完整和连贯的。申丹对此做出了既肯定又否定的回答。她指出，只有在作品开头、中腰和结尾的文本成分联手构成另外一个主题连贯的叙事暗流的情况下，才会存在与情节发展并列前行的隐性进程。然而，申丹的模式对于隐性进程究竟是否完整则未加预设，没有设限。在申丹自己分析的曼斯菲尔德的《苍蝇》中，隐性进程没有结局（即并不"完整"），与理查森和魏所关注的曼斯菲尔德的《心理》中的隐性进程形成对照。此外，申丹的模式对于作品本身究竟是否连贯，是否含有模棱两

---

[1] Brian Richardson and Tung-An Wei, "Probing Covert Progressions," *Style* 55.1 (2021): 68–71.

可的成分也持开放态度。

　　第四个问题是：是否存在部分的隐性进程或者隐性的部分进程？申丹指出，这个问题本身体现出亚里士多德叙事研究传统的强大束缚力。由于这一传统仅仅关注情节发展，因此理查森和魏将隐性进程视为"一种情节布局"，而且他们想知道"隐性进程是否能成为情节的一部分"。申丹指出，目标论文已用大量篇幅来说明隐性进程是自始至终与情节发展并列前行的，因此既不是一种情节布局，也不可能成为情节的一部分。由于研究传统的桎梏，理查森和魏认为在亨利·詹姆斯的《地毯上的图案》中，情节发展背后还存在一个隐性进程，而实际上该作品仅仅含有情节发展，其意义含混，深层意义不甚明了。也就是说，理查森和魏把情节发展本身的潜在意义当成了隐性进程。在目标论文中，申丹区分了比尔斯的《空中骑士》与《峡谷事件》：《空中骑士》含有隐性进程，而《峡谷事件》则仅有情节发展，两者之间存在本质差异。由于亚里士多德研究传统的束缚，理查森和魏将这两篇作品相提并论，这印证了申丹在目标论文中的提示："当注意力囿于情节发展时，我们会对这两篇作品之间的本质差异视而不见。"

　　第五个问题涉及隐性进程究竟是谁发现的。理查森和魏认为在不少含有隐性进程的作品中，读者的视野局限于某个人物的观察范围；当这一人物或周围的其他人物发现隐性进程时，读者也会相应发现。他们以比尔斯的《空中骑士》为例，认为故事的主人公"知道整个故事"，"也就是说，就主人公而言，不存在隐性进程"。申丹指出，这种分析误解了隐性进程。《空中骑士》是描写南北战争的作品，儿子和父亲分别加入了北方和南方的部队；儿子放哨时，在对面悬崖顶上看到了敌军的一个侦察骑兵，对方已经发现了自己部队的埋伏；他想射杀这个敌人时，意外发现竟是自己的父亲；他经过激烈的思想斗争，为了保护埋伏中的几千战友，射杀了父亲的坐骑，人和马均坠下万丈悬崖。为了制造悬念，作品直到最后方揭示出儿子射杀的敌人是其父亲。理查森和魏误将这一悬置当成了隐性进程，而实际上隐性进程与此无关。《空中骑士》的情节发展以反战为主题，通过儿子被迫杀死父亲，来强烈抨击战争的残酷无情。在这一叙事运动中，儿子和父亲都是战争的牺牲品，均有较强悲剧性。与此相对照，隐性进程表达的则是履职尽责的重要性。在这一叙事暗流中，儿子和父亲都是尽责的战士的化身，不仅不带悲剧性，而且形象高大，父亲还在一定程度上被神圣化了。作品中同样的文字沿着情节发展和隐性进程这两条并行的轨道，表达出相互冲突的主题意义，塑造出互为对照的人物形象。[1] 不难看出，隐性进程的发现有赖于隐含作者和读者在人物背后的交流，超出了人物的感知范畴。理查森是我国读者熟悉的著名叙事理论家，他对隐性进程的误解提醒我们，若要发现这股叙事暗流，首先必须摆脱古今中外囿于情节发展的研究传统的束缚。

理查森和魏提出的另外两个问题跟费伦提出的大同小异，因此申丹请读者阅读她对费伦的回答，而未再次回应。

申丹与尼尔森的对话

丹麦奥尔胡斯大学教授亨里克·尼尔森以《对申丹的回应》为题加入对话[2]。他在开篇处说自己钦佩申丹的研究和渊博的学识，这在目标论文中得到体现。然后，他就目标论文提出了一系列质疑。申丹表达了谢意，因为可借此机会进一步阐明相关问题。

申丹在目标论文中，将"隐性进程"与以往探讨的各种深层意义加以区分，涉及"隐性情节""第二故事""隐匿情节"等等。她指出这些

---

[1] Shen, "Joint Functioning of Two Parallel Trajectories of Signification: Ambrose Bierce's 'A Horseman in the Sky,'" pp. 125-145.

[2] Henrik Zetterberg-Nielsen, "Response to Dan Shen," *Style* 55.1 (2021): 71-77.

概念看上去与"隐性进程"大同小异，而实际上截然不同，因为其指涉的均为情节发展本身的某种深层意义，而隐性进程则是与情节发展并行的另外一种叙事运动。尼尔森一方面肯定这种区分，认为言之有理，另一方面则提出申丹只是阐明了"隐性进程"与以往诸种概念的不同，而"从未界定"这一概念本身。有趣的是，费伦的看法与尼尔森的相反，认为申丹在目标论文中"对隐性进程进行了清晰的界定"[1]。针对尼尔森的质疑，申丹重述了自己的界定：隐性进程是"一种隐蔽的叙事动力，它在显性情节动力的背后，从头到尾与之并列运行。这两种文本动力邀请读者做出双重反应。具体而言，隐性进程和情节发展表达出相互对照甚或相互对立的主题意义、人物形象和美学涵义，以各种方式邀请读者做出更为复杂的反应"。

申丹在目标论文中一再提到亚里士多德开创的叙事研究传统仅仅关注情节发展，尼尔森对此加以质疑，认为申丹这种大一统的描述抹杀了各种叙事研究流派之间的界限，如认知叙事学、修辞性叙事学、非自然叙事学和虚构叙事理论之间的不同。在回应时，申丹首先引用了阿博特的话：若要发现隐性进程，就"必须'摆脱'亚里士多德以来聚焦于情节发展的批评传统的'束缚'"[2]。阿博特之所以会赞同申丹的看法，是因为他看到了申丹的论述仅仅涉及研究对象，而尼尔森却将研究对象与研究流派混为一谈。从亚里士多德开始，无论采取何种方法，从何种角度切入作品，不同流派的学者仅仅关注了情节发展这一种叙事运动。认知叙事学也聚焦于读者对这一种叙事动力的反应。申丹指出，亚里士多德关注的是模仿性的叙事作品，自己也在目标论文中将研究对象限定于"模仿性虚构作品的叙事动力"。尼尔森虽然引用了申丹的明确限定，却又

1　Phelan, "Theorizing Dual Progression: Some Questions for Dan Shen," p. 36.
2　Abbott, "Thoughts on 'Dual Narrative Dynamics,'" p. 64.

将"非自然叙事学"纳入,而这一流派研究的是反模仿性(antimimetic)的作品。[1]

正因为尼尔森没有将研究对象与研究流派加以区分,因此他不清楚申丹所提倡的摆脱研究传统的束缚"究竟是要颠覆、补充还是要替代文学理论、叙事理论或叙事学"。申丹指出,当把注意力从研究流派转回到研究对象之后,就不再会感到困惑,而是会清楚地看到申丹在研究对象上的拓展——从情节发展拓展到隐性进程以及两者之间的互动。此外,还会清楚地看到与之相应的理论创新,即对各种双重叙事理论概念和模式的建构。

此外,由于尼尔森对研究对象和研究流派未加区分,因此他认为布鲁克斯和费伦等当代叙事理论家与亚里士多德之间的差别并不亚于甚至还超过了申丹与亚里士多德之间的差别。申丹对此回应道:在叙事进程研究方面,布鲁克斯的代表作题为《阅读情节》,而费伦的奠基之作也以《阅读人物,阅读情节》为题。不难看出,这些当代学者依然在聚焦于情节的亚里士多德研究传统之内运作,而申丹却在分析对象和理论建构上超越了这一传统。

申丹在目标论文中提到布鲁克斯的《阅读情节》"将注意力转向了情节和阅读的向前运动"。尼尔森对此提出质疑,因为布鲁克斯十分关注"预叙"和"倒叙"。申丹的回应是:我们需要意识到,只有当情节是一种向前发展的叙事运动时,才会有"预叙"和"倒叙",后者是相对于前者界定的。

尼尔森对申丹的理论进行了这样的概述:"综合考虑申丹对于隐性进程的论述,我们看到的是这种叙事动力与先前探讨的类似叙事动力(如

---

[1] Brian Richardson, "Unnatural Narrative Theory," *Style* 50.4 (2016): 385–405; Dan Shen, "What Are Unnatural Narratives? What Are Unnatural Elements?" *Style* 50.4 (2016): 483–489.

隐性情节、第二故事等）的主要区别在于隐性进程需要从头到尾运行，而先前探讨的则是局部的暗藏线索，或者是为细心的读者突然揭示的真相。"申丹指出，当尼尔森将注意力转向研究对象时，他依然未意识到隐性进程是独立于情节发展的另外一种叙事运动，因此他仅仅看到"从头到尾运行"与"局部运行"之间的区别；而她在目标论文中则一再强调，隐性进程的独特性不仅在于它贯穿文本始终，而且在于它是在情节背后，沿着其自身的主题轨道独立运行，而不是在情节发展的范畴之中运作。

尼尔森还质疑了申丹对卡夫卡的《判决》的阐释。《判决》有三分之一的篇幅描述儿子对远在俄国的一位朋友的思考。先前的批评都在父子冲突的框架中阐释这一思考，而申丹则发现了聚焦于个人与社会冲突的隐性进程，看到儿子的思考暗暗凸显了社会压力。尼尔森对此表示赞赏，然而他认为个人与社会的冲突并非隐性："只需快速搜索，马上就可发现数十年来发表的好几十篇论文，集中评论这一作品中个人与社会的关系以及由此产生的生存危机。"申丹的回应是：尼尔森提到了"好几十篇论文"，但未给出任何参考文献。而她本人在发表分析《判决》中隐性进程的论文[1]之前，仔细查阅了大量文献，发现以往的批评家均聚焦于父子冲突，目标论文中也引出了数种文献。卡夫卡自己在信件和日记中也明确说这一作品围绕"父子冲突"展开。申丹猜测尼尔森在"快速搜索"中找到的是对卡夫卡文学创作的总体评论。众所周知，在《判决》之后面世的《变形记》《审判》《城堡》等卡夫卡的后期作品中，情节发展本身均聚焦于个人与社会的冲突。这与《判决》形成对照——《判决》仅仅在隐性进程里才涉及这种冲突。由于尼尔森误以为《判决》的情节发展也关注个人与社会的冲突，因此他无法看清《判决》里"显性"与

---

[1] Dan Shen, "Covert Progression, Language and Context," in Ruth Page et al., eds., *Rethinking Language, Text and Context*, London: Routledge, 2019, pp. 17–28.

"隐性"的叙事进程之分。申丹回答说，当尼尔森认识到《判决》里处于明处的情节发展并未涉及这种冲突、处于暗处的隐性进程才围绕这一冲突展开时，才能看清"显性"与"隐性"进程之分。

此外，尼尔森还质疑了申丹对"隐性进程"和"隐性情节"的区分，但质疑的依据跟申丹的理论无关，而是跟另一位学者对具体作品的阐释相关。申丹在目标论文中介绍了两种"隐性情节"概念：一种由英国学者塞德里克·沃茨提出，主要指涉小说情节中未被提及的一个隐蔽的事件序列[1]；另一种则由美国学者戴维·里克特提出，指涉情节发展中一个容易被忽略的分支[2]。两者相比，沃茨更多地关注局部事件，而里克特则聚焦于持续前行的情节分支。尼尔森混淆了两者，以为里克特仅仅进行了局部考察。里克特以一篇丹麦小说为例来说明其"隐性情节"概念。尼尔森质疑了里克特的阐释，认为他的"局部考察"导致了误解，并提到自己在即将发表的论文中也分析了这篇小说，看法却与里克特的相左，并据此挑战申丹对隐性进程和隐性情节的区分。申丹的回应是，自己无法判断究竟谁对那篇丹麦小说情节发展的阐释更有道理，但毫无疑问，无论两人孰是孰非，都不影响自己对"隐性情节"和"隐性进程"所做的区分：前者是情节发展内部隐蔽的局部事件或者被忽略的一个持续发展的分支，而后者则是与情节发展并列运行的另外一种叙事运动。

尼尔森还质疑了申丹对坡的《泄密的心》的分析。作品的情节发展围绕叙述者"我"对一位老人的谋杀展开。申丹指出在情节背后，有两种并行的隐性进程。第一种：在整个谋杀过程中，凶手一直在佯装，并为此感到洋洋自得。作为文本中唯一佯装的恶棍，他在结局处把自己的佯装投射到警察身上，对警察怒喝"恶棍！别再装了！"这一怒喝构成无

---

[1] Cedric Watts, *The Deceptive Text: An Introduction to Covert Plots*, Brighton: Barnes, 1984.

[2] David H. Richter, "Covert Plot in Isak Dinesen's 'Sorrow Acre,'" *The Journal of Narrative Technique* 15.1 (1985): 82–90.

意识的自我谴责,并与前面的文本成分相呼应,构成贯穿作品的戏剧性反讽暗流。尼尔森误以为申丹说凶手自我谴责是在说"凶手并没有认为警察在佯装"。他对此反驳道:"实际上从凶手的角度来说,警察确实在佯装。"申丹的回应是:"看来尼尔森误解了我所说的凶手'把自己的佯装投射到警察身上'";"我在目标论文中也明确说了'凶手谴责警察是佯装的恶棍'。对警察的这一谴责构成凶手无意识的自我谴责"。

申丹指出《泄密的心》中还存在第二种隐性进程:在当时的历史语境中,只有精神失常的人才能在杀人之后免于刑罚;而凶手杀害老人后却一再声称自己精神正常,这构成无意识的自我定罪。尼尔森认为申丹"接受了这种庸俗的民间看法:被告说自己有罪就有罪……无论他的回答是证实了还是否认了对其罪行的指控"。申丹的回应是,尼尔森显然再次误解了她的观点,她意在表达的是这样一种戏剧性反讽:在只有精神失常才能免于刑罚的社会环境中,凶手却一再声称自己精神没有失常,这无异于自我定罪。

尼尔森声称自己在这一作品中发现了一种可能存在的隐性进程,它通过作者对同音异义词的巧妙安排来构建。申丹对此的回应是:虽然尼尔森对语音层次的分析不乏洞见,但语音层次本身无法构成与情节发展并行的另外一种叙事运动(人物和事件都不可或缺)。尼尔森探讨的其实是情节发展自身的语音层面。

申丹在目标论文中,建构了一系列双重性分析模式,包括"双重事件结构模式""双重人物形象模式""双重不可靠叙述模式""双重作者型叙事交流模式"等等,并且提出还需要在更大的范围建构"双重故事和话语模式"。尼尔森质疑这种理论建构的必要性,认为"一位作者可以创造出一个憎恶女性的显性进程和一个女性主义的隐性进程",因此没有必要建构双重性的分析模式。申丹的回应是:倘若一位作者在憎恶女性的情节发展背后创造了女性主义的隐性进程,就需要双重性分析模式来应对在这两种进程中出现的不同作者立场、人物形象、叙事距离和叙述语气等等。如果仅存在分析这些因素的单一模式,那我们就会面临困境,不知道应该分析这两种主题意义相互冲突的叙事运动中的哪一种,而无论怎样选择,分析结果必定是片面和失衡的。

尼尔森还以反讽为例来挑战双重性模式,"当一个人使用反讽时,我们并不会认为此人变成了两个人,创造了双重的故事和话语,或者投射了两个不同的人物形象"。申丹回应道:的确,当一个人使用反讽时,我们仅仅需要单一的反讽模式。然而,倘若情节发展背后还存在隐性进程,就可能会出现两种不同层次、不同性质的反讽。例如,在曼斯菲尔德的《启示》中,情节发展针对女主人公的弱点展开反讽,而隐性进程则针对父权制压迫展开反讽。在隐性进程中,由于女主人公是父权制的牺牲品,因此会得到作者和读者的同情,他们与女主人公之间的距离会大大缩短。若要分析这样对照性质的双重反讽,我们就需要"双重反讽模式""双重人物形象模式"以及"双重故事与话语模式"(显性情节和隐性进程通过两种不同的故事与话语的互动来表达这两种对照性质的反讽)。

申丹与皮安佐拉的对话

意大利学者、《思考》杂志执行主编费德里科·皮安佐拉论文的题目是《文学批评的模式化:如何做以及如何将其教给人和机器》[1]。他最关心的是如何教会计算机和学生运用申丹的双重叙事进程理论来分析文学作品。他指出,申丹在其先前的论著中提出了一套分析方法,在目标论文

---

[1] Federico Pianzola, "Modeling Literary Criticism: How to Do It and How to Teach It to Humans and Machines," *Style* 55.1 (2021): 111–117.

中又进一步发展了这套方法。皮安佐拉也意识到申丹提出的方法超出了文本范畴，需要考虑历史环境、作者的特点和文学规约等，这对于学生和计算机来说均构成挑战，因为需要获得正确的语境信息，并将之与作品进行有意义的关联。

皮安佐拉针对如何教会学生和计算机，对申丹的分析方法进行了总结，就如何发现隐性进程提出了五个步骤：一、挑选出相对于情节发展而言看上去奇怪、琐碎或者离题的语言选择；二、考察文本，看这样的语言选择是否贯穿整个作品中（需要反复阅读文本，因为新发现的语言选择可能会指向新的需要考察的方面）；三、如果作品从头到尾都含有与情节发展不相契合的语言选择，就需要根据其行进的轨迹，勾勒出隐性进程的基本事件结构；四、思考为何这些语言选择偏离了情节发展的轨道；五、从语境（作者背景、历史环境、互文关联）中寻找原因，以便更好地做出解释。

申丹在目标论文中，既强调了要关注从情节发展的角度观察显得奇怪、琐碎或者离题的语言选择，也强调了要关注同样的语言选择如何在情节发展和隐性进程中同时起重要作用、表达出相互冲突的主题意义，并且分别就"文体学研究"和"叙事学研究"如何发现隐性进程进行了模式建构。皮安佐拉提出的五步骤模式仅仅考虑了偏离情节轨道的语言选择，而且主要依据的是申丹就文体学研究展开的探讨。他接着转向了申丹就叙事学研究进行的模式建构，展现了申丹提出的"双重事件结构模式""双重人物塑造和人物形象模式"和"双重不可靠叙述模式"，并且提到了申丹建构的其他双重性质的叙事学模式。

皮安佐拉认为通过一定的训练，有可能教会计算机识别"隐性进程"和双重叙事动力。申丹的回应是，就目前的情况来说，计算机连严肃文学中的情节发展都难以深入阐释，更不用说挖掘出情节背后的隐性进程。之所以是"隐性"进程，不仅因为它处于情节背后的暗处，而且因为作者常常对其进行各种伪装；若要发现这股叙事暗流，往往需要敏锐地觉察到同样的文字会同时产生出两种不同的主题意义，有时还需要把握其与历史语境的关联，这都超出了计算机现有的能力。但申丹也留有余地：人工智能在飞速发展，谁又能断定计算机将来不能学会解码隐性进程和双重叙事动力呢？

申丹与张欣的对话

广东外语外贸大学张欣教授以《申丹"隐性进程和双重叙事动力"理论在戏剧中的运用》[1]为题加入这场对话。她首先简要阐述了申丹理论创新的重要意义，指出以往批评家仅关注情节发展的连贯性和完整性，因此倾向于忽略和排斥看上去不合逻辑或者偏离情节轨道的文本成分。申丹理论的一个突出价值在于，不是仅在一种叙事运动的框架内考虑文本成分，而是将注意力引向两种共存的叙事运动，两者在主题意义上相互对照、相互冲突，甚至相互对立。

张欣指出，戏剧的对话性和表演性为偏离情节轨道的文本成分提供了丰富的运作空间，而这些成分又可能会成为隐性进程的重要载体。作为供公开演出的体裁，戏剧文本往往会受到更加严格的审查，这也促使剧作家采用隐性进程这种隐蔽的手法来表达复杂的主题意义。张欣认为，申丹所倡导的"打破亚里士多德以来批评传统的束缚"和摆脱"一个固定的作者形象"可帮助阐释戏剧文本，引导自己关注戏剧文本和作者的复杂性。每当阅读中遇到偏离情节发展的文本成分时，自己会努力探索这些成分是否与其他相关文本成分交互作用，构成另外一种叙事运动，

---

[1] Xin Zhang, "Extending Shen's 'Covert Progression and Dual Dynamics' to Drama Analysis," *Style* 55.1 (2021): 89–94.

表达出另外一种主题意义。

张欣将双重叙事动力理论用于分析美国剧作家莉莲·海尔曼的《阁楼上的玩具》，揭示出在聚焦于逃离原生家庭禁锢的情节发展背后，存在聚焦于黑白种族越界的隐性叙事进程。后者主要由偏离情节轨道的文本成分以及有赖于读者/观众推断的幕后事件构成，因此在以往的评论中被忽略或被边缘化。申丹在目标论文中强调要考虑隐性进程与历史语境的关联。张欣通过考察历史语境，为黑白种族越界的隐性进程提供了更加令人信服的解释。申丹肯定了张欣的阐释，同时指出了一个有趣的现象：导演和演员恐怕很难发现隐性进程，观众在观看戏剧时也难以发现，因此隐性进程似乎是特别为能反复阅读剧本的批评家而设。然而，当批评家挖掘出隐性进程之后，就有可能会帮助导演和演员更好地表达出剧本的内涵，也可能会帮助观众更好地理解相关戏剧。

申丹与段枫的对话

复旦大学段枫副教授也参加了讨论，其论文题为《申丹的"双重动力"与文学童话的双重读者》[1]。段枫指出申丹的理论打破了批评传统的束缚，在叙事研究方面取得了突破性进展。她特别感兴趣的是目标论文对肖邦的《黛西蕾的婴孩》的分析，该作品的情节发展是为反种族主义的读者创作的，而隐性进程针对的则是赞成种族主义的读者。段枫指出，这两种读者尽管在种族立场上相对立，但属于同一年龄层。与此相对照，在文学童话这一体裁中，作者可能会针对两个不同年龄层的读者，分别构建情节发展（儿童读者）和隐性进程（成年读者）。由于文学童话的

---

[1] Feng Duan, "Dan Shen's 'Dual Dynamics' and Dual Audience of Literary Fairy Tales," *Style* 55.1 (2021): 105−111.

情节发展往往含有针对儿童和普通成人的不同主题意义，当这种作品中出现隐性进程时，就有可能涉及某一特定类型的成年读者。若能考虑这些不同种类的目标读者群，看到他们所聚焦的作品的不同层面，或许能更好地理解相关批评争议。

段枫采用申丹的理论，分析了王尔德的《快乐王子》，揭示出这一作品中的双重叙事进程和不同类型的目标读者。其情节发展对儿童读者而言具有利他行善的道德教化功能，也针对成年读者表达了作者对贫富差距、庸俗实用主义等社会现象的反思。在情节背后，还存在一个贯穿全文的隐性进程，这一叙事暗流围绕男同之爱展开，其目标读者是接受这种情感的成年人。以往批评家或者仅仅关注情节发展，或者聚焦于男同之爱，忽视了两者之间相辅相成的互动关系。

申丹在回应中指出，段枫对文学童话不同目标读者群的探讨，揭示了一种以往被忽略的阐释现象：当同情同性恋的成年读者以王尔德传记等史料为依据来阐释《快乐王子》时，或者当成年读者在"男同之爱文学"翻译文集中读到这一作品时，他们倾向于把男同之爱视为该作最重要的主题。这样一来，王尔德在情节背后创造的叙事暗流在这些读者的阐释过程中就被前景化了。这些读者不仅忽略了针对儿童和其他成年读者创作的文学童话情节，也未对隐性进程进行从头到尾的追踪，而只是关注了一些局部成分，因此对作品进行了相当片面的阐释。段枫以申丹的双重叙事动力理论为指导，仔细考察作品开头、中腰、结尾的相关文本成分的交互作用，揭示出自始至终与情节发展并列前行的表达男同之爱的隐性进程，纠正了以往不同方向上的阐释偏误。也就是说，面对这些不同的读者群，申丹的"双重叙事动力"理论具有两种不同的作用。对于仅仅关注男同之爱的读者来说，该理论可将注意力引向这一童话具有道德教化和社会批判功能的情节发展，看到一明一暗两种叙事进程在并列前行。而对于仅仅关注情节发展的成年读者来说，双重叙事进程理论则可把注意力引向聚焦于男同之爱的隐性进程。无论是哪种情况,申丹的理论都可帮助对作品进行更加全面和更为平衡的阐释。

结　语

　　《文体》杂志组织的对双重叙事进程理论的探讨,为来自九个国家的十八位学者提供了思想观点交流碰撞的绝佳机会。申丹得以在目标论文中系统阐述自己首创的理论概念和研究模式,多国学者得以从不同角度对这一原创理论进行评介,提出问题和质疑,并在数种体裁中加以运用。作为惯例,《文体》编辑部给申丹限定了四千至五千五百英文单词的篇幅来回答各国学者的探讨。由于申丹的理论挑战了自亚里士多德以降的长期研究传统,且隐性进程不仅隐蔽性强也易与情节的深层意义相混淆,因此一些学者的回应中出现了困惑、混乱和误解。申丹逐一回答困惑,厘清混乱和消除误解,写出了约一万五千英文单词的长篇答辩文。《文体》杂志十分欣赏申丹的答辩,破例全部接受,并不惜撤下所有书评,以便将其全文登出。相信在读到这一从"目标论文——十六篇回应——对回应的答辩"的集中探讨之后,各国读者能够对申丹的理论达到更好的了解,并能进一步拓展其运用范畴,帮助改进和深化对不同体裁、不同媒介的虚构叙事作品的阐释。

（原载《外国文学》2022年第1期）

《解读叙事》的本质究竟是什么？
——答申屠云峰的《另一种解读》[1]

一

2003年10月24日，J. 希利斯·米勒、韦恩·布斯、詹姆斯·费伦和笔者等人在美国哥伦布共进晚餐，席间米勒对布斯等人说："[申]丹在努力劝我转换阵营，转到这一阵营里来，因为她认为我实际上还是一位形式主义者。"八十多岁的老布斯笑着说："这话我已经说了快三十年了。"当时我们正在参加"当代叙事理论"研讨会，与会的都是应邀为国际上第一部《叙事理论指南》撰稿的作者。这是一支"非解构主义的作者队伍"，包括米克·巴尔、杰拉尔德·普林斯、施洛米丝·里蒙-凯南、西摩·查特曼等著名结构主义叙事学家。这是米勒第一次进入这个圈子，其原因在于《指南》的第一主编费伦读到了我写的一篇论文：《拓

---

[1] 申屠云峰:《对〈解读叙事〉的另一种解读——兼与申丹教授商榷》,《外国文学评论》2004年第1期, 第83—93页。其商榷对象是：申丹《解构主义在美国——评J. 希利斯·米勒的"线条意象"》,《外国文学评论》2001年第2期, 第5—13页。

展眼界：评 J. 希利斯·米勒的反叙事学》[1]。这篇论文探讨了米勒在《解读叙事》这本自称为"反叙事学"的著作中不时体现出来的与叙事学"貌离神合"的立场，旨在揭示米勒的"反叙事学的宏观视角"与"叙事学的微观视角"在批评实践中的互补关系。论文第一部分以"故事线条的开头与结尾"为题，第二部分以"自由间接引语与反讽"为题（探讨了故事线条的中部）。不难看出，这是我的《解构主义在美国——评 J. 希利斯·米勒的"线条意象"》（以下简称《评米勒的"线条意象"》）一文的英文版。无论是作为解构主义方家的米勒本人，受解构主义影响较多的里蒙-凯南，还是排斥解构主义的费伦都对笔者的探讨表示了赞赏。米勒的总体评价是："这是一篇精彩的论文（a wonderful paper），不仅对我的著作的评论具有令人钦佩的洞察力和宽厚的胸怀（admirably generous and perceptive），而且就文中指出的平衡叙事学与反叙事学的可能性来说也是如此。"米勒所说的"平衡叙事学与反叙事学"指的正是笔者的中心论点："解构主义的宏观视角"与"结构主义的微观视角"之间的互补。那么，为何得到了《解读叙事》的作者本人肯定的东西却受到了申屠云峰的挑战呢？为何米勒认为对其著作"具有令人钦佩的洞察力"的理解会被申屠云峰视为对该书的"误读"呢？这是因为他没有看到《解读叙事》一书的实质：尽管其总体理论框架是解构主义的，在批评实践中却是解构主义与形式主义（结构主义）的混合体，不时体现出隐藏在文本背后的形式主义立场。可以说，米勒在骨子里既是解构主义者，又是形式主义者。值得一提的是，米勒理性思维很强——上大学时本来要学数学，后来选择了物理，大学三年级改学文学，至今仍对自然科学保持着

---

[1] Dan Shen, "Broadening the Horizon: On J. Hillis Miller's Ananarratology," in Barbara Cohen and Dragan Kujundzic, eds., *Provocations to Reading*, New York: Fordham University Press, 2005, pp. 14–29. 这篇论文是应邀为庆祝米勒的七十五岁寿辰而写的，2003年4月在米勒执教的学校（University of California, Irvine）的庆祝性学术会议上宣读。

浓厚的兴趣。在从事解构主义之前，米勒为新批评的积极倡导者和实践者，尤其受肯尼斯·伯克和威廉·燕卜荪的影响甚深。在从事解构主义之后，他依然"以伯克为参照，来阅读德里达和德曼的论著"。这样的个人特质和学术背景是造成他思想中形式主义实质的根本原因。

二

笔者在《评米勒的"线条意象"》一文的开头写道："就打破逻各斯中心主义的形而上学传统，打破二元对立的思维模式，强调意义的非确定性等基本哲学立场而言，德里达与他的美国支持者之间可谓无甚区别，但美国解构主义学者仍然在不同的方面发展了解构主义批评理论。本文拟重点评介米勒如何以'线条意象'为框架，富有新意地在美国从事解构主义批评。"笔者一方面强调了米勒在哲学立场上与德里达的一致，另一方面又指出了米勒在批评实践中的"新意"。这一新意就在于既从解构主义的立场出发，又从结构主义的角度切入。该文的结论说："这两种**在哲学立场上互为排斥的批评方法**为我们观察文本提供了两种互为补充的角度。"在这里笔者再次区分了"哲学立场"和"批评"实践。前者"互为排斥"，后者却有互补之处。在发表于《外国文学评论》2003年第2期的《经典叙事学究竟是否已经过时？》一文中，笔者重申了这一点："叙事学在叙事规约之中运作，而解构主义则旨在颠覆叙事规约，两者在根本立场上构成一种完全对立的关系。"（第74页）在提到米勒的《解读叙事》一书时，则说明"'叙事学'与'反叙事学'的实证分析也存在某种程度的互补关系"（注6）。申屠文完全忽略了笔者的这一本质区分，用了大量篇幅来论证《解读叙事》的总体理论框架是反形而上学的，论证"解构主义是反对西方形而上学逻各斯中心主义的，结构主义则被认为是体现了逻各斯中心主义"，两者之间无法调和。这与笔者所说的

"互为排斥""完全对立"其实是一回事。

为何在《解读叙事》中会出现解构主义的总体理论框架与批评实践脱节的情形呢?当然,这主要与米勒的内在双重性相关,他骨子里的形式主义立场导致他不时进行"形而上学"的分析,譬如:"像《项狄传》这样的小说打破了戏剧性统一的规则。它缺乏亚里士多德那种有开头、中部和结尾的摹仿上的统一性。"(第71页)米勒进行这种分析的时候,显然采用了以单一文本为范围的结构主义"微观"观察角度(详见第三节)。令人遗憾的是,像这样的论述都没有使申屠云峰意识到米勒骨子里的那一半形式主义的本质,而坚持将米勒看成一个彻头彻尾的解构主义者。他借用了米勒"在别处说的话"来证明米勒在此处的立场是解构主义的。难道从解构主义的立场出发,能考察到"戏剧性统一的规则"和"摹仿上的统一性"吗?申屠云峰的探讨体现出一种盲目的阅读框架:不看文本本身的事实,只要是作为解构主义者的米勒在自称为"反叙事学"的这本著作中说出来的话,就必定体现的是解构主义的立场。申屠文接着说:"在米勒眼中,任何小说文本都可以被解构,都不呈统一性。"由于先入为主的定见之作用,申屠文看不到"不呈统一性"与"统一性"之间的直接对立。前者体现的是反形而上学的立场,而后者体现的则是形而上学的立场,这两种立场在米勒的《解读叙事》中共存:前者构成总体理论框架,后者则不时出现在批评实践中。申屠文借用了米勒"在别处"(《重申解构主义》一书中)的文字来支持自己的观点。也就是说,申屠文不仅认为米勒的《解读叙事》立场单一,而且认为他的不同著作也立场一致。在这种定见的作用下,申屠文搬来了米勒在《解读叙事》第十一章中的观点来反驳笔者对米勒第八章中某段分析的评论:"我们认为此论断至少是忽略了该书第十一章《R?》。"也正是在这种单一框架的作用下,申屠文会用"综观全书"得出的观点来反驳笔者对米勒某一作品分析的评价。笔者自己的阅读体会是:不能先入为主,要尊重文本，无论作者在论著中说了什么，无论一位作者和一部著作被贴上了什么标签，无论一本书的表面理论框架是什么，不要被这些东西蒙住眼睛，而要睁开双眼看看文本的每一部分究竟说了什么，究竟体现出什么立场，文中是否发生了立场、范畴、角度等方面或明显或隐含的变换。

造成米勒的理论框架与批评实践脱节的还有一个更为深刻的原因：解构主义的理论有时只能在抽象层次上运作，当这种抽象理论进入分析实践时，可能会遭到文本的抵制，在此情况下，米勒有时会不知不觉地进行"结构主义"或"形而上学"的分析。就解构主义的理论本身而言，一般认为，索绪尔的语言符号理论为德里达的解构主义理论提供了支持。但在我看来，德里达在阐释索绪尔的符号理论时，进行了"釜底抽薪"。在《普通语言学教程》中，索绪尔强调符号之所以能成为符号并不是因为其本身的特性，而是因为符号之间的差异，语言是一个由差异构成的自成一体的系统。但在同一本书中，我们也能看到索绪尔对能指与所指之关系的强调："在语言这一符号系统里，唯一本质性的东西是意义与音象（sound image）的结合。"索绪尔的这两种观点并不矛盾。在语言符号系统中，一个能指与其所指之间的关系是约定俗成、任意武断的。能指之间的区分在于相互之间的差异。英文词"sun"（/sʌn/）之所以能成为指涉"太阳"这一概念的能指，是因为它不同于英文中的能指。但我们必须清醒地认识到，差异本身并不能产生意义。譬如，"lun"（/lʌn/）、"sul"（/sʌl/）和"qun"（/kwʌn/）这几个音象之间存在差异，但这几个音象不是英文中的符号，因为它们不是"意义与音象的结合"，这一约定俗成的结合才是符号的本质所在。德里达在阐释索绪尔的符号理论时，仅关注其对能指之间差异关系的强调，完全忽略索绪尔对能指与所指之关系的强调。众所周知，索绪尔在书中区分了三种任意关系：(1)能指之间的差异；(2)所指之间的差异——不同语言有不同的概念划分法；(3)能指与所指之间约定俗成的结合。第三种关系是连接前两种关系的不可或缺的唯一纽带。德里达抽掉了第三种关系之后，能指与所指就失去了约定俗成的联系，结果语言成了从能指到能指的能指之间的指涉，成了能指本身的嬉戏。这样一来，任何符号的意义都永远无法确定。这是一种脱离实际的理论阐释。在为传递信息而进行的日常交流中，语言符号的所指往往不难确定。其实，倘若语言符号只是能指之间的嬉戏，信息交流也就无法进行了。文学语言往往带有各种喻意、反讽和空白之处，意义往往难以确定，处于抽象层次上的作品的主题意义更是如此。但只要我们承认能指与所指之间约定俗成的关系，文字符号的字面意义往往不难确定。

可以说，与文学语言中不时出现的"意义死角"（aporia）相比，传统小说的叙事形式有时体现出相对较多的确定性，使解构主义的理论难以施展。我们不妨看看米勒在《解读叙事》中写下的这么一段文字：

这一片断从"我们"到"她"到"我们"到"我"再到另一个"她"，时宽时窄地不断变换聚焦范围。叙事线条弯曲，伸展，颤抖，直至模糊不清，自我分裂为两部、三部、多部，但依然为一个整体，重新回归一个明确或者单声的一元。在段落之间经历了几乎难以察觉的短暂停顿之后，又重新开始，再度分裂。这样循环往复，贯穿整部小说。

究竟什么是连贯意识（即用单一的个人特有语言风格表达出来的永恒在场的自我）的原线条？这根线条是所有双重和再度双重的"源泉"，当线条的颤动逐渐平息或者被抑制之后，线条就会安全地回归这一源泉。是作者吗？是叙述者吗？是作者对年轻时的自我和语言的回忆吗？是一个又一个的人物吗？是"社区意识"，即那个集体的"我们"吗？伊丽莎白·盖斯凯尔、文本或读者对于这些想象出来的各类人物究竟持什么态度？是审视，同情，理解，或是发出屈尊的笑声？对于这些问题，无法给出有根有据的回答。间接引语内在的反讽悬置或者分裂叙事线条，根本无法将其简化为一个单一的轨道。（第162页）

这是对盖斯凯尔的小说《克兰福德镇》中一个片断的探讨。米勒详细分析了该片断中叙述者与不同人物的声音（主体意识）之间的转换，聚焦于叙述者对人物话语的（自由）间接式转述。《克兰福德镇》的特点是单纯叙述与自由间接引语交替进行，叙述者与不同人物的声音或主体意识频繁转换。叙事学家会把这一片断从"我们"到"她"到"我们"到"我"再到另一个"她"这种聚焦范围的变化视为结构上的变化，而米勒却将之视为叙事线条的"自我分裂"。但若仔细考察上面所引的米勒话语的两个不同段落，则会发现第一段实质上属于结构主义的结论，第二段的末尾则属于解构主义的结论。我们不妨按照结构主义的术语，将第一段改写如下：

> 这一片断从"我们"到"她"到"我们"到"我"再到另一个"她"，则宽则窄地不断变换聚焦范围。叙述者的声音中出现了不同人物的声音，形成两个、三个，甚至多个声音的和弦，但依然为一个整体，重新回归一个明确或者单声的一元（叙述者单一的声音）。在段落之间经历了几乎难以察觉的短暂停顿之后，叙述者又采用自由间接引语重新开始转述人物的声音，再度造成两种或两种以上声音的共存。这样循环往复，贯穿整部小说。

这是典型的结构主义叙事学的分析。它与米勒的分析仅有措辞上的不同，而无本质上的差异。与此相对照，米勒话语的第二段则向解构的方向迈出了一大步。第二段聚焦于究竟是什么构成"连贯意识的原线条"。实际上米勒话语的第一段已经回答了这一问题。该段提到了"几乎难以察觉的短暂停顿",这是叙述者用自己单一的声音进行叙述的片断。由于没有转述人物的声音,因此没有出现二声部或多声部。用米勒的术语来说,叙事线条暂时停止分裂,处于一种"单声的一元"状态,这显然就是米勒所说的"连贯意识",即"用单一的个人特有语言风格表达出来的永恒在场的自我"。然而,《克兰福德镇》中叙述者的自称有其复杂性,米勒在分析中也谈到了这一点。这位叙述者有时采用"我"来指涉现在的自我,有时又用"我"来指涉过去正在经历往事的自我,有时又用"我们"来指涉自己和镇上人的集体意识。但无论这一自称有多么复杂,"单声的一元"总是来自叙述者现在的自我,这一自我构成"连贯意识的原线条"。就"连贯意识的原线条"而言,可以说米勒的两段话自相矛盾:第一段承认其存在,第二段又予以否认。米勒最后的结论是"间接引语内在的反讽悬置或者分裂叙事线条,根本无法将其简化为一个单一的轨道"。这一结论显然是针对结构主义叙事学的。然而,结构主义叙事学关注的也是自由间接引语中两种或两种以上声音的并置,没有任何人做出过"简化为一个单一的轨道"(即"简化为单声")的努力。不难看出,米勒第一段的结构性结论向第二段的解构性结论的转向以两点为根基,一是虚设一个"简化为一个单一的轨道"的靶子,二是将视野从文本之内转到文本之外,追问真实作者或读者对虚构人物究竟持什么态度。对于这一问题自然难以给出确切的回答。有一点应该是清楚的:米勒这里的分析实质上是结构主义的,却披上了解构主义的外衣,这与解构主义理论在此难以真正运用不无关联。

在《解读叙事》的实际批评层面,体现"结构主义微观视角"的论述大致可分为三类:一类是结构主义的分析与解构主义外衣的结合体,另一类就是像上面涉及《项狄传》的评论那样是一眼就能看出来的结构主义或形式主义的表述,还有一类则处于两者之间。要把握第一类,需要透过现象看本质；要把握中间那一类，也需要对文本有一定的穿透力；要把握那一目了然的一类，则只需要对文本有所尊重，不被固定的框架或标签所束缚。申屠云峰没有看出那带有隐蔽性的两类，对于那一目了然的一类也视而不见。由于申屠文囿于定见，因此将笔者对"结构主义微观视角"的揭示统统视为"误读"。而这一揭示却赢得了米勒本人的赞赏，认为"具有令人钦佩的洞察力"。申屠文说笔者的论文"基本上'误读'了米勒的观点"，"而且有些地方误解了米勒的原意"，而米勒本人对笔者论文的英文版却完全赞同，又有谁会比米勒自己更了解"米勒的观点"和"米勒的原意"呢？

三

在《另一种解读》中，我们可以看到这样的论断："说解构主义视角是宏观的，结构主义视角是微观的，就等于说反形而上学思想是宏观的，形而上学是微观的。显然这是站不住脚的。"其实，笔者在文中已经明确说明了"这两种在哲学立场上互为排斥的批评方法为我们观察文本提供了两种互为补充的角度——尤其是在微观和宏观这两个不同的层次上"（第12页）。不难看出，"微观"和"宏观"明确指涉分析中观察范围的大小。就哲学立场而言，解构主义和结构主义无法调和（德里达的"能指之间的嬉戏"和索绪尔的"能指与所指之间约定俗成的关系"就难以调和），但在具体分析时，两种批评方法却可能呈现某种互补性。如通常所言，抽象理论是一回事，实际上又是一回事。在西方形而上学传统中，人们一直将故事视为具有开头、中部和结尾的统一体。与此相对照，米勒反形而上学的基本论点是：叙事线条的开头和结尾都不可能存在。但在同一本书中，我们又读到了米勒这样的分析："该剧开场时，真正的行动早已发生。该剧假定观众已经知道开场前的那个开头。当然，观众对剧之结尾也已心中有数"(第7页);"倘若小说家采取'从中间开始叙述'这一传统的权宜之计"(第54页);"像《项狄传》这样的小说……缺乏亚里士多德那种有开头、中部和结尾的摹仿上的统一性"(第71页)。这些地方出现了从解构主义视角向结构主义视角的转换,后者承认文本的疆界,因此能看到一个文本中的故事究竟是否有"开头"和"结尾";是否"从中间开始叙述";是否具有"摹仿上的统一性"。笔者发现,在《解读叙事》中,结构分析与解构分析无论在根本目的和立场上如何对立,却常常构成一种和谐共存、互为补充的关系,在论及故事的开头和结尾时尤为如此。笔者从米勒的论述中看到了连接两者的纽带——"考虑文本的疆界"与"打破文本的疆界"所涉及的实际观察范围上的转换。笔者在《评米勒的"线条意象"》中说:"从微观的角度来看,一部剧或一个文本(的封面)构成了一种疆界。若以《俄狄浦斯王》这部剧为单位来考虑,特尔斐神谕和襁褓中的俄狄浦斯被扔进喀泰戎山就构成俄狄浦斯弑父娶母这一事件的开头……但倘若打破文本的疆界,转为从宏观的角度来考虑问题,那么'襁褓中的俄狄浦斯被扔进喀泰戎山'就不成其为开头,因为可以永无止境地顺着叙事线条回溯'尚未叙述的过去',譬如俄狄浦斯父母的恋爱、结婚——其父母的成长——其(外)祖父母的恋爱、结婚——如此等等,永无止境。……由此看来,常规概念上作品的开头是在叙事惯例的基础上,作者的创作与文本的疆界共同作用的产物……米勒的解构主义阐释为我们提供了一种打破文本疆界和惯例束缚的全新视角……米勒的论述促使我们认识到,一根所谓完整的叙事线条并非自然天成,而是以一个文本或一个故事的疆界为基础。若考虑范围超出某一既定文本或故事,这种完整性就不复存在。"承认文本的疆界就是承认叙事规约,打破文本的疆界就是颠覆叙事规约,两者在根本立场上完全对立,但由于两者涉及了观察范围的变化,因此又在实际分析中，构成了一种互补关系。其实，米勒的解构分析也往往是在"认识论（存在物）层面"上展开的：

> 至于《俄》剧之结尾，它并非真正的终结。不能说没有事情因果相接继其后。剧终时，俄狄浦斯尚不清楚克瑞翁将如何处置他，也不知道究竟是否会允许他流放。我们知道还有下一步，克瑞翁会设法巩固他的新王权。此外，观众都很清楚，这一天发生的事件仅为故事中的一个片断，下面还有俄狄浦斯到科罗诺斯之后的死亡和变形升天，还有他的儿子间的兄弟之战，战争导致了安提戈涅之死。可以说，《俄狄浦斯王》不是一个独立自足的整体，而是从一个大的行动中任意切割下来的一个片断。（第8页）

无论解构主义在抽象理论层次上如何反形而上学，在米勒这样的实证分析中，我们看到的却是依据生活经验和互文关系进行的传统性论证，而非"本体（存在）层面的讨论"。毫无疑问，米勒的出发点是颠覆叙事规约，但就推理论证而言，其分析却依然处于"形而上学"的框架中。这种理论目的与实证分析的脱节不足为奇。如前所述，解构主义理论有时只能在抽象层次上运作，在实际分析中则可能难以施展，正如德里达的"能指的嬉戏"无法真正运用于对日常交流的分析一样。前文提到《解读叙事》一书的实质在于"尽管其总体理论框架是解构主义的，在批评实践中却是解构主义与形式主义（结构主义）的混合体"。其实，如上引这一实例所示，哪怕仅仅涉及"解构主义宏观"层次的分析，出现的也很可能是两者的混合体：仅仅在出发点上是"解构主义"的，而在分析方法上却依然是"认识论层面"的。《解读叙事》中的下面这段文字较好地体现了"结构主义微观视角"与"解构主义宏观视角"的互补作用：

> 伊丽莎白·盖斯凯尔的《克兰福德镇》看起来已经大功告成，彻底收场了，但十年之后，由于其续篇《克兰福德的鸟笼》的出台，它本身的完整性被悄然打破。（第50页）

在这样的分析中，我们看到的是承认文本疆界的"结构主义微观"观察角度和打破文本疆界的"解构主义宏观"观察角度在"认识论层面"形成的和谐互补关系。从解构主义立场出发，根本不可能看到文本"本身的完整性"。但倘若一味不考虑文本的疆界，那么也就无法看到《克兰福德镇》这种"看起来已经大功告成，彻底收场了"的文本与《项狄传》这种看上去无收场可言的文本之间的差别。由于米勒认为这两种文本之间的差别很重要，因此在书中同时采纳了承认文本疆界的"结构主义微观"观察角度。此外，即便在打破文本疆界时，也只是以续篇出台这样的"存在物层面"上的事实为依据。若以文本为疆界，《克兰福德镇》就具有"本身的完整性"，若参照其续篇，这一完整性就不复存在（也就是说，这只是依赖于某种观察角度的"看上去"的完整性）。这种处于"存在物层面"上的"微观"与"宏观"的观察角度互为参照、互为补充。

值得强调的是，在阅读《解读叙事》时，我们需要保持视野的开放和立场的灵活。当米勒搭建解构主义的总体理论框架时（譬如抽象论述"事物或事物的原因非理性可知"或"语言的隐喻性质"时），要跟着他走到反形而上学的立场上；当他对某个具体事件或作品进行"认识论层面"的实际分析时，要跟着他转换到形而上学的框架中；当他在这种分析的前后或者中间插入解构主义的结论时，要看到分析内容和理论外衣之间的差异；当他采用"微观"与"宏观"的互补角度来分析一个作品时，则要同时看到解构主义与结构主义在目的上的对立性、观察范围上的互补性和米勒分析中可能出现的"认识论层面"上的一致性；如此等等。其实，倘若米勒在书中只是进行抽象的理论探讨，也就不会出现这种复杂的双重性了。尽管米勒的思想深处存在"解构主义－形式主义"的双重实质，但身为著名解构主义学者，他在进行理论论述时，一般都能保持反形而上学的一致性，只是在涉及具体的分析对象时，才会"暴露"隐藏在文本之后的另一面。而解构主义理论在某些实际分析中的难以施展，又常常导致他表现出"认识论层面分析"的一致性。

作为《解读叙事》一书的译者和米勒多年的朋友，我不希望这本具有丰富双重意义的书被误读为彻头彻尾的解构主义著作，因此写了《评米勒的"线条意象"》等文来帮助揭示文本的双重性。但我未料到一部著作被贴上标签后，会在有的读者头脑中造成如此单一固定的阐释框架，导致对这种揭示的整体抵制和"误读"。这说明有进一步揭示的必要性——至少可以防止被这种误读所误导。我感谢申屠云峰能认真阅读这本译著，并使笔者有机会来进一步阐明米勒的双重性和《解读叙事》的复杂双重性。其实，有很多论著体现出来的都不是单一固定的立场，要较好地把握这些论著的本质，我们必须打破某种标签或框架的束缚，保持头脑的清醒和视野的开放。只有这样，我们才能透过文本表面的总体理论框架，看到文中隐含的某一层次甚至多层次的双重性，乃至多重性。

（原载《外国文学评论》2004年第2期）

也谈"叙事"还是"叙述"

赵毅衡先生在《外国文学评论》2009年第2期发表了《"叙事"还是"叙述"？——一个不能再"权宜"下去的术语混乱》一文（以下引用此文时将随文注明页码，不再另行做注），提出"两词不分成问题，两词过于区分恐怕更成问题"。该文主张不要再用"叙事"，而要统一采用"叙述"，包括派生词组"叙述者""叙述学""叙述理论""叙述化"等。然而，笔者认为这种不加区分，一律采用"叙述"的做法不仅于事无补，而且会造成新的问题，因为在很多情况下，有必要采用"叙事"一词。

一 语言的从众原则

赵毅衡为摒弃"叙事"而仅用"叙述"提供的第一个理由是"语言以从众为原则"，而从众的依据则仅为"百度"搜索引擎上的两个检索结果："叙述"一词的使用次数是"叙事"的两倍半，"叙述者"的使用次数则是"叙事者"的4倍。然而，赵毅衡没有注意到，同样用"百度"检索（2009年6月12日），"叙事研究"的使用次数（136 000）高达"叙述研究"（7410）的18倍；"叙事学"的使用次数（137 000）也是"叙述学"（28 000）的5倍；"叙事理论"的使用次数（28 700）为"叙述理论"（3480）的8倍；"叙事化"的使用次数（7180）也是"叙述化"（1730）的4倍。此外，"叙事模式"的使用次数（108 000）是"叙述模式"（38 900）的3倍；"叙事艺术"的使用次数（121 000）则接近"叙述艺术"（15 400）的8倍；"叙事结构"的使用次数（232 000）也几乎是"叙述结构"（34 000）的7倍；"叙事作品"的使用次数（26 800）则高达"叙述作品"（2520）的10倍；"叙事文学"的使用次数（51 500）则更是高达"叙述文学"（3320）的15倍。

既然探讨的是学术术语，我们不妨把目光从大众网站转向学术研究领域。据中国学术期刊网络出版总库"哲学与人文科学"专栏的检索，从1994年（该总库从该年开始较为全面地收录学术期刊）至2009年（截至6月12日），标题中采用了"叙事"一词的论文共有8386篇（占总数的79.8%），而采用了"叙述"一词的则仅有2126篇（仅占总数的20.2%）；关键词中采用了"叙事"一词的共有4383篇（占总数的94.3%），而采用了"叙述"一词的则只有267篇（仅占总数的5.7%——前者多达后者的16倍）。此外，标题中采用了"叙事学"一词的共有358篇（占总数的85.2%），而采用了"叙述学"一词的则只有72篇（仅占总数的14.8%）；关键词中采用了"叙事学"的共有318篇（占总数的85.9%），而采用了"叙述学"的则只有52篇（仅占总数的14.1%）。与此相类似，标题中采用了"叙事理论"一词的共有86篇（占总数的91.5%），而采用了"叙述理论"的则只有8篇（仅占总数的9.5%）；关键词中采用了"叙事理论"的共有45篇（占总数的93.8%），而采用了"叙述理论"的则只有3篇（仅占总数的6.2%）。

让我们再看看在这一学术数据库的同期检索中"叙事"和"叙述"派生词组的使用情况。标题中采用了"叙事艺术"一词的论文共有443篇而采用了"叙述艺术"的则只有49篇（前者高达后者的9倍），关键词中采用了"叙事艺术"的共有250篇而采用了"叙述艺术"的则只有26篇（前者也是后者的9倍）；标题中采用了"叙事结构"一词的论文共有309篇而采用了"叙述结构"的则只有34篇（前者也高达后者的9倍），关键词中采用了"叙事结构"的共有455篇而采用了"叙述结构"的则仅有74篇（前者为后者的6倍）；标题中采用了"叙事策略"一词的论文共有487篇而采用了"叙述策略"的只有78篇（前者也是后者的6倍），关键词中采用了"叙事策略"的共有372篇而采用了"叙述策略"的则只有85篇（前者为后者的4倍）；标题中采用了"叙事模式"一词的论文共有309篇而采用了"叙述模式"的仅有70篇（前者也是后者的4倍），关键词中采用了"叙事模式"的共有346篇而采用了"叙述模式"的只有62篇（前者为后者的6倍）；标题中采用了"叙事作品"一词的共有29篇而采用了"叙述作品"一词的仅有1篇；关键词中采用了"叙事作品"的共有34篇而采用了"叙述作品"的也仅有1篇。

也就是说，在学术研究领域，绝大部分论文采用"叙事"，而非"叙述"，但有一个例外，即"叙事者"。这个学术期刊数据库与"百度"这一大众搜索引擎都显示出对"叙述者"的偏爱。在该学术数据库中，标题中采用了"叙述者"一词的论文有210篇（占总数的88.6%），而采用"叙事者"的则仅有27篇（占总数的11.4%）；关键词中采用了"叙述者"的共有652篇（占总数的91.3%），而采用了"叙事者"的则只有62篇（仅占总数的8.7%）。笔者一向主张用"叙述者"，而不要用"叙事者"，这与赵毅衡提到的"从众原则"倒是相符，但正如下文将要说明的，笔者的依据并不是因为从众的需要，而是出于学理层面的考虑。至于中心术语"叙事"和"叙述"以及各种派生词组，根据赵毅衡的"从众"原则，在学术研究领域就应摒弃"叙述"而仅保留在使用频次上占了绝对优势的"叙事"，这与他的主张恰恰相反。笔者认为，出于学理层面的考虑，应该具体情况具体分析，有的情况下需采用"叙事"，有的情况下则需采用"叙述"。

二 学理层面的考虑

在学理层面，首先让我们看看汉语中"叙事"和"叙述"这两个词的结构。"叙事"一词为动宾结构，同时指涉讲述行为（叙）和所述对象（事）；而"叙述"一词为联合或并列结构，重复指涉讲述行为（叙＋述），两个词的着重点显然不一样。赵毅衡在文中引出了《古今汉语词典》的定义，"叙述"——对事情的经过做口头或书面的说明和交待；"叙事"——记述事情。赵毅衡仅看到两者的一个区别，即"叙述"可以口头可以书面，而"叙事"则只能书面。正如赵毅衡所说，这一区分在研究中站不住。但赵毅衡忽略了另一至关重要的区别，"叙述"强调的是表达行为——"做口头或书面的说明和交待"，而"叙事"中，表达行为和表达对象则占有同样的权重。让我们再看看《现代汉语词典》（2002年版）对于"叙事"和"叙述"的界定：

> 叙述：把事情的前后经过记载下来或说出来
> 叙事：叙述事情（指书面的）：叙事文/叙事诗/叙事曲
> （叙事诗：以叙述历史或当代的事件为内容的诗篇）

正是因为"叙述"仅强调表达行为，而"叙事"（叙述＋事情）对表达行为和所述内容予以同等关注，因此在涉及作品时，一般都用"叙事作品"或"叙事文学"（"叙事文""叙事诗""叙事曲"），而不用"叙述作品"或"叙述文学"。而既然"叙述"强调的是表达行为，作为表达工具的讲述或记载故事的人，就宜用"叙述者"来指代。只要我们根据实际情况，把"叙事"的范畴拓展到口头表达（当代学者都是这么看和这么用的），汉语中"叙事"和"叙述"的区分就能站住脚，研究中则需根据具体情况择一采用（详见下文的进一步讨论）。

那么英文的 narratology（法文的 narratologie）是应该译为"叙事学"还是"叙述学"呢？要回答这一问题，不妨先看看 narratology 中一个最为关键的基本区分，即"故事"与"话语"的区分。这一区分由法国学者托多罗夫于1966年率先提出，在西方研究界被广为采纳，堪称"narratology 不可或缺的前提"[1]。美国学者查特曼就用了《故事与话语》来命名他的一部很有影响的经典叙事学著作。所谓"故事"，就是所表达的对象，是"与表达层或话语相对立的内容层"。"话语"则是表达方式，是"与内容层或故事相对立的表达层"。[2] 让我们以这个二元区分以及汉语中对"叙述"和"叙事"的区分为参照，来看 narratology 究竟该如何翻译。

在为《约翰·霍普金斯文学理论与批评指南》撰写"narratology"这一词条时，普林斯根据研究对象将 narratology 分成了三种类型。第一类在普洛普的影响下，抛开叙述表达，仅研究故事本身的结构，尤为注重探讨不同叙事作品所共有的事件功能、结构规律、发展逻辑等。在普洛普的眼里，下面这些不同的故事具有同样的行为功能：

 1. 沙皇送给主人公一只鹰，这只鹰把主人公载运到了另一王国。
 2. 一位老人给了苏森科一匹马。这匹马把他载运到了另一王国。
 3. 公主送给伊凡一只戒指。从戒指里跳出来的年轻人把他运送到了另一王国。

---

[1] Jonathan Culler, *The Pursuit of Signs: Semiotics, Literature, Deconstruction*, Ithaca: Cornell University Press, 1981, p. 171.

[2] Gerald Prince, *A Dictionary of Narratology*, Lincoln: University of Nebraska Press, 1987, pp. 21, 91.

普洛普对行为功能的研究是对故事事件之共性的研究。他不仅透过不同的叙述方式，而且还透过不同的表层事件，看到事件共有的某种深层结构，并集中研究这种故事结构。我们所熟悉的法国结构主义学者布雷蒙、列维-施特劳斯、格雷马斯等人的 narratology 研究都在故事层次上展开。在这派学者看来，对故事结构的研究不仅不受文字表达的影响，而且也不受各种媒介的左右，因为文字、电影、芭蕾舞等不同媒介可以叙述出同样的故事。诚然，后来也有不少学者研究个体故事的表层结构，而不是不同故事共有的结构，但这种研究也是抛开叙述表达进行的（叙述方法——譬如无论是倒叙还是预叙，概述还是详述——一般不会影响故事的表层结构）。就这一种 narratology 而言，显然应译成"叙事学"，而不应译成"叙述学"，因为其基本特征就是抛开叙述而聚焦于故事。

第二类 narratology 研究呈相反走向，认为叙事作品以口头或笔头的语言表达为本，叙述者的作用至关重要，因此将叙述"话语"而非所述"故事"作为研究对象，其代表人物为热奈特。就这一种 narratology 而言，显然应译成"叙述学"，而不应译成"叙事学"，因为其基本特征就是无视故事本身，关注的是叙述话语表达事件的各种方法，如倒叙或预叙，视角的运用，再现人物话语的不同方式，第一人称叙述与第三人称叙述的对照等。

第三类 narratology 以普林斯本人和查特曼、巴尔、里蒙-凯南等人为代表，他们认为故事结构和叙述话语均很重要，因此在研究中兼顾两者。至于这一类 narratology，由于既涉及了叙述表达层，又涉及了故事内容层，因此应译为"叙事学"。这一派被普林斯自己称为"总体的"或"融合的"叙事学。

普林斯在此前为自己的《叙事学辞典》撰写"narratology"词条时，将不同种类的 narratology 研究分别界定为：(1) 受结构主义影响而产生的有关叙事作品的理论。Narratology 研究不同媒介的叙事作品的性质、形式和运作规律以及叙事作品的生产者和接受者的叙事能力。探讨的层次包括"故事""叙述"和两者之间的关系。(2)将叙事作品作为对故事事件的文字表达来研究(以热奈特为代表)。在这一有限的意义上,narratology无视故事本身,而聚焦于叙述话语。(3)采用相关理论模式对一个作品或一组作品进行研究。我们若撇开第(3)种定义所涉及的实际分析不谈,不难看出第(1)种定义涵盖了前文中的第一类和第三类研究,应译为"叙事学",而第(2)种定义则仅涉及前文中的第二类研究,故应译为"叙述学"。令人遗憾的是,赵毅衡把第一个定义简化为"受结构主义影响而产生的有关叙事作品的理论",把第二个定义也简化为"将叙事作品作为对故事事件的文字表达来研究",然后得出结论说"原文的两个定义,其实是一回事,看不出为什么要译成汉语两个不同的词"(第230页)。既然是一回事,普林斯又为何要在同一词条中给出两个不同定义呢?经过赵先生这样的简化引用,确实不易看出两者的区别,但只要耐心把定义看全,就不难看出两种narratology研究的明显差异。第(1)种定义中的"不同媒介"指向前文中的第一类研究,普林斯此处的原文是"regardless of medium of representation"(不管是什么再现媒介),这指向抛开叙述话语,连媒介的影响都不顾,而仅对故事的共有结构所展开的研究。与此相对照,在第(2)种定义中,普林斯则特意说明:"In this restricted sense, narratology disregards the level of story in itself."(在这一有限的意义上,narratology无视故事层次本身。)这一类以热奈特为代表的narratology研究,把故事本身的结构抛到一边,而仅研究叙述表达技巧,呈现出一种截然相反的走向。前者让我们看到的是不同叙述话语后面同样的故事结构,后者则遮蔽故事结构,而让我们看到每一种叙述表达所产生的不同意义。普林斯此处的第(1)种定义还涵盖了上面的第三类研究,即对"故事"和"话语"都予以关注的"总体"研究,这也与仅关注叙述话语的"有限"或"狭窄"的(restricted)第二类研究形成鲜明对照。

赵毅衡先生之所以看不到这些不同种类的narratology研究之间的差别，一个重要原因是他忽略了"故事"层与"话语"层这一叙事学最为关键的区分。他在文中写道：

> 第二种［区分］，谈技巧，应当用"叙述"；谈结构，应当用"叙事"。申丹、韩加明、王丽亚在《英美小说叙事理论研究》（北京大学出版社，2005）一书的"绪论"中有一个长注，说"'叙述'一词与'叙述者'紧密相联，宜指话语层次上的叙述技巧，而'叙事'一词则更适合涵盖故事结构和话语技巧这两个层面"。这个结构与技巧的区分，实际写作中无法判别，也就很难"正确"使用。（第229页）

笔者在这里区分的是"话语"层次的技巧和"故事"层次的结构，实质上是对"叙述话语"和"所述故事"这两个层次的区分。遗憾的是，赵先生把层次区分完全抛到一边，而仅仅看到对"技巧"和"结构"的区分，这当然站不住——虽然一般不会说故事本身的"技巧"，但在"话语"层上，却有各种"叙述结构"的存在。赵先生的这种"简化表达"不仅遮蔽了原本清晰的层次区分，而且有可能会造成某种程度的概念混乱。

只要我们能把握"叙述话语"和"所述故事"这两个不同层次的区分，把握"叙述"一词对叙述表达的强调，对"叙事"和"叙述"这两个术语做出选择并不困难。我建议：

1. 统一采用"叙述者"来指代述说或记载故事的人；采用"叙述学""叙述理论""叙述研究"或"叙述分析"来指称对叙述话语展开的理论研究或实际分析；采用"叙述技巧""叙述策略""叙述结构""叙述

模式""叙述艺术"等来指称话语表达层上的技巧、策略、结构、模式和艺术。

2. 采用"叙事学""叙事理论""叙事研究"或"叙事分析"来指称对故事结构展开的理论研究或实际分析；采用"叙事策略""叙事结构""叙事模式""叙事艺术"来指称虚构作品中故事层次的策略、结构、模式和艺术性。

3. 采用"叙事学""叙事理论""叙事研究"或"叙事分析"来指称对故事和话语这两个层次展开的理论研究和实际分析；采用"叙事策略""叙事结构""叙事模式""叙事艺术"来涵盖故事和话语这两个层次的策略、结构、模式和艺术。

4. 采用"叙事作品""叙事文学""叙事体裁"来指称小说和叙事诗等，但对于（后）现代主义文学中基本通篇进行叙述实验或叙述游戏的作品，也不妨采用"叙述作品"。

5. 保持文内的一致性。遇到难以兼顾的情况时，需要决定究竟是用"叙述学"还是"叙事学"或做出相关选择（可用注解加以说明）。在文中则应坚持这一选择，不要两者混用。

这种有鉴别、有区分的使用才能真正澄清混乱。若像赵毅衡建议的那样，摒弃"叙事"而一律采用"叙述"，我们就会被迫用"叙述结构"来指称跟叙述无关的故事结构，或被迫把"叙事诗"说成是"叙述体裁"或"叙述作品"，如此等等，这难免造成学理层面更多的混乱。

三　使用的方便性

赵毅衡认为如果统一采用"叙述"，在使用上会更为方便。他提到就下面这三个句子而言，用"叙事"就无法处理：(1)"一个有待叙事的故事"，(2)"你叙事的这个事件"，(3)"这个事件的叙事化方式"。

不难看出,他的这一论点的前提是统一采用"叙事",而完全摒弃"叙述"。这当然会造成不便。但只要我们保留"叙述",根据实际情况加以采用,就不会有任何不便。前两句可以很方便地改为"一个有待叙述的故事"和"你叙述的这个事件"。至于第三句,出于学理的考虑,我们则不能为了方便把"叙事化"简单地改为"叙述化"。叙事研究中的"narrativization"经常指读者通过叙事框架将故事碎片加以自然化,具体而言,

> 就是将叙事性这一特定的宏观框架运用于阅读。当遇到带有叙事文这一文类标记,但看上去极不连贯、难以理解的叙事文本时,读者会想方设法将其解读成叙事文。他们会试图按照自然讲述、经历或观看叙事的方式来重新认识在文本里发现的东西;将不连贯的东西组合成最低程度的行动和事件结构。[1]

这样的"narrativization"仅涉及故事这一层次,是将不连贯的故事碎片组合成"最低程度的行动和事件结构",这显然不宜改成"叙述化",而需要用"叙事化"。从这一实例就可看出,若摒弃"叙事",我们在研究时就会遇到很大的不便,难以在汉语中为这种"narrativization"和与之密切相关的"narrativity"(叙事性)找到合适的对应术语。

"叙事"和"叙述"这两个术语都保留,还能给这样的表达提供方便——意识流小说"不追求叙事,只是叙述,注重语言自身,强调符号的任意性,并不指向事件"[2]。我们不妨看看赵毅衡另一篇论文中的一段相关文字:

---

[1] Monika Fludernik, *Towards a 'Natural' Narratology*, London: Routledge, 1996, p. 34.
[2] 易晓明:《非理性视阈对小说叙事的变革意义》,《江西社会科学》2008年第11期,第34页。

有人提出小说中也出现了"叙述转向"[narrative turn],这个说法似乎有点自我矛盾,小说本来就是叙述。提出这个观点的批评家指的是近30年小说艺术"回归故事"的潮流。

赵先生提到的"自我矛盾"并非"narrative turn"这一术语带来的,而是他采用的"叙述转向"这一译法所造成的。只要我们改用"叙事转向",就能很方便地解决这一矛盾,请比较:

有人提出小说中也出现了"叙事转向"(narrative turn)。小说原本是"叙事"的,即讲故事的,但第一次世界大战以后,不少小说家热衷于叙述实验,严重忽视故事。然而,近30年来,小说艺术又出现了"回归故事"的潮流。

第一次世界大战以后,西方小说艺术首先出现了由"叙事"向"叙述"的转向,不少作品淡化情节,聚焦于叙述表达的各种创新,有的甚至成了纯粹的叙述游戏,而近期又出现了由"叙述"向"叙事"的转向,回归对故事的重视。不难看出,只有在"叙事"和"叙述"并存的情况下,我们才能方便地勾勒出西方小说艺术的这些不同转向。若抛弃"叙事",就难免会像赵毅衡的上引文字那样,陷入理论表述上的自我矛盾。

结　语

我们所面对的"叙事"和"叙述"这两个术语的选择,实际上涉及概念在不同语言转换中的一个普遍问题。每一种语言对世上各种东西、现象、活动都有自己的概念化方式,会加以特定的区分和命名。法语的"récit"就是一个笼统的词语。我们知道,热奈特在《辞格之三》中,率先对"récit"进行了界定，指出该词既可指所述"故事"，又可指叙述"话语"，还可指产生话语的叙述"行为"。在译成英文的"narrative"后，这一区分在叙事研究界被广为接受。西方学者面对这样的词语，需要自己辨明该词究竟所指为何。在译入汉语时，如果跟着西方的"笼统"走，就应该采用涵盖面较广的"叙事"一词。但理论术语应该追求准确，汉语中"叙事"和"叙述"这两个术语的同时存在使得表述有可能更加准确。在所描述的对象同时涉及叙述层和故事层时，我们可以采用"叙事"；但若仅仅涉及叙述层，我们则可以选用"叙述"来予以准确描述。

此外，我们所面对的"叙事"和"叙述"这两个术语的选择还涉及所描述的对象本身的演化问题。我们知道，narratology在兴起之时，基本局限于普林斯区分的第一类聚焦于故事结构的研究。然而，在热奈特的《叙述话语》尤其是其英译本出版之后，众多西方学者对"话语"层的表达方式也予以了关注，有很多论著聚焦于各种叙述技巧和方法。用"叙事学"描述第一类研究或涵盖两类研究兼顾的"总体"论著是妥当的，但用"叙事学"来描述以热奈特为代表的聚焦于"叙述"话语的研究则很成问题。汉语中"叙事"和"叙述"这两个术语的同时存在使我们能够解决这一问题，得以对这些不同的研究分别予以较为准确的命名。这种精确化是理论术语的一种跨语言演进，也体现了中国学者利用本族语的特点对西方话语进行学术改进的一种优势。

然而，事物都有正反两面，正是因为汉语中的"叙述"和"叙事"有不同的着重点，可以指称不同的对象，若不加区分地混合使用，反而会造成各种混乱。总的来说，中国学者有较强的辨别力，上文给出的数据表明，绝大多数学者对"叙述者""叙事作品""叙事文学"等做出了正确的选择。但混乱也确实十分严重，我们经常看到，该用"叙述"的地方用了"叙事"，反之亦然。此外，在同一论著中，甚至一本书的标题中，两词不加区分而混用的情况也屡见不鲜。赵毅衡先生以很强的学术责任心,撰写专文,力求澄清混乱,其敬业精神令人感佩。本文接过赵先生的话题,对这一问题加以进一步探讨,希望能早日达成共识,最大程度地减少混乱。

(原载《外国文学评论》2009年第3期)

《一小时的故事》与文学阐释的几个方面
——兼答《性别政治还是婚姻约束》一文

凯特·肖邦的《一小时的故事》被学界视为女性主义文学的名篇之一。笔者在《外国文学评论》2004年第1期上发表了《叙事文本与意识形态——对凯特·肖邦〈一小时的故事〉的重新评价》(以下简称《重新评价》)一文,提出《一小时的故事》并非"单一的"女性主义的作品,文中的意识形态涉及的并非性别政治而是婚姻枷锁与单身自由之间的关系,作者对女主人公既有所同情,又不无反讽,对独立自由也态度矛盾。在《天津外国语学院学报》2006年第4期发表的《性别政治还是婚姻约束——〈一小时的故事〉的主题及其在当代中国读者中的接受》(以下简称《性别政治》)一文中,刘杰伟、唐伟胜总结了他们对《一小时的故事》在中国的阅读展开问卷调查的结果。这次调查"最后回收有效问卷113份。调查对象有如下特征:喜欢读小说,并经常阅读各类作品;绝大多数以前没有认真阅读过凯特·肖邦的任何作品,不了解肖邦的写作和思想特征;男性占35%,女性占65%;已婚占30%,未婚占70%"(第41页)。多数调查对象的解读与笔者的解读有较大出入,《性别政治》一文以此为依据,质疑了笔者的解读,而这一质疑引发了笔者对《一小时的故事》的解读所涉及的文学阐释的三个重要方面的思考。

一　阐释框架如何作用于作品解读

《一小时的故事》中的马夫人以为"亲切体贴"的丈夫因遭遇铁路事故而突然去世之后，被魔鬼般的外来力量"自由""占有"和"控制"，感到"在那即将到来的岁月里，没有人会为了她而活着，她会为了自己而活着"，"她眼睛里充满了胜利的狂热，她的举止不知不觉竟像胜利女神一样了"。她认为"自由"是"真正的长生不老药"，可她的丈夫却幸免于难，几分钟后回到了家中，马夫人一见丈夫就猝死了，旁人认为她死于"致命的欢欣"。[1]

调查问卷中的一个问题是"马夫人的'自由'产生过程是否为非理性？"调查结果是大多数读者"明确表示马夫人追求自由是理性的"（《性别政治》，第42页）。让我们看看作品中的相关文字：

> 她还年轻，美丽，沉着的面孔上出现的线条，说明了一种相当的抑制能力。可是，这会儿她两眼只是呆滞地凝视着远方的一片蓝天。从她的眼光看来她不是在沉思，而是暂时停止了理智的思考。什么东西正向她走来，她等待着，心中感到恐惧。那是什么呢？她不知道，太微妙难解了，说不清、道不明。可是她感觉得出来，那是从空中爬出来的，正穿过满天空的声音、气味、色彩向她奔来。这会儿，她的胸口激烈地起伏着。她开始认出那正在向她逼近、就要占有她的东西，她挣扎着，决心把它打回去——可是她的意志就象她那白皙纤弱的双手一样无能为力。<u>当她放弃抵抗时，一个悄声说出的词语从她那微张的嘴唇间溜了出来</u>。她一遍又一遍地低声重

---

[1] 本文中《一小时的故事》的译文均取自葛林的译文，见朱虹主编：《美国女作家短篇小说选》，中国社会科学出版社，1983年，第1—4页，笔者对有的文字进行了小改动。《重新评价》和《性别政治》（包括调查问卷）用的是同样的笔者略加改动了的译文。

《一小时的故事》与文学阐释的几个方面 | 111

复着那个词:"自由,自由,自由!"紧跟着,从她眼中流露出茫然凝视的神情、恐惧的神情。她的目光强烈而明亮。她的脉搏加快了,快速流动的血液使她全身感到温暖、松快。她没有停下来问问,控制自己的究竟是否为一种邪恶的欢欣。一种清楚和亢奋的感知使她得以认为这一问题无关紧要,不再加以考虑。(下划线和着重号为引者所加,引文未保留段落标记)

若仔细考察,不难看出,作者突出了马夫人的"自由"产生过程的非理性:(1)马夫人通常是具有理性的("一种相当的抑制能力"),但在突然降临的"自由"面前,却丧失了理性("可是,这会儿她两眼只是呆滞地凝视着远方的一片蓝天。从她的眼光看来她不是在沉思,而是暂时停止了理智的思考")。(2)马夫人的意志力仅仅作用于对"自由"的抵抗("她挣扎着,决心把它打回去"),而"自由"则被描述成一种魔鬼般的入侵力量("那是从空中爬出来的,正穿过满天空的声音、气味、色彩向她奔来")。笔者在《重新评价》中曾提到,一个女人突然丧夫时,内心深处的某种"杂念"可能会与她的"超我"发生抵牾,令她恐惧不安,"突然失重"状态下的对未来的没有把握也会加重这种恐惧感,这往往会导致她对内心愿望的抵制,但这样的情感描述一般都不会产生反讽。重要的是,肖邦偏离了文学规约,将抽象的比喻"具体化""实写化",将"自由"描写为魔鬼般的外来入侵者,将马夫人的潜意识与"超我"的冲突转换成了外来力量与马夫人的冲突(第106页)。(3)这种外来力量侵入马夫人,"占有"和"控制"她之后,她眼中流露出的是"茫然凝视的神情、恐惧的神情",她也没有对这种入侵的"自由"加以任何理性的思考。(4)首先发出"自由"之声的是侵入了马夫人体内的外在力量,马夫人对这一词语的重复只是一种非自主、非理性的行为。我们知道,妇女的觉醒常常表现为从被动沉默到大胆言说,但马夫人在受控状态下由茫然和恐惧相伴的非自主言说与真正的妇女觉醒之言说显然相去甚远。

那么，为什么会出现与文本事实相冲突的问卷调查结果呢？这主要是因为阐释框架的作用。在通常情况下，"自由"是很有吸引力的正面概念，是人人接受的状态或追求的目标，而追求自由的过程往往是具有理性的。在当代社会（与封建社会相比），女性对自由的向往通常会得到读者的同情，尤其是女性读者的同情（调查对象中女性占65%）。在这种阐释框架的作用下，读者很容易忽略肖邦对"自由"的反讽性描述，而只是从正面来理解马夫人与自由的关系，根据通常的情况将这一过程理解为马夫人对自由的理性追求，忽略马夫人在"呆滞""茫然""恐惧"的非理性状态下被"自由"这种魔鬼般的外来力量"占有"和"控制"的文本事实（这两个词语的意思与"自由"的意思直接冲突，其反讽意蕴相当明显）。上面引文中用下划线标示的文字是作品第11段的开头，《性别政治》（第42页）在引用第11段时，在未加省略号和任何标示的情况下，略去了该段开头这些十分关键的文字，这就改变了作品这一部分的性质，让读者误以为一开始就是马夫人自己发出了"自由"之声，而不是"在她放弃抵抗时"，侵入她体内的魔鬼般的外在力量首先从"她那微张的嘴唇间"送出了那一声音，这难免误导读者。

《性别政治》展开问卷调查的主要目的是确定《一小时的故事》的主题到底是指向性别政治还是婚姻枷锁。笔者在《重新评价》中，引用了《一小时的故事》的全文，其中没有任何文字涉及男权对女性的压迫，而是直接描述了婚姻约束与单身自由之间的关系。在婚姻中，男女互相帮助、互为枷锁："在那即将到来的岁月里，没有人会为了她而活着"（请比较："她不用为了一个男人而活着"）。关于婚姻约束，作品对男女两性各打五十大板："男人和女人都盲目坚信自己有权把个人意志强加于自己的伴侣"（请比较："男人盲目坚信自己有权把自己的意志强加于妻子"）。

至于马先生是如何对待马夫人的，作品仅仅从马夫人本人的视角进行了如下描述：他的双手"亲切体贴"，他"一向含情脉脉地望着她"。相比之下，肖邦《觉醒》中的庞先生以家长自居，将妻子视为个人财产，不时命令和责备妻子。笔者在《重新评价》中提到应注意区分父权制的社会结构与具体的家庭关系，温情脉脉的丈夫并不能排除父权制的压迫，譬如易卜生《玩偶之家》中的夫妻关系。但不容忽视的是，《玩偶之家》也突出了父权制社会中父亲和丈夫对妇女的压迫。娜拉对丈夫说："咱们的问题就在这儿！你从来就没了解过我。我受尽了委屈，先在我父亲手里，后来又在你手里。""现在我回头想一想，这些年我在这儿简直像个要饭的叫花子，要一口，吃一口。托伐，我靠着给你耍把戏过日子。""在这儿我是你的'泥娃娃老婆'，正像我在家里是我父亲的'泥娃娃女儿'一样。"[1] 可以说，没有任何女性主义作品不描写男权压迫，而仅仅描写男性的"亲切体贴"。《一小时的故事》在这方面与女性主义作品（包括肖邦自己的《觉醒》《黛西蕾的婴孩》等）形成了鲜明对照。

然而，大多数调查对象和《性别政治》的作者并不尊重《一小时的故事》中的文本事实，而是尊重通常的阐释框架："绝大多数读者（83%以上）并不根据原文中'男人和女人都盲目坚信自己有权把个人意志强加于自己的伴侣'一句而认为马夫人（有时）将意志强加给马先生。……多数读者都认为在马先生扮演主角的家庭中，马夫人感受到了丈夫强有力的控制，所以小说文本带有浓厚的性别政治意味。……基于以上调查结果和分析，我们认为《一小时的故事》主要涉及女性对男性压迫的觉醒之主题。"（《性别政治》，第43—44页）那么，为何不尊重文中的白纸黑字呢？这显然是因为通常认为女性是受压迫的一方，只有丈夫才会把自己的意志强加给妻子。在肖邦的《觉醒》中，情况正是这样。《觉醒》

---

[1] 易卜生：《玩偶之家》，潘家洵译，人民文学出版社，1978年，第124—125页。

中同样想摆脱婚姻束缚的女主人公反抗的是父权制社会对"女人永恒权利"的剥夺。像《觉醒》这样的真正女性主义的作品不会男女平等地各打五十大板,更不会仅仅说"没有人会为了她而活着"。正是因为《一小时的故事》与《觉醒》和其他女性主义作品形成了鲜明对照,我们应该摆脱通常阐释框架的束缚,尊重作品本身,而不是自己通常的一些固定看法。

笔者在《重新评价》中曾指出,对作者的定论、理论框架和文化环境如何导致专业批评家戴上有色眼镜,对作品进行先入为主的解读,而《性别政治》一文则让我们看到"不了解肖邦的写作和思想特征"的大众读者如何忽略作品本身的文字表达,只是依据通常的阐释框架来解读作品。无论是哪种情况,都会导致生拉硬套,将先见强加于作品之上,这是需要避免的阐释陷阱(本文第三节将进一步探讨这一问题)。

二 作品主题与相关文本主题的关系

至于《一小时的故事》的主题与其他作品主题之间的关系,《性别政治》一文写道:

> 为了证明《一小时的故事》不是女性主义文本,申教授举出了肖邦同年创作的另一部小说《塞勒斯坦夫人离婚》(*A Dresden Lady in Dixie*),并认为该小说是非女性主义小说,以此作为《一小时的故事》不是女性主义小说的佐证。应该说,申教授的论证是非常有说服力的。但如果引用肖邦同时期的作品,我们对《一小时的故事》的认识又可能发生变化。据统计,1894年肖邦共创作了13个短篇,其中《一位可敬的女人》与《一小时的故事》的创作时间相当接近。该小说叙述一位庄园女主人爱上了丈夫的朋友,先是压抑这

种感觉,不断对丈夫抱怨那位朋友,并催促丈夫让其离开,因为她是位"可敬的女人"。但过了一段时间后,她突然又主动要丈夫请那位朋友来庄园做客,因为她"已经克服了一切"(I have overcome everything)。这里表达的主题显然是女性希望冲破男权社会为她设定的道德底线,勇敢地表达自己的内心。这里没有婚姻约束,是否也可以用来证明《一小时的故事》没有表达婚姻约束的主题?(第45页)

这里首先得纠正一个事实错误,肖邦《塞勒斯坦夫人离婚》的英文标题是"Madame Célestin's Divorce",而不是"A Dresden Lady in Dixie",这是两篇不同的作品。若仔细阅读《性别政治》另外举出的肖邦的"A Respectable Woman"(笔者将按杨瑛美的译法[1],将之译为《一个正派的女人》),不难发现这是相当保守和传统的作品,其主题根本不是"女性希望冲破男权社会为她设定的道德底线"。作品开头描述妻子因为丈夫邀请他的朋友古文内尔来家做客而感到恼火,因为"在冬季,他们已经多次招待过客人",妻子现在"只盼有一整段时间好好休息一下,不受干扰地和丈夫两个人在一起促膝谈心"。丈夫的朋友到来之后,妻子因为对他不了解,而未能接待好他。丈夫对她说:"瞧你,对可怜的古文内尔那么小题大做,在他身上掀起一场风波,其实那是他最不愿看到的。"妻子不服,争辩说是古文内尔自己的性格让人厌烦:"我希望他起码有点风趣。"妻子准备第二天躲到城里去,等丈夫的朋友离开了再回来。但当天晚上,当妻子在外面独自坐着时,古文内尔受她丈夫之托来给她送头巾,并跟她聊起天来,谈到自己跟她丈夫的深情厚谊,也谈到自己的经历和

---

[1] 凯特·萧邦:《一个正派的女人》(《觉醒》中的"凯特·萧邦短篇小说选译"部分),杨瑛美译,辽宁教育出版社,1997年,第162—166页。本文中该短篇的译文均取自这一译本。

世界观。她在生理上受到他的男性魅力的吸引,这引发了她激烈的思想斗争:

> 她的思维只模糊地抓住他所说的话。此刻,主宰一切的是她的生理存在。她并不去思考他的话,只是深深地啜饮他的声音。她多么想把手伸进黑暗,用她敏感的指尖触摸他的面颊或嘴唇。她多么想紧紧偎依着他,贴着他的脸喁喁私语——说什么,都无关紧要——她真的会这样做,假如她不是一个正派女人。想挨近他的冲动越强,她就把身子挪开他越远。一等有机会不显得太唐突无礼,她就站起来,留下他独自一人。还没等她进屋,古文内尔又点起一支雪茄,继续念完了他对夜的呼唤。那晚,巴罗达太太心痒难熬,想把这档子荒唐事告诉自己的丈夫——因为他也是她的朋友。但她终究克制了这个欲念。她不仅是一个正派女人,还是一个深明事理的女人。她知道,在人的一生中,有些斗争是必须单枪匹马去进行的。次晨加斯顿起床时,妻子已经走了。她乘清晨的一班火车进城去了。一直等到古文内尔离开了她的家,她才回来。第二年夏天,重又提起邀他来小住的话头。那是加斯顿强烈的愿望。可这个愿望最终还是在太太的坚决反对下让步了。不过,没等这一年过完,她就提出——这回完全是由她提出,邀请古文内尔来家做客。她丈夫见这个建议是出自她之口,真是个又惊又喜。"我很高兴,亲爱的朋友,你终于克服了你对他的厌恶。说实在的,他没有理由招你厌恶。""噢,"她笑着对他说,给了他一个长长的深情的吻。"你会看到,我克服了一切!这回,我会好好招待他的。"(着重号为引者所加)

这是从妻子所谓"爱上"丈夫的朋友到作品结尾的全部文字。若认真阅读文本，就会看到"我克服了一切"说的是一个"正派"和"深明事理"的女人如何独自克服了自己的弱点（包括在生理上受到古文内尔的吸引——在她"单枪匹马"的"斗争"结束，"克服"了这一点之后，她就可以坦然面对他），最终可以满足丈夫的愿望，当好女主人，招待好丈夫的朋友。那么《性别政治》一文为何会误读这一作品的主题呢？笔者推测这主要有两个原因：（1）实用目的导致先入为主。《性别政治》是为了寻找一个冲破婚姻约束的实例去阅读肖邦的作品的，这导致了将既定意思强加于文本。这里的教训是，当我们为了某一目的而阅读作品时，一定要格外尊重文本，格外警惕实用目的可能构成的阐释陷阱。（2）只看表面，以偏概全——看到文中妻子受到另一男人的吸引就想到三角恋，看到"克服了一切"就想到"希望冲破男权社会为她设定的道德底线，勇敢地表达自己的内心"。而作品从头到尾都在强调夫妻关系的平等和谐（"促膝谈心，互视对方为"朋友""），这种精神上的沟通，构成了婚姻的牢固基础。而正是为了使丈夫不受伤害，不仅"正派"且"深明事理"的妻子才"单枪匹马"地展开"斗争"，克服自己在生理上受到异性吸引的"荒唐"。即便是夫妻为了古文内尔发生了一点小口角，当时的情形也是相当温馨的："加斯顿双手捧着妻子那秀美的脸，温存地微笑着注视她（为古文内尔而）焦躁不安的眼睛。"且丈夫先"吻了吻她"之后，才说了上文所引的那句稍带责备的话。作品的结局强调的也是甜蜜的夫妻情，妻子终于调整好了自己的状态，能接待好丈夫的朋友。与此同时，作品描述了古文内尔与"她"丈夫的友情如何深厚，如何对她不存任何非分之想（"他并不一味去博取她的赞赏，或甚至敬意""还没等她进屋，古文内尔又点起一支雪茄，继续念完了他对夜的呼唤"）。《性别政治》的"误读"从反面告诉我们，在阅读（传统的结局型）作品时，一定要把文本作为一个整体来仔细考察，尤为关注其开头和结尾，关注整个情节的实质性走向，而不能像《性别政治》的作者那样，孤立地从表面理解作品的部分文字。

　　笔者在《重新评价》中提到了肖邦的《塞勒斯坦夫人离婚》,并强调了该作品与肖邦的《觉醒》和《智胜神明》等女性主义作品所形成的对照。这一举证的目的是为了说明肖邦不仅可以创作出女性主义的作品,而且也可以创作出非女性主义的作品。《性别政治》举出的《一个正派的女人》只是为这一观点提供了支持。为了更好地了解肖邦在不同作品中的不同意识形态立场,让我们看看笔者在《重新评价》中没有提及的肖邦的另两篇作品。其一为《懊悔》(创作于1894年9月),与《一小时的故事》(创作于1894年4月)相隔不到半年。在这一作品中,肖邦将反讽的矛头对准了一个穿着举止男性化,追求单身自由,不要婚姻的女庄园主。作品是这样开头的:"马泽勒·奥雷利体魄强壮,面色红润,头发正在从褐色变为灰白,眼神坚定不移。她在庄园里戴着男人的帽子,冷的时候穿上件旧的蓝色军大衣,有时穿双(男式的)'下翻式'高统靴。马泽勒·奥雷利从未想过要结婚,也没有爱过谁。20岁那年,有人向她求婚,她马上拒绝了,现在她已经50岁了,还没有后悔过。"由于她坚持独身,因此除了黑奴,她仅有的伴侣是一只名叫"庞托"的狗、"一些家禽、几头母牛、一对骡子、她的枪(用来打吃鸡的苍鹰)和她的宗教"。一天邻居家出了事,托她照管四个年幼的孩子,她照管了他们两星期,从手忙脚乱到逐渐适应,并对孩子产生了依恋之情。当孩子的母亲把孩子接走后,她十分孤独,对独身的选择深感懊悔。故事是这样结尾的:"马泽勒·奥雷利在桌旁坐了下来。她慢慢地看了看房间,傍晚的阴影正在往里爬,越来越深浓,环绕着她孤独的轮廓。她把头埋在臂弯里,开始哭了起来。啊,她真的哭了!但不是像女人通常那样温和地哭,而是像男人那样哭,她的啜泣好像在撕扯着她真正的灵魂。她没有注意到庞托在舔她的手。"这一懊悔的结局与"懊悔"这一题目相呼应,明确表达出肖邦对婚姻,对家庭生活的肯定和重视。

肖邦的另一作品《贝游圣约翰的女士》（创作于1893年8月）则聚焦于妻子对亡夫的一片深情。女主人公是位稚气未脱的少妇，丈夫常年出门在外，在她缺少爱抚、倍感孤独之时，一位年轻的男邻居给了她不少安慰，并爱上了她，要带她私奔。她由抗拒到同意，正在这时突然传来了她丈夫去世的消息，因此没有走成。几个月后，当那位邻居登门再次向她示爱，要娶她为妻时，她却断然拒绝了，因为她的全部感情已倾注到亡夫的身上："我丈夫对我来说从来没有像现在这样活生生的。我身边的每件物品都在提示他的存在。我朝沼泽地那边张望时，会看到他正在朝我走来，打猎打累了，身上弄脏了。我现在又看到他坐在这张或那张椅子上，听到他熟悉的声音，听到走廊里他的脚步声。我们又并肩在木兰树下散步。夜里在梦中，我感到他就在那里，在那里，在我的身边。这怎么能改变呢？啊！我有记忆，哪怕我活一百岁，这些记忆也会填满我的生活！"故事以宁静安详的语气结尾：女主人公成了"一位非常标致的老太太，守寡多年，从未受过任何责备。对丈夫古斯塔夫的记忆依然充满了她的生活，她感到心满意足"。

毋庸置疑，与《一小时的故事》的创作时间较为接近的《懊悔》《贝游圣约翰的女士》《一位正派的女人》《塞勒斯坦夫人离婚》等均不是反男权压迫的女性主义作品。这些作品与约五年之后出版的真正女性主义的《觉醒》形成了鲜明对照，体现出大相径庭的意识形态立场。面对同一作家的不同作品，我们应摆脱"定论""先见"或"阐释框架"的束缚，保持视野的开放，以文本为依据，把握其中不同的"隐含作者"，关注同一作家的不同作品在意识形态立场上的矛盾性和复杂性。

三 作品主题与作者和语境的关系

《性别政治》一文还涉及了作品主题与真实作者和创作语境的关系：

申教授在《重新评价》一文中反复提到肖邦写完《一小时的故事》几周后的一则日记:"假如我的丈夫和母亲能够复活,我觉得自己会毫不犹豫地放弃他们去世后进入我的生活的所有的东西,与他们的生存重新结合在一起。"对于这则日记的重要性,申教授在《重新评价》开头写道:"可能会为我们理解这一作品(指《一小时的故事》)提供某种帮助",在文章结尾处又将它提到另一高度:"不阅读肖邦的日记,就难以很好地理解《一小时的故事》的深层反讽意义。"可以看出,申教授对《一小时的故事》的重新阐释在很大程度上是以这则日记为出发点的。从这则日记出发,自然比较容易看出《一小时的故事》中的反讽性质。与此相对照,美国著名女性主义叙事学家苏珊·兰瑟从"肖邦是女权主义作家"这一整体判断出发,将《一小时的故事》看成"单一"的反男权主义的文本……如果考虑到肖邦写作的年代(19世纪末20世纪初)是美国女性文学史上出现的第一次创作高峰[1],因此将肖邦作为女性主义作家做阅读出发点也是不无道理的……以上比较分析似乎证明了阐释中不可避免的阐释循环。阐释者首先拥有一个前理解,然后去反观文本细节,最后又用文本细节来证实这个理解。(第45页)

这里首先得纠正一个错误推测,笔者根本不是"以这则日记为出发点的"。《一小时的故事》被学界视为女性主义的名篇,笔者一开始是把它当成女性主义作品来读的。但在对文本加以深入细致的全面考察时,出乎意料地发现了文中隐含的多重反讽(请详见《重新评价》中的分析),发现了这一作品与《觉醒》形成的鲜明对照,笔者为此感到困惑不解。为了了解为何会出现这样的情况,笔者阅读了肖邦的日记、传记

---

[1] 罗婷:《女性主义文学与欧美文学研究》,东方出版社,2002年,第35页。

和其他作品，终于找到了答案。肖邦的母亲二十七岁时，父亲遭遇铁路事故，突然去世，（带着四个孩子的）母亲悲痛欲绝，终生守寡，深深怀念丈夫。《一小时的故事》中的马夫人的行为正好处于肖邦母亲行为的对立面。肖邦自己三十来岁时丈夫又突然去世，留下她和六个孩子，她也像母亲那样终生守寡，深深怀念丈夫。对亡夫浓浓的思念之情在《贝游圣约翰的女士》中得到了充分体现。这种对亡夫的思念不仅作品中那位男邻居难以接受，恐怕很多读者也难以理解。然而，对于跟母亲一样年纪轻轻就突然经历了丧夫之痛，一心期盼丈夫能够复活的肖邦来说，创作出这样的故事也就在情理之中。倘若肖邦的日记反映了她在那一创作阶段的真实心境，那么她在《一小时的故事》和《懊悔》中对女主人公追求单身自由不无反讽的态度也就不难理解。但笔者在《重新评价》中已经说明："诚然，肖邦在日记中表达的对丈夫的深切思念和感情，并非就一定是她创作这一虚构作品的实际出发点。但不管怎么说，阅读肖邦的日记也很可能会为我们理解这一作品提供某种帮助。"（第103页）在西方形式主义盛行的时期，真实作者曾一度"死亡"，为批评界所排斥或淡忘，但近年来，真实作者在西方学界越来越受到重视。真实作者与文学作品的联系是难以割断的，作者在"死亡"了多年之后，终于在西方学界"复活"，这恐怕也是一种历史的必然。《性别政治》选取的问卷对象"绝大多数以前没有认真阅读过凯特·肖邦的任何作品"，也自然没有关注肖邦的日记和传记等史料。笔者的体会是，面对像《一小时的故事》这样具有表面文本和潜藏文本（譬如多重深层反讽）之对立的作品，除了需要对文本细节进行十分认真仔细的考察，还需要阅读该作者的其他作品和自传、传记、日记、信件等史料，这样会有助于了解作者创作时的思想动态。

笔者在《重新评价》中详细分析了苏珊·兰瑟如何不顾作品实际，硬性地从"女性主义"角度来解读《一小时的故事》。遇到文中不符合女性主义框架的反证，兰瑟总是想方设法将其往既定的轨道上拉，千方百计将反证变为"顺证"。这种让文本顺应理论框架的做法失之偏颇，也是对作者和作品的不尊重。然而，《性别政治》却提出："如果考虑到肖邦写作的年代（19世纪末20世纪初）是美国女性文学史上出现的第一次创作高峰"，"因此将肖邦作为女性主义作家做阅读出发点也是不无道理的"。这种推理未免过于肤浅。根据这一推理，就可以在不考察作家、不阅读作品的情况下将19世纪末20世纪初所有美国女作家笔下的作品都视为女性主义的作品。这显然是站不住脚的。肖邦的不少作品就是非女性主义的，甚或带有反女性主义的色彩（《懊悔》就是如此[1]）。了解作者创作时期的文学运动和社会背景（19世纪末出现了一些反抗传统，追求自由和男女平等的"新女性"，但美国南方社会从整体上说还是相当保守的），有助于对该时期作品的了解，但我们一定要避免将《性别政治》所说的那种"前理解"往作品上硬套。肖邦的《觉醒》的确是女性主义文学的代表作，但她的《贝游圣约翰的女士》《懊悔》《塞勒斯坦夫人离婚》等则难以进入女性主义文学的行列。毋庸置疑，无论是互文阅读，作者生平考察，还是创作语境考察，都只能为解读作品提供参考。

笔者在《重新阐释》中曾提到，文学作品的意义是难以确定的。一百多年前肖邦创作的《一小时的故事》究竟表达了何种意识形态，对此

---

[1] 由于当代西方妇女运动的蓬勃发展，也由于肖邦被（女性主义文评获得了长足进展的）西方当代学界尊为早期女性主义作家的代表人物，她的《懊悔》这种明显的"非"（甚或"反"）女性主义的作品难以在当代的西方"重见天日"（诚然，佩尔·塞耶斯特 [Per Seyersted] 主编的《肖邦全集》[Louisiana State University Press, 1969] 收入了这一作品），而她的女性主义的《觉醒》和误以为女性主义的《一小时的故事》则受到出版界的青睐和批评界的重视，这两篇作品也就自然成了文学"经典"。这从一个小小的侧面体现出社会意识形态和文学理论批评如何联手，使有的作品成为经典，而将有的作品抛入被遗忘的角落。其实，若能对《懊悔》和《贝游圣约翰的女士》这样的作品加以适当的重视，就会有助于更为全面地了解肖邦，有助于避免对《一小时的故事》加以牵强附会的误读。

永远也难以下定论。但只要我们保持头脑的清醒和视野的开放，尽量摆脱定论、先见或通常看法的束缚，充分尊重和全面仔细地分析作品，并尽可能地了解作者的其他作品（尤其是同阶段作品），其生平（尤其是同阶段的日记等史料）以及创作时的文学和社会环境，就有可能较为成功地避免《性别政治》认为"不可避免的"那种牵强附会、生搬硬套的所谓"阐释循环"。

（原载《天津外国语学院学报》2006年第5期）

对自由间接引语功能的重新评价[1]

一

　　自由间接引语是19世纪以来的西方小说和新文化运动以来的中国小说中极为常见也极为重要的人物话语表达方式，了解它具有的独特功能，对小说欣赏、批评或创作有着重要意义。与话语表达形式相比，自由间接引语具有多种优势，王黎云、张文浩在《自由间接引语在小说中的运用》（以下简称《运用》）一文中集中讨论了三种优势：（1）使作者缄默，（2）使空间时间和心理时间交叉，（3）表现意识流。[2] 本文拟先对《运用》进行评述，澄清一些被混淆了的基本概念，在此基础上，再补充介绍《运用》未提及的自由间接引语的一些重要功能。

---

[1] 这是我三十年前在国内写的第一篇商榷文，发表于《外语教学与研究》1991年第2期。从文中可看出我当时作为"初生牛犊"的毫无顾忌。这篇论文探讨的是人物话语的表达方式，需要用英文原文来说明问题，难以用中文替代英文，希望读者能够理解。
[2] 王黎云、张文浩：《自由间接引语在小说中的运用》，《外语教学与研究》1989年第3期。

二

1. "使作者缄默"

《运用》写道:

> 自由间接引语的主要语义特征之一是作者沉默不语,一切事物通过人物的眼睛和思想活动用自由间接引语记录下来,从而暴露出人物的主观世界,表达出人物的语言和思想。
>
> (1) He told the Kramers that their attitude toward Saul Bird was disgusting. *They were sick people, he could not live under the same roof with such sick, selfish people!* (Joyce Carol Oates, *Pilgrim's Progress*) 例(1)表达的是人物的语言。Hubben 对 Kramer 夫妇拒绝在 Saul Bird 的请愿书上签名大为不满,从而讲了斜体部分的话。
>
> (2) She couldn't go home; Ethel was there. It would frighten Ethel out of her life ... wasn't there anywhere in the world where she could have her cry out—at last? (Mansfield, "Life of Ma Parker") ...例(1)(2)显然都不是作者在发议论,而是人物自己在表达心中的语言和思想。

《运用》在此犯了一个逻辑错误。与直接引语一样,自由间接引语是表达人物话语的一种形式。如果有人说"直接引语的长处在于能'使作者缄默'",或"直接引语的语义特征之一是作者沉默不语,一切事物通过人物的眼睛和思想活动用直接引语记录下来,从而……",读者一定会发现逻辑错了——即混淆了表达形式与被表达的内容。作者究竟是自己发议论还是呈现人物的语言和思想是一个问题,而究竟是用直接引语、自由间接引语,还是用间接引语的形式来表达人物的话语这一内容,则完全是另外一个问题。《运用》一文接着说:

但有时作者并不是完全沉默不语，他只是把自己隐藏在小说中的人物身上。这时候从句法角度看，尽管语言和思想仍然出自人物，然而从语义角度看，却是两种声音的混合：一个声音出自人物的意识，另一个声音出自作者对人物观点的附和。

（3）It was difficult to refuse! But why give the thing to him to do? That was surely quite unbecoming; but so long as a Forsyte got what he was after, he was not too particular about the means, provided appearances were served. (Galsworthy, *The Man of Property*)……这段文字就是Jolyon收信后的内心活动。他觉得自己不适合做这件事的同时，不由联想到自己Forsyte家族的人为了达到目的是不择手段的，这也正是作者的观点。只是作者借人物之口表达了作者的看法。因此这段自由间接引语包含了双重的声音——人物的声音和作者的声音。

在前面引的那段文字中，《运用》提到的作者的声音指的是与人物的话语相对立的作者的议论。那是两种类别之间的区分。而此段中"作者的声音"实际上指的是作者在表达人物话语时所进行的叙述干预，仅涉及这一个类别。这两者切不可等同起来。如果"作者的声音"指的是前者，则所有的自由间接引语中都没有作者的声音，因为它涉及的是人物话语这一类别。而倘若"作者的声音"指的是后者，则所有的自由间接引语中都有作者的声音[1]，因为所有的自由间接引语中都有作者的叙述干预。让我们再看看例（1）和例（2）中的自由间接引语：

（1）… *They were* sick people, *he could* not live under the same roof with

---

[1] 叙事学认为即便在第三人称叙述中，也没有作者的声音，而只有作为其代言人的第三人称叙述者的声音，但文体学家则往往仅谈作者的声音，而不谈叙述者的声音，至少20世纪八九十年代是如此。

such sick, selfish people!（试比较：*You are* sick people, *I can* not live ...）

（2）*She couldn't* go home; Ethel *was* there. It *would* frighten Ethel out of her life...（试比较：*I can't* go home; Ethel *is* there. It *will* frighten Ethel out of her life...）

括号中的是自由直接引语，这是没有叙述干预的形式，我们只能听到人物的声音。但在自由间接引语中却有以第三人称来指称人物并采用过去时叙述人物话语的作者（叙述干预）的声音。这一声音在所有的自由间接引语中都存在。作者的态度自然也会在其声音中体现出来。难道我们在例（2）"She couldn't go home; Ethel was there. It would frighten Ethel out of her life..."中听不到Mansfield深切同情Ma Parker的声音吗？其实，作者的声音并不一定跟人物的相一致。在作者与人物的观点相异时，作者叙述干预的声音常常是带讽刺性的（详见下文）。西方批评家采用了"双重声音""双重观点""双重眼光"等术语来描写自由间接引语的"双重性"：人物话语＋作者（或叙述者）的叙述干预。

《运用》一文还混淆了转述语与引导句这两个不同的层次。《运用》写道：

（4）a. Up before breakfast and off to paint, he (mistakenly) believed alone. (Woolf, *To the Lighthouse*) 例（4）中若加进mistakenly，句子就不成立。因为从逻辑角度来看，自由间接引语只表达人物的内心语言，只展示他的意识活动，并不表明是与非，对与错。加进了mistakenly，显然成了作者的单方面评判，带有主观随意性。这样句子就完全成了作者的声音……

b. Which looked best against her black dress? Which did indeed? said Mrs Ramsay absent-mindedly.（ibid.）

这里的absent-mindedly却可以接受，因为这里表达的既是人物说话时所用的语气，又是作者的评述，符合上述作者和人物双重声音的分析。

这完全把引导句（"he believed alone"及"said Mrs Ramsay absent-mindedly"）与转述语混为一谈。实际上这是两个截然不同的层次。这一点在直接引语中很容易看清：

"Which looks best against my black dress? Which does indeed?" said Mrs Ramsay absent-mindedly.

引号内为转述语，这是人物话语的范畴。在自由间接引语中，尽管转述语要改用第三人称和过去时，但仍主要是人物的语言范围（人物的语言+作者的叙述干预构成"双重声音"）。与此相反，引导句却仅仅是作者的语言范围。《运用》一文所提及的"作者和人物的双重声音"仅适用于自由间接引语的转述语，对引导句则完全不适用。在引导句中仅有作者自己的声音，作者可以做出任何单方面的评判。

2. "使空间时间和心理时间交叉"
《运用》写道：

自由间接引语打破以时间为序的结构，让过去、现在、未来彼此交叉，相互掺合。当人们的心中一些特别强烈的过去经历或愿望浮现在脑际时，人们会忽略时间上的差距，把它们当作现实来再现。因此使用自由间接引语时会出现两种时间观念：空间时间和心理时间……

（6）She (Ruth) imagined how he would kiss her when he came back from work. *And this evening*, while she sewed, he would read aloud from Gibbon's *Decline and Fall*...在这里Ruth对晚上将发生的事用this evening而不用that evening表示未来的心理时间（this evening）与叙述行为动作的时间（imagined，repeated）重叠在一起，产生时间交叉。

《运用》在这里混淆了叙述者（作者）与人物这两个完全不同的实体。实际上鲁思这一人物是不会称自己为"她"（she）的。鲁思的想法原本是"And *this* evening, while I *sew*, he will read aloud from Gibbon's *Decline and Fall*."在自由间接引语这一表达形式中，（处于另一时间与空间的）叙述者把第一人称改为第三人称，现在时改为过去时，但保留了鲁思原话中的"this evening"，未将它改为"that evening"（鲁思本人是不可能用"that evening"的）。人物原话中的时间、地点状语是体现人物主体意识（视点）的语言成分。在叙述语境压力较小、其本身为独立句子的自由间接引语中常常被叙述者保留下来。这是叙述者不干预的结果，而绝非人物自己"忽视时间上的差距"，把"过去的经历或愿望""当作现实来再现"的结果。《运用》一义在此完全忽略了自由间接引语中叙述者的作用。笔者推断这可能是受了其参考书目中所列的安·班菲尔德的影响。她是唯一个承认自由间接引语中有叙述干预的西方学者，认为在自由间接引语的文本中，叙述者根本不存在。班菲尔德的模式是站不住脚的。不承认叙述者的存在，就无法解释由第一人称向第三人称及由现在时向过去时的转换。如果承认叙述者的存在，自由间接引语中的时间问题则一目了然：叙述者仅将人物原话中的时态改为过去时，而保留了人物原话中的时间状语，故会出现"And this evening, while she sewed..."这种时态与时间状语"相悖"的现象。倘若不承认叙述者的存在，就无法客观解释这一"相悖"的现象，就容易把叙述者的作用强加于人物之上，并把这一现象复杂化和神秘化。所有西方学者都毫无例外地承认叙述者的存在。《运用》以利奇和肖特的模式开头,讨论中又明确提到作者(叙述者)的声音,此外,《运用》对班菲尔德独家生产的"无叙述者"模式只字未提,在这种情况下,把作者(叙述者)的作用强加于人物之上显然是不合适的。

为说明自由间接引语能"使空间时间和心理时间交叉",《运用》还举了下例:

> How much she wanted it—that people should look pleased as she came in, Clarissa thought *and turned and walked back towards Bond Street*, annoyed, because it was silly to have other reasons for doing things. Much rather would she have been one of those people like Richard who did things for themselves, whereas, she thought, *waiting to cross*, half the time she did things not simply, not for themselves ...(Woolf, *Mrs. Dalloway*)

《运用》说"斜体部分表明空间时间,即人物行为动作的时间"。实际上,"Clarissa thought""she thought"这些引导句体现的也是空间时间,应改为斜体。其余是用自由间接引语表达的人物的想法。在这样的段落中,人物的动作不时地、突如其来地插入人物的想法(或人物的想法插入人物的动作)。人物思想中的时间(心理时间)与人物动作的时间(空间时间)是不一致的。像这样使人物的动作与想法交融,自然会导致两种时间的并置。但确实谈不上"自由间接引语打破以时间为序的结构"。《运用》在结论中还称之为"时空颠倒",笔者以为实在言过了。值得指出的是,自由间接引语给作者提供了使人物的动作和思想如此交融的可能性。其实,自由直接引语也提供了同样的可能性。在詹姆斯·乔伊斯的《尤利西斯》中,有这么一段:

He crossed Townsend street, passed the frowning face of bethel. El, yes: house of Aleph, Beth. *And past Nichols' the undertaker's.* At eleven it is. Time enough. Daresay Corny Kelleher begged that job for O'Neill's. *Singing with his eyes shut.* Corny. Met her once in the park...

值得强调的是，自由间接引语只不过是把自由直接引语中的时态改为过去时而已，并未做时间上的变动。

3. "表现意识流"

《运用》说：

> 人的意识具有流动性和飘忽性，通常都是无逻辑地杂乱无章地在大脑中涌现。自由间接引语的形式最能自然地如实地记录人们的意识活动，表现出人物的理性、情感、本能、直觉、官感或梦幻等，用内心独白、自由联想、旁白等手法予以再现。

《运用》为"内心独白""自由联想""旁白"各举了一例自由间接引语加以说明。笔者感到费解的是这三个例子都不是"无逻辑地杂乱无章地在大脑中涌现"出来的"意识流"。对于"内心独白"的例子，《运用》还特意做了说明："这种意识活动都是比较理智的，合乎逻辑的。""旁白"的例证的逻辑性也相当强。《运用》一文为"自由联想"举的是下面这例：

He had never worked under price; indeed, he had sometimes gone hungry rather than do so; but now it seemed that others were doing it. And then he was so awfully hard up. If he refused this job he was not likely to get another in a hurry. He thought of his home and his family. Already they owed five weeks' rent... (Tressell, *The Ragged Trousered Philanthropists*)

这是纽曼听到自己将被低薪雇用时头脑中涌现出来的一连串想法。这段想法自始至终都有一定的逻辑性，谈不上是"自由联想"。"自由联想"和"意识流"这两个专有名词特指无目的、无逻辑地在大脑中涌现出来的杂乱无章的思想。《运用》将"比较理智的，合乎逻辑的"想法视为意识流或自由联想是不适宜的。

此外，必须指出的是，"内心独白"（interior monologue）在西方文艺批评中一直毫无例外地指用自由直接引语表达的思想。用自由间接引语表达的思想则被称为"间接的内心独白"或"叙述出来的独白"。《运用》一文将用自由间接引语表达的思想称为"内心独白"，容易造成混乱。

自由间接引语确实是表达意识流的最好形式之一（伍尔夫的《达洛维夫人》就是一个较好的例证）。另一最佳形式是自由直接引语。以詹姆斯·乔伊斯为首的一些现代派作家就是通过自由直接引语来表达意识流的。两者的区别仅在于人称和时态。自由直接引语无疑具有更明显的直接性与生动性。但自由间接引语能使人物的意识更自然地与叙述者的话相混合。此外，它的自我意识感相对较弱，有利于表达人物仅感受到但"并未形成语言"的心理活动。

《运用》接下去探讨了自由间接引语的语言特色，然后对全文做了如下总结：

总之，（1）自由间接引语是表达人物思想的特殊方法，可以说是人物内心的语言；（2）由于自由间接引语的运用，难以直接描述的非理性的内心意识活动被充分表现了出来，使读者能直接进入人物的意识中去。发掘人物内心世界的奥秘;(3)由于自由间接引语的运用,小说打破了叙述上的逻辑性和连贯性,成了人物意识流和时空颠倒的最好表现形式;(4)由于自由间接引语的运用,小说打破了规范语言的传统,不受正常语法的束缚,大量使用感叹词、感叹句、疑问句、不完全句以及通过人物特有的语言或标点符号和特殊拼写方法来创造朦胧的、晦涩的、变幻莫测的语言境界,来表现人物复杂的思想和瞬间的感受。

第(1)句有些片面。自由间接引语也被用于表达人物的对话。《运用》就不止一次地引用了用自由间接引语表达的人物对话,故应将之改为:"自由间接引语是表达人物思想及言语的一个重要方法。"第(2)句对自由直接引语同样适用,须加以限定,可改为"自由间接引语这一形式使小说家在采用第三人称和过去时来转述人物话语的情况下,也能充分表现人物非理性的内心意识活动,使读者能直接……"至于第(3)句谈到的时间和表现意识流问题,前文已详细评述。第(4)句混淆了叙述者(作者)的话与人物的话之间的界限。小说中叙述者(作者)的描写或议论一般采用规范语言,而人物的思想和言语中则会有大量的感叹词、感叹句、疑问句及特殊拼写等"不规范"的语言成分。这是两个性质完全不同的范畴,切不可混为一谈。在直接引语中,难道不是一直都有大量"不规范"的语言成分吗?自由间接引语只不过是在人称改为第三人称、时态改为过去时的情况下仍然保留了这些人物原话中的语言成分而已。

三

下面笔者将介绍《运用》未提及的自由间接引语的几种重要功能:

1. 能有效地表达或加强讥讽的效果

任一引语形式本身都不可能产生讥讽的效果，它只能呈现人物话语中或语境中的讥讽成分，但自由间接引语能比形式更有效地表达这一成分。请对比下面这两种形式：

（1）He said/thought, "I'll become the greatest man in the world."

（2）He would become the greatest man in the world.

如果这大话出自书中一小人物之口，不论是采用哪种引语形式，都会产生讥讽的效果。但自由间接引语所产生的讥讽效果相比之下要更为强烈。在这一表达方式中，没有引导句，人称和时态又形同叙述描写，由叙述者"说"出他显然认为荒唐的话，给引语增添了一种滑稽模仿的色彩或一种鄙薄的语气，从而使讥讽的效果更为入木三分。在很多大量使用自由间接引语的小说中，叙述者是相当客观可靠的（譬如简·奥斯丁和福楼拜小说中的叙述者）。自由间接引语在人称和时态上跟叙述描写一致，因无引导句，故容易跟叙述描写混合在一起，在客观可靠的叙述描写的反衬下，自由间接引语中的荒唐成分会显得格外不协调，从而增强讥讽的效果（在"染了色的"间接引语中，如果"染色"成分恰恰是人物话语中的荒唐成分的话，也会因其与客观叙述的明显对比使讽刺的效果得到加强）。

从读者的角度来说，自由间接引语中的过去时和第三人称拉开了读者与人物话语之间的距离。如果采用直接引语，第一人称代词"我"容易使读者产生某种共鸣。而自由间接引语中的第三人称与过去时则具有疏远的效果，这样使读者能以旁观者的眼光来充分品味人物话语中的荒唐成分以及叙述者的讥讽语气。

2. 增强同情感

自由间接引语不仅能加强讽刺的效果，也能增强对人物的同情感。笔者拟以茅盾《林家铺子》中的一段来说明这一问题：

（1）林先生心里一跳，暂时回答不出来。（2）虽然［寿生］是［我/他］七八年的老伙计，一向没有出过岔子，但谁能保到底呢！

汉语中不仅无动词时态，也常省略人称，因此常出现直接式与间接式的"两可型"或"混合型"。第（2）小段可看成是"自由直接引语"与"自由间接引语"的"混合型"。如果我们把它们"分解"开来，则可看到每一型的长处。"自由直接引语"（"虽然寿生是我七八年的老伙计……"）的优势是能使读者直接进入人物的内心，但这就意味着叙述者与人物的思想全然无关。而在"自由间接引语"中，读者听到的则是叙述者转述人物话语的声音。一位富有同情心的叙述者在此种情况下，声音就会充满对人物的同情，这必然会使读者受到感染，从而增强读者的同情感。此例中的叙述者不仅听起来充满同情感，而且好像跟林先生一样为寿生捏着一把汗，这也增强了悬念的效果。如果采用间接引语则达不到这样的效果，试比较："他心想虽然寿生是他七八年的老伙计……"自由间接引语妙就妙在它在语法上往往形同叙述描写（第三人称、过去时、无引导句），叙述者的观点态度也就容易被读者领悟和接受。而"他心想"这样的引导句则容易把叙述者的想法与人物的想法区分开来。

3. 增加语意密度

前文已提及自由间接引语中有人物和叙述者这两种声音在起作用（直接式中仅有人物的声音；正规的间接引语中因叙述者代之以自己冷静、客观的言辞而常常压抑人物的声音）。如果人物话语有直接受话人，

"他将成为世界上最伟大的人"这样的自由间接引语也很可能会使读者感受到有判断力的受话人的讥讽态度,甚至使读者觉得是受话人在对发话人进行讽刺性的模仿或评论。这样就增强了话语的语意密度,从而取得话语表达形式难以达到的效果。

自由间接引语不仅具有这些独特的优势,而且还兼备间接引语与直接引语之长。间接引语可以跟叙述语很好地混合,但缺乏直接性和生动性。直接引语很生动,但由于人称与时态截然不同,与叙述语之间的转换往往较为笨拙。自由间接引语却能集两者之长同时避两者之短。由于叙述者常常仅变动人称与时态而保留包括时间、地点状语在内的体现人物主体意识的多种语言成分,使这一表达形式既能与叙述语交织在一起(均为第三人称、过去时),又具有生动性和较强的表现力。

当我们了解了自由间接引语的诸多优势之后,也就不难理解为何它逐渐取代直接引语,成了现代小说中最常用的一种人物话语表达方式。

(原载《外语教学与研究》1991年第2期)

也谈中国小说叙述中转述语的独特性
——兼与赵毅衡先生商榷

赵毅衡先生在《小说叙述中的转述语》(《文艺研究》1987年第5期)一文中,通过中西小说的比较,对中国小说叙述中的转述语进行了探讨,其视野之开阔、文笔之酣畅确实使笔者获益匪浅。但读后深思再三,便发现赵文在大胆的宏观概括之中,有不少失之偏颇之处,在此斗胆提出,以就教于赵先生。

赵文指出:"中国文学中的转述语形式问题至今尚未有人做过专门研究,这可能是因为汉语中没有主句和分句的时态对应问题,因此转述在技术上似乎并不复杂。但这只是表面现象,笔者认为缺乏时态对应使汉语中的转述语更加复杂。"中国向来仅有直接引语和间接引语之分,这未免太笼统。赵文通过借鉴西方的有关理论,对中国小说中的转述语形式进行了如下分类:

直接引语式:他犹豫了一下。他对自己说:"我看来搞错了。"

副型A:他犹豫了一下。"我看来搞错了。"(用引号,无引导短句)

副型B:他犹豫了一下。我看来搞错了,他对自己说。(有引导

短句，但无引号）

  间接引语式：他犹豫了一下。他对自己说他看来搞错了。

  间接自由式：他犹豫了一下。他看来搞错了。（无引导句）

  直接自由式：他犹豫了一下。我看来搞错了。（无引导句，也无引号）

  这四种转述语形式早已出现在西方小说批评理论中。"间接自由式"或"自由间接引语"（即比间接引语自由的形式）从20世纪末开始相继引起了德、法、英等国批评家的注意并被命以大同小异的名称。[1] "直接自由式"或"自由直接引语"（即比直接引语自由的形式）也相继得到这些国家批评界的承认。赵毅衡的分类几乎完全形同于英国文体学家利奇和肖特在《小说文体论》（1981）一书中对转述语的分类。他们的唯一分歧在于对上面那两个副型的划分。利奇和肖特把它们看成是"自由直接引语"的副型，因为它们比正规的直接引语要自由。而赵毅衡则把它们看成是"直接引语"的副型。显而易见的是，赵毅衡的分类丝毫未反映出中国文学中转述语的独特性。赵毅衡写道：

  总的来说，这个分类标准很清楚——只消看人称和引导句。但是，在具体的叙述中，会出现问题的。首先。如果转述语中讲话者没有自称怎么办？如何区分直接式与间接式？引号当然是个有用的标志，但是引号也是可以省略的。在其他语言中，这个问题好解决；看叙述语与转述语之间时态的差别。时态有接续关系的为间接式，时态无接续关系的为直接式。在汉语中无此标志。幸而尚有其他一

---

[1] 德国批评家卡来朴基于1899年将这一形式命名为"朦胧的话语"。法语文体学家巴依在1912年把它命名为"自由间接风格"。这一命名影响很大，60年代以来英美批评界的"自由间接话语"或"自由间接引语"都直接受之影响。

些标志可用,例如直接转述语中的语汇、用辞、口气等应当符合说话人物的身份(即章学诚说的"为文之质,期于适如其人之言"),而间接转述语中的语汇、用辞、口气在很大程度上是叙述加工后的混合式。

赵毅衡先生所说的"幸而尚有其他一些标志可用"实际上是一种幻觉。他所列举的"其他一些标志"并非汉语中所特有,而是所有语言共有的。在其他语言中,若无其他任何标志,可仅凭时态来区分直接式和间接式。在汉语中,若同样无其他标志,也无法凭借时态来进行区分,这是汉语的独特之处。笔者认为,在汉语中存在着一些西方语言中不可能出现的直接式与间接式的"两可型"。如果省略上面例证中的自称(中文常省略主语),就会出现下面两种直接与间接的"两可型":

(1)他犹豫了一下。(我/他)看来搞错了,他对自己说。
(2)他犹豫了一下。(我/他)看来搞错了。

根据赵毅衡的分类,第(1)种是直接引语式(副型B)与间接引语式的两可型;第(2)种则是直接自由式与间接自由式的两可型。这种直接式与间接式的两可在西方语言中是不可想象的。西方语言一般不允许省略主语。即便有这种可能,动词的时态也足以区分转述语究竟是直接式还是间接式。

汉语中特有的这些直接式和间接式的两可型迄今为止尚未引起批评界的关注。在赵毅衡先生文章的开头,他引用了加缪《鼠疫》中的一段:

a里厄振起精神;b确定性就在这里,就在日常事务之中。其他的一切都只是被偶然的线串接起来的零星杂事;c你别在这种事上浪费时间。重要的是做你的工作,因为这工作必须做好。

赵毅衡对 b 小段评论说,它"究竟是谁的话就不清楚,如果是里厄大夫心里的想法,那就是一段没有引导句的间接转述语;如果是叙述者的话,那就是评论性干预;c 小段也可能是里厄大夫的'自言自语',因此是无引号的直接转述语"。在原文中,b 小段的时态是过去时,赵毅衡认为这段既可看成是自由间接引语,也可看成是叙述者的评论,这对原文来说无疑是合乎情理的。在中文中则不然,b 小段在无时态变化的中文中不带任何间接的标志。它既可能是自由间接引语或叙述者的评论也可能是自由直接引语。这种既可能是间接式又可能是直接式的"两可型"是中文中特有的形式特点。赵毅衡在未引原文而仅引了译文的情况下断言 b 小段是自由间接引语是不合情理的。

其实,如果这段引文是中文原文的话,人们只会把 b 小段看成自由直接引语,因为一般不可能区分 b 小段和 c 小段(无任何标志),而会把它们看成一个整体并根据 c 小段中的人称代词"你"把它们统统看成是里厄大夫的"自言自语",即自由直接引语。在中文中常常只是根据"你""我""他""他自己""我自己"这样的人称代词来区分直接式和间接式的。在没有人称的情况下,就很容易出现直接与间接的"两可型"。有趣的是,中文中常用的代词"自己"是模棱两可的,它也增加了"两可型"出现的机会,例如:

(1)a 鲍小姐扑向一个半秃顶,戴大眼镜的黑胖子怀里,b 这就是她所说跟(我/她)自己相像的未婚夫!(我/她)自己就像他?……(钱锺书《围城》)

(2)a 叶芳心里服气了,b 难怪解净整治思佳,思佳反而主动向她靠近。(我/她)自己处处依着他。他反而瞧不起自己。可是(我/

她）自己能管得了思佳吗？（蒋子龙《赤橙黄绿青蓝紫》）

上两例中的b小段均为自由直接引语与自由间接引语的"两可型"。自由间接引语因摆脱了（明显的）引导句，受叙述语境的压力较小，体现人物主体意识的语言成分在转述语中一般均能得到保留。在西方语言中，它与自由直接引语的不同常常只在于人称和时态。在没有动词时态标志的中文中，自由间接引语和自由直接引语的不同往往只在于人称，如果人称上也无法区分，就自然成了自由间接式与自由直接式的"两可型"。再请看下例：

a林先生心里一跳，暂时回答不出来。b虽然是七八年的老伙计，一向没有出过岔子，但谁能保到底呢！（茅盾《林家铺子》）

b小段显然是自由间接式和自由直接式的"两可型"。我们现在再看看带明显引导句的"两可型"。在吴研人的《恨海》中有这么一段：

（鹓亭）当下回到东院，再与白氏商量。不如允了亲事；但是允了之后，必要另赁房子搬开，方才便当，不然，小孩子一天天的大了，不成个话。

不难看出，这是无引号的直接引语与间接引语的"两可型"。赵毅衡在文中也引用了此例，却是把它当作"间接引语"的例证，笔者认为不妥。此例中的"小孩子"既可为间接引语也可为直接引语，而语汇、用词、口气也相当口语化，不带叙述加工的痕迹，我们应当把它看作"两可型"。用标点符号把引导动词与转述语隔开在中文中较为常见。这一相隔减轻了叙述语境对转述语的压力，转述语常为直接式。但有的引导动词（譬如"想起"）后面是不能接标点符号的。引导动词后面紧接转述语是间接引语的典型句型。然而，在这种句型中也能出现"两可型"。请看《恨海》中的例子：

（1）棣华又想起天已经黑了，他此时不知被挤在那里？今天晚上，又不知睡在那里？

（2）棣华又想起父亲在上海，那里知道我母女困在此处？

在通常分析中，会把第（1）例视为间接引语。但既然使用同样引导动词的第（2）例可以是无引号的直接引语，为何不能把没有任何其他间接标志的例（1）看成是间接引语与无引号的直接引语的"两可型"呢？中文中出现这样的"两可型"是不足为奇的。笔者认为在中文中，间接引语的转述语所受叙述语境的压力一般要比在西方语言中小得多。如果我们想把（2）改为间接引语的话，只需把"我"改成"她"：

棣华又想起父亲在上海，那里知道她母女困在此处？

在西方语言中，间接引语与无引号的直接引语之间除了人称上的差别，还有时态上的明显差别。除此之外，间接引语中的转述语为从句，转述语开头一般使用引导从句的连接词（英文中的"that"、法文中的"que"等），而不带引号的直接引语中的转述语为主句，转述语的第一个字母一般大写。这种明显的主从句区别在汉语中不存在。尽管在语法分析中也会把汉语间接引语中的转述语分析为"从句"，实际上汉语中人们的"从句意识"要薄弱得多。请对比下面的中英文：

（1）He said to himself that he seemed to be wrong.

（2）他对自己说他看来搞错了。

（3）He seemed to be wrong, he said to himself.

（4）他看来搞错了，他对自己说。

赵毅衡把第（4）例仍然看成是"间接引语"，这在中文中是可行的，但在英文中则不然。在英文中，若引导句像在例（3）那样被放到了转述语的后面，转述语就自然从从句"升级"为主句（必须去掉表示从句的连接词，并将首字母由小写改为大写）。英美批评家把这样的形式不再看成"间接引语"，而看成是"自由间接引语"。这样的主从意识在汉语中是很淡薄的。此外，在西方语言中，如果间接引语的转述语含两个以上的分句，在每个分句的句首都需加上连接词以表示这些分句均为从属于引导动词的并列从句（分句的首字母均需由大写改为小写）。汉语中无引导宾语从句的连接词（也无大小写之别），如果间接引语的转述语有两个以上的分句，从第二个分句开始，转述语就完全形同于自由间接引语。

在西方语言中，有不少体现人物主体意识的语言成分无法在间接引语的转述语中出现，其原因就在于转述语是从句。在汉语中，这种"从句意识"十分淡薄，且从第二个分句开始越益淡薄。其结果是叙述语境对间接式的压力要比在西方语言中小得多，体现人物主体意识的语言成分在转述语中能很自然地得到保留。例如：

他的又麻又痛的心里感到这一次他准是毁了！——不毁才是作怪：党老爷敲诈他，钱庄压逼他，同业又中伤他，而又要吃倒账。凭谁也受不了这样重重的磨折罢？（茅盾《林家铺子》）

他晓得母亲是爱游逛，爱买东西的，来去又要人送——所费必不得少；倘伊家也有人来监产，——一定会有的——那可怎么办呢？

非百元不可了！（朱自清《别》）

"感到""晓得"这样的引导动词后面是不可能接直接引语的。可就连这样的引导动词也限制不了转述语的"自由"，这主要因为在中文中，间接引语的转述语并不像在西语中那样受从句的限制。在西方语言中，因为间接引语与无引号的直接引语在形式上差别甚大（关键是主从句的差别），人们的"间接引语意识"较强，一般一采用间接引语就会做出各种形式上的相应变动（除了变时态、人称、句式，加表示从句的连接词，将首字母由大写改为小写外，还需把"今天"改为"那天"，"明天"改为"次日"，"这"改为"那"，"来"改为"去"等，也一般会代以叙述者的冷静、客观的言词）。在中文中，因为间接引语与无引号的直接引语在形式上差别甚少，人们的"间接引语意识"相对要弱得多，叙述语境的压力也就要小得多。叙述者常常仅变动人称，语言成分（譬如"今天""这里"，以及人物的语汇、口气等）常常得到保留。在钱锺书的《围城》中有这么一段：

（方鸿渐）心里咒骂着周太太，今天的事准是她挑拨出来的，周经理那种全听女人作主的丈夫，也够可鄙了！可笑的是，到现在还不明白为什么周太太忽然在小茶杯里兴风作浪，自忖并没有开罪她什么呀！不过，那理由不用去追究，他们要他走，他就走，决不留连，也不屑跟他们计较是非。……

除了那两个标了重点符的"他"表示这是间接引语外，这简直像无引号的直接引语。在中国文学中，由于"间接引语意识"相对较弱，也就增加了"两可型"出现的机会，因为在无人称的情况下常常无法根据语汇、用词、口气等来判断转述语究竟是直接式还是间接式，譬如：

（1）a鸿渐忙伸手到大褂口袋里去摸演讲稿子，只摸个空，慌得一身冷汗。b（他）想糟了！糟了！（我/她）怎么会把要紧东西遗失？家里出来时，明明搁在大褂袋里的。（钱锺书《围城》）

（2）a女人们念一句佛，骂一句，b又说老通宝家总算幸气，没有犯克，那是菩萨保佑，祖宗有灵！（茅盾《春蚕》）

例（1）中的b小段无论是作为无引号的直接引语还是作为间接引语在汉语中都显得较自然，而在西文中则根本不能采用间接引语式（如英文"He thought that awful! Awful..."是有违语法惯例的）。在汉语中，遇到人物主体意识如此强烈的引语，我们也不能断言这是直接引语，因为汉语的间接引语也能保留这样的语言成分。同样，在第（2）例b小段中，我们既不可根据句型断言它是间接引语，也不可根据语汇、用词、口气等断定它是无引号的直接引语，而只能说它是"两可型"。

中国文学中这样的"两可型"具有其独特的双重优点。因为没有时态与人称的变化，它们能和叙述语言很融洽地结合在一起（间接式的优点），同时它们又具有（无引号的）直接式才有的几乎不受叙述干预的直接性和生动性。这种双重优点的独特性在文本被译成西方语言时可以看得格外清楚。翻译时，在时态上，译者必须做出确定的选择：或者用现在时，或者用过去时。如果选用现在时就会把转述语与叙述语分开，容易给人以叙述中断的感觉，因为叙述语言一般都会译为过去时，这样就失去了原文中属于间接式那一面的优势。如果选用过去时，那么虽能保留与叙述语言的融洽，却必然会不同程度地失去直接式才有的几乎不受叙述干预的直接性和生动性。再加上人称上的选择、大小写的选择等等，这种必失一面优点的损失就会更为明显。

（原载《北京大学学报（哲学社会科学版）》1991年第4期）

"故事与话语"解构之"解构"[1]

"故事"与"话语"的区分是著名法国叙事学家托多罗夫于1966年率先提出的。叙事作品的意义在很大程度上源于这两个层次之间的相互作用。叙事学界普遍采纳了这一区分,使之成为叙事学的一个不可或缺的前提。三十多年来,叙事学家们对这一前提广为运用、阐发和修正,但20世纪80年代以来,受解构思潮和文化研究的影响,出现了来自方方面面的解构这一区分的努力。本文将剖析四位西方学者从不同角度对这一区分的解构,旨在清理有关混乱,揭示叙事作品的一些本质性特征,更好地把握作者、叙述者、故事与读者之间的关系。

乔纳森·卡勒的解构之"解构"

乔纳森·卡勒在1981年出版的《符号的追寻》[2]一书中,以"叙事分

---

[1] 本文的姐妹篇为Dan Shen, "Defense and Challenge: Reflections on the Relation Between Story and Discourse," *Narrative* 10. 3 (2002): 222–243。国际上第一部《叙事理论百科全书》(*Routledge Encyclopedia of Narrative Theory*, 2005)的三位西方主编读到这篇论文后,特邀我撰写和界定了"Story-Discourse Distinction"这个一千英文单词的重要词条。

[2] Jonathan Culler, *The Pursuit of Signs*, Ithaca: Cornell University Press, 1981.

析中的故事与话语"为题,辟专章对故事与话语的区分进行了解构。卡勒不是通过抽象论证而是通过具体实例来说明自己的观点。他说:"叙事学假定事件先于报道或表达它们的话语而存在,由此建立起一种等级体系,但叙事作品在运作时经常颠覆这一体系。这些作品不是将事件表达为已知的事实,而是表达为话语力量或要求的产物。"(第172页)卡勒举的第一个实例是《俄狄浦斯王》。通常认为这一古希腊悲剧叙述了俄狄浦斯弑父娶母的故事。但卡勒提出可以从一个相反的角度来看该剧,即并不存在俄狄浦斯弑父的事实,而是话语层次上意义的交汇使我们假定俄狄浦斯杀害了自己的父亲拉伊俄斯。卡勒提出的论据是:俄狄浦斯独自杀害了一位老人,但拉伊俄斯一位幸存的随从却说杀害拉伊俄斯的凶手不是一个人,而是一伙人。当俄狄浦斯见到这唯一的证人时,并没有追问凶手到底是一个人还是一伙人,只是盘问有关自己和拉伊俄斯父子关系的事情。卡勒由此得出结论说:俄狄浦斯自己和所有读者都确信俄氏是凶手,但这种确信并非来自对事实的揭示,而是由于话语层次上意义的交汇,让人做出了一种凭空武断的推导。有趣的是,卡勒自己声明:"当然,我并不是说俄狄浦斯真的是无辜的,真的是受了2400年的冤枉。"(第174页)从"当然""真的"等词语可以看出,在卡勒心目中,那位让人说凶手究竟是"一伙人"还是"一个人"对事实并非真的有影响。卡勒这么写道:

> 有神谕说拉伊俄斯会被儿子杀害;俄狄浦斯承认在一个可能相关的时间和地点杀害了一位老人;因此当牧羊人揭示出俄狄浦斯实际上是拉伊俄斯之子时,俄狄浦斯就武断地下了一个结论(读者也全跟着他的思路走),即自己就是杀害拉伊俄斯的凶手。他的结论并非来自涉及以往行为的新的证据,而是来自意义的力量,来自神谕与叙事连贯性要求的交互作用。话语力量的交汇要求他必须成为

杀害拉伊俄斯的凶手，他也就服从了这种意义的力量。……假如俄狄浦斯抗拒意义的逻辑，争辩说"尽管他是我父亲，但这并不意味着我杀了他"，要求得到有关那一事件的更多的证据，那么俄狄浦斯就不会获得那必不可少的悲剧身份。（第174—175页）

在进行这番论述时，卡勒似乎忘却了这一悲剧是索福克勒斯的创作物。的确，索福克勒斯没有让证人说明杀死拉伊俄斯的实际上是一个人，但这只是因为在古希腊的那一语境中，神谕和证据已足以说明俄狄浦斯就是凶手。假若俄狄浦斯"要求得到有关那一事件的更多的证据"，索福克勒斯完全可以，也无疑会让证人更正自己的言词，说明凶手实际上为一人——如果他意在创作一部悲剧。这样，俄狄浦斯的悲剧身份就不会受到任何影响。在探讨故事与话语的区分时，我们必须牢记作品中的故事并非真实事件，而是作者虚构出来的，它同时具有人造性、摹仿性和主题性（详见下文）。作者在创作故事时，既可遵循叙事连贯性的要求，也完全可以为了某种目的而背离这种要求。话语只能表达作者创作的事件，而并不能自身产生事件。

西方批评家在反驳卡勒的观点时，倾向于从因果逻辑关系出发来考虑问题，但笔者认为这很难切中要害。莫尼卡·弗卢德尼克在1996年出版的《建构自然叙事学》一书中说："俄狄浦斯一心追踪自己的往事，发现了一些巧合；但他所发现的东西一直存在于故事层次——如果他没有杀害拉伊俄斯，他就不会现在发现这一事件……"与此相类似，埃玛·卡法莱诺斯在1997年发表在《当代诗学》上的一篇文章中说："[话语层次上]'意义的交汇'暗指俄狄浦斯杀害了拉伊俄斯，但这种意义的交汇不能使这一行为发生，而只能使这一行为显得重要。一个效果并不能引起一个先前的事件。"两位学者都将俄狄浦斯弑父视为毋庸置疑的原因，抓住因果关系来看问题，但这样做并不能驳倒卡勒，因为卡勒认为俄狄浦斯不是发现了一个事实，而是在话语力量的作用下，凭空做出了一种推断。两位学者在反驳卡勒时，都绕开了这一关键问题，以确实发生了这一事件为前提来展开论证，可以说是跑了题。

卡勒给出的第二个实例是乔治·艾略特的《丹尼尔·狄隆达》。狄隆达是一个英国贵族家庭的养子，很有天赋，性格敏感，但这位年轻人决定不了该从事什么职业。他碰巧救了一位企图自杀的穷苦的犹太姑娘，后来义跟这位犹太姑娘的哥哥学习希伯来语。他对犹太文化产生了浓厚兴趣，并爱上了那位犹太姑娘，也被犹太朋友视为知己。这时，他母亲向他揭示了他的身世：他也是一个犹太人。小说强调这一往事的因果力量：狄隆达的性格以及与犹太文化的关联源于他的犹太血统。卡勒在书中引用了辛西娅·蔡斯的下面这段话来证实自己的观点：

> 情节中的一系列事件作为一个整体让我们从一个不同角度来看待狄隆达被揭示出来的身世。对狄隆达情况的叙述使读者越来越明显地感到主人公命运的发展——即故事的发展——明确要求揭示出他属于犹太血统。如果狄隆达的成长小说要继续向前发展，他的性格必须定型，而这必须通过他认识到自己的命运来实现。据叙述者所述，在这以前，主要由于不了解自己的身世，狄隆达对自己的命运认识不清……（第176—177页）

与《俄狄浦斯王》那一实例不同，卡勒在此对狄隆达的犹太血统没有任何疑问。有趣的是，蔡斯的分析非但不能支撑，反而只会颠覆卡勒的观点。正如蔡斯所言，要求揭示狄隆达的犹太血统的是他的"命运的发展""故事的发展"，是"情节中的一系列事件"，而非卡勒所说的"话语层次上意义的交汇"。诚然，在话语层次上采用的延迟揭示这一身世的技巧产生了很强的戏剧性效果，但狄隆达的犹太血统跟"他目前的性格以及他目前与犹太种族的联系"之间的因果关系却存在于故事之中。在此，我们不应忘记作者艾略特是这一系列事件的创造者，她完全可以赋予狄隆达另外一个血统——一个非犹太血统。诚然，假若艾略特为了某种目的那么做了，那么当小说揭示出狄隆达属于非犹太血统时，读者一定会感到出乎意料，并不得不修正自己的阐释框架，也会尽力挖掘作者那么做的原因。但这只是故事的创作（和与之相应的阐释）这一层面上的问题，与话语层次无关。不难看出，卡勒所说的"叙事连贯性的要求"实际上属于故事而非话语这一层次。卡勒之所以误认为这是话语层次的问题，显然是因为他忽略了故事是作者的艺术创造物，是一个具有主题意义的结构，而非真实事件。我们应当认识到：小说家在创作故事事件本身时，就得考虑叙事连贯性的要求。他们一般都遵从这种要求，但也完全可以为了特定目的而背离这种要求。

值得一提的是，卡勒在解构性地颠覆故事与话语的所谓等级关系时，并不想摒弃结构主义的视角。他认为结构主义的视角（话语表达独立存在的事件）和他的解构主义视角（事件是话语力量的产物）均不可或缺，但又绝对不可调和。在卡勒看来，倘若我们仅仅采纳结构主义的视角，那么我们就无法揭示"话语决定故事所产生的效果"（如前所述，这实际上是故事层次上叙事连贯性的要求对故事的创作所产生的影响）。另一方面，倘若我们仅仅采用解构主义的视角，那么我们也不能很好地解释叙事的力量：哪怕极度背离常规的小说，其效果也以一种假定为基础，即作品中令人困惑的一系列语句是对事件的表达（哪怕我们难以说出这些事件究竟是什么）。这些先于话语或独立于话语而存在的事件，一般具有话语尚未报道出来的特征，也就是说，话语会对事件信息进行颇有意义的选择，甚至压制。若没有这种假定，作品就会失去其错综复杂、引人入胜的力量。卡勒认为这两种视角处于不可调和的对立之中，而由于这种对立，也就不可能存在连贯一致、不自相矛盾的叙事科学。

然而，笔者认为，这两种叙事逻辑并非不可调和。为了澄清这一问题，我想借用詹姆斯·费伦在分析人物时采用的一个理论模式。费伦认为虚构人物由三种成分组成：（1）人造性或虚构性成分；（2）摹仿性成分；（3）主题性成分。[1] 同样，故事事件也由这三种成分组成。首先，与真实事件不同，故事事件是由作者虚构出来的，因此具有"人造性"。与此同时，故事事件又以不同的方式具有摹仿性。正是由于故事的摹仿性，我们在阐释叙事作品时，总是以真实事件的因果关系和时间进程为依据，来推导作品中故事事件本来的顺序和因果关系。此外，小说家创作故事的目的是表达特定主题。由于故事的主题性，倘若索福克勒斯意在创作一部悲剧，他就必定会将俄狄浦斯写成弑父的凶手——无论话语层次以何顺序或以何方式来展示这一事件。同样，由于故事的主题性，乔治·艾略特赋予了狄隆达犹太血统，从而使故事可以连贯地向前发展。也正是因为故事具有主题性，我们可以探讨作品中的故事事件是否恰当有效地表达了作品的宏旨。

有趣的是，在论证所谓"话语"的作用时，卡勒于不觉之中突出了故事的主题性。这是（经典）叙事学未予关注的一个范畴。当叙事学家研究故事结构时，一般仅关注具有普遍意义的叙事语法，忽略故事事件在具体语境中的主题功能，当叙事学家探讨话语这一层次时，则往往将故事事件视为既定存在，聚焦于表达故事事件的方式。叙事学家对故事主题性的忽略很可能是导致卡勒做出解构性努力的原因之一。令人遗憾的是，卡勒虽然关注故事事件与主题意义的关系，但并未意识到这实际上是（作者为了特定目的而创造出来的）虚构事件本身的主题性，因此将之归结于话语层次的作用。不难看出，我们一旦意识到故事本身同时具有人造性、摹仿性和主题性，卡勒认为不可调和的两种视角马上就能

---

[1] James Phelan, *Narrative as Rhetoric*, Columbus: Ohio State University Press, 1996.

达到和谐统一：由于故事具有摹仿性，我们将虚构的故事事件视为先于话语表达或独立于话语表达的存在。而由于故事的主题性，作者往往致力于创造一个能较好地表达特定意义的故事，因此故事事件看上去是为特定主题目的服务的。毋庸置疑，有了这种和谐统一，卡勒的解构也就显得多余了。

帕特里克·奥尼尔的解构之"解构"

在1994年由加拿大多伦多大学出版社出版的《话语的虚构》一书中，帕特里克·奥尼尔也辟专章对故事与话语之分进行了解构。奥尼尔开篇即断言："叙事话语一个最为明显的任务就是对要讲述的故事中的各种事件和参与者进行选择和安排……这种对叙事的切合实际的看法似乎确切无疑，但倘若用文学理论来仔细考察，它就会出乎意料地迅速解构，这种解构会给人带来某种不安。"就故事而言，奥尼尔的基本观点是："对于外在的观察者（譬如读者）来说，故事世界不仅不可触及，而且总是具有潜在的荒诞性，最终也是难以描述的。而对于（内部的）行动者或参与者来说，故事世界是完全临时性的，根本不稳定的，也是完全无法逃离的。"让我们首先聚焦于故事与外在观察者的关系，逐个考察一下奥尼尔提出的三个特征。奥尼尔之所以认为读者无法接触故事是因为"只有通过产生故事的话语，我们才能接触到它"，因此故事根本不可能构成"首要层次"。的确，作为读者，我们只能从话语推导出故事，但如果我们从作者的创作或"真实的叙述过程"这一角度来看问题，我们就可以看到故事独立于话语的存在。且以《俄狄浦斯王》为例，我们可以假定索福克勒斯在写作之前就在民间传说的基础上，构思了故事的基本事件：襁褓中的俄狄浦斯被扔进喀泰戎山—被牧羊人所救—在三岔路口杀害了父亲拉伊俄斯—解开斯芬克斯的谜语—与拉伊俄斯的遗孀（自己的母亲）成婚，如此等等。然后在写作过程中，再对这些事件进行艺术加工，包括采用倒叙和延迟揭示的手法来加强悲剧效果。诚然，在写作时，作者往往会对先前的构思进行增删和改动，但无论是构思于写作之前还是写作之中，其写作总是在表达脑海中构思出来的故事事实。也就是说，故事在作者的想象世界里，有其先前（或许是十分短暂的）存在。对于这一点，奥尼尔或许不会认同，但他于无意之中承认了故事以摹仿性为基础的先前存在和首要地位："一个叙事不仅产生一个严格限定的故事，同时也产生一个在很大程度上没有限定的故事世界。这个世界从原则上说是无限的，包含不可穷尽的虚拟事件和存在体［即人物和背景］。叙事仅仅实现了讲述出来的故事本身所包含的事件和存在体。"（第40页）既然说讲述出来的故事仅仅"实现了"故事世界中的一部分事件和存在体，也就承认了故事世界的先前存在和首要存在，这种存在的根基就是故事的摹仿性。奥尼尔甚至赞同有的传统批评家对故事挖根究底的做法，譬如推导哈姆雷特的父亲对他有何影响，麦克白夫人有几个孩子，等等。的确，由于故事具有摹仿性，我们可以推导话语尚未表达的一些故事特征，但这样的推导必须以文本线索为基础，否则就是取代作者来创造故事事件。

至于故事具有荒诞性这一点，奥尼尔做了这么一番解释："由于我们只能通过话语才能接触到故事事件，因此故事世界总是潜在地超越现实主义的范畴，总是潜在地走向非现实，走向荒诞，让人完全出乎意料。"（第37页）然而，正如奥尼尔所言，我们也同样"只能通过话语才能接触到历史事实"，可是历史中的事件却不能过于"超越现实主义的范畴"。毋庸置疑，我们不应把一些小说中包含的离奇事件（譬如人变甲虫、兔子说话等等）归结于读者只能通过话语来接触事件，而应将之归结于小说的虚构性或人造性。由于故事是虚构的，因此可以包含生活中不可能发生的事情。但这些虚构成分并不影响（虚构）故事与话语的区分。

至于说故事"难以描述"这一点，奥尼尔举出了两个实例，旨在说明故事世界"逃避和超越描述"。第一个实例为概述。在读到"王子杀死了龙，救出了公主"这一概述时，我们不清楚具体细节。"王子是小心翼翼地从后面爬到了龙的身上，用一把可靠的利剑一下就把它消灭了吗？或者说，他是勇敢地冲了上去，用一把匕首好几下才把它刺死呢？这场战斗是持续了好几小时，甚至好几天，那位精疲力竭的王子才想方设法最终战胜了那个怪物吗？如此等等。"（第38—39页）我们知道，概述是作者有意采用的一种叙述手法。作者采用这一手法并非因为无法做出更为具体的描述，而是因为没有必要给出更多的细节。有趣的是，奥尼尔在分析中明确区分了实际上发生了什么（以故事的摹仿性为基础）和话语层次上的概略表达，这无疑有利于证实而非颠覆故事与话语的区分。另一个实例涉及对一个行为的具体描述："吉姆向门口走去"。奥尼尔说这句话"包含'吉姆决定朝门口走'，'吉姆将身子的重心移至左脚'，'吉姆将右脚向前迈'，'吉姆将右脚放到了地上'，'吉姆将重心移至右脚'，如此等等，更不用说那无数更为细小的动作了"（第39页）。在此，我们首先应当意识到，作者在写作时通常遵循创作规约。"吉姆向门口走去"是一种规约性表达，而奥尼尔进行的细节描述则很像电影中的慢镜头，有违常规表达法。实际上，奥尼尔所描述的细节"'吉姆决定朝门口走'，'吉姆将身子的重心移至左脚'，'吉姆将右脚向前迈'，'吉姆将右脚放到了地上'"等等，完全可以从"吉姆向门口走去"这句话推导出来。作者若没有给出这些细节，并不是因为无法进行这样的描写，而只是因为没有必要，或不愿违背规约表达法。不难看出，奥尼尔的论证不但没有说明故事世界的"难以描述"，反而证实了作者在描写上的主动权和选择权——故事世界是可以由作者任意描述的。

现在，让我们将注意力转向故事内部的行动者与故事世界的关系。奥尼尔说：

故事世界从根本上说是不稳定的。正如米克·巴尔所指出的（1985:149），故事的叙述者只需用一个词语就可改变整个故事的构成："约翰终于逃出了那头发怒的熊的掌心"和"约翰最终未能逃出那头发怒的熊的掌心"，这（至少对于一个人物来说）具有举足轻重的差别。最后一点，故事中的行动者从理论上说无法逃出他们居住的世界，像《李尔王》中苍蝇与顽童的关系一样，他们绝对无法反抗话语做出的武断的叙事决定——那些居住在话语中的叙述之神为了开心而将他们弄死。（第41页）

这段文字突出体现了虚构故事的人造性。但我们不应忘记，小说家虽然能以任何方式来创作故事，但通常会考虑叙事规约和作品的宏旨。重要的是，一部小说一经发表，作者就无法改变那一文本中的故事。在探讨故事与话语之分时，涉及的均为业已发表的作品，而非创作过程中的草稿。从这一角度看，故事绝不是"临时性的"和"不稳定的"。此外，我们还应牢记虚构的叙述者本身也是小说家的创造物，只能按小说家的意愿行事。至于奥尼尔所说的人物无法逃离故事世界这一点，他似乎忘却了人物并非真人，而是作者的创造物。在此，奥尼尔显然混淆了虚构故事的摹仿性与现实世界的真实性之间的界限。

在对故事与话语的关系进行了上面这番总论之后，奥尼尔接下去具体探讨了叙事作品中的时间、空间、人物以及这些因素之间的交互作用。奥尼尔的探讨与热奈特（1980）、里蒙-凯南（1983）、巴尔（1985）和查特曼（1978）等结构主义叙事学家的论述大同小异。可以说，他只是举出了一些实例来阐发这些（赞成故事与话语之分的）叙事学家的观点。但在论及人物时，他在借用里蒙-凯南的模式的基础上，还在两个方面向前迈进了一步。一方面他探讨了读者对人物的重构过程，强调了语境和阐释框架的作用,但并未对故事与话语之分进行解构。另一方面,在探讨直接表明人物的性质或角色的"说明性的名字"(譬如"道德先生")时,他评论道:"这突出表明话语优先于故事:最重要的是想表达的叙事要旨,而不是塑造人物的过程。"(第52页)笔者认为,奥尼尔的评论混淆了故事与话语的界限。其实,"说明性的名字"只是与故事本身的主题性相关。作者给人物安上这么一个名字,目的在于让人物更好地在故事的主题结构中起作用。应该说,"说明性的名字"显示的是故事本身的主题性优先于其摹仿性,而非"话语优先于故事"。

最后,奥尼尔给出了一个实例作为总结,这是1947年出版的《文体练习》一书对文体的一种演示,即用99种不同风格来讲述同一个故事,从而出现了99个不同版本。奥尼尔做了这么一番评论:

> 每一个微观话语(即每一个版本)讲述的故事都是恒定不变的,这是关于一位性情暴躁、注重时髦、每天赶车上班的年轻人的故事。但整个大文本[即99个版本作为一个整体]中的故事,则是有关叙述者的精彩表现的故事。换句话说,话语就是故事。虽然表面上看是对故事进行了至少99次表达——谁又能要求更多次数呢?——实际上话语(芝诺的影子)已设法将故事完全排除在外,话语在读者的注意力中成功地完全篡夺了故事的位置。(第56—57页)

表面上看,这番话解构性非常强,直接声称话语"就是故事"。但实际上,这番话具有结构主义的实质,因为奥尼尔承认在99个版本中,故事恒定不变(unchanging),只是读者在面对这99个版本时,可能会将注意力放在它们的不同叙述风格上,而这并不影响对(那个恒定不变的)故事和(99个不同)话语的区分。

哈里·肖的解构之"解构"

上面两位学者对故事与话语之分的解构均紧扣作品自身展开，哈里·肖在美国《叙事》期刊1995年第2期上发表的一篇论文则着眼于文本与社会历史语境的关联。肖的挑战是对查特曼捍卫这一区分的努力的直接回应。在1990年出版的《叙事术语评论》一书中，查特曼明确提出："若要保持故事与话语这一不可或缺的区分，就不能用一个术语——无论是'视点'还是'视角'，或是任何词语——来统一描述叙述者与人物互为分离的行为……只有人物居住在虚构的故事世界里，因此只有人物可以'看到'。也就是说，只有人物具有故事里的意识，可以从故事里的位置来观察和思考事物。"与此相对照，故事外的叙述者处于话语空间之中，只能讲述人物的所见所闻。正如肖所指出的，查特曼在论述中有意无意地将叙述者非人化。"假如叙述者不是一个人，也不像是一个人，那就更容易将叙事功能严格地与人物功能区分开来……反之，若将叙述者人格化（或换个角度说，拒绝将叙述者非人化）……那么故事空间与话语空间的界限就很可能会消失。"[1] 肖举了大量19世纪现实主义小说中的实例，说明故事外的第三人称叙述者可以十分人格化，具有丰富的想象力和运用语言的能力，发表议论时感情充沛。这些叙述者无所不知，无所不见，还不时地直接向读者发话，力求感染读者。仅举一例：

> 母亲，假如您的哈里或者您的威利明天一早就会被一个残忍的奴隶贩子从您怀里夺走——假如您见到了这个奴隶贩子，还听说卖身契已经签署和交付，您只剩下从夜里12点到早晨这么一点点时间

---

[1] Harry E. Shaw, "Loose Narrators: Display, Engagement, and the Search for a Place in History in Realist Fiction," *Narrative* 3.2 (1995): 97.

来逃跑——那么您又会走得多快呢?

这是引自斯托的《汤姆叔叔的小屋》中的一段。在肖看来,这样直接向读者发话不仅打破了故事空间与话语空间的界限,而且也打破了读者的现实世界与小说的虚构世界之间的界限,以及叙述者与人物之间的界限。

肖特别强调在19世纪现实主义小说中,不少进入了故事空间的叙述者是历史化的叙述者,与社会历史语境密切相连,体现出特定历史时期的眼光和世界观。他们揭示出历史在小说中的位置和小说在历史中的位置,并迫使读者关注自己在历史中的位置。肖评论道:

> 若现实主义小说的现实性来自对社会进行历史性的描述,那么它就应该把所有主观意识(包括叙述的意识)全都展示为像所描述的人物一样受制于历史的局限。因此,查特曼所坚持的对故事空间和话语空间的绝对区分,就不仅仅是一个逻辑上和界定上的问题,而且也是对现实主义小说家提出的问题。假如对这两个空间的绝对区分可以站住脚,假如这一区分使叙述者得以摆脱故事空间的历史限制,那么仍然可以创作出艺术性的消遣作品。但以其有限的叙述可能性,则难以创作出历史主义所说的那种反映时代情形的作品。这样看来,现实主义的小说要求有一个历史化的叙述者。(第104页)

肖区分了两种历史化的叙述者。一种是声音和心灵都具有历史意识,但只在话语空间运作,不影响故事与话语的区分。另一种情况是,作者发现这样做还不够,还需要利用故事空间的感染力来戏剧性地表达叙述者的历史本质。既然现实主义小说描写历史中的人物,那么"如果能使叙述者的空间看上去与人物的空间合为一体(can be made to seem to merge)，叙述者看上去也就像是在历史中活动了"（第104页）。一方面，肖断言这种历史化的叙述者消除了故事与话语之分，但另一方面，他又于不觉之中承认了这一区分依然存在：叙述者的空间只是"看上去"（而非真正的）与人物的空间合为一体。实际上，肖在论述中反复提到这些叙述者只是作为一个"名义人物"或"隐身人物"而"比喻性地"进入故事空间。肖还说最好将这样的叙述者描述为"摹仿一个碰巧在场的人的角色"。在笔者看来，这根本不影响故事与话语的区分。第三人称叙述者无论多么全知全能，无论多么感情充沛，无论多么富有历史色彩，都只能讲述故事、发表议论，而不能真正参与故事事件（除非变成人物或第一人称叙述者）。同样，他们只能对故事外的读者发话，而无法与故事内的人物直接交流。也就是说，这些人格化、历史化的叙述者仍然处于话语空间中，并没有真正进入故事空间。

前文提到，肖的这篇文章是对查特曼的回应。笔者认为，尽管查特曼的本意是捍卫故事与话语的区分，但他把视角囿于故事空间的人物，这却无意之中混淆了两者之间的界限。查特曼自己将"话语"界定为"表达内容的方式"。叙述视角为表达故事的方式之一，在这个意义上，它属于话语范畴，而不是故事范畴。诚然，叙述者常常借用故事中人物的眼光来观察事件。可以说充当叙述视角的人物眼光具有双重性质：作为故事内人物的感知，它属于故事层次；而作为一种叙述手段，它又属于话语层次。这导致了故事与话语在这一局部难以区分，但并不影响总体区分。至于故事外的全知叙述者为何能观察到故事内的情况，这无疑是叙事规约在起作用。由于相关虚构惯例的存在，处于另一时空中的全知叙述者不仅能"目睹"故事中人物的言行，而且能透视人物的内心。至于海明威的《杀手》这种叙述者仅仅外在观察人物的作品，叙事规约则使叙述者能起到摄像机的作用，"身临其境"地记录人物的言行。毋庸置疑，无论是上帝般的全知观察还是摄像般的外在观察，第三人称叙述者只能作为一种叙述手段比喻性地进入故事空间,这并不会真正影响故事与话语的区分。

布赖恩·理查森的解构之"解构"

在2001年美国《叙事》期刊第2期上,布赖恩·理查森发表了一篇论文,集中探讨"消解叙述"。所谓"消解叙述"就是先报道一些信息,然后又对之加以否定。这种现象在晚期现代和后现代小说中较为常见。理查森认为消解叙述在有的作品中颠覆了故事与话语的区分,塞缪尔·贝克特的《莫洛伊》就是如此。在这一作品中,叙述者先是说自己坐在岩石上,看到人物甲和人物丙慢慢朝对方走去。他很肯定这发生在农村,那条路旁边"没有围篱和沟渠","母牛在广阔的田野里吃草"。但后来他说:"或许我将不同的场合混到一起了,还有不同的时间……或许人物甲是某一天在某一个地方,而人物丙则是在另一个场合,那块岩石和我本人又是在别的场合。至于母牛、天空、海洋、山脉等因素,也是如此。"理查森对此评论道:

> 因果和时间关系变得含糊不清;只剩下那些因素自身。它们相互之间缺乏关联,看上去,能够以任何方式形成别的组合。当然,当因果和时间关系这么轻而易举地否定之后,那些因素本身的事实性也就大受影响。可以肯定那确实是一头母牛,而不是一只羊,一只鸟,或是一个男孩吗?……[1]

笔者认为,虽然从表面上看,已难以区分叙述话语与故事事实,但

---

[1] Brian Richardson, "Denarration in Fiction: Erasing the Story in Beckett and Others," *Narrative* 9.2 (2001): 168-169.

实际上这一区分依然在发挥关键作用。正是由于这一区分，理查森才会发问："可以肯定那确实是一头母牛，而不是一只羊，一只鸟，或是一个男孩吗？"也就是说，读者相信在极不稳定的叙述后面，依然存在稳定的故事事实。如果说这里的"消解叙述"仅囿于局部的话，有的地方的消解叙述涉及的范围则更广，譬如，叙述者说："当我说'我曾说'等等时，我的意思是我稀里糊涂地知道事情是这样，但并不清楚究竟是怎么回事。"理查森断言，这样的消解叙述在整部作品中颠覆了故事与话语的区分，"因为到头来，我们只能肯定叙述者告诉我们的与'真正发生了的事相去甚远'"（第170页）。然而，在笔者看来，这样的宏观消解叙述依然没有颠覆故事与话语之分。正是由于这一区分，我们才会区别"真正发生了的事"（故事）与"叙述者告诉我们的"（话语），理查森这里的偏误源于叙事学界对故事的片面定义。理查森这样写道：

> 被消解了的事件向叙事理论提出了另一个引人入胜的问题，具体来说，就是在《莫洛伊》这样的文本中，如何将故事与话语区分开来？若如里蒙－凯南所言，"'故事'指的是从文本中推导出来，按照时间顺序重新建构的所述事件"的话，那么当话语在进程中否认、否定和抹去先前叙述的事件时，我们又怎么能重新建构故事呢？……通常对故事与话语的区分在这里崩溃了，我们面对的只是话语，而没有一个可推导出来的故事。作品的话语是确定的，但其故事却根本无法确定。（第173页）

叙事学界对故事的看法一般与里蒙 凯南相同，但笔者认为这一看法相当片面，因为它仅考虑了叙事交流的接收者（读者），而忽略了叙事交流的信息发送者（作者）。同时，这一看法聚焦于故事的人造性，而在很大程度上忽略了故事的摹仿性。作为故事创造者的作者无疑知道

"真正发生了的事"。此外，如前所述，由于故事具有摹仿性，因此存在独立于文本的故事世界，这个世界里的事实可以被话语在不同程度上扭曲或者遮蔽，但读者在阅读时会尽力透过扭曲性或遮蔽性的话语，来推导建构较为合情合理的故事。无论这一过程多么困难，只要故事仍有一定的摹仿性，读者就不会放弃这种努力。我们可以采用一个简单的标准来判断"话语与故事之分"是否仍在起作用，即阅读时是否仍在推导"真正发生了的事"，是否仍在思考"话语在何种程度上扭曲了故事"。只要不停止这样的追问，话语与故事之分就依然存在。

在晚期现代和后现代小说中，尤其是第一人称叙述中，消解叙述屡见不鲜，同时还存在各种形式的"不可靠叙述"。作者之所以让这些叙述者进行或自相矛盾，或逻辑混乱，或片面错误的描述，往往是为了塑造叙述者的主观意识，展示其独特的叙述方法，或显示语言在话语层次上的破坏力量。值得注意的是，消解叙述与通常所说的不可靠叙述有一个重要的不同点：后者往往是叙述者无意之中造成的，其原因往往在于叙述者记性不好、智力低下、精神错乱、看问题带有意识形态偏见、信息渠道狭窄或信息本身有误，如此等等。这样的不可靠叙述一般不会影响故事与话语之分。我们之所以说这些叙述者"不可靠"，正是因为他们的叙述与我们推导出来的故事事实不符——这是本来可以被可靠的叙述者表达的故事事实。

与此相对照，消解叙述往往是叙述者有意而为之，有意在玩一种叙述游戏。笔者认为，消解叙述究竟是否影响故事与话语之分取决于这一游戏究竟是作者让叙述者自己玩的，还是作者和叙述者共同玩的；这一判断会直接影响到作品的摹仿性。倘若属于前一种情况，在作者和叙述者之间就会有距离，读者就会相信存在为作者所知的稳定的故事事实，只是因为叙述者自己撒谎，前后矛盾，才给建构事实带来了困难。这种情况往往不会影响读者对"真正发生了什么"的追问，无论答案多么难以找寻。但倘若作者创造作品（或作品的某些部分）只是为了玩一种由消解叙述构成的叙述游戏，那么在作者和叙述者之间就不会有距离。而既然作者旨在玩叙述游戏，作品（或作品的那些部分）就根本无故事可言。笔者认为，故事与话语之分以作品的摹仿性为根基。在虚构故事中，故事事件有时荒诞离奇，但我们依然可以区分荒诞的故事和叙述它的话语。也就是说，事件本身的荒诞性并不影响故事与话语的区分，因为虚构叙事的规约允许这种摹仿的存在。但当作品仅仅构成作者的叙述游戏或者文字游戏时，摹仿性就不复存在，读者不会再追问"真正发生了什么"，故事与话语之分自然也就不再相关。值得注意的是，不仅有的后现代小说以其纯粹的叙述游戏消解了故事与话语之分，在传统现实主义小说中，故事与话语也并非总是可以区分。在这一文类中，也存在故事与话语的各种局部重合，对此笔者已另文详述[1]，在此不赘。

通观三十年来西方批评理论界对故事与话语之分的讨论，我们可以看到两种倾向，一种为绝对捍卫，另一种为各种形式的颠覆。但无论是属于哪种倾向，这些讨论一般都出现了偏误，偏误之源就在于没有把握住问题的症结。我们应该清醒地认识到虚构故事本身同时具有人造性、摹仿性和主题性，认识到故事世界与话语世界之间的本质界限，认识到故事与话语之分以摹仿性为根基，同时认识到在具有摹仿性的作品中，故事与话语之间仍可存在各种形式的局部重合。本文选取了四种颇有影响的解构性观点进行了剖析，希望这有利于揭示叙事作品的一些基本特征，有利于更全面地把握作者、叙述者、故事与读者之间的关系，更好地把握虚构叙事的实质性内涵。

（原载《外国文学评论》2002年第2期）

1　Dan Shen, "Defense and Challenge: Reflections on the Relation Between Story and Discourse," *Narrative* 10.3 (2002): 222–243.

何为"隐含作者"?[1]

进入21世纪以来,西方排斥形式结构研究的激进的学术氛围有明显缓解,出现了更有利于叙事理论发展的学术大环境。2005年布莱克韦尔出版社推出了国际上首部《叙事理论指南》,该书正文第一篇出自韦恩·布斯之手,题为《隐含作者的复活:为何操这份心?》,该文旨在捍卫和拓展"隐含作者"这一概念。"隐含作者"由布斯本人1961年在《小说修辞学》[2]中提出,四十多年来,这一非常重要且富有创新性的概念在西方文评界产生了较大影响,也引起了不少争论和混乱。本文认为,该概念被西方学者在两个不同方向上误解,而相关误解所造成的该概念的变义又可能导致了布斯本人在新作中自相矛盾的论述。本文试图消除误解,澄清混乱,探讨这一概念的历史价值和现实意义,以更好地把握作

---

[1] 本文的英文姐妹篇(Dan Shen, "What is the Implied Author?" *Style* 45. 1 [2011]: 80-98)帮助纠正了不少西方学者对这一概念的误解。德国的沃尔夫·施密德教授在读到该文后,在权威性的《叙事学手册》第二版(德古意特出版社,2014)中,对"隐含作者"这一重点词条进行了相关修订,并指出我的论文"清楚阐述了隐含作者在当今批评语境中的相关性和重要意义"。法国的叙事学常用术语网站特邀我撰写和界定了"隐含作者"(Auteur implicite / Implied Author)这一术语(https://wp.unil.ch/narratologie/glossaire/)。

[2] Wayne C. Booth, *The Rhetoric of Fiction*, Chicago: The University of Chicago Press, 1961.

者、文本与读者之间的关系。

"隐含作者"这一概念的本义

第一次世界大战之后至20世纪50年代,以新批评为代表的西方形式主义文评迅速发展。新批评强调批评的客观性,视作品为独立自足的艺术品,不考虑作者的写作意图和社会语境。布斯所属的芝加哥学派与新批评几乎同步发展,关系密切。它们都以文本为中心,但两者之间也存在重大分歧。芝加哥学派属于"新亚里士多德派",继承了亚里士多德摹仿学说中对作者的重视。与该学派早期的诗学研究相比,布斯的小说修辞学更为关注作者和读者,旨在系统研究小说家影响控制读者的种种技巧和手段。布斯的《小说修辞学》面世之际,正值研究作者生平、社会语境等因素的"外在批评"衰落,而关注文本自身的"内在批评"极盛之时,在这样的氛围中,若对文本外的作者加以强调,无疑是逆历史潮流而动。于是,"隐含作者"这一概念就应运而生了。要较好地把握这一概念的实质内涵,我们不妨先看看下面这一简化的叙事交流图:

作者(编码)——文本(产品)——读者(解码)

笔者认为,"隐含作者"这一概念既涉及作者的编码又涉及读者的解码。布斯在《小说修辞学》中论述"隐含作者"时,在编码[用(1)标注]和解码[用(2)标注]之间来回摆动,譬如:

(1)写作时的作者应该像休谟在《趣味的标准》中描述的理想的读者那样,他为了减少偏见带来的扭曲,将自己看成"一般的人",尽可能地忘掉他的"个人存在"和"特殊环境"。然而,这种说法降低了作者个性的重要性。(1)当他写作时,他并非简单地创造一个理想的、非个性化的"一般人",而是创造一个"他自己"的隐含的变体,这一变体不同于我们在人的作品中看到的隐含作者。的确,对有的小说家来说,他们(1)写作时似乎在发现或创造他们自己。正如杰萨明·韦斯特所言,有时"只有通过写作,小说家才能发现——不是他的故事——而是(1)故事的作者,或可以说是(1)这一叙事作品的正式作者(the official scribe[1])"。无论我们是将这位隐含作者称为"正式作者",还是采用凯瑟琳·蒂洛森新近复活的术语,即作者的"第二自我",毋庸置疑的是,读者得到的关于这一存在(presence)的形象是作者最重要的效果之一。无论(1)他如何努力做到非个性化,(2)读者都会建构出一个(1)这样写作的正式作者的形象……(2)正如某人的私人信件会隐含该人的不同形象(这取决于跟通信对象的不同关系和每封信的不同目的),(1)作者会根据具体作品的特定需要而以不同的面目出现。(第71页)

就编码而言,"隐含作者"就是处于某种创作状态、以某种方式写作的作者(即作者的"第二自我");就解码而言,"隐含作者"则是文本"隐含"的供读者推导的写作者的形象。值得注意的是,所谓"创造一个'他自己'的隐含的变体",并非像创造人物那样创造一个客体,而是自己以特定的方式写作,以不同于日常生活中的形象出现。至于"发现或创造他们自己",则可指在写作过程中发现自己处于某种状态或写作过程使自己进入了某种状态。就"隐含作者"这一词语的构成而言,

---

[1] 布斯之所以采用"official"这一形容词,是想说明创作时的隐含作者不同于日常生活中的"真实作者"。"Scribe"这一词语既可翻成"书记员",也可按照美国口语里的用法,翻成"作家"。布斯强调隐含作者的写作意图和立场态度,因此笔者将该词译成"作者"。无论是哪种译法,值得注意的是,布斯的"隐含作者"是编码过程中的写作者、文本的生产者。

何为"隐含作者"？ | 167

上面引文中用（1）标示的部分指向"作者"，用（2）标示的部分则指向"隐含"。在下面这段中，布斯也是既关注了编码过程，也关注了解码过程：

> 只有"隐含作者"这样的词语才会令我们感到满意：它能（2）涵盖整个作品，但依然能够让人将作品视为（1）一个人选择、评价的产物，而不是独立存在的东西。（1）"隐含作者"有意或无意地选择我们会读到的东西；（2a）我们把他作为那个真人理想化的、文学的、创造出来的形象推导出来；（2b）他是自己选择的总和。（第74—75页）

用（2a）标示的文字体现了布斯审美性质的隐含作者观：作者在创作时会脱离平时自然放松的状态，进入某种理想化的文学创作状态。就解码而言，读者只能从隐含作者创造的整个作品中推导出作者创作时的形象。从这一角度看，可以在"隐含作者"和"其选择的总和"之间画等号。然而，布斯眼中的隐含作者也是作品的生产者，因此，当注意力转向编码过程时，隐含作者（生产者）就与作品（产品）分离开来了。上文提及，布斯的《小说修辞学》面世之际，正值形式主义批评盛行之时，批评界聚焦于文本，排斥对作者的考虑。在这种学术氛围中，"隐含作者"无疑是一个非常英明的概念。因为"隐含"一词以文本为依托，故符合内在批评的要求；但"作者"一词又指向创作过程，使批评家得以考虑作者的意图、技巧和评价。这整个概念因为既涉及编码又涉及解码，因此涵盖了（创作时的）作者与读者的叙事交流过程。

笔者在美国《叙事》杂志2007年第2期上发表的论文中，剖析了布斯在探讨"隐含作者"时对编码和解码的双重关注。该杂志的编者按认为，这是对隐含作者之"深层逻辑富有洞见的分析"。这一分析之所以会得到主编的公开赞赏,是因为数十年来,西方学界忽略了这一深层逻辑,对"隐含作者"加以单方面理解,造成了不少混乱,也引发了很多争论。

历史变义之一:偏向"隐含"

"隐含作者"这一概念面世后不久,结构主义叙事学在法国诞生,并很快扩展到其他国家,成为一股发展势头强劲的国际性叙事研究潮流。众多结构主义叙事学家探讨了布斯的"隐含作者",但由于这一流派以文本为中心,加上从字面理解布斯关于真实作者创造了隐含作者的说法(误认为真实作者在写作时创造了隐含作者这一客体),因此将"隐含作者"囿于文本之内。美国叙事学家西摩·查特曼在1978年出版的《故事与话语》一书中,提出了下面的叙事交流图,该图在叙事研究界被广为采纳,产生了深远影响。

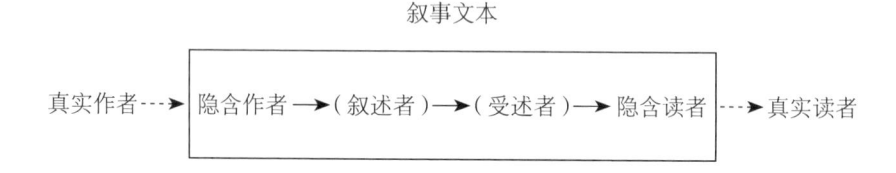

叙事文本

真实作者---▶ 隐含作者 ─▶(叙述者)─▶(受述者)─▶ 隐含读者 ---▶ 真实读者

这一图表的实线和虚线之分体现了结构主义叙事学仅关注文本的研究思路。尽管隐含作者被视为信息的发出者,但只是作为文本内部的结构成分而存在。以色列叙事学家里蒙-凯南针对查特曼的观点评论道:"必须将隐含作者看成读者从所有文本成分中收集和推导出来的建构物。的确,在我看来,将隐含作者视为以文本为基础的建构物比把它想象为人格化的意识或'第二自我'要妥当得多。"[1]里蒙-凯南之所以会认

---

1 Shlomith Rimmon-Kenan, *Narrative Fiction*, London: Routledge, 2002[1983], p. 88.

为"人格化的意识"或"第二自我"这样的说法有问题，就是因为"隐含作者"已被置于文本之内，若再赋予其主体性，就必然造成逻辑混乱。狄恩格特也针对查特曼的论述提出批评："在文本内部，意思的来源和创造者怎么可能又是非人格化的文本规范呢？反过来说，非人格化的文本规范怎么可能又是意思的来源和创造者呢？"[1] 为了解决这一矛盾，她建议聚焦于"隐含"一词，像里蒙-凯南那样，将"隐含作者"视为文本意思的一部分，而不是叙事交流中的一个主体（第73页）。沿着同一思路，荷兰叙事学家米克·巴尔下了这样的定义："'隐含作者'指称能够从文本中推导出来的所有意思的总和。因此，隐含作者是研究文本意思的结果，而不是那一意思的来源。"[2] 法国叙述学家热奈特在《新叙述话语》中写道：

> 隐含作者被它的发明者韦恩·布斯和它的诋毁者之一米克·巴尔界定为由作品建构并由读者感知的（真实）作者的形象。[3]

这句话浓缩了众多西方学者对布斯本义的误解。其误解表现在三个相互关联的方面：(1)将"隐含作者"囿于文本之内，而布斯的"隐含作者"既处于文本之内，又处于文本之外（从编码来看）；(2)既然将隐含作者囿于文本之内，那么文本的生产者就只能是"真实作者"，而在布斯眼里，文本的生产者是"隐含作者"，作品是隐含作者做出各种选择的结果；(3)文本内的"隐含作者"成了文本外的"真实作者"的形象，而布斯旨在区分的则正是"隐含作者"（处于特定创作状态的作者）

---

1 Nilli. Diengott, "The Implied Author Once Again," *Journal of Literary Semantics* 22 (1993): 68–75.
2 Mieke Bal, *Narratology*, trans. Christian van Boheemen, Toronto: University of Toronto Press, 1997[1985], p. 18.
3 Gérard Genette, *Narrative Discourse Revisited*, trans. Jane E. Lewin, Ithaca: Cornell University Press, 1983, p. 140.

和"真实作者"（那个日常生活中的同一人）。更令人遗憾的混乱出现在英国学者拉马克的著述中，他将囿于文本之内的隐含作者视为"虚构人物中间的一个虚构人物"[1]。

受形式主义思潮的影响，"隐含作者"处于文本之内成了众多西方学者讨论这一概念的前提。当西方的学术氛围转向语境化之后，这一前提未变，只是较为关注读者的建构作用。在1990年出版的《叙事术语评论》中，查特曼依然认为隐含作者"不是一个人，没有实质，不是物体，而是文中的规范"[2]。与此同时，查特曼认为不同历史时期的读者可能会从同一作品中推导出不同的隐含作者。德国叙事学家纽宁一方面建议用"整体结构"来替代"隐含作者"，另一方面又提出"整体结构"是读者的建构，不同读者可能会建构出不同的"整体结构"。[3] 聚焦于读者的推导建构之后，有的叙事学家提出"隐含作者"应更名为"推导出来的作者"[4]，这显然失之偏颇。

美国叙事学家内尔斯面对学界围绕"隐含作者"争论不休的局面，提出了"历史［上的］作者"和"隐含作者"之分，两者的主要区别在于以下三个方面[5]：

> （1）隐含作者是批评建构，从文中推导出来，仅存在于文本之内；而历史作者存在于文本之外，其生活正如布斯所言，"无限复

---

1 Peter Lamarque, "The Death of the Author: An Analytical Autopsy," *British Journal of Aesthetics* 30 (1990): 325.
2 Seymour Chatman, *Coming to Terms*, Ithaca: Cornell UP, 1990, p. 87.
3 Ansgar F. Nünning, "Deconstructing and Reconceptualizing the Implied Author?" *Anglistik, Organ des Verbandes Deutscher Anglisten* 8 (1997): 95—116.
4 Ansgar F. Nünning, "Reconceptualizing Unreliable Narration: Synthesizing Cognitive and Rhetorical Approaches," in James Phelan and Peter Rabinowitz, eds., *A Companion to Narrative Theory*, p. 92.
5 William Nelles, "Historical and Implied Authors and Readers," *Comparative Literature* 45.1 (1993): 26.

杂，在很大程度上不为人所知，哪怕是对十分亲近的人而言"[1]……

（2）隐含作者有意识地创造了文中所有暗含或微妙的意义、所有含混或复杂的意义。与此相对照，历史作者可能会在无意识或喝醉酒的状态下创造意义，也有可能无法成功地表达其意在表达的意义。

（3）在某些特殊的情况下，一个作品可能会有一个以上的隐含作者……隐含作者对文中的每一个字负责……

在内尔斯眼里，文本外的"历史作者"（即通常所说的"真实作者"）是"写作者"，其"写作行为生产了文本"[2]，但创造文本意义的不是历史作者，而是文本内部的隐含作者。中国读者对这一有违常理的论述定会感到大惑不解。这是特定学术环境中的特定产物。内尔斯面对的情况是：学者们将隐含作者囿于文本之内，并从逻辑连贯性考虑，剥夺了隐含作者的主体性。但布斯在《小说修辞学》中明确提出隐含作者是做出所有选择的人。内尔斯显然想恢复隐含作者的主体性，其采取的途径是"抽空"文本外历史作者的写作行为，不给历史作者有意识地表达自己意图的机会，转而把这一机会赋予被囿于文本内的隐含作者。然而，既然隐含作者不是写作者，而只是一种"批评建构"，也就无法真正成为文本意义的创造者。内尔斯提出的新的区分不仅未能减少混乱，反而加重了混乱。

历史变义之二：偏向"作者"

在西方学界把隐含作者囿于文本之内数十年之后，布斯的忘年之交

---

[1] 布斯这句话涉及的是"真实作者"在日常生活中的情况，与隐含作者从事文学创作时的状态形成对照。

[2] Nelles, "Historical and Implied Authors and Readers," p. 22.

詹姆斯·费伦[1]对"隐含作者"进行了如下重新界定：

> 隐含作者是真实作者精简了的变体（a streamlined version），是真实作者的一小套实际或传说的能力、特点、态度、信念、价值和特征，这些特征在特定文本的建构中起积极作用。[2]

这一定义仅涉及编码，不涉及解码。费伦是当今西方修辞性叙事研究的领军人物，其修辞模式"认为意义产生于隐含作者的能动性、文本现象和读者反应之间的反馈循环"[3]。他批评了查特曼和里蒙-凯南等人将隐含作者视为一种文本功能的做法，恢复了隐含作者的主体性，并将隐含作者的位置从文本之内挪到了文本之外。然而，如前所析，布斯的"隐含作者"是既"外"（编码）又"内"（解码）的有机统一体。"隐含"指向作品之内（作品隐含的作者形象），这是该概念不容忽略的一个方面。隐含作者的形象只能从作品中推导出来，隐含作者之间的不同也只有通过比较不同的作品才能发现。

此外，遗憾的是，费伦像西方学者一样，认为"隐含作者是真实作者创造出来的建构物"[4]。既然是"建构物"，又怎么能成为文本的生产者呢？这构成一种矛盾。如上所引，费伦没有直接将隐含作者界定为创作主体，而是将其界定为具有能动作用的"真实作者的一小套"特征。这有可能是为了绕开矛盾。但这种说法既没有解释"建构物"如何得以成为生产者，又混淆了"隐含作者"与"真实作者"之间的界限。费伦认

---

[1] 布斯《小说修辞学》第二版中的参考书目是由费伦更新和充实的。费伦是美国《叙事》的主编，该杂志2007年第2期集中探讨（2005年10月逝世的）布斯的叙事理论遗产，上文提到的该期的编者按出自费伦之手。
[2] James Phelan, *Living to Tell about It*, Ithaca: Cornell University Press, 2005, p. 45.
[3] Ibid., p. 47.
[4] Ibid., p. 45.

为,"在通常情况下,隐含作者是真实作者的能力、态度、信念、价值和特征的准确反映;而在不太常见但相当重要的情况下,真实作者建构出的隐含作者会有一个或一个以上的不同之处,譬如一位女作家建构出一位男性隐含作者(玛丽安·埃文斯/乔治·艾略特[1])或者一位白人作家建构出一位有色的隐含作者,正如福雷斯特·卡特在其颇具争议的《少年小树之歌》里的做法[2]"。也就是说,除了这些特殊例外,"在通常情况下",没有必要区分隐含作者和真实作者。这显然有违布斯的原义:布斯的"隐含作者"是处于特定写作状态的作者,而"真实作者"则是处于日常状态的该人,两者之间往往有所不同,且在创作不同作品时,作者一般会处于不同状态、采取不同的立场,因此不同作品的隐含作者也往往不尽相同。

笔者认为,只有以"创作时"和"平时"的区分为基础,综合考虑编码(创作时的作者)和解码(作品隐含的这一作者形象),才能既保持隐含作者的主体性,又保持隐含作者的文本性。也只有这样,才能清楚地看到隐含作者与真实作者的区别,以及同一人的不同作品的隐含作者之间的差异。

布斯对"隐含作者"的捍卫和拓展

布斯在《隐含作者的复活》[3]这一近作中,重点论述了隐含作者与真实作者的不同,并将考虑范围从小说拓展到诗歌,以及日常生活中表达

---

[1] 玛丽安·埃文斯是女性,但采用了一个男性笔名"乔治·艾略特"。
[2] 《少年小树之歌》声称是一个在美国印第安文化中长大的彻罗基人的自传。然而,真正的福雷斯特·卡特(真名为Asa Earl Carter)可能并非彻罗基人,而且他对白人至上主义表示了明确支持。——原注
[3] Wayne C. Booth, "Resurrection of the Implied Author: Why Bother?" in James Phelan and Peter Rabinowitz, eds., *A Companion to Narrative Theory*, pp. 75-88.

自我的方式。他从小说创作开始，举了这么一个实例：

> 数十年前，索尔·贝娄精彩而生动地证明了作者戴面具的重要性。我问他："你近来在干什么？"他回答说："哦，我每天花四小时修改一部小说，它将被命名为'赫尔索格'。""为何要这么做，每天花四小时修改一部小说？""哦，我只是在抹去我不喜欢的我的自我中的那些部分。"……我相信我们都会感激贝娄抹去他不喜欢的自我。在我与他交往的这么多年里，我看到了贝娄不讨人喜欢的一些变体，假如这些"贝娄变体"被允许支配他的小说，恐怕会把这些小说完全毁掉。此外，研究了他的手稿的人（我本人没有）发现了支持这一观点的证据：他从数千页手稿中挑出了几百页，这几百页的隐含作者为他所喜欢，也为我所喜爱。（第77—78页）

"作者戴面具"可以指作者采取特定的写作立场，这符合布斯原来的观点。但在具体论述中，写作者是真实作者，"隐含作者"被文本化和客体化，这与布斯的本意相矛盾。这一矛盾很可能与众多西方学者将"隐含作者"视为真实作者的文中创造物不无关联。但值得注意的是，最后一句中的"这几百页的隐含作者"不仅指涉隐含于其中的作者形象，而且也指涉采取特定立场创作出这几百页的写作者。这位"隐含作者"与日常生活中的"真实"贝娄（布斯所说的"变体"）相对照，而不是与挑选这几百页的贝娄相对照（这两者的立场应该一致）。其实，《赫尔索格》是虚构小说，而不是自传，贝娄所说的"抹去"不喜欢的自我，有可能是指修正自己的创作立场。布斯自己所用的"支配"一词也暗暗指向编码过程。在布斯将"隐含作者"这一概念应用于日常生活中的角色扮演时，"隐含作者"的主体性得以完全恢复：

> 我们说话时，几乎总是在有意无意地模仿贝娄，尤其是在有时

间加以修改时，我们抹去我们不喜欢或至少不合时宜的自我。假如我们不加修饰，不假思索地倾倒出"真诚的"情感和想法，生活难道不会变得难以忍受吗？假如餐馆老板让服务员在真的想微笑的时候才微笑，你会想去这样的餐馆吗？假如你的行政领导不允许你以更为愉快、更有知识的面貌在课堂上出现，而要求你以走向教室的那种平常状态来教课，你还想继续教下去吗？假如叶芝的诗仅仅是对他充满烦扰的生活的原始记录，你还会想读他的诗吗？（第77—78页）

这里的"抹去"不喜欢的自我不是指作用于某一客体，而是指行为主体本身以特定的面貌出现。但遗憾的是，就这些日常角色扮演的例子而言，"隐含"一词失去了意义。在文学交流中，读者无法直接看到创作时的作者形象，只能通过作品"隐含"的形象来认识作者；而在日常生活中，交流是面对面的，且不存在作品这样的"隐含"中介。布斯意在拓展"隐含作者"的应用范畴，但无意中解构了"隐含"一词的文本涵义，破坏了隐含作者既"外"又"内"的有机统一。此外，在涉及叶芝的诗歌时，布斯又将"隐含作者"与描述对象混为一谈，将其文本化和客体化。诚然，"生活的原始记录"可突出日常生活与艺术创作的不同，但它仅涉及创作对象，不能直接用于说明"隐含作者"这一创作主体。其实，布斯应该谈叶芝如何摆脱生活烦扰，以一种理想的状态来进行创作。

布斯详细论述了弗罗斯特和普拉斯这两位美国诗人在创作时如何超越他们在日常生活中的自我。他有时像上面讨论叶芝的诗那样，把隐含作者与创作对象相混淆，但有时又避免了这样的混乱：

当我得知弗罗斯特、普拉斯和善于戴面具的人生活中的一些丑陋细节时，我对其作品反而更加欣赏了。这些带有这般缺陷、遭受如此痛苦的人怎么能写出如此美妙动人的作品呢？嗯，显而易见的是，他们能成功，是因为他们不仅追求看上去更好，而且真的变得更好，超越他们感到遗憾的日常自我的某些部分……用较为优秀的隐含作者来战胜的自我："我其实是这样的，我能够展现这些价值，写出如此精彩的文字。"（第85—86页）

在这里，"隐含作者"的双重意义（创作主体＋作品隐含的作者形象）达到了有机统一，隐含作者与真实作者的区别也得到了清楚表述。

在这篇新作中，布斯还回应了上文提到的批评家的这种看法："隐含作者"是读者的建构物，不同读者会建构出不同的隐含作者。布斯承认不同时期、不同文化中的读者会从同一作品中推导出不同的隐含作者，但他强调指出"这些变体是作者创作文本时根本没有想到的"（第86页），同时他坚持认为应该以原作者为标准：

我现在阅读文本时重新建构的隐含作者，不会同于我在40年或20年前阅读同一文本时重新建构的隐含作者。但我要说的是：我现在阅读时，相信从字里行间看到的是当年作者所进行的选择，这些选择反过来隐含做出选择的人。（第86页）

布斯多年来坚持认为读者应尊重隐含作者的意图，尽管其意图难以把握，读者也应尽力去阐释，争取进入跟隐含作者理想交流的状态。他在这一新作中强调了隐含作者能够产生的伦理效果。他得出的一个结论是：读者若能通过人物与隐含作者建立情感联系，按其意图来充分体验作品，分享其成就和自我净化，就会发现与隐含作者的融洽交流"如何能改变自己的生活"（第86页）。

"隐含作者"的历史价值与现实意义

布斯在《隐含作者的复活》中，重申了当初提出这一概念的三种原因：一是对当时普遍追求小说的所谓"客观性"或作者隐退感到不满；二是对他的学生往往把（第一人称）叙述者和作者本人相混淆感到忧虑；三是为批评家忽略修辞伦理效果这一作者与读者之间的纽带而感到"道德上的"苦恼（第75—76页）。不难看出，就这三种情况而言，谈"作者"就可解决问题，没有必要提出"隐含作者"这一概念。布斯补充了第四种原因：无论是在文学创作还是日常生活中，人们在写作或说话时，往往进行"角色扮演"，不同于通常自然放松的面貌（第77页）。从这一角度看文学创作，提出这一概念确有必要。但布斯回避了一个最根本的社会历史原因：20世纪中叶形式主义思潮盛行，作者遭到排斥，这一概念中的"隐含"指向强调以文本为依据推导出来的作者形象，故符合内在批评的要求，同时又使修辞批评家得以在文本的掩护下，探讨作品如何表达了"作者"的预期效果。令人费解的是，布斯对此一直避而不提。2003年在美国哥伦布举行的"当代叙事理论"研讨会上，当布斯宣读完《隐含作者的复活》的初稿时，笔者向他发问，提出了这一"漏掉"的原因，布斯当众表示完全认可，会后却未将这一原因收入该文终稿。其实，就20世纪中叶的学术氛围而言，这是这一概念的最大历史贡献：暗暗纠正了批评界对作者的排斥。即便不少学者把隐含作者囿于文本之内，那也有利于纠正仅谈"叙述者"的错误做法。毋庸置疑，在当时的情况下，只有巧妙地恢复对作者的重视，才有可能看到作者修辞的审美和伦理重要性，也才有可能看清第一人称叙述的"不可靠性"。布斯在《小说修辞学》中，重点论述了在叙述者不可靠的文本中，隐含作者如何跟与其相对应的隐含读者进行秘密交流，从而产生反讽叙述者的效果。

四十多年后的今天,"作者"早已在西方复活,那么,"隐含作者"这一概念有什么现实意义呢?首先,这一概念有利于看清作品本身与"真实作者"的某些表述之间的差异。且以美国当代黑人作家兰斯顿·休斯的《在路上》为例。正如笔者另文所析[1],若仔细考察这一作品的语言,会发现作者在遣词造句上颇具匠心,编织了一个具有丰富象征意义的文体网络。然而,休斯在回忆这一作品的创作时,没有提及任何文体技巧,说自己"当时一心想的是"黑人主人公的艰难境遇。[2]或许回顾往事的休斯("真实作者")想遮掩自己在创作时("隐含作者")文体方面的用心?或许他现在一心想突出作品的意识形态内容?不少西方学者解读这一作品时,聚焦于主人公的境遇,在不同程度上忽略了文中独具匠心的文体选择,这很可能与真实作者的回忆不无关联。很多批评家以真实作者的传记、自传、日记、谈话等史料为首要依据来判断作品,而布斯则强调要以文本为依据来判断隐含作者的创作。若两者之间能达到某种平衡,就有利于更全面细致地解读作品。

值得强调的是,作者在写作时可能会采取与通常生活中不尽相同的立场观点。布赖恩·理查森认为就种族歧视而言,福克纳的《喧哗与骚动》中的隐含作者远比历史上的福克纳更为进步,更加有平等的思想。后者对黑人持较为明显的恩赐态度,也较为保守(正如在对待黑人的公民权这一问题上,他的那句声名狼藉的"慢慢来"所表明的立场)。[3]在阐释具体作品的立场时,不少西方学者囿于对作者业已形成的印象,中国的学术传统强调"文如其人",这也容易导致忽略作品的特定立场与

---

[1] Dan Shen, "Internal Contrast and Double Decoding: Transitivity in Hughes's 'On the Road,'" *Journal of Literary Semantics* 36 (2007): 53–70.

[2] Faith Berry, *Langston Hughes: Before and Beyond Harlem*, Westport, Connecticut: Lawrence Hill, 1983, p. 224.

[3] 申丹:《究竟是否需要"隐含作者"?——叙事学界的分歧与网上的对话》,《国外文学》2000年第3期,第10页。

作者通常的立场之间的差异。而"隐含作者"这一概念有利于引导读者摆脱定见的束缚，仔细考察具体作品中的特定作者立场。

与此相联，"隐含作者"这一概念有利于看到同一作者不同作品的不同创作立场。中外学界都倾向于对某一作者的创作倾向形成某种固定的看法。其实，同一作者的不同作品可能会体现出大相径庭的创作立场。且以美国南方女作家凯特·肖邦为例。若仔细考察肖邦的不同作品，会发现其中隐含着大相径庭的意识形态立场。就性别问题而言，大致可分为五类：（1）以《觉醒》为代表，提倡妇女的自我发展，反对男权压迫；（2）以《懊悔》为代表，提倡传统妇道，倡导回归家庭；（3）以《一双丝袜》为代表，对无私忘我的母亲角色既同情又反讽；（4）以《一小时的故事》为代表，表面上看具有较强的女性主义意识，实际上对追求自由的女主人公不乏反讽，立场相当保守；（5）以《黛西蕾的婴孩》为代表，表面上是反男权压迫和种族压迫的进步作品，而实质上褒白贬黑，在文本深层为白人奴隶制辩护，这在某种意义上置换了文本表层的性别政治。当代西方学界视肖邦为早期女性主义作家的代表人物，在这一阐释框架的束缚下，不少学者将肖邦的《一小时的故事》以及《黛西蕾的婴孩》也解读为女性主义的代表作。其实这些作品的立场与之相违，隐含着迥然相异的作者形象。布斯的"隐含作者"有利于引导读者抛开对某一作者的定见，对具体作品进行全面深入的分析，判断不同作品中不同的隐含作者。

此外，布斯的"隐含作者"反映了作品的规范和价值标准，因此"可以用作伦理批评的一把尺子，防止阐释中潜在的无限相对性"[1]。我们知道，解构主义理论既解放了思想，开拓了批评视野，又由于解构了语言

---

1 Ansgar F. Nünning, "Reconceptualizing Unreliable Narration: Synthesizing Cognitive and Rhetorical Approaches," in James Phelan and Peter Rabinowitz, eds., *A Companion to Narrative Theory*, p. 92.

符号的任何确定意义，从而为误读大开方便之门。布斯在《隐含作者的复活》中，批评了当今泛滥成灾的误读，强调读者应尽力按照隐含作者的立场来重新建构作品。诚然，正如肖邦的《黛西蕾的婴孩》所反映的，隐含作者的立场有时很成问题，应加以批判，而不是接受。但关键是要较好地把握作品究竟表达了什么。此外，以隐含作者为尺度，有利于发现和评价不可靠的第一人称叙述。

在近年的讨论中，西方批评家谈及了"隐含作者"的一些作用，譬如费伦提到的我们可以借此较好地探讨"一位女作家建构出一位男性隐含作者"或"一位白人作家建构出一位有色的隐含作者"的情况。然而，就编码而言，在前一例子中，"隐含作者"就是写作时的女作家，她采取了与男性笔名相符的特定创作立场；在后一例子中，"隐含作者"则是写作时的那位白人作家，他采取了与那位虚构的彻罗基人"我"相符的创作立场。这种与真实作者的性别或种族相异的面具给创作带来了严峻挑战。若采用了男性笔名，而创作风格依然是女性化的，那么，"隐含作者"就未必是"男性"。夏洛蒂·勃朗特在出版《简·爱》（1847）时，采用了"柯勒·贝尔"这一男性笔名，但当时有的读者通过创作风格辨认出作者是一位女士。而有的读者则认为作品充满理性，必定出于男性作者之手。无论是哪种情况，"隐含"作者与"真实"作者之分都有利于探讨两个相关主体之间的关系。

热奈特提到了另一种情况：一位舞台明星或政治名人为了经济利益在匿名作者写的书上签上自己的大名，而读者则被蒙在鼓里。热奈特认为在这样的情况下，"隐含作者"（签名的人）与真实作者（匿名写作者）才能真正区分开来，这一概念才真正有用。[1]但笔者认为，这里真正的隐含作者是那位创作时的匿名作者，而不是那位与创作无关的签名人。书

1　Genette, *Narrative Discourse Revisited*, pp. 146–147.

上的签名指向后者的形象，而书中真正隐含的是前者的形象，也就是说，"隐含作者"本身出现了表面与实质的分裂。读者若被表面签名所迷惑，那只是受了一种欺骗。诚然，倘若匿名作者刻意并较为成功地模仿了签名人的某些写作风格，那么作品也就会在某种程度上隐含签名人的形象，但仍然难以体现签名人在创作具体作品时可能会采取的立场。

"隐含作者"这一概念也有利于探讨一人署名（或采用一个笔名）但不止一人创作的作品，或集体创作的作品。[1] 参加创作的有关人员往往需要牺牲、压抑很多个人兴趣来服从"署名"或总体设计的要求，这样创作出来的作品所隐含的作者往往会与真实作者有较大不同。倘若一人署名的作品中出现了不同写作者的不同立场和风格，那么这个作品也就有不同的隐含作者。其实，一个人在创作过程中也往往会改变立场、态度等，因此一人创作的作品也可能会有一个不断变化的隐含作者。与此相对照，多人创作的作品也有可能会隐含一个较为连贯的作者形象。[2]

综上所述，"隐含作者"这一概念在西方形式主义盛行的时期，微妙地起到了"拯救"作者的作用，并通过与"不可靠叙述"等概念交互作用，纠正了一些错误的解读方法。但这一概念遭遇了西方学术讨论中的不同变义和误解。布斯在近作中虽然进一步分清了创作中的作者和通常生活中的同一人，但在说明和拓展这一概念的过程中，又产生了一些偏误。通过清理混乱，纠正误解，我们可更清楚地看到这一概念的历史价值和现实意义。在国内，以对作者的印象为依据来阐释作品的做法有一定的代表性。然而，作者在某一作品中表现出来的立场观点与其通常表现出来的可能会有所不同，同一人不同作品中的作者形象也往往不尽相

---

1 Brian Richardson, *Unnatural Voices*, Columbus: Ohio State University Press, 2006, p. 117.

2 Phelan, *Living to Tell about It*, p. 47.

同，一本书上的署名与实际写作者也可能不相吻合，如此等等。正是由于这些差异的存在，"隐含作者"这一概念具有较大的实用价值。然而，"隐含作者"毕竟是"真实作者"的"第二自我"，两者之间的关系不可割裂。我们应充分关注这两个自我之间的关系，将内在批评与外在批评有机结合，以便更好、更全面地阐释作品。

（原载《北京大学学报（哲学社会科学版）》2008年第2期）

试论当代西方文论的排他性和互补性[1]

20世纪60年代以来,西方文学理论繁荣发达,流派纷呈。但不少理论都表现出明显的排他性。一个流派兴起时,往往以取代业已存在的某个或者某几个流派为己任。各派理论互为贬斥,互不相容。在笔者看来,西方文学理论领域的排他性有以下三种主要表现形式:(1)以哲学立场为基础的排他性;(2)研究关注面上的排他性;(3)意识形态上的排他性。通过对这些不同形态的排他性的分析,我们可以看到,在各派理论之间,实际上存在不同程度的互补性。若能充分认识到各派理论之间的互补关系,就能对理论采取较为宽容和开放的态度,就能更好地取长补短,推动文论研究和文学批评的发展。

一 以哲学立场为基础的排他性

有的文论派别的排他性源于其基本的哲学立场。美国文论家斯坦

---

[1] 本文的姐妹篇为:Dan Shen, "The Future of Literary Theories: Exclusion, Complementarity, Pluralism," *ARIEL: A Review of International English Literature* 33.3-4 (2002): 159-182。

利·费什于1970年提出了一种以读者为中心的新的文学分析模式"感受文体学",它以一个基本的哲学假定为基础:"意思是一个活动"。费什提出了一个中心问题:"这句话做了什么?"以此取代通常提出的"这句话的意思是什么?"从这一角度出发,

> [一句话]就不再是一个对象,一个物体,而是一个活动,是发生在读者身上,由读者参与的活动。我想说的是,这个活动,这件事——其全部过程而不是任何评论它的话或者可以从中取走的任何信息——才是这句话的意思。[1]

也就是说,在费什看来,一句话(或者话语单位)的意思不在于这句话说了什么,而在于它引起了读者一系列什么样的原始反应,包括读者对将要出现的词语和句法结构的种种推测,以及这些推测的被证实或被修正等各种形式的瞬间思维活动。费什不再把文本看作客体,而将它视为发生在读者头脑中的经验或者活动,只有这个活动本身才具有意义,才是文本的意思所在。费什的分析模式特别强调时间流的重要。他认为读者一个接一个地按顺序接触词,对每个词进行反应,而不是对整句话做出反应。记录下读者对每个词的反应有利于"减缓阅读经验",使人们注意到通常被忽视的乃至"前意识"的反应活动。根据费什的理论,所有原始反应都具有意义,其总和构成话语的意思。

这种分析模式有一定的长处,可以使批评家注意到通常被忽视的瞬间反应活动。这些活动在很多情况下确实富有意义,有助于揭示文本的内涵,以及作者的写作技巧和特色。费什的理论就促使了不少批评家注重词语、小句的顺序或诗的断行等手法所产生的微妙效果。然而,对原

---

[1] Stanley Fish, "Literature in the Reader: Affective Stylistics," *New Literary History* 2.1 (1970): 125.

始反应不加辨别一律予以重视的做法失之偏颇，因为在很多情况下，原始反应毫无意义，不值一顾。且以狄更斯的小说《远大前程》的开头语"我父亲的姓是皮瑞普"为例，在读到"我父亲的"这个词语时，读者可能会前意识地预料下面将出现"头""衣服""房子"等词；同样，在读到"我父亲的姓是"时，读者也许会推测下面将出现"戴维斯""米切尔""米勒"等。显然，这些被预测的词——"头""衣服""戴维斯"等在这里毫无意义，因为超出了这句话所包含的信息范围；把它们看成是"我父亲的姓是皮瑞普"这句话意思的组成部分显然牵强附会。而费什认为一句话的意思跟其信息无关，仅跟阅读过程中的原始反应相联。这未免过于偏激，因为传递信息毕竟是语言交流的首要目的。

更为令人遗憾的是，费什为了用他的"感受文体学"来取代通常的文体学，不惜对后者"狂轰滥炸"，全盘否定。[1] 实际上费什本人有时也不得不采用通常的文体分析方法。例如，他对一个句子做了这样的分析："这个句子里有两种不同的词汇：一种给人以澄清事实的希望，其中包括'地方''证实''地方''准确''推翻'等等；而另一类却不断地使这种希望破灭，如'虽然''含糊的''然而''不可能的''似乎是'等等。"[2] 这与一般的文体分析相类似。费什在此显然背离了自己倡导的批评原则。被记录下来的绝不是按顺序逐个接触词时出现的一系列瞬间反应，而是在一定抽象的程度上根据相似和对比的原理挑选出来的两组词。这样一来，读者对单个词的反应必然受到忽视（可以想象读者对"虽然"和"含糊的"这两个词的反应有所不同）。但是，经过一定程度的抽象

---

[1] 费什发表了两篇颇有影响的文章，对文体学进行他自己所说的"狂轰滥炸"：Stanley Fish, "What is Stylistics and Why are they Saying such Terrible Things about it?" (1973), reprinted in D. C. Freeman, ed. *Essays in Modern Stylistics*, London: Methuen, 1981, pp. 53–78; "What is Stylistics and Why are they Saying such Terrible Things about it? Part II," in Stanley Fish, *Is There a Text in This Class?* Cambridge Mass.: Harvard University Press, 1980, pp. 246–267。

[2] Fish, "Literature in the Reader: Affective Stylistics," p. 125.

概括，这些词之间的相似和对照之处得以系统化地展现出来。这对于揭示文本的内涵以及作者的写作技巧都是大有裨益的。其实，遇到篇幅较长的文本时，费什的批评手法更趋抽象。在对柏拉图的《斐德若篇》进行通篇分析时，他根本没有记录任何原始反应，只是给出了一些笼统的结论，譬如"《斐德若篇》一文从道德立场出发对内部连贯性进行了强烈的抨击"云云（第135—138页）。显然，要得出如此抽象的结论，就不得不忽略由单个词（乃至句子、段落）引起的反应，而需要对阅读经验进行持续不断的概括总结。

  费什在实践中对自己提出的文学分析模式的背离，在一定程度上揭示了该模式的片面性。在笔者看来，批评家应该至少能起三种作用。其一，像一架慢镜头摄像机一样，一步一步地把原始瞬间反应记录下来（即费什倡导的文学分析模式）。其二，根据相似或对照的原理对相互关联的反应活动或引起反应的形式特征予以组织概括（这是文学文体学家通常采用的分析方法）。其三，对整个阅读经验进行抽象总结（例如文学批评家对作品主题的总结）。实际上，每种方法都有其特定的优越性和局限性。第一种方法有利于揭示容易被忽视的原始瞬间反应，但排斥了总结阅读经验的可能性。此外，如果文本篇幅较长，持续使用此法会过于累赘。第二种方法有助于把词语或反应活动之间的相似或对照予以系统化，但往往会忽视对单个词的特殊反应。第三种方法便于综合概括整个阅读经验，但无法关注基本层次上的反应活动。在阅读过程中，这三种方法作为三个不同层次的思维活动，其实是并行不悖的。在按顺序对文本中的词语逐个进行反应时，读者会有意识或前意识地对词语之间的类似或对照进行反应（这些词语往往不会紧连在一起）。与此同时，读者也会持续不断地进行抽象概括，以求了解一段话、一篇文章作为一个整体所表达的意思。对批评家来说，虽然在进行分析时，可能三种方法均需采用，但在某一特定的时刻，则只能运用某一特定的方法来着重分析某一层次的思维活动。这几种方法各有重点，各有利弊，互为补充。

就哲学立场上的排他性而言，解构主义与结构主义之间的关系十分引人注目。早在1976年，希利斯·米勒就对两者之间的对立做了这样的描述：

> 现在，已经能够清楚地进行如下区分……一方面，是苏格拉底式的、理论上的或者谨慎的批评家；另一方面，是阿波罗式的/发狂似的、悲剧性或者怪异的批评家。苏格拉底式的批评家处于一种平静状态，总以为在关于语言的科学知识取得扎实进步之后，就可以将文学研究理性秩序化……在他们的对立面是那些可以用"怪异"一词来形容的批评家。这些批评家具有悲剧性，他们看似疯狂，其实并非毫无节制地狂欢，并非无理性。……然而逻辑线条在这些情况下都将批评家引入非逻辑的荒诞领域……迟早会面对一个无法解决的难题或者死胡同。[1]

无论在西方还是在国内文论界，一般都认为结构主义和解构主义属于完全对立的两个流派。后者也以取代前者为己任。而实际上，两者之间存在一定的互补性，文学文本对两者都敞开了大门。我们不妨看看希利斯·米勒在1998年出版的《解读叙事》一书中所做的如下评论：

> 莎士比亚的《特洛伊罗斯和克瑞西达》既对我进行的这种解读敞开了大门，同时又欢迎一种逻各斯中心主义的解读。这种解读将特洛伊罗斯的话语视为一种偏离，最终为该剧的独白性话语所包围笼罩，犹如一位寄主可能最终会吞噬令其恼火的食客。（第145页）

---

1 J. Hillis Miller, "Stevens' Rock and Criticism as Cure," *Georgia Review* 30 (1976): 335–338.

米勒是在对《特洛伊罗斯和克瑞西达》进行了解构主义的分析之后说这番话的。诚然，作为解构主义的代表人物，米勒认为归根结底只有解构主义的方法才是正确的。但他上面这番话实际上反映了结构主义批评的某些合理性。应该说，在文学文本里，一方面存在相互关联的各种结构成分，它们共同作用产生意义，另一方面又存在各种颠覆性的修辞运动，使意义处于非确定状态。这是有中心的逻辑性因素与无中心的非理性因素之间的对立。这两种因素在文学文本中往往交互作用，缺一不可。结构主义批评一般仅注重前者，而解构主义批评则仅关注后者。两者都有其片面性，只能揭示文本一个方面的特性和本质，两者相结合方能较全面地揭示文本的内涵。

此外，一个文本或文本中的某些成分从结构主义的角度来看可能显得具有连贯性，从解构主义的角度来看，又可能显得缺乏连贯性。这两种观察角度不仅互为对立，而且从更高的角度来看，也互为补充。更为有趣的是，在某一范围内看上去较为稳定的因素，在一个更大的范围内可能会变得难以确定。譬如，在一部小说的范围内，我们也许可以看到（或者可以根据文学规约和常识推断出）故事的开头、中部和结尾。但倘若走出该小说的边界，将该小说与小说，尤其是同一作者所写的小说放在一起考虑，即将该小说视为一个更大的整体的构成部分，原来的开头就可能会变为先前事件的后续发展，原来的结尾也可能会变为一个更大发展过程的中间环节。结构主义叙事学以小说边界为根据，着力探讨一部小说如何从中间开始，或者探讨其结尾究竟是封闭式的还是开放式的，如此等等。解构主义"反叙事学"则致力于超越或者打破文本边界，将一部小说视为一个更大发展过程的一个中间环节。这样一来，原有的开头和结尾也就不复存在。不难看出，两种批评方法均有其合理性和片面性。倘若我们将这两种视角结合起来，既考虑一部小说自身的边界，又考虑该小说与小说的关系，就能较为全面地观察问题。

总而言之，结构主义批评和解构主义批评以不同的哲学假定为基础，从不同的角度观察文本，关注作品的不同方面。不少解构主义批评论著和结构主义批评论著均富有洞见和深度。诚然，两者之间的关系十分复杂，但可以肯定的是，它们不仅呈对立势态，而且在一定程度上是互为补充的。批评界往往仅注重两者之间的对立，而忽略了两者之间的互补关系。

二　关注面上的排他性

如上文所示，每一个理论流派都有自己特定的关注面。在西方文论领域，关注面上的互为排斥屡见不鲜。就文本与社会语境来说，20世纪各形式主义流派，如俄国形式主义、新批评、结构主义以及解构主义，均聚焦于文本自身，忽略社会历史语境。而80年代以来的理论主潮则聚焦于社会历史语境，忽略文本自身。就作者、文本和读者而言，从传统批评的集中关注作者，到新批评等流派的集中关注文本，再到读者反应批评的仅关注读者，也往往从一个极端走向另一个极端。

当然，面面俱到未必理想，也未必可行。一般来说，每种方法均有其侧重面：不仅对于作者—文本—读者，或文本—社会语境来说是如此，而且对于作品的各种意义来说也是如此。传统批评注重个人的道德意识，新批评注重文字的审美效果，精神分析注重无意识，女性主义批评注重性别之间的权力关系，如此等等。可以说，任何一种批评方法，作为受特定阐释框架左右的特定阅读方式，均有其盲点和排斥面，同时也有其长处。各种批评方法应是各家争鸣、互为补充的。令人遗憾的是，不少批评家总认为自己的理论或者批评模式是一枝独秀，唯我独尊。

近二三十年来，有一个问题在西方文论界引起了激烈争论：究竟是否可以区分文学话语与非文学话语？M. A. K. 韩礼德在为《文学的语言》

一书所作的序中，一方面不否认"文学作为文学艺术品的特殊地位"，另一方面又认为我们无法确定"成为文学作品"是文本本身的特征，还是文本某方面的环境或语境的特征，或是读者的特定思维方式使然。[1] 在长期的争论中，文学理论家们不是仅关注文本特征，就是仅关注文本的语境或者读者以文学规约为基础的思维方式。令笔者感到不解的是，我们为何不能将这几种因素综合起来考虑，而必须从中择一呢？在此，我们不妨看看韩礼德在文中做的一个类比：如果我们仔细观察某人走路的姿势，"它也能成为一种形体艺术，就像受到关注的语言能够成为文字艺术品一样"（第vii页）。的确，一个人通常走路的姿势在关注之下可以成为所谓的"形体艺术"，但它毕竟有别于体操、健美等真正的形体艺术。同样，一段新闻报道或者记录下来的日常闲聊尽管可以当成一首诗来读，但这种阅读方式毕竟消除不了诗歌与新闻报道或日常闲聊之间的区别。区别之一就在于语言特征。一个人在写诗歌时，遣词造句确实有别于在写新闻报道或与人闲谈时对语言的运用。然而，单从语言入手来区分文学与非文学难以站住脚。在文学文本中出现的语言现象几乎都可以在非文学文本中找到。况且，在自然主义与某些现实主义小说中，语言看上去朴实无华，而在广告、报纸标题、笑话或喜剧性的"荒谬散文"等非文学话语中，各种修辞手段或者偏离常规的现象则比比皆是。在笔者看来，在区分文学与非文学时，我们必须考虑到诸种因素的综合作用：文学的虚构性、非实用性、审美功能、特有的创作程式/阐释程式、语言特征、社会的共识等等。在过去几十年有关文学与非文学的争论中，批评家往往仅关注一种因素，或是语言特征，或是读者阐释，或是社会语境，故难免带有不同倾向的片面性，也因此导致争论不休。

1　M.A.K. Halliday, "Foreword" to *The Language of Literature* by Michael Cummings and Robert Simmons, Oxford: Pergamon Press, 1983, p. vii.

值得强调的是，文学中的各种修辞手段或者偏离常规的现象不是单纯的语言现象：它们以非实用性和美学功能为基础；它们是作者特定创作程式的产物，读者也会以相应的阐释程式来进行解读。在其他话语系统中，也许存在同样的语言现象，但其目的、功能、创作/解读程式往往不尽相同。如果我们不仅关注语言现象，而且全面考虑文学的目的、功能、创作/解读程式，我们就能从本质上说明文学有别于其他话语系统之处。

然而，文学既有其特殊性也有其普遍性。就其普遍性来说，文学也是一种社会语篇。像社会语篇一样，文学也是意识形态和社会结构的作用物，又反过来作用于意识形态和社会结构。但令人遗憾的是，坚持文学与非文学区分的人往往仅强调文学的特殊性，而反对这一区分的人又往往仅强调文学的普遍性，两者各持己见，互不相让，其实两者都有其片面性，两种视角互为补充。一般来说，只有进行文学与非文学的区分才能较为集中和深入地研究文学的审美特征（从美学的角度来看）。但是，将文学视为自律的艺术品，仅研究其审美价值，是失之偏颇的，有违马克思主义文艺批评的历史观。毋庸置疑，文学的发展演变不是其内部的自律性因素造成的；浪漫主义、现实主义、现代主义、后现代主义等之间的更迭汰变都有其深刻的社会历史背景，小说尤其受制于其特定的社会历史语境。可是，无视文学的艺术价值，将文学与话语种类完全混为一谈或者将文学纯粹视为一种政治现象也有其局限性，有违马克思主义文艺批评的美学观。我们应避免从一个极端走向另一个极端。

三 以意识形态为基础的排他性

20世纪80年代初以来，不少西方理论家将注意力完全转向了文化意识形态分析，转向了文本外的社会历史环境，将作品纯粹视为一种政治现象。在他们看来，文学研究应为政治斗争服务，成为政治斗争的工具。

概括地说，他们的研究有以下几个特点：

1. 不再将文学作品视为艺术品，而是视为社会话语、政治现象、意识形态的作用物，因此文学与非文学之间的界限不复存在。

2. 反对文学的形式研究或审美研究，认为这样的研究是为维护和加强统治意识服务的。

3. 颠覆传统经典，反对研究男性白人中产阶级作家的作品；只允许研究黑人、妇女和少数民族的作家作品。

4. 认为学术研究应为政治斗争服务，应通过改造由语言建构出来的现实，帮助消除社会上的阶级压迫、性别歧视和种族歧视等不平等和不公正的现象。同时，通过对文本所蕴含的意识形态的揭示，使读者擦亮眼睛，不受文本意识形态的左右。

5. 认为批评家和读者是社会历史语境的一部分，任何阐释和分析都在一个由社会意识形态和语言建构出来的现实或理论框架中运作。文学研究是一种政治行为，分析者必然会有自己的特定政治立场和偏见，任何分析都不可能是客观公正的。但值得注意的是，在分析时，属于这一派的理论家往往不知不觉地把自己摆到了一个居高临下、自以为客观公正的位置上。

这些西方学者对男性白人中产阶级作家、对形式审美研究的一概排斥，很容易使人联想起我国十年动乱期间的极"左"思潮。当时，作家只允许描述工、农、兵，只能突出正面英雄人物，不能描写所谓中间人物；文学作品被视为代表资产阶级思想的毒草；文学研究也完全成了阶级斗争的工具，对文学的美学研究则被视为资产阶级的反动行为。改革开放以后，这种极"左"思潮方得以纠正，我国学术研究界迎来了百花齐放、百家争鸣的春天。今天不少西方学者只允许研究黑人、妇女和少数民族文学，只允许学术研究为政治斗争服务，将对男性白人中产阶级作家的研究和对文学的审美研究扣上"落后反动"的帽子。笔者认为，这在某种意义上是在重蹈我国"文革"期间极"左"思潮的覆辙。诚然，与中国的"文革"期间不同，西方的文学研究者仍享有个人选择的自由。但是，意识形态上的排他性相当强烈，一些拒绝放弃传统经典作家作品的教师感到十分压抑，有的甚至被迫提前退休，坚持研究男性白人作家作品的研究生毕业之后难以找到教职，依然从事审美研究的学者难以发表论著。的确，西方传统上对于经典作品的确立带有较强的种族、性别、阶级歧视，但是对于白人中产阶级作家的一概排斥实际上又构成了一种新的种族、性别、阶级歧视。传统上被边缘化的东西如今被中心化，而传统上处于中心的东西，如今则被边缘化。一种新的不平等取代了原来的不平等。难道真的有必要从一个极端走向另一个极端吗？为何不能同时研究女性和男性、黑人和白人、少数民族和多数民族的作家作品呢？为何不能既进行文化研究又进行审美研究呢？为何不能多注意各派之间的互补关系，采取一种兼容并包的立场呢？

四　减少排他性，增强互补性

尽管西方当代文学理论常常互为排斥，但有的学者已注意到了各派理论之间的互补性，并有意识地加以利用。我们可以区分以下三种不同的互补关系：

1. 补充理论

有的学者在认识到自己的理论与理论之间的互补性之后，有意识地采取了一种补充他者的立场。譬如，希利斯·米勒提出自己的解构主义文本分析旨在"提供另一半真理"[1]，即被聚焦语境的学者所忽略的有关文

---

[1] J. Hillis Miller, *Reading Narrative*, Norman: University of Oklahoma Press, 1998, p. 85.

本自身的真理。此外，有的批评家尽管未明确地以"补充者"的姿态出现，但对流派采取了一种宽容和开放的态度。

2. 取他山之石，以辅助攻玉

近二十年来，尤其是近十年来，越来越多的学者有意识地从流派吸取有益的理论概念、批评视角和分析模式，以求扩展研究范畴，克服自身的局限性。譬如有的叙事学家针对本流派忽略文本的意识形态内涵和社会历史语境的弱点，将叙事学研究与女性主义相结合。同样，有的女性主义批评家也针对自己的分析过于印象化的弱点，从叙事学领域借用了较为系统的分析模式。这样构成的"女性主义叙事学"将形式分析与意识形态分析融为一体，打破了"20世纪文学批评领域中形式主义与反形式主义之间的长期对立"[1]。令人感到欣慰的是，越来越多的学者注意从各种理论流派吸取批评模式和方法。不少叙事学家就从后结构主义、读者反应批评、精神分析、电影研究和计算机科学等领域吸取了不少有益的成分，组成了各种跨学科的研究派别。正是由于这一原因，以前不可数的"narratology"（叙事学）这一名词，如今已经有了复数形式。1999年秋由俄亥俄大学出版社推出的一本文集的标题就采用了叙事学一词的复数形式"narratologies"，以示该书体现了各种跨学科的叙事学研究。[2] 在文体分析中，也有一些文体学家吸取了费什"感受文体学"的某些分析方法，注重作品中线性文字进程所产生的效果。

3. 改造他者，加以利用

有的理论家不是简单地将自己的派别与派别相结合，而是有意识

---

[1] Ingeborg Hoesterey, "Introduction" to *Never Ending Stories*, edited by Ann Fehn et al., Princeton: Princeton University Press, 1992, p. 11.

[2] David Herman, *Narratologies*, Columbus: Ohio State University Press, 1999.

地改造他者，然后再加以利用。譬如，美国加州大学河边分校的埃默里·艾略特教授在美国文论界以"调和者"著称。他反对一味进行文化研究而排斥美学研究，主张将两者相结合。但他认为必须对以往的美学体系加以改造，应根据当前的理论和文化语境来建立新的美学体系，然后再加以利用。他认为，只有这样，文化研究和美学研究的结合才会富有意义。[1]

尽管各有差异，上面提到的这些理论家仍有一个共同点：他们采取的是自我和他者兼容的开放性立场。与此相对照，很多西方理论家持强硬的排他立场，认为只有自己的理论流派方正确进步，合乎情理，只有自己的方法才能揭示真理，对各派一概予以排斥。笔者不禁要问：假如文论界仅存在一种流派，一种声音，那岂不是过于单调、过于死板了吗？假如仅从一种理论视角来阐释一部作品，那岂不是过于片面了吗？百花齐放、百家争鸣方是春。文学研究的进步呼唤开放和宽容，要求理论家更为充分地认识各派之间的互补性。我们希望在新的世纪、新的千年里，西方文论界的排他性会日益减弱，互补性则会日益增强。

（原载《北京大学学报（哲学社会科学版）》2000年第4期）

---

[1] Emory Elliot, "Introduction" to *Aesthetics and Cultural Diversity in the United States*, forthcoming；参见 Terry Eagleton, *The Ideology of the Aesthetic*, Cambridge: Blackwell, 1990。

第三辑　访　谈

如何正确理解"隐性进程"和"双重叙事进程"?

段枫(以下简称"段"):申丹教授,谢谢您接受这次访谈。您提出的"隐性进程"和"双重叙事进程"(也称"双重叙事运动")理论在国内外引起了很大反响。2017年,您作为四位特邀主旨发言人之一,在欧洲叙事学协会第五届双年会(布拉格)上做了长达一小时的大会报告"双重叙事运动能如何重构和拓展叙事学";法国的叙事学常用术语网站已将"隐性进程"列为国际叙事学界的常用术语;美国权威杂志《文体》更是在今年春季以特刊形式对您的这一理论展开了专题探讨。国内也已有数十篇期刊论文将您的理论运用于不同体裁和不同媒介的文本分析。从国内外学界的接受来看,您首创的这一理论由于其与叙事批评传统之间的紧密联系,其本身的理论突破性和革命性,在引起重大反响的同时也激起了争议和疑惑,并出现了误用的情况。希望今天的访谈能够帮助读者更好地理解您的这一革命性理论。我注意到,您在一系列相关文章和专著中,都强调需要打破亚里士多德以来批评传统的束缚才能看到"隐性进程",怎样把握这一点呢?

申丹(以下简称"申"):我们知道,亚里士多德非常重视情节发展;他虽然区分了悲剧的六大要素,但他认为情节是最为重要的。与传统的

"结局性"情节相对照,在现代作品中,出现了"展示性"的情节,仅仅展示生活的某个片段,更加重视揭示人物的性格。但无论情节有多重要,属于哪一类,也无论在西方还是在中国,通常我们都会带着"情节、人物、背景"的框架来读作品。批评家在阐释作品时,倾向于先概述情节。就模仿性作品而言,对于这种概述,不难达成共识。情节可能含有不同层次和不同分支,也可能具有含混性和复杂性,批评家也往往会从各种角度切入对情节的阐释。但无论是什么情况,一般都仅仅关注"情节发展"这一种叙事运动。批评家会着力挖掘情节的深层意义(尤其是隐含的象征意义),有时会忽略从情节的角度来看无足轻重的细节,也可能会把与情节发展相冲突的文本成分往情节的主题轨道上硬拉,或者将这些地方视为情节发展本身的转向。要看到"隐性进程",首先需要突破仅仅关注情节这一种叙事运动的思维定势,看到在有的作品中,可能存在跟情节并列前行的另外一种叙事运动。隐性进程的重要提示,往往是从情节发展的角度来看显得琐碎离题或者与情节的主题走向相冲突的局部文本成分。遇到这样的情况,我们需要仔细考察这些文本成分是否与其他地方的文本成分相呼应,联手构成情节发展背后的另外一种叙事运动。这两种叙事运动各自沿着其自身的主题轨道独立向前运行,不发生交集。它们表达出不同的主题意义,塑造出不同的人物形象,产生不同的审美价值。有的隐性进程其实不难发现,但我们一直认为情节发展是唯一的叙事运动,这种先入为主的思维定势造成了视觉盲点,遮蔽了隐性进程。正如H. 波特·阿博特所言:"读者看不到隐性进程,并非因为它十分隐蔽,而是因为读者的阐释框架不允许他们看到就在眼前的东西。"[1]

段:在您提出"隐性进程"概念之前,也有一些西方学者提出了"隐匿

---

[1] H. Porter Abbott, "Review: Style and Rhetoric of Short Narrative Fiction: Covert Progressions Behind Overt Plots," *Style* 47. 4 (2013): 560.

情节""隐性情节"等概念,"隐性进程"与这些术语之间的根本差异是什么?在不同场合,您提到其他学者探讨的叙事暗流仍然属于情节范畴,构成情节的深层意义,那么,您提出的这一概念与前述概念的本质差别,也就是"隐性进程"概念的原创性,是否已经被这些学者所接受和认可呢?

申:今年美国《文体》杂志的春季刊将全部篇幅用于探讨我的目标论文《"隐性进程"与双重叙事动力》,有来自九个国家的十六位学者接受编辑部的邀请参加了讨论,您也是其中之一。目标论文的第一节集中阐述了"隐性进程"与以往探讨叙事暗流的各种概念之不同。为慎重起见,我在交稿之前把相关文字发给了能联系上的相关概念的提出者,包括提出"隐匿情节"的凯莉·马什和提出"隐性情节"的戴维·里克特。他们都完全赞同我对"隐性进程"和他们提出的概念所做的本质区分,认可我提出的"隐性情节"打破了长期研究传统的束缚,首次把视野拓展到了与情节并行的另外一种叙事运动。值得一提的是,马什在其2016年出版的专著中,探讨了从维多利亚时期一直到当代的多部小说中的隐匿情节,但无论小说内容如何变化,她一直聚焦于女主人公的婚恋过程与已故母亲婚恋过程的隐蔽关联,这种关联毫无例外地都在情节发展的范畴之内运作。马什是应邀在《文体》特刊上回应我的目标论文的学者之一,她旗帜鲜明地表达了对我的理论的支持,并用戏剧文本来说明我的理论的原创性和重要性。里克特虽然未参加这场讨论,但在给我的电邮中也坦言,他提出"隐性情节"的目的在于更好地阐释情节发展本身,而不是像"隐性进程"那样,旨在将注意力转向情节背后的另外一种叙事运动。里克特关注的是情节发展中一个具有重要主题意义的分支,而这一分支在以往的研究中被忽略。我们知道,在有的小说,尤其是中、长篇小说中,情节发展本身很复杂,具有不同层次和不同分支,但均在情节发展的范畴内部运作——所以批评界才会将其视为情节本身的层次和分支。

我在目标论文交稿之前未能联系上提出"隐性情节"的英国学者塞德里克·沃茨。去年年底,他给我寄来了一封信,说他在劳特利奇出版社出版的我的英文专著[1]中读到了"隐性进程",但认为这一概念跟他在20世纪80年代提出的"隐性情节"是一回事。我回信告诉他我的电邮地址,并提醒他关注即将面世的、探讨我的理论的《文体》特刊,尤其是我的目标论文,其中有一小节阐述我的"隐性进程"与他的"隐性情节"的本质区别。随后,我们进行了多轮电邮交流,他起初坚持认为我的概念没有新意,但最后终于被我说服,接受了"隐性进程"的创新性。

段:这个学术探讨和对话的过程应该很有趣,对读者应该也很具启发意义。沃茨教授为何开始时认为您的"隐性进程"与他的"隐性情节"是一回事呢?您又是如何说服他接受这一概念的创新性的呢?

申:沃茨提出的"隐性情节",主要指涉小说情节中未被提及的一个隐蔽的事件序列,包括某人物在情节的局部针对另一人物所施行的阴谋诡计。他有时也把注意力引向持续时间更长的事件序列。在探讨康拉德的《阿尔迈耶的愚蠢》时,他提出了以下问题:"戴恩为何会遇到埋伏?他被背叛了吗?如果答案是肯定的,那么是谁背叛了他?目的是什么?"沃茨认为,只要提出这样的问题,并追寻答案,就会发现"隐性情节"。在他看来,以往的批评家所忽略的是:阿拉伯商人对戴恩的背叛构成"情节的支点",而根据这一支点来探索情节发展,就能看到其富含反讽意味的复杂主题意义。[2] 无论是聚焦于情节的某个环节还是其持续发展,沃茨的目的始终没有变化,即通过挖掘"隐性情节",来更好地理解情节发展本身。在跟我对话的过程中,沃茨开始时提出,我的"隐性进程"

---

[1] Dan Shen, *Style and Rhetoric of Short Narrative Fiction*, London: Routledge, 2016 [2014].
[2] Cedric Watts, *The Deceptive Text: An Introduction to Covert Plots*, Brighton: Barnes & Noble, 1984, pp. 47–51.

跟他的"隐性情节"并无二致，关注的都是情节内部的一个事件序列，其作用都是拓展或加深对"情节序列"的理解。我说我关注的不再是情节发展本身，而是独立于情节发展的另外一种叙事运动。这时他话锋一转，又说我关注的仅仅是主题意义，而他关注的是情节序列及其主题意义。我的答复是：隐性进程是一种表达主题意义的叙事运动，这一点与隐性情节是相同的，两者的区别在于隐性情节在情节发展的内部运作，而隐性进程则在情节发展之外，构成另外一个自成一体的表意轨道；同样的文字沿着这些并行的表意轨道，会表达出不同的主题意义，塑造出不同的人物形象。沃茨回应说：我关注的只不过是威廉·燕卜荪在《复义七型》中所说的"复义"。我解释说：复义指的是词语本身的两种或多种意义，如双关语或一词多义；诚然，复义也指涉词语在诗歌语境的压力下，所产生的两种相互冲突的意义，但这里的语境指的就是诗歌的上下文，仅仅涉及一种叙事运动或者根本不涉及叙事运动（如不少西方抒情诗）。"复义"概念依然处于亚里士多德以来的研究传统中，而我的关注点则超出了研究传统，聚焦于词语在两种互为对照甚至互不相容的叙事运动中产生的不同意义——在每一种叙事运动中，词语仅仅产生由这种叙事运动所决定的一种明确的特定意义。这时沃茨话锋又一转，说亚里士多德没有关注隐性情节，因此他自己提出的"隐性情节"同样是"反亚里士多德的"。我回应道：亚里士多德聚焦于情节发展，沃茨本人也是——"隐性情节"概念仅仅是为了更好地阐释情节发展本身，因此没有超出这一传统。这时沃茨话锋再次转换，提出这样一个问题："您是否同意这样的看法：一篇作品的主题意义必须从情节发展的成分中产生，因为主题意义无法自我生成？您是否同意您说的'进程'归根结底是从情节中产生的，因为如果没有情节，就不可能有进程？"我说我不同意这样的看法。如果一篇作品含有情节发展和隐性进程这两种叙事运动，后者的主题意义就会从这个独立于情节发展的叙事暗流中产生。在曼斯菲尔德的《心理》中，情节发展描述的是男女主人公相互激情暗恋，而隐性进程描述的则是女主人公单相思，男主人公并未动情。后者的主题意义只可能在情节背后的这股暗流里产生。[1] 在安布罗斯·比尔斯的《空中骑士》中，情节发展仅仅抨击战争的残酷无情，父亲和儿子都是战争的牺牲品；与此相对照，隐性进程聚焦于人物的高度责任感，父子的形象变得高大，父亲甚至在某种意义上被神圣化，邀请读者加以赞赏。这两种叙事运动的主题意义和人物形象是相互冲突、互不相容的。[2] 在凯特·肖邦的《一双丝袜》中，在复杂的情节发展背后，还存在一个以自然主义为主导的隐性进程，表达出与情节发展相冲突的主题意义，塑造出不同的人物形象。[3] 我不仅把分析这些作品的论文发送给沃茨，而且还引出了其中的某些片段，请他仔细阅读，看清文字如何在情节发展和隐性进程中，沿着相互独立、相互冲突的表意轨道，表达出不同的主题意义。我也提醒他关注这一点：这些作品已经出版了上百年，历代批评家都未发现我揭示出来的隐性进程，这并不是因为批评家们的眼光不够锐利，而是因为他们仅仅关注了情节发展。

段：这个过程确实比较曲折。您认为沃茨教授为何这么难以接受您的观点呢？

申：这有多方面的原因。首先，他是萨塞克斯大学的荣誉退休教授，很有名的老学者，非常自信；另外，他是英国学者，对中国人在西方文论领域的创新似乎不易接受，在这方面美国学者更为开放。不过这都是题外话，主要原因是他深受聚焦于情节发展的长期研究传统的影响。其实，

---

[1] Dan Shen, "Dual Textual Dynamics and Dual Readerly Dynamics: Double Narrative Movements in Mansfield's 'Psychology,'" *Style* 49.4 (2015): 411−438.

[2] Dan Shen, "Joint Functioning of Two Parallel Trajectories of Signification: Ambrose Bierce's 'A Horseman in the Sky,'" pp. 125−145.

[3] Dan Shen, "Naturalistic Covert Progression behind Complicated Plot: Kate Chopin's 'A Pair of Silk Stockings,'" *JNT: Journal of Narrative Theory* 52.1 (2022).

直到最后,他也只是接受了这一点:我的"隐性进程"是具有创新性的概念,不同于他自己的"隐性情节"。然而,他始终觉得事件序列只有情节发展里面才有。我告诉他,隐性进程同样包含特定事件序列,但与情节中事件序列的主题走向不同,甚至可以完全相反。就事件序列而言,"情节发展"和"隐性进程"之间至少存在以下四种关系:(1)隐性进程和情节发展中的事件序列完全相同,譬如肖邦《黛西蕾的婴孩》中反种族主义的情节发展和暗暗赞赏种族主义的隐性进程[1],又如在弗兰克·米勒的《斯巴达300勇士》中,情节发展与隐性进程中的事件序列是一样的,但情节发展聚焦于斯巴达国王率领的300勇士与野蛮的波斯军队之间的争斗,而隐性进程则聚焦于这300勇士的自由愿望与其狂热的集体主义之间的冲突。[2](2)隐性进程和情节发展在表面上共享事件序列,而实际上则不然。譬如在曼斯菲尔德的《心理》中,我们在情节发展里看到的是男方的心理活动,而在隐性进程里,则发现这是女方将自己的想象投射到男方头脑里,是女方自己的心理活动。(3)隐性进程和情节发展在很大程度上共享事件序列,但隐性进程也在一定程度上取决于从情节发展的角度来看显得无关紧要的文本成分,譬如卡夫卡的《判决》。[3](4)隐性进程在很大程度上取决于从情节发展的角度看上去无足轻重的文本成分,譬如曼斯菲尔德的《苍蝇》。[4]但即便在这一类里,事件序列的作用依然不可低估。在《苍蝇》中,情节发展富含象征意义,围绕战争、死亡、悲伤、施害/受害、无助等展开;在情节发展背后,存在一个没有

---

[1] Dan Shen, *Style and Rhetoric of Short Narrative Fiction*, London: Routledge, 2016 [2014], pp. 70–93.

[2] Daniel Candel, "Covert Progression in Comics: A Reading of Frank Miller's *300*," *Poetics Today* 41.4 (2020): 705-729.

[3] Dan Shen, "Covert Progression, Language and Context," in Ruth Page et al., eds., *Rethinking Language, Text and Context*, London: Routledge, 2019, pp. 17–28.

[4] Dan Shen, "Covert Progression behind Plot Development: Katherine Mansfield's 'The Fly,'" *Poetics Today* 34.1–2 (2013): 147–175.

象征意义的隐性进程，仅仅围绕对男主人公虚荣自傲的反讽展开。在这个贯穿全文的暗流里，男主人公的老朋友、妇女、随从、儿子和苍蝇都先后成了反讽其虚荣自傲的手段，这涉及作品中的很多相关事件。值得强调的是，要把握以上这四种情况，都需要打破亚里士多德以来研究传统的束缚，需要认识到：(1)情节发展背后可能存在另外一种叙事运动；(2)同样的事件序列可以同时在两个叙事进程里运作，产生相互对照甚至相互颠覆的主题意义；(3)无论隐性进程在多大程度上与情节发展共享同样的事件序列，它都有其自身独立的表意轨道，自始至终与情节发展并列前行。

段：沃茨教授认为只有情节发展里面才有事件序列，他的这一观点是否具有代表性呢？

申：沃茨的这种观点有相当的代表性，这其实是对我的理论产生疑惑和争议的主要根源，也是误用我的理论的主要原因之一。正是因为将事件序列仅仅与情节发展相联，不少学者走不出情节发展的藩篱，看不到与其并行的另外一种叙事运动。我的理论的突破性和革命性正是在于打破了这种传统框架的束缚。在探讨我的理论的《文体》特刊中，我国学者熟悉的叙事学家布赖恩·理查森和他的合作撰稿人将隐性进程视为"一种情节布局"，他们还提出了这样的问题："隐性进程是否能成为情节的一部分？"这种误解和疑惑都源于将任何事件序列、任何进程都囿于情节发展的思维定势。也正是由于这种长期研究传统的束缚，有一些中外学者在挖掘隐性进程时，仅仅关注情节发展本身的深层意义，把情节发展的象征意义、寓言意义或其他暗含意义当成了隐性进程。理查森和他的合作者认为在亨利·詹姆斯的《地毯上的图案》中，情节发展背后还存在隐性进程，而实际上该作品仅有情节发展，只是它本身具有含混的深层意义。他们将情节的这种暗含意义当成了隐性进程。我在目标论文中，将比尔斯笔下的《空中骑士》与《峡谷事件》做了对比：《空中骑士》含有情节发展和隐性进程,这两种叙事运动在主题意义和人物塑造上都相互冲突,而《峡谷事件》则仅有情节发展,主题意义和人物塑造都很单一。我自己觉得已经说得很清楚了,没想到这两位学者还是将这两篇作品相提并论,看不到它们之间的本质区别,这体现出亚里士多德研究传统的强大束缚力。《文体》特刊中阿博特的回应论文则一语中的:若要发现隐性进程,就"必须'摆脱'亚里士多德以来聚焦于情节发展的批评传统的'束缚'"(第64页)。

段: 从您国内外发表的论文题目来看,您从2012年至2014年聚焦于对"隐性进程"的挖掘,而2015年以来,您把注意力转向了"双重叙事运动""双重叙事动力""双重叙事进程",为什么会发生这样的转向呢?

申: 我刚开始挖掘隐性进程时,认为这股叙事暗流才是作者真正想要表达的,因此对情节发展持排斥态度,在很大程度上忽略了情节发展与隐性进程如何各司其职,如何协同作用。2015年以来,我越来越清晰地认识到情节发展具有不可或缺的作用,我们既不能仅看情节发展,也不能仅看隐性进程,而是需要关注这两种各自独立运行的叙事运动如何联手表达作品丰富复杂的主题意义,塑造多维且富有张力的人物形象,产生丰富的审美价值。这两种叙事进程之间往往不仅相互冲突,而且相互制约——如果两者的意义相冲突,我们就需要综合平衡地考虑两者。近年来,虽然在部分论文的标题中,我依然用了"隐性进程"而不是"双重进程",但我仍会关注隐性进程与情节发展的关系和协同作用。

段: 我注意到您有时用"情节发展"有时则用"显性进程"来指代批评界已经关注的那种叙事运动。这两个词语是完全同义的吗?

申: 不是完全同义的。一个叙事进程不仅包含事件序列,还包含表达事件和人物的各种方式,并涉及作者、叙述者、聚焦者和读者之间的交流等。在探讨双重叙事进程时,我不仅建构了"双重故事结构模式""双重人物形象模式",而且也建构了"双重不可靠叙述模式""双重叙事距离模式""双重叙述视角模式""双重叙述技巧模式""双重叙事交流模式""双重故事与话语关系模式"和"双重读者认知模式"等。如果我们从狭义上理解情节发展，聚焦于其包含的事件序列，那么"情节发展"就仅仅是"显性进程"的提喻。既然我关注的是叙事动力，而情节是显性进程动力的主要载体，大家也非常熟悉这个概念（"显性进程"对有的读者来说则会显得生疏），我也就经常采用"情节发展"这一表述，而没有用"显性进程"，但我们需要知道这仅仅是一种提喻性的用法。

段：在您运用双重叙事进程理论对短篇小说进行分析的多篇论文中，我发现您都采用了截取作品"开头""中间部分""结尾"等不同片段，对情节发展和隐性进程等进行对照性阅读，这种具体文本分析模式主要是出于什么样的考虑呢？

申：这跟"进程"这一概念相关。无论是"显性"还是"隐性"的叙事进程，都是从头到尾运行的。我注意到以往批评家提出的涉及作品深层意义或叙事暗流的概念，不仅局限于情节发展的范畴之内，而且往往仅涉及情节发展的某一环节。"隐性进程"的创新性也在于它不仅是自成一体的叙事运动，而且也是自始至终与情节发展并列前行的叙事运动。从这一角度来看，不难理解为何我会从"开头""中部""结尾"来逐步追踪隐性进程与情节发展持续形成的对照、互补或颠覆关系。

段：经过您的这番解释，相信读者能更好地把握"隐性进程"和"双重叙事进程"。在您看来，在理解您的理论时，还需要注意其他哪些方面呢？

申：咱们今天的对话有较强的针对性，可以解决国内读者与西方读者类似的困惑，也有利于纠正批评实践中的误用。当然，还可以在更广的范围、从更多的角度来考虑问题。我的新作《双重叙事进程研究》对这一理论进行了全面系统的建构，并接着用作品分析来说明和检验这一理论体系的应用价值。今年美国《文体》杂志探讨这一理论的春季刊是一个论辩性质的特刊：多位西方学者不仅对我的理论表达了赞赏和肯定，而且也提出了挑战和质疑。这一特刊也登载了我应《文体》主编之邀撰写的约一万五千英文单词的长篇回应。关于这次对话，我已经应《外国文学》的约请，撰写了详细介绍，将于明年第1和第2期分上、下两篇连载。如果还有什么不清楚的地方，可以看看我的专著以及我跟多位西方学者的对话。

段： 非常感谢您接受这一访谈，相信通过您的详细说明，读者能够更好地把握"隐性进程""双重叙事进程"这一理论的革命性和突破性，并更好地将其运用于分析实践。

（原载《复旦外国语言文学论丛》2021年秋季刊）

理论的表象与实质

宁一中（以下简称"宁"）：申丹老师，您的研究兴趣很广，涉及叙事理论与小说阐释、文学理论、文体学、翻译学等不同领域，但您主要从事的是叙事学方面的研究。您能首先谈谈您在这方面的研究体会吗？

申丹（以下简称"申"）：我在爱丁堡大学读博士时，主要从事的是语言学、文体学和翻译学的研究。在写博士论文时，发现文体学和叙事学有一种互补关系，因此对叙事学产生了兴趣，读完博士之后，注意力越来越多地转向了叙事学。我的研究体会是，无论在哪个领域，也无论是理论探讨还是文本分析，都需要透过现象，把握实质。你说得对，我主要从事的是叙事学研究，那我就先谈谈在叙事理论方面如何透过现象看本质。

宁：20世纪60年代以来，西方叙事学经历了从经典叙事学到后经典叙事学的发展，您是如何把握两者之间的实质关系的？

申：20世纪八九十年代，西方学界产生了一个共识，认为经典结构主义叙事学，作为以文本为中心的形式主义流派，隔断了作品与社会历史语境的关联，已经过时，注定要被后经典叙事学所取代。但通过思考，我认为这只是一种表象，实际情况并非如此。经典叙事学主要致力于建构叙事"语法"或"诗学",而这方面的研究并不需要考虑社会历史语境,只有对具体作品展开的批评阐释需要考虑社会历史语境,这是后经典叙事学迅速转向作品阐释的重要原因。经典叙事"语法"或"诗学"旨在研究叙事文本共有的构成成分、结构原则和运作规律,对各种结构技巧(如深层情节结构、叙述类型、视角模式)进行描述和分类,这犹如语法学家对不同语言结构展开的研究。我国学者对 M. A. K. 韩礼德的系统功能语法较为熟悉,这种语法十分强调语言的社会功能,但在建构语法模式时,功能语言学家采用的基本上都是自己设想出来的脱离语境的句子。就大家更为熟悉的传统语法而言,在区分"主语""谓语""宾语""状语"这些成分时,我们可将句子视为脱离语境的结构物,其不同结构成分具有不同的脱离语境的功能(譬如"主语"在任何语境中都具有不同于"宾语"或"状语"的句法功能)。但在探讨"主语""谓语""宾语"等在作品中对表达主题意义究竟起了什么作用时,就需要关注作品的生产语境和阐释语境。有了这种分工,我们就不应批评旨在建构"语法"或"诗学"的经典叙事学忽略语境,而应将批评的矛头对准在阐释具体作品时不关注语境的做法(只有很少一部分经典叙事学家从事了作品阐释)。2005年我在美国的《叙事理论研究杂志》发表了《语境叙事学和形式叙事学缘何相互依存》一文,揭示了经典和后经典叙事学之间的本质关系不是前者过时,后者取代前者;而是两者互为依存,相互促进。该文指出,在后经典语境叙事学和经典形式叙事诗学之间存在一种未被承认的三重对话关系:(1)新的形式理论和语境批评之间的互惠关系:语境主义学者开发出(脱离语境的)新的形式工具,这些工具促进了新的语境化阐释,正如这些阐释也使得这些工具变得更加好用;(2)语境主义者对形式叙事诗学的新贡献与经典叙事诗学之间的互惠关系:这些理论贡献既依赖于经典叙事诗学,又拓展了经典叙事诗学;(3)经典叙事诗学与语境化叙事批评之间的互惠关系,前者为后者提供了技术工具,后者反过来又有助于前者成为当下的有用之物。这篇文章和我在其他场合表达的观点，包括在国际叙事文学研究协会年会上的大会发言和与西方后经典叙事学的领军人物詹姆斯·费伦、戴维·赫尔曼等进行的私下交流，帮助纠正了西方当时对经典叙事语法和叙述诗学的排斥。2004年，费伦教授在"长江学者"推荐信中说："申丹教授观察到不同理论流派、分支之间的关系，帮助我们所有的人更加清楚地看到研究领域的发展和争论。例如，她具有说服力地阐明叙事的语境研究和更严格的形式研究，表面看来是对立的，但实际上是或者应当是相互支持的方法。"

宁：您关于经典和后经典叙事学这种实质关系的判断是在世纪之交做出的，近二十年来，实践证明您的判断是正确的。经典叙事诗学的模式和概念一直在被运用，后经典叙事学也在语境化的批评实践中总结规律，进行结构分类，这帮助丰富和拓展了脱离语境的叙事"语法"或"诗学"。

申：的确如此，我关于经典和后经典叙事学之间本质关系的判断依然在发挥作用。2017年秋，德国的德古意特出版社推出了《叙事学的新发展》，这部文集把我的《"语境化诗学"与语境化修辞：是巩固还是颠覆？》置于正文首篇的位置，给予了重点推介。这篇论文表达的一个主要观点是语境化的后经典叙事学实际上巩固而不是颠覆了经典叙事诗学。经典叙事诗学在欧洲得到了较好的持续发展，这部文集的四位欧洲主编在序言中说："申丹探讨了一系列试图将叙事诗学加以'语境化'的研究，如女性主义叙事学；但发现女性主义叙事学只能丰富和改进形式叙事诗学，而无法将结构区分加以'性别化'，因为从本质上说，结构区分就是非语境化的。"

宁：这部文集是2017年9月在布拉格召开的欧洲叙事学协会双年会上首发的。我也参加了会议，亲耳听到了文集主编之一沃尔夫·施密德教授在会上重点推介您的论文。您的这篇论文还谈到了由芝加哥学派发展而来的当代修辞性叙事理论，这是您十分关注的一个流派，这一流派的领军人物詹姆斯·费伦在公开场合（包括正式发表的论文中），不止一次地提到您是该流派第四代的代表人物之一，您能就这方面谈谈吗？

申： 美国当代修辞性叙事理论由芝加哥学派第二代和第三代学者所建构和发展。第二代以韦恩·布斯为代表，第三代的主要领军人物是詹姆斯·费伦、彼得·拉比诺维茨等，第四代是更年轻的学者。以罗纳德·克莱恩为代表的芝加哥学派的第一代继承了亚里士多德将文学视为模仿的理念，主张仅关注作品本身，反对关注社会历史语境。批评界一直认为第二代和第三代的修辞理论，跟以克莱恩为代表的第一代所创建的诗学理论一样，无视历史语境。而我发现，这两者之间实际上存在本质差异：与第一代的诗学理论相对照，第二代和第三代的修辞理论具有历史化的潜能，甚至有明确的历史化表述。然而，出于各种原因，这一方面一直被遮蔽。在透过表面现象，看到当代修辞性叙事理论（潜在的）考虑历史语境的要求之后，我们就会发现，这种理论在形式和历史之间达到了某种平衡。2013年夏，我在美国《叙事》期刊上发表了《隐含作者、作者的读者与历史语境》一文，在西方学界首次揭示了美国当代修辞性叙事理论的这一本质特性。

宁： 美国当代修辞性叙事理论的一个核心概念是韦恩·布斯提出的"隐含作者"，中外学界都认为这是以文本为中心的脱离语境的概念，而您却认为这一概念实际上具有历史化的潜能，您能详细谈谈这一问题吗？

申： 首先需要纠正中外学界对"隐含作者"这一概念的误解。布斯指出：作者在创作时会脱离平时自然放松的状态（所谓"真人"或"真实作者"所处的状态），进入某种"理想化的、文学的"创作状态（可视为在扮演角色或者戴上了面具），处于这种文学创作状态的人就是"隐含作者"——以特定的面貌"在创作中出现"的"作者"。"隐含作者"在创作时做出各种文本选择；阅读时，我们则根据其文本选择推导出其形象。用布斯的话说，隐含作者"是自己选择的总和"。[1] 布斯的《小说修辞学》发表于1961年，当时"外在批评"衰落，而"内在批评"盛极，在这样的情况下，若对处于作品之外的作者加以强调，可以说是逆历史潮流而动。然而，布斯从修辞立场出发，关注的是作者影响、控制读者的修辞技巧和手段，需要分析作者和读者之间的交流，于是提出了"隐含作者"这一概念。"隐含"一词指向作品本身：我们根据文本中的成分——"隐含作者"在写作时做出的选择——来了解文本"隐含"的作者形象。若要了解"真实作者"或"历史作者"（指日常生活中的这个人），我们则需要借助于各种史料。也许是当时排斥作者的形式主义氛围太浓，布斯在保持对作者的关注时，采用了隐喻式障眼法，反复强调真实作者"创造了"隐含作者。这实际上指的是发现自己在以某种方式来写作——布斯将"创造"和"发现"视为同义词——"发现或者创造"。[2] 遗憾的是，由于没有看清布斯的这种隐喻式表达，中外相关学者几乎都产生了误解，误认为"真实作者"是写作者，在写作时创造了"隐含作者"这一客体，因此将"隐含作者"囿于文本之内。而实际上，隐含作者就是创作过程中的小说家——作品的写作者。我在美国的《文体》期刊2011年第1期上发表了《何为隐含作者》。这一期集中探讨"隐含作者"，共发表两组论文，第一组对这一概念进行抨击，第二组则对这一概念加以捍卫。第二组论文的撰写者依次为我本人、彼得·拉比诺维茨、威廉·内尔斯、詹姆斯·费伦、伊萨贝尔·克莱贝和苏珊·兰瑟。特邀主编布赖恩·理查森将我的论文置于捍卫组的首篇，并在编者按中说："申丹指出了对于布斯相关论述的严重误解，对于隐含作者进行了强有力的新的捍卫。"后来我又在美国《叙事》杂志2013年第2期上发文，

---

[1] Wayne C. Booth, *The Rhetoric of Fiction*, Chicago: The University of Chicago Press, 1961, pp. 71-75.
[2] Booth, *The Rhetoric of Fiction*, p. 71.

逐一剖析和反驳了抨击组的四篇论文。

宁：在澄清了"隐含作者"这一概念的实质性内涵之后，您能进一步说明这一概念的语境化潜能吗？

申：虽然布斯的"隐含作者"形象以文本为依据，而不以史料为依托，它其实暗暗修正了第一代芝加哥学派仅仅关注作品的诗学立场。R. S. 克莱恩对第一代的诗学方法进行了这样的描述："这种分析方法立足于将文学作品与当初的创作语境和过程隔绝开来。它更适于解释在任何时期的任何作品中都会保持不变的效果，那些根据同样的艺术组合原则建构出来的效果。"[1] 我们不妨比较布斯的相关论述："正如某人的私人信件会隐含该人的不同形象（这取决于跟通信对象的不同关系和每封信的不同目的），隐含作者会根据具体作品的特定需要而以不同的面貌在创作中出现。"[2] 克莱恩关注的是在"任何作品中"都恒定不变的诗学效果，没有考虑作者和读者；而布斯强调的则是隐含作者"根据具体作品的特定需要"，针对特定的读者所做出的特定文本选择。隐含作者在某个历史时期创作，历史语境常常会影响其做出的文本选择。修辞批评要求读者正确理解隐含作者做出的文本选择，这本身就暗含了这样的要求：如果隐含作者的文本选择受到了其经历和历史环境的影响，就必须考虑相关因素，否则难以很好地进行修辞交流。这从本质上有别于第一代芝加哥学派无视作品写作者的恒定诗学观。也就是说，通过从"文本诗学"转向作者与读者的修辞交流，布斯无意中使自己的理论具有了考虑历史语境的潜能。

宁：如果"隐含作者"具有历史化的潜能，那么，与之对应的"隐含读者"是否也具有历史化的潜能呢？

---

[1] R. S. Crane, *The Concept of Plot and the Plot of Tom Jones*, Chicago: University of Chicago Press, 1952, p. 92.
[2] Booth, *The Rhetoric of Fiction*, p. 71.

申：无论是布斯提出的"隐含读者"还是彼得·拉比诺维茨提出的"作者的读者"（即作者的理想读者），都被批评界视为在本质上脱离历史语境的概念，实际上两者都具有历史化的潜能。其实，拉比诺维茨在阐明"作者的读者"这一概念时，有过明确的历史化的表述，但一直被忽略或被遮蔽。布斯确实没有考虑这一点：隐含作者在某一历史时期创作，其心目中的读者处于同一历史语境中，受到该时期的历史事件、文化氛围和价值观等因素的影响，而不同时期、不同社会中的读者则需要获得相关历史知识，才能进入"隐含读者"（或"作者的读者"）的位置。这是修辞理论暗含的考虑历史语境的要求。如果能认识到修辞理论的历史化潜能，就能看到这一流派在作者、文本和历史语境之间达到了（潜在的）平衡。值得一提的是，与单方面重视读者反应的理论相比，聚焦于隐含作者与隐含读者之间如何达到成功交流的修辞理论，实际上具有更强的考虑创作语境的要求。如果仅仅强调读者自己的认识视角或主体位置，就可忽略处于某个历史时期的作者针对当时环境中的"隐含读者"所进行的文本设计，而任凭如今的实际读者（群）对文本进行各自的阐释。正是因为修辞理论要求我们力争进入作者为之创作的处于那个历史时期的"隐含读者"的位置，以便较好地解读文本，我们才需要去了解"隐含读者"所处的特定历史语境。

宁：修辞性叙事学还有一个核心概念"不可靠叙述"，在这方面您进行了重点研究。认知叙事学也对不可靠叙述展开了探讨，采用的是"认知（建构）方法"，您是怎么看待这两种方法之间的关系的？

申：认知（建构）方法是以修辞方法之挑战者的面目出现的，旨在取代后者。这一方法的创始人是塔玛·雅克比。她将不可靠性界定为一种"阅读假设"（或"协调整合机制"），并强调任何阅读假设都可以被"修正、颠倒甚或被另一种假设所取代"，"在某个语境（包括阅读语境、作者框架、文类框架）中被视为'不可靠'的叙述，可能在另一语境中变得可靠，甚或在解释时超出了叙述者的缺陷这一范畴"。[1] 另一位颇有影响的认知（建构）方法的代表人物是安斯加·纽宁，他受雅克比的影响，聚焦于读者的阐释框架，断言"不可靠性与其说是叙述者的性格特征，不如说是读者的阐释策略"[2]。雅克比和纽宁都认为自己的模式优于布斯创立的修辞模式，因为不仅可操作性强（确定读者的假设远比确定作者的规范容易），且能说明读者对同一文本现象的不同解读。不少西方学者也认为以雅克比和纽宁为代表的认知（建构）方法优于修辞方法，前者应取代后者。但在我看来，这两种方法实际上涉及两种难以调和、并行共存的阅读位置。一种是个体读者的阅读位置，另一种是"隐含读者"或"作者的读者"的阅读位置。前者受制于读者的个人经历、社会身份和其所处的文化环境，后者则为作品所预设，与隐含作者相对应。在修辞批评家看来，隐含作者创造出不可靠的叙述者，制造了作者规范与叙述者规范之间的差异，从而产生反讽等效果。隐含读者（或作者的读者）则对这一叙事策略心领神会。如果修辞批评家考虑概念框架，也是以作者创作时的概念框架为衡量标准，而读者若要较好地阐释作品，就需要尽量了解和把握这种概念框架。与此相对照，以雅克比和纽宁为代表的认知（建构）方法聚焦于个体读者的不同概念框架，并以此为衡量标准。纽宁强调相对于某位读者的道德观念而言，叙述者可能是完全可靠的，但相对于其他人的道德观念来说，则可能极不可靠。他以纳博科夫《洛丽塔》的叙述者亨伯特为例。倘若读者自己是鸡奸者，那么在阐释亨伯特这位诱奸幼女的叙述者时，就不会觉得他不可靠。[3] 我们不妨从纽宁的

---

[1] Tamar Yacobi, "Fictional Reliability as a Communicative Problem," *Poetics Today* 2 (1981): 113–126; Tamar Yacobi, "Authorial Rhetoric, Narratorial (Un)Reliability, Divergent Readings: Tolstoy's 'Kreutzer Sonata,'" in James Phelan and Peter J. Rabinowitz, eds., *A Companion to Narrative Theory*, pp. 108–123.

[2] Ansgar Nünning, "Reconceptualizing Unreliable Narration: Synthesizing Cognitive and Rhetorical Approaches," in James Phelan and Peter J. Rabinowitz, eds., *A Companion to Narrative Theory*, p. 95.

[3] Ansgar Nünning, "Unreliable, Compared to What?" in Walter Grunzweig and Andreas Solbach, eds., *Transcending Boundaries*, Tubingen: Gunther Narr Verlag, 1999, p. 61.

例子切入，考察一下两种方法之间不可调和又互为补充的关系。从修辞方法的角度来看，若鸡奸者认为亨伯特奸污幼女的行为无可非议，他自我辩护的叙述正确可靠，那就偏离了隐含作者的规范，构成一种误读。这样我们就能区分有道德的读者接近作者规范的阐释与鸡奸者这样的读者对作品的"误读"。与此相对照，就认知方法而言，读者就是规范，阐释无对错之分。那么道德沦丧的人的阐释就会和有道德的人的阐释同样有理。不难看出，若以读者为标准，就可能会模糊甚至颠倒作者/作品的规范。但认知方法确有存在价值，可揭示出不同读者的不同阐释框架，说明为何对同样的文本现象会产生大相径庭的阐释。这正是修辞批评的一个盲点。倘若我们仅仅采用修辞方法，就会忽略个体读者不尽相同的阐释原则和阐释假定；而倘若我们仅仅采用认知（建构）方法，就会停留在前人阐释的水平上，难以前进。此外，倘若我们以读者规范取代作者/作品规范，就会丧失合理的衡量标准。不难看出，应该让这两种研究方法并行共存，但应摒弃认知方法的读者标准，坚持修辞方法的作者/作品标准，这样我们就可既保留对理想阐释境界的追求，又看到不同读者的不同阐释框架或阅读假设的作用。我在应邀为权威性的参考书《叙事学手册》（德古意特出版社，2014）撰写的"不可靠性"这个五千英文单词的长篇词条中，揭示了这些本质关系。

宁： 您已经谈到了经典和后经典叙事学的本质关系，剖析了修辞性叙事学的核心概念和认知叙事学的相关方法。除了叙事学理论，您也关注文学理论，您能就文学理论谈谈如何透过现象看本质吗？

申： 我想先谈谈德里达的符号理论，学界普遍认为，索绪尔的语言符号理论为德里达的解构主义符号理论提供了支持，但我发现这实际上是一种假象。值得注意的是，德里达在阐释索绪尔的符号理论时，进行了"釜底抽薪"。的确，索绪尔在《普通语言学教程》中，强调符号之所以能成为符号并不是因为其本身的特性，而是因为符号之间的差异，语言是一个由差异构成的自成一体的系统。但在同一本书中，我们也能看到索绪尔对能指与所指之关系的强调："在语言这一符号系统里，唯一本质性的东西是意义与音象的结合。"[1] 索绪尔的这两种观点并不矛盾。在语言符号系统中，一个能指与其所指之间的关系是约定俗成、任意武断的。能指之间的区分在于相互之间的差异。举例说，英文单词"sun"（/sʌn/）之所以能成为指涉"太阳"这一概念的能指，是因为它不同于其他的能指。但我们必须清醒地认识到，差异本身并不能产生意义。譬如，"lun"（/lʌn/），"sul"（/sʌl/）和"qun"（/kwʌn/）这几个音象之间存在差异，但这几个音象无法成为英文中的符号，因为它们不是"意义与音象的结合"，这一约定俗成的结合才是符号的本质所在。索绪尔在《普通语言学教程》中区分了三种任意关系：一、能指之间的差异；二、所指之间的差异；三、能指与所指之间约定俗成的结合。第三种关系是联结前两种关系的唯一和必不可缺的纽带。索绪尔在书中明确指出："符号的任意性反过来说明，只有社会才能创造出语言系统。符号的意义取决于使用和普遍接受，因此必须由社群来建立符号的意义，单个的人是无法建立符号的任何意义的。"[2] 德里达在阐释索绪尔的符号理论时，仅关注其对能指之间差异关系的强调，完全忽略索绪尔对能指与所指之关系的论述，也屏蔽了索绪尔关于须由社群的约定俗成来创造语言符号的观点。德里达抽掉这一层面之后，能指与所指就失去了约定俗成的联系，结果语言就成了"从能指到能指"的能指之间的指涉，成了能指本身的嬉戏。这样一来，任何符号的意义都永远无法确定，这根本站不住。我原来对解构主义关注不多，很晚才发现解构主义理论根基上的这一问题（还发现了其他相关问题）。在上文提到的2005年发表于美国《叙事理论杂志》的

1　Ferdinand de Saussure, *Course in General Linguistics*, London: Philosophical Library, 1960, p.15.

2　Saussure, *Course in General Linguistics*, p. 113.

论文中，才对其加以揭示。拉比诺维茨等人看到这篇论文后，曾表示如果他们更早地读到这篇论文，就不会在课上像先前那样讲授解构主义了。其实，我们就凭常识也能判断出语言符号并非能指之间的嬉戏，如果有人说"今天的最低气温是零下5摄氏度"或"他已经读完了《红楼梦》"，这些语言符号的所指并不难确定。倘若语言符号只是能指之间的嬉戏，信息交流也就无法进行了。诚然，文学语言往往有各种空白、含混和不确定的成分，但通常并不会出现能指本身的嬉戏。德里达提出的语言是能指之间的指涉，是能指本身嬉戏的理论，不仅构成解构主义的重要理论基础，而且也成了不少相关领域，包括后现代叙事理论的重要理论根基。有趣的是，尽管这个根基是站不住的，却由于其激进的特性，在打破传统思维的束缚方面起了十分积极的作用，可以说是"因错得用"了。

宁：的确，德里达关于语言符号是能指之间的指涉的理论在文学理论界产生了巨大影响。从20世纪60年代到21世纪初，其影响所及，可以说整个世界的文学界都回响着解构之声。意义的不确定性几乎成了学界的共识。您以您的睿智和洞见从语言符号的意义这一最根本的层面对此做了纠正。我注意到您最近提出了"隐性进程"的理论概念，这是您新近创立的理论概念和研究模式。著名文学理论家J.希利斯·米勒在为您的新著《短篇叙事虚构作品的文体与修辞：显性情节之下的隐性进程》（劳特利奇出版社，2014）所写的序言中对此深表钦佩，认为它是一个"重大的学术突破"。美、英、法、德等国学者都在国际一流期刊上发表了书评，予以高度评价。以往批评家仅仅关注情节发展这一种叙事运动，而您却挖掘出不少叙事作品中情节发展背后的隐性进程，这大大拓展了批评阐释的空间，也带来了理论创新的机遇。越来越多的中国学者也利用这个理论概念对文学文本进行探讨，获得了令人耳目一新的发现。今年9月您应邀在欧洲叙事学协会的双年会上做了一小时的大会主旨报告，题目就是《双重叙事运动能如何改变和拓展叙事学》，您的报告引起了热烈反响。

申：是的，我近年来在国际上发表的论文和著作基本上都围绕"隐性进程""双重叙事运动"或"双重叙事进程"展开。我正在这方面不断建构新的理论模式。之所以我能进行这方面的理论建构和对经典作品进行新的和具有颠覆性的阐释，就是因为不迷信以往的阐释，通过仔细研读作品，发现了一些经典作品中情节发展后面的叙事暗流，我把它命名为"隐性进程"。后来又发现了情节发展和隐性进程的复杂互动关系，这种新发现的文学现象对以往的各种理论都构成了挑战，因此得以进行新的理论建构。

宁：您以上的这些理论贡献，已成为国际学界的共同财富。具体到文学审美范畴，您能略微谈谈您的有关新见吗？

申：在当前叙事研究发生了伦理转向的语境中，是纠正对埃德加·爱伦·坡审美理论的长期误解的时候了。一百多年来，批评界普遍认为爱伦·坡的唯美主义是大一统的文学观，既针对诗歌，又针对小说，这在很大程度上误导了对他的小说的阐释。我重新考察了坡的相关论著，揭示出坡对诗歌主题之所以持唯美的看法，是因为诗歌具有独特的体裁特征，而这些特征在小说中并不存在，坡对于小说主题的看法实际上并非是唯美的。就小说而言，坡明确区分了结构设计和主题因素。坡一方面在结构设计上对诗歌和小说持完全一致的看法，另一方面则认为小说的主题与诗歌的主题有本质不同，因为小说的主题以跟道德意义相关的"真"为基础，与"美"形成了对立。遗憾的是，坡对小说主题截然不同的看法被历代批评家所忽略。2008年秋，我在美国的《19世纪文学》上发文，揭示了西方学界对坡的审美理论长达一个半世纪的误解。

宁：与您交谈，我深深感受到您的博学，深思，敏锐而犀利的洞察力。您总能不停留于理论或文本的表象，而是深入其中，烛照其内在本质。请问您主要是通过什么方法而能透过表面现象，抓住问题本质的呢？

申：不盲目相信批评界的共识和定论，仔细深入地考察原著。无论是在哪个领域，也不论是从事理论探讨，还是文本分析，我都尽量排除先前阐释的干扰，仔细深入地研读理论家自己的论述、不同流派的论著和文学作品本身，从中挖掘出被表象遮蔽的理论的实质（包括文体学和翻译学领域相关权威理论的实质），观察到不同流派之间的实质关系，透视出作品情节发展背后的隐性叙事进程和两者之间隐蔽的互动。

宁：的确，只有透过现象，把握实质，才能在理论探讨和作品阐释上开辟新的天地。不过这需要多读、多思，还要有学术的勇气和不一般的洞察力才行。非常感谢您接受本次访谈！

（原载《英语研究》2018年第8辑）

第四辑 序　言

《叙事学的中国之路：
全国首届叙事学学术研讨会论文集》序

在我国叙事学研究的发展史上，2004年12月9日是个具有特别意义的日子。这一天，由漳州师范学院、《文艺报》报社、《文艺理论与批评》杂志社主办的全国首届叙事学学术研讨会在福建东南花都胜利召开，这是从事叙事学教学与研究的学者们期盼已久的一件盛事。来自全国各地高等院校、科研单位和学术报刊的近百名学者相聚一堂，就叙事学的理论、方法、发展趋势和作品叙事分析展开了深入研讨。在漳州师院的精心安排下，通过全体与会代表的积极参与和共同努力，首届叙事学研讨会取得了圆满成功。会议论文集即将由中国社会科学出版社出版[1]，可喜可贺。

国内将法文的"narratologie"或英文的"narratology"译为"叙事学"或"叙述学"，但在我看来，两者并非完全同义。"叙事"一词为动宾结构，同时指涉讲述行为（叙）和所述对象（事）；而"叙述"一词为并列结构，重复指涉讲述行为（叙＋述）。"叙述"一词与"叙述者"紧密

---

1 祖国颂等主编：《叙事学的中国之路．全国首届叙事学学术研讨会论文集》，中国社会科学出版社，2006年。

相联，宜指话语表达层，而"叙事"一词则更适合涵盖故事结构和话语表达这两个层面。在《叙事学辞典》[1]中，杰拉尔德·普林斯将narratology定义为：（1）受结构主义影响而产生的有关叙事作品的理论。Narratology研究不同媒介的叙事作品的性质、形式和运作规律，以及叙事作品的生产者和接受者的叙事能力。探讨的层次包括"故事"与"叙述"和两者之间的关系。（2）将叙事作品作为对故事事件的文字表达来研究（以热奈特为代表）。在这一有限的意义上，narratology无视故事本身，而聚焦于叙述话语。不难看出，第一个定义中的"narratology"应译为"叙事学"（涉及整个叙事作品），而第二个定义中的"narratology"则应译为"叙述学"（聚焦于叙述话语）。我们可以根据研究所涉及的范畴和强调的重点来决定究竟是译为"叙事学"还是"叙述学"。我曾将自己的一本书命名为《叙述学与小说文体学研究》，这主要是为了突出narratology与聚焦于文字表达层的文体学的关联。若研究既涉及了叙述表达，又涉及了故事结构，最好译为"叙事学"，这样也可以和"叙事作品""叙事文学"更好地呼应。值得注意的是，国内已接受了"叙事作品""叙事文学"这种单一的译法，并不认可"叙述作品""叙述文学"这样的译法，既然如此，在涉及整个作品时，自然是采用"叙事学"这一译法更为妥当。

国内外对于叙事结构和技巧的研究均有着悠久的历史，然而，在采用结构主义方法的经典叙事学诞生之前，对叙事结构技巧的研究一直从属于文学批评、美学或修辞学，没有自己独立的地位。当代叙事学于20世纪60年代首先产生于结构主义发展势头强劲的法国，但很快就扩展到了其他国家，成为一股独领风骚的国际性叙事研究潮流。经典结构主义

---

[1] Gerald Prince, *A Dictionary of Narratology*, Lincoln: University of Nebraska Press, 1987.

叙事学将注意力投向文本的内部，着力探讨叙事作品的结构规律和各种要素之间的关联。经典叙事学是20世纪形式主义文论这一大家族的成员。形式主义批评相对于传统批评来说是一场深刻的变革，这在小说评论中尤为明显。尽管不少小说家十分注重小说创作艺术，但20世纪以前，小说批评理论集中关注作品的社会道德意义，采用的往往是印象式、传记式、历史式的批评方法，把小说简单地看成观察生活的镜子或窗户，忽略作品的形式技巧。20世纪之初和之中的形式主义文论改变了这一局面。60年代至80年代，随着经典结构主义叙事学的迅速发展，对叙事作品结构规律和叙述技巧的研究占据了日益重要的地位。众多叙事学家的研究成果使叙事结构技巧的分析趋于科学化和系统化，并开拓了广度和深度，从而深化了对叙事作品的结构形态、运作规律、表达方式或审美特征的认识，提高了欣赏和评论叙事艺术的水平。

令人遗憾的是，西方学界对于各派理论的互补性和多元共存的必要性往往认识不清。从20世纪70年代起开始盛行的解构主义批评理论聚焦于意义的非确定性，对于结构主义批评理论采取了完全排斥的态度。80年代初以来，不少西方学者将注意力完全转向了文化意识形态分析，转向了作品之外的社会历史环境，将作品视为一种政治现象，将文学批评视为政治斗争的工具。他们反对叙事的形式研究或审美研究，认为这样的研究是为维护和加强统治意识服务的。在这种"激进"的氛围下，经典叙事学受到了强烈的冲击，研究势头回落，人们并开始纷纷宣告经典叙事学的死亡。世纪之交，西方学界出现了对于叙事学发展史的各种回顾。尽管这些回顾的版本纷呈不一，但主要可分为三种类型。第一类认为叙事学已经死亡，"叙事学"一词已经过时，为"叙事理论"所替代。第二类认为经典叙事学演化成了后结构主义叙事学。第三类则认为经典叙事学进化成了以关注读者和语境为标志的后经典叙事学。尽管后两类观点均认为叙事学没有死亡，而是以新的形式得以生存，但两者均宣告经典叙事学已经过时，已被"后结构"或"后经典"的形式所替代。其实，经典叙事学的著作在西方依然在出版发行。加拿大多伦多大学出版社1997年再版了米克·巴尔《叙事学》一书的英译本。伦敦和纽约的劳特利奇出版社也于2002年秋再版了里蒙－凯南的《叙事虚构作品：当代诗学》；在此之前，该出版社已多次重印这本经典叙事学的著作。2003年11月在德国汉堡大学举行的国际叙事学研讨会的一个中心议题是：如何将传统的叙事学概念运用于非文学性文本。其理论模式依然是经典叙事学，只是拓展了实际运用的范畴。后经典叙事学家往往一方面认为经典叙事学已经过时，另一方面却在分析中采用经典叙事学的概念和模式。在教学时，也总是让学生学习经典叙事学的著作，以掌握基本的结构分析方法。劳特利奇出版社2005年出版了国际上第一本《叙事理论百科全书》，其中不少词条为经典叙事学的基本概念和分类。这种舆论评价与实际情况的脱节源于没有把握经典叙事学的实质，没有廓清"经典叙事（诗）学""后经典叙事学""后结构主义叙事理论"之间的关系。实际上，经典叙事（诗）学既没有死亡，也没有演化成"后结构"或"后经典"的形式。经典叙事（诗）学与后结构主义叙事理论构成一种"叙事学"与"反叙事学"的对立，与后经典叙事学在叙事学内部形成一种互为促进、互为补充的共存关系。

20世纪80年代中期诞生在美国的女性（女权）主义叙事学是后经典叙事学的开创者，女性主义叙事学将叙事形式分析与性别政治融为一体，打破了西方学界形式主义与反形式主义之间的长期对立。女性主义叙事学以经典叙事学的批判者和取代者的面目出现，旨在将叙事学研究语境化和性别化。然而，叙事学研究可分为叙事诗学（结构模式）、作品阐释（具体批评）、叙事认知规律探讨、不同媒介/领域/体裁叙事之（比较）研究和叙事结构的历史发展探讨等不同类别。叙事诗学构成经典叙事学的主体，它和作品阐释在与社会语境的关系上迥然相异，类似于语法与言语阐释之间的不同。就叙事诗学而言，倒叙与预叙的区分，外视角与内视角的区分，直接引语、间接引语、自由间接引语之间的区分等都是对叙事作品共有结构的区分，进行这些区分时无须考虑社会历史语境。后经典叙事学对叙事结构或技巧的区分和界定实际上都是脱离语境进行的（只是将具体文本作为说明结构特征的实例），实质上是对经典叙事诗学的发展和补充。经典叙事学的真正缺陷是：在阐释具体作品时，仍然将作品与包括性别、种族、阶级等因素在内的社会历史语境隔离开来，而作品的意义与其语境是不可分离的。女性主义叙事学的真正贡献在于结合性别和语境来阐释作品中叙事形式的主题意义。由女性主义叙事学、修辞性叙事学、认知叙事学等多种派别构成的后经典叙事学在分析中大量采用了经典叙事诗学的模式和概念，并发展了相关理论，对经典叙事诗学起了"曲线相救"的作用。20世纪90年代以来后经典叙事学在西方尤其是北美的蓬勃发展打破了80年代初西方流行的叙事学行将死亡的预言。经典叙事诗学构成后经典叙事学的重要技术支撑。若经典叙事诗学能不断发展和完善，就能推动后经典叙事学的前进步伐；而后者的发展也能促使前者拓展研究范畴。这两者构成一种相辅相成的关系。

改革开放以来，经历了多年政治批评的中国学界欢迎客观性和科学性，重视形式审美研究，为经典叙事学提供了理想的发展土壤。在西方经典叙事学处于低谷的90年代，国内的经典叙事学翻译和研究却形成了高潮，90年代后期还出现了以杨义先生的《中国叙事学》为代表的本土叙事学研究的热潮，旨在建构既借鉴西方模式，又有中国特色的叙事理论。学者们将西方的经典叙事学与我国的叙事研究传统相结合，取得了不少成果。越来越多的大学开设了叙事学方面的课程。对于我国长期以来忽略叙事形式的"内容批评"来说,叙事学研究无疑是一种有益的补充。批评理论在这一方面的扩展、深化和更新也必然对我国的叙事作品创作产生积极的影响。

国内学界近来较为关注中国本土的叙事学与西方叙事学之间的关系。我们不妨从研究对象入手,来看看这一问题。就文学而言,我国的叙事学研究主要有以下三种不同的研究对象:(1)中国古典叙事文学;(2)中国现当代叙事文学;(3)外国叙事文学。中国古典叙事文学深深植根于中国的文化土壤,有很强的中国特色。要研究中国古典叙事文学,必须建立从中国文化出发的中国叙事学。在这方面,杨义先生和其他很多学者做了卓有成效的工作。中国现当代叙事文学在不同程度上受到了西方文学和文化的影响,借鉴了很多西方的叙事结构和技巧,西方叙事学的研究模式在这一范畴中也就有了较大的相关性和适用性。在研究中国现当代叙事文学的时候,一方面需要充分考虑中国特色,建立符合中国现当代文学实际的模式,另一方面也可充分借鉴西方有关叙事学研究模式。在我国叙事学研究领域,也有不少学者属于外语院系或外国文学研究单位。如果研究的是西方叙事文学,最适用的研究模式则是西方叙事学。但中国的叙事理论对于西方叙事文学的研究来说,也是一个很好的参照系,具有很好的参考和借鉴作用。我们知道,尽管古今中外的叙事文学具有不同的文化渊源和表现形式,但不少结构技巧是相通的,譬如"视角"的应用在古今中外的叙事文学中就有较大的相通性,这为中外叙事学的相互促进和相互沟通提供了一种平台。中国当代叙事学是在西方当代叙事学的影响下开始建设的,同时也希望中国叙事学的研究成果能够通过翻译介绍走向世界。总之,我们需要大力建设中国叙事学,以便更好地阐释中国叙事文学,尤其是中国古典叙事文学,同时也可通过学术交流,为外国的叙事学研究提供一种参照。此外,我们也需要不断引进和改进外国叙事学的研究成果，这不仅是我国的外国叙事文学研究的需要，而且也可为中国叙事学的建设提供参考，为研究中国文学尤其是现当代文学中的相关结构技巧提供分析模式。

由于政治文化氛围的不同和文学评论发展道路的相异，国内的叙事学研究相对于西方学界呈现出反走向，经典叙事学研究经久不衰，后经典叙事学研究却迟迟未得到足够的重视。有关译著和论著往往局限于20世纪80年代中期以前的西方经典叙事学，在很大程度上忽略了90年代以来西方的后经典叙事学。在这次全国首届叙事学研讨会上，与会代表围绕经典叙事学与后经典叙事学的关系展开了热烈的讨论，就如何促进后经典叙事学在国内的发展交流了看法。一方面认识到从事结构模式研究的经典叙事诗学并没有过时，另一方面认为在阐释具体作品时应注意摆脱经典叙事学的局限性，注意借鉴后经典叙事学的开阔视野和丰硕成果，这对经典叙事诗学和后经典叙事学在我国的携手并进有很好的促进作用。

这次会议议题很广，涉及叙事研究的方方面面，既有对中国叙事研究传统的继承和发展，又有对西方叙事学研究成果的借鉴和审视，体现了当前我国叙事研究的广度和深度。我国的叙事学研究正在逐步与国际叙事学研究接轨。就西方学界而言，2000年美国《文体》杂志夏季刊登载了布赖恩·理查森对于西方叙事研究的如下判断："叙事理论正在达到一个更为高级和更为全面的层次。由于占主导地位的批评范式已经开始消退，而一个新的（至少是不同的）批评模式正在奋力兴起，叙事理论很可能会在文学研究中处于越来越中心的地位。"就我国学界而言，当代叙事学研究在经历了二十多年的发展历程之后，也正在达到一个"更为高级和更为全面的层次"，预计将在文学研究中占据越来越重要的地位。

在福建召开的首届全国叙事学学术研讨会为我国叙事学研究者今后

的定期聚会交流做了一个很好的铺垫，这种定期交流将大大推进我国叙事学教学与研究事业的发展。在这第一本会议论文集出版之后，相信陆续会有会议论文集问世，也会有更多的叙事学研究的专著和论文面世。在新世纪里，我国的叙事学教学与研究事业一定会更加兴旺发达。

申 丹

2005年2月于北京大学畅春园

《叙事学研究：第二届全国叙事学研讨会暨中国中外文艺理论学会叙事学分会成立大会论文集》序

改革开放以来，我国的叙事学教学与研究取得了长足进展。2004年12月，在福建东南花都召开了首届全国叙事学研讨会，对叙事学的发展起到了很好的促进作用。2005年11月，在华中师大外国语学院，举行了"第二届全国叙事学研讨会暨中国中外文艺理论学会叙事学分会成立大会"。来自全国各地高等院校和科研单位的近百名学者相聚一堂，展开了热烈的交流研讨。会议的主要议题包括叙事学在国内外的建设与发展、叙事理论的重新审视、跨学科叙事学研究、中外叙事作品分析、作品的互文比较、非文字媒介的叙事研究、叙事理论和叙事形式的发展史、全球化语境中的叙事学研究等。会议议题很广，涉及叙事研究的方方面面，既有对中国叙事研究传统的继承和发展，又有对西方叙事学研究成果的借鉴和审视，体现了当前我国叙事学研究的广度和深度。经过主办方和与会代表的共同努力，会议达到了预期的目的，开得圆满成功。会议论文集即将由武汉出版社出版[1]，可喜可贺。

近年来，在西方有一种舆论，宣称"理论的死亡"或"理论的终

---

[1] 乔国强主编：《叙事学研究：第二届全国叙事学研讨会暨中国中外文艺理论学会叙事学分会成立大会论文集》，武汉出版社，2006年。

结"。著名英国学者特里·伊格尔顿是这种舆论的带头人。他目前为曼彻斯特大学的文化理论教授。有趣的是,我在他的网页上,读到了以下文字:"'纯粹的'文学理论,如形式主义、符号学、解释学、叙事学、精神分析、接受理论、现象学等等,近来很受冷落,因为人们的兴趣集中到了一些更为狭窄的理论问题上,希望能欣喜地看到对这些学科之兴趣的回归。"叙事学在英国的确较受冷落,然而,我们应该看到,叙事学一直在一些西方国家,尤其是北美蓬勃发展(进入新世纪以来呈现出更为旺盛的发展势头),只是已经不再"纯粹"罢了。叙事学在西方和中国都已经从"纯粹的"形式主义批评方法拓展为将形式结构与社会语境和读者认知等因素相联的批评方法。此外,叙事学越来越注重非文字媒介、大众文学和非文学话语等。20世纪80年代以来,正是这种"杂糅性"使叙事学在西方新的历史语境中得以生存和发展。在这次研讨会上,也可看到当前国内叙事研究的丰富性和杂糅性。与此同时,经典叙事诗学一直在持续不断地向前发展。值得注意的是,国内外学界对于脱离语境的叙事诗学与结合语境的叙事批评这两者之间互补共存的关系缺乏清醒的认识。我曾在国内的《外国文学评论》2003年第2期上发文探讨过这一问题,我另一篇专门探讨这一问题的英文论文即将在美国的《叙事理论杂志》上面世。这次研讨会的论文也体现了经典叙事诗学和语境化叙事批评的互为促进和共同发展。

　　无论是理论探讨还是批评实践,我国的叙事学研究都在拓展广度和深度,预计将在教学与研究中占据越来越重要的地位。本论文集较为集中地体现了国内叙事学研究的新进展,相信它的出版会对国内叙事学领域的进一步发展起到积极的促进作用。

申　丹
2006年1月于北京大学畅春园

《叙事学研究：理论、阐释、跨媒介》序

2011年的金秋十月，"中国中外文艺理论学会叙事学分会第三届国际会议暨第五届全国叙事学研讨会"在秀丽的岳麓山下、湘江之滨召开。来自美国、法国、比利时和国内高校以及科研机构的一百二十余名会议代表以强烈的兴趣、极大的热情投入会议研讨。他们分别就"叙事学理论探讨""中国叙事传统研究""非文字媒介和非文字叙事研究"及"用叙事学方法重新阐释叙事作品"等主题发表了自己富有建设性的见解。会议时间虽然短暂，但成功达到了交流成果、沟通感情、促进叙事学研究发展的预期目的。由邓颖玲教授主编的这次研讨会的论文集即将出北京大学出版社出版，可喜可贺。

近年来，国内外的叙事学研究均呈现出更加旺盛的发展势头。我在2007年南昌叙事学会议的开幕词中曾提到西方叙事学研究的一些新发展。最近在中国知网上搜索了一下，发现这些特点也突出地反映在近期中国的叙事学研究中，譬如从新的角度切入对文学叙事的探讨，关注不同媒介和非文学领域叙事，注重跨学科研究，等等。这些特点在本次的会议研讨和本论文集中也可以看到。国内的叙事学研究正在从广度和深度两方面更好地与国际前沿接轨。当然我们的叙事学研究也很有中国特色。

这次的大会发言有两大板块，一是西方著名叙事学家给我们带来的国际学界的新动向和新方法，另一是中国学者对中国叙事传统的研究，还有比较中西叙事学的论文，既有国际性，又有中国特色。中国学者分组讨论的论文也是如此。我在网上检索时，也看到这些年国内出现了更多的研究叙事学的硕士和博士论文，研究范围非常广，并有一定深度。这从一个侧面说明叙事学研究后继有人。这次的与会代表中也有不少青年学者，他们是叙事学研究的新的生力军，代表了叙事学研究的未来。

这次会议的东道主湖南师范大学，尤其是承担具体工作的湖南师范大学外国语学院的领导、老师和同学对本次会议高度重视，提供了大量人力、物力和财力，进行了长期筹备，做了很多艰苦细致的工作。这是对中国叙事学事业发展的重大贡献。借此机会特别感谢这次会议的东道主为大会的成功举办所做的精心准备和周到安排。

虽然由于篇幅和版权所限，本文集只是收入了本次研讨会上宣读的部分论文，但依然很好地体现了这次国际研讨会论文的前沿性和广阔性。这次研讨会的成功和本论文集的出版一定会对我国叙事学事业的发展产生深远的影响。在新世纪里，我国的叙事学教学与研究一定会更加兴旺发达。

申　丹
2013年初春于燕园

"新叙事理论译丛"总序

"新叙事理论"指的是20世纪90年代以来西方的后经典或后现代叙事理论。近二十年来,国内翻译出版的基本都是西方学者著于20世纪70至80年代的经典叙事理论,忽略了"新叙事理论"这一范畴。本译丛旨在帮助填补这一空白。[1]

1999年秋美国俄亥俄州立大学出版社推出了一部新叙事理论的代表作《新叙事学》(*Narratologies*),该书主编戴卫·赫尔曼采用了"叙事学的小规模复兴"这一短语,来描述20世纪90年代以来西方文学界,尤其是美国文学界对叙事理论研究兴趣的回归。但这绝不是简单的回归循环,而是对结构主义叙事学批评的反思,对结构主义叙事诗学的拓展和创新。

经典结构主义叙事学于20世纪60年代中期产生于结构主义发展势头强劲的法国,但很快就扩展到其他国家,成为一股国际性的文学研究潮流。与传统小说批评相对照,经典叙事学将注意力从文本的外部转向文本的内部,注重科学性和系统性,着力探讨叙事作品内部的结构规律和各种要素之间的关联。众多叙事学家的研究成果深化了对小说的结构形

---

[1] 这一译丛由北京大学出版社于2002年开始推出。

态、运作规律、表达方式或审美特征的认识,提高了欣赏和评论小说艺术的水平。然而,作为以文本为中心的形式主义流派,经典叙事学在阐释作品时,有明显的局限性,尤其是它在不同程度上隔断了作品与社会、历史、文化环境的关联。这种狭隘的批评立场无疑是不可取的,但其研究叙事作品的建构规律、形式技巧的模式和方法却大有值得借鉴之处。我在《外国文学评论》2003年第2期上发表了《经典叙事学究竟是否已经过时?》一文,后又在美国的《叙事理论杂志》2005年第2期上发表了《语境叙事学与形式叙事学缘何相互依存》一文,说明经典叙事诗学并没有过时,它与后经典叙事学之间存在互为滋养、相互促进的三重对话关系。令人遗憾的是,西方批评界往往从一个极端走向另一个极端。20世纪80年代初以来,不少研究小说的西方学者将注意力完全转向了意识形态,转向了文本外的社会历史环境,将作品视为一种政治现象,将文学批评视为政治斗争的工具。他们反对小说的形式研究或审美研究,认为这样的研究是为维护和加强统治意识服务的。在这种"激进"的氛围下,叙事学研究受到了强烈冲击。

世纪之交,越来越多的学者意识到了一味进行政治批评和文化批评的局限性,这种完全忽略作品艺术规律和特征的做法必将给文学研究带来灾难性后果。他们开始再度重视对叙事形式的研究,认为小说的形式研究和小说与社会历史环境之关系的研究不应当互相排斥,而应当互为补充,从而出现了对叙事理论研究兴趣的回归。近年来叙事理论研究的复兴有以下一些特点:其一,在分析文本时,较为注重读者和社会历史语境的作用。其二,有的学者从新的角度切入一些叙事现象,拓展了对叙事运作方式和功能的认识。其三,有的学者聚焦于偏离规约的叙事现象、新的叙事(次)文类,以及以往被忽略的叙事现象和叙事文类。面对现有的结构模式所无法涵盖的叙事现象,学者们会提出新的概念或建构新的模式来予以描述和分析,这是对经典叙事诗学的补充和发展。在将已有的概念运用于新的叙事文类时，也往往会赋予其不同的重点，强调叙事结构在该文类中的不同意义。其四，关注不同媒介和非文学领域，电影、音乐、歌剧、法律、人物像、古典器乐、数字化叙事等均进入了研究视野。其五，重新审视经典叙事学的一些理论概念，例如"故事与话语的区分""叙事性""叙述者的不可靠性""隐含作者""受述者"等。其六，注重叙事学的跨学科研究，越来越多的叙事理论家有意识地从其他学科吸取有益的理论概念、批评视角和分析模式，以求扩展研究范畴，克服自身的局限性。

西方叙事理论的"盛—衰—盛"发展史从一个侧面表明，尽管西方每一个时期几乎都有一个占据主导地位的理论流派，但并不是一个简单的"你方唱罢我登台"的替代史。当今，西方的文学批评理论呈现出一种多元共存的态势。其实，任何一种理论和批评模式都有其合理性和局限性，尤其在关注面上，都有其重点和盲点，各个批评理论流派之间往往呈现一种互为补充的关系。美国的《文体》杂志第34卷第2期（2000年夏季刊）发表了以"叙事概念"为主题的专刊，布赖恩·理查森为该专刊撰写了导论，该文最后的结论是："叙事理论正在达到一个更为重要、更为复杂和更为全面的层次。由于后结构主义已经开始消退，而一个新的（至少是不同的）批评范式正在努力占据前台，叙事理论很可能会在文学批评研究中处于越来越中心的地位。"但在我们看来，取代并非理想，是否占据中心也并非重要。文学研究的发展呼唤互补互惠、多元共存。希望在新的世纪里，叙事理论在文学研究的百花园里，会更加茁壮地成长，更加绚丽地开放。

中国的文学研究界在经历了多年政治批评之后，改革开放以来，欢迎客观性和科学性，重视形式审美研究，为新批评、文体学、叙事学等各种形式批评学派提供了理想的发展土壤。20世纪80年代末至90年代中，美国叙事学研究处于低谷之时，国内的叙事学研究却形成了一个高潮。一方面国内学者叙事学方面的论著不断问世,另一方面西方叙事学家著于70和80年代的作品也不断以译著的形式在中国出现,其中包括热拉尔·热奈特的《叙事话语,新叙事话语》(中国社会科学出版社,1990),华莱士·马丁的《当代叙事学》(北京大学出版社,1990),施洛米丝·里蒙－凯南的《叙事虚构作品:当代诗学》(厦门大学出版社,1991),米克·巴尔的《叙述学:叙事理论导论》(中国社会科学出版社,1995)。尤其令人欣喜的是,似乎与美国叙事学的复兴遥相呼应,近些年来,在国内出现了以杨义的《中国叙事学》(人民出版社,1997)为代表的本土叙事学研究的热潮,旨在建构既借鉴西方模式,又有中国特色的叙事理论。但国内的研究有一个问题,颇值得引起重视:无论是译著还是与西方叙事学有关的论著,往往局限于20世纪80年代末以前的西方经典叙事学,忽略了90年代以来西方的"新叙事理论"。诚然,对于后经典或后现代叙事理论的研究应当以对经典叙事学的研究为基础。以前,在国内对于经典叙事学尚未达到较好的了解和把握的情况下,集中翻译和研究经典叙事学无疑有其必要性和合理性。但从现在开始,应该拓展视野,对近十多年来西方新的叙事理论展开翻译和研究。

正是在这一背景下,"未名译库:新叙事理论译丛"应运而生了。我们编选的这套译丛首批共五种。第一种为解构主义叙事理论的代表作:希利斯·米勒的《解读叙事》(1998)。第二种为女性主义叙事理论的代表作:苏珊·S.兰瑟的《虚构的权威》(1992)。第三种为修辞性叙事理论的代表作:詹姆斯·费伦的《作为修辞的叙事》(1996)。第四种为多种跨学科叙事理论的代表作:戴卫·赫尔曼主编的《新叙事学》(1999)。值得一提的是,"Narratology"(叙事学)这一名词一直被视为不可数名词,但这本书的书名却采用了该词的复数形式,这旨在强调书中叙事研究方法的多样性,这些研究方法基本都是将叙事学与其他学科相结合的产物,具有很强的跨学科性质。第五种为后现代叙事理论的代表作:马克·柯里的《后现代叙事理论》(1998)。现在我们又奉上第六种《当代叙事理论指南》(2005),这是一部集大成的优秀著作,很好地体现了当前西方叙事理论的基本特点和发展趋势。除了中途因故退出的米克·巴尔和不能用英语写作的热奈特之外,我国读者熟悉的著名叙事理论家几乎全部加盟这部著作的写作。约稿的高层次、质量的严把关使这部著作成为目前国际上"能够得到的最好的"叙事理论导论。总的来说,"新叙事理论译丛"集后经典叙事理论之精华,是对我国二十多年来引进的西方经典叙事理论的不可或缺的重要补充。这些译著代表了新叙事理论的各种研究派别,角度新颖,富有深度,很有特色,为拓展思路、深化研究提供了极好的参照。希望在未来一段时间里,有更多的新叙事理论的译著和论著问世;同时也希望在建构中国叙事学时,能适当借鉴西方的后经典或后现代叙事理论。

在这套译丛的编选翻译过程中,我们得到了北京大学出版社的鼎力相助,尤其感谢张文定副总编和张冰编审的大力支持。国内外许多学者和朋友给予了热情鼓励和帮助。美国叙事文学研究协会前主席、《叙事》杂志主编詹姆斯·费伦教授直接参与了这套译丛的选材。汪民安教授在本译丛当初的策划过程中,予以了热情支持。周靖波教授拨冗阅读了前五种译著的初稿,提出了宝贵意见。学者们认为这套丛书在国内具有填补空白的作用,必将受到读者的欢迎,对国内叙事理论研究的进一步发展,应能起到较强的推进作用。前五种译著出版后产生了较大影响,证实了这种预言的正确。

谨将这套丛书奉献给我国日益增多的叙事理论研究者和爱好者。由于编者水平有限,不足之处,敬请专家学者不吝指正。

申　丹
第一稿2001年秋于燕园
第二稿2007年夏于燕园

《文体学：中国与世界同步》序

进入21世纪以来，具有跨学科优势的文体学在国内外都呈现出更加旺盛的发展势头。在国外，文体学在英国、欧洲大陆和澳大利亚等文体学的坚固领地不断向前推进。在美国文体学曾一度先盛后衰，现也出现了逐渐复兴的迹象。这主要是因为近年来美国激进的学术氛围有所缓解，作品的形式研究逐渐受到重视，被叙事学所忽略的语言层面也得到了更多的关注。在国内，改革开放以来，文体学得到了长足发展。20世纪八九十年代，文体学在西方（主要是在美国）受到政治文化批评和解构主义的双重冲击，在国内则幸运地遇到了适宜的学术氛围：在经历了长期的政治批评之后，中国的学术界注重作品的形式审美研究，欢迎科学性和客观性，教学界（尤其是外语教学界）则看重工具性和实用性，而文体学十分符合这些需求。国内很多大学陆续开设了文体学课程，有的培养出文体学方向的硕士和博士，越来越多的文体学著述在杂志上发表或成书出版。世纪之交，中国的文体学研究者开始筹备成立全国性的文体学研究团体，得到了中国修辞学会王德春会长和常务理事会的大力支持。2004年在河南大学召开的第四届全国文体学研讨会上，隶属于中国修辞学会的文体学研究会宣告成立。由中国文体学研究会主办，清华大学、北京大学承办的首届文体学国际会议暨第五届全国文体学研讨会于2006年6月16—18日在清华大学召开。来自英国、美国、加拿大、澳大利亚、意大利、中国内地和香港地区的一百三十多名代表汇聚一堂，主要就以下议题展开了热烈研讨：(1) 文体学作为学科在国内外的建设与发展；(2) 普通文体学/文学文体学/理论文体学；(3) 文体学各流派理论模式及方法论；(4) 文体学与相邻学科；(5) 文体学与文本阐释；(6) 语言各体特征；(7) 文学各体裁风格；(8) 文体学与外语教学：文体学作为学科的教学和用文体学方法教授外语的教学；(9) 文体学应用研究前景等。在外语教学与研究出版社的大力支持下，由刘世生、吕中舌、封宗信三位教授主编的会议论文集即将付梓[1]，可喜可贺。

　　作为中国文体学研究会成立以来的首届国际学术会议，西方知名文体学家的参与构成了这次研讨会的一个突出特色。他们的大会发言带来了国际前沿的新视角和新方法。但由于版权规定的限制，本论文集仅收入了与会西方学者三篇论文的全文，其他的则收入了较为详细的论文摘要（其全文请见已经出版或将要出版的相关西方书刊），我们从中可以了解到他们发言的基本内容和主要特点。本届会议的另一特色是"认知转向"。20世纪90年代以来，西方文体学、语言学、叙事学等领域均发生了"认知转向"。这两年国内对认知的关注急速升温，与2004年在河南大学召开的研讨会相比，本届会议上认知文体学论文的比例有大幅增长。在本届会议上，功能文体学的论文也为数不少。功能文体学一直是我国文体学研究的主流方向之一，有的研究成果达到了国际先进水平。本论文集收录的有的国内学者的功能文体学论文已在西方权威杂志上发表。文体学（各个分支）作为学科的发展和文体学对英语教学的意义也

---

[1] 刘世生、吕中舌、封宗信主编：《文体学：中国与世界同步——首届国际文体学学术研讨会暨第五届全国文体学研讨会论文选》，外语教学与研究出版社，2008年。

是本次会议上的两个主要关注点。除了诗歌和小说这些文体学的传统关注对象，会上有不少论文探讨戏剧和非文学语域乃至非印刷媒介的文体，关注其语言的审美效果、修辞效果或语言隐含的权力关系。有的论文还注重对不同语言或不同文本之间的文体进行比较。无论是在国内还是在国外，越来越多的文体学家将是否能对文本阐释做出新的贡献视为衡量文体分析是否成功的重要标准。这是面对严峻的挑战而做出的一种回应。有的批评家之所以排斥文体学，主要是认为文体学分析不能带来新的阐释，而只是为已知的理解提供一种"伪科学"的证据。面对这种局面，文体学家旨在证明文体学能够提供有力的阐释模式。会上有不少分析具体文本的论文在阐释方面有可喜的进展。

虽然由于篇幅和版权所限，本文集仅仅收入了本次研讨会上宣读的部分论文，但依然很好地体现了这次国际研讨会论文的前沿性和广阔性。借此机会特别感谢为这次研讨会做出了最大贡献的清华大学外语系。也特别感谢远道而来的国外文体学家对中国文体学事业的大力支持。这次研讨会的成功和本论文集的出版一定会对我国文体学事业的发展产生深远的影响。

申　丹
2007年春于燕园

《文体学研究：回顾、现状与展望》序

　　诞生于20世纪初、兴盛于六七十年代的文体学，在进入新世纪以来又不断取得新的进展。作为国际文体学大本营的"诗学与语言学协会"（PALA）的会刊《语言与文学》近期登载了彼得·斯托克韦尔的一篇回顾性论文[1]，文中解释了文体学能不断扩大影响的原因。在斯托克韦尔看来，最为重要的原因在于文体学的实用性。由于文体学提供一种脚踏实地、切实可行的分析方法，因此在第二语言教学、应用语言学、现代语言研究、文学研究等系科都得以讲授推广。这种实用性也使文体学得以避免文学领域各派理论之间互相排斥、争辩不休的局面[2]，在基本享有共识的基础上发展出一些具体分析模式。在《反对理论》一文中[3]，纳普和迈克尔斯将文体学置于他们反对的范围之外，因为在他们看来，这种学科属于实证性质，对于教学与研究有较大的实际意义。

　　文体学的实用性无疑也是其在中国得以取得长足发展的重要原因。

1　Peter Stockwell, "The Year's Work in Stylistics 2007," *Language and Literature* 17.4 (2008): 351–363.

2　参见 Dan Shen, "The Future of Literary Theories: Exclusion, Complementarity, Pluralism," *ARIEL: A Review of International English Literature* 33 (2002): 159–169。

3　Steven Knapp and Walter Benn Michaels, "Against Theory," *Critical Inquiry* 8 (1992): 723–742.

此外，中国学术界在经历了多年政治批评之后，改革开放以来，欢迎客观性和科学性，重视形式审美研究，这都为文体学提供了理想的发展土壤。20世纪八九十年代，文体学在西方（尤其是在美国）受到政治文化批评和解构主义的双重冲击，在国内则幸运地遇到了适宜的学术氛围。1985年原教育部外语专业教材编审委员会制订了《高等院校英语专业〈英语文体学〉教学大纲》，把文体学正式纳入了英语专业教学计划，各高校陆续开设了文体学课程，越来越多的学者和硕士、博士研究生从事文体学方向的研究。2004年隶属于中国修辞学会的文体学研究会宣告成立。两年之后，由研究会主办、清华大学和北京大学联合承办的首届文体学国际会议暨第五届全国文体学研讨会在清华大学成功举行。2008年10月，由研究会主办、上海外国语大学承办的第二届文体学国际会议暨第六届全国文体学研讨会胜利召开。

来自国内外九十多所高校的一百四十余名代表参加了在上外举行的研讨会。英国、美国、荷兰、日本和国内著名高校的十名教授做了大会报告，一百二十余名国内外代表在四个分会场宣读了论文。进入新世纪以来，认知文体学研究在国内外都是发展最快的新兴文体学领域，也构成了这次研讨会的一大热门话题。西方认知文体学的领军人物之一迈克尔·伯克做了"认知文体学：历史、发展与目前的应用"的大会报告。紧接着，胡壮麟教授在以"有关认知文体学的若干认识"为题的大会发言中，质疑了认知文体学的某些方面，展示出中国学者不盲目跟着潮流走，而是对一些问题进行自己的深层次思考。近年来，"计量文体学"（"计算文体学""语料库文体学"）这一流派在西方发展迅速，其一大长处在于可以借助计算机对较长的文本和大量的文字（如长篇小说或一个报刊上的所有文章）展开文体分析。但20世纪60年代以来不断有学者挑战这种文体学研究，认为借助于计算机的计量方法较为机械，难以真正帮助进行文学阐释。从事计量文体学研究的学者近来努力应对这种挑战，力争在文学文体研究中展示计算机分析方法的优越性。在这次研讨会上，西方计量文体学的代表人物之一戴维·胡佛做了"计量文体学研究方法"的大会发言，展示出这种方法在系统分析作者的文体变化、不同叙述者的不同文体等方面的优越性。然而，在提问中，中国学者质疑了这种计算机计量方法在阐释作品微妙的深层主题意义方面的作用。如果说中西方学者的交锋和对话是这次研讨会的一个亮点的话，研讨内容的丰富和广泛则是这次研讨会的一个特色。在两天的研讨中，代表们就文体学在国内外的建设和发展、文体学与相邻学科、文体学各流派理论模式及方法论、语言各语体特征、文学各体裁风格、文体学与外语教学、文体学应用研究前景等各种议题展开了热烈的研讨。正如会议纪要所言[1]，从会议代表的发言来看，国内外学者的研究范围既有理论探索，又有应用研究；既有文体学纵深研究，又有文体学跨学科研究，他们的研究在广度和深度上均有很大提高。我们要借此机会特别感谢这次会议的东道主上海外国语大学英语学院，感谢该院为大会的成功举办所做的精心准备和周到安排。也特别感谢远道而来的国外文体学家对中国文体学事业的大力支持。

在上海外语教育出版社的大力支持下，中国修辞学会文体学研究会决定推出"文体学研究论丛"系列图书。丛书的第一本即为俞东明教授主编的这次研讨会的文集。[2] 文集不仅精选会议上宣读的论文，而且还应出版社的策划要求，收入了国内外权威期刊近期发表的论文，如美国的文体学顶级期刊《文体》、英国的文体学顶级期刊《语言与文学》以及

---

[1] 俞东明：《2008文体学国际研讨暨第六届全国文体学研讨会会议纪要》，《外国语》2008年第6期封底。
[2] 俞东明主编：《文体学研究：回顾、现状与展望》，上海外语教育出版社，2010年。

我国《外国语》上的多篇论文。经过主编和各位编者的辛苦努力，现在"文体学研究论丛"之一——《文体学研究：回顾、现状与展望》即将付梓，可喜可贺。我们相信这套丛书的出版必将对我国文体学事业的发展起到较大的推动作用，产生深远的影响。

申 丹

2009年春于燕园

《文体学研究：探索与应用》序

2010年上海外语教育出版社推出了由中国修辞学会文体学研究会策划、俞东明教授主编的"文体学研究论丛"的第一辑，论丛的第二辑《文体学研究：探索与应用》[1]也很快要与读者见面了。近两年来，国际和国内的文体学研究都取得了新的进展。在国内，文体学研究以两个不同的范式展开，一是以中文系学者为主体的中国"传统"文体学研究，二是以外文系学者为主体的"西式"文体学研究。尽管都用了"文体学"一词，但两者的关注对象很不一样。在前者眼里，"文体"主要是指文学体裁（或文类）的语言和结构特征，此类"文体学"研究聚焦于体裁区分、体裁规范、对体裁界线的跨越（变体），以及体裁的发展演变。即便考察对象是一个文本，关注的也是文本特征如何反映或偏离体裁规范，以及这种偏离如何对体裁发展做出了贡献。诚然，改革开放以来，有不少中文系的学者（尤其是中青年学者和研究生）受到了西方文体学的影响，有的撰文把西方文体学介绍给中国学者，有的在自己的研究中借鉴了西方文体学对作品语言的关注，但一般没有像西方文体学那样采用现

---

[1] 于善志主编：《文体学研究：探索与应用》，上海外语教育出版社，2012年。

代语言学的模式来进行语言特征研究，而且很多学者做的文体学研究依然是以印象为基础的传统的体裁研究。也就是说，在我国的"文体学"研究领域出现了"两张皮"的现象。如何使国内的"西式"文体学研究和"传统"文体学研究更好地互相借鉴，互相促进，是我们下一步应该关注的一个问题。

改革开放以来，外语系的学者一般都在做"西式"文体学研究，即应用现代语言学的方法对作品的语言展开文体分析。我们知道，与传统的印象式文体研究相对照，西方当代文体学流派纷呈，如"功能文体学""话语文体学""批评文体学""文学文体学""语言学文体学""语用文体学""认知文体学""语料库文体学""教学文体学"等。然而，这些流派的区分是建立在不同标准之上的。"功能文体学""话语文体学""语用文体学""认知文体学"的区分，依据的是文体学家所采用的语言学模式，"语料库文体学"（"计算文体学"）的判断依据则是所采用的统计学或计算机辅助的方法。与此相对照，对于"文学文体学""语言学文体学""批评文体学"等文体学分支的区分则主要以研究目的为依据。文学文体学旨在更好地阐释文学作品，语言学文体学旨在对语言学理论的发展做出贡献，批评文体学则以揭示语篇的意识形态为己任。值得注意的是，"文学文体学"的区分也可能仅仅以分析对象为依据，将分析文学作品的文体研究视为"文学文体学"。对于"教学文体学"的区分也往往有两方面的依据，一是以改进教学为目的，二是以教学为范畴。由于这些不同标准的共存，模糊和复叠的现象在所难免。在编文体学论文集时，有一种非常简便的划分法，即不考虑不同文体学流派的区分，仅仅依据研究对象来对论文进行分类。英国文体学家玛丽娜·兰布鲁和彼得·斯托克韦尔主编的《当代文体学》论文集[1]将论文仅分为三

---

[1] Marina Lambrou and Peter Stockwell, eds., *Contemporary Stylistics*, London: Continuum, 2008.

类:"研究散文的文体学""研究诗歌的文体学""研究对话和戏剧的文体学";英国的丹·麦金太尔和德国的比阿特丽克斯·巴斯主编的《语言与文体》论文集[1]也仅将论文分为三类:"研究诗歌的文体学""研究戏剧的文体学""研究叙事虚构作品的文体学"。在每一类中,不同文体学流派都混合共存。像这样仅仅依据研究对象来分类,对主编来说无疑非常方便,然而,对想了解不同文体学流派的读者来说,则十分不便。在编本论文集的目录时,于善志教授几易其稿,最后采取了按流派区分的方法。这样做,有利于国内的读者更好地看到不同流派的研究方法,但同时我们也知道,一篇文体学论文往往可以根据不同的标准而划归不同的流派。近年来,语料库的方法在文体学研究中被越来越多地采用,为了突出这种方法,采用了语料库方法的迈克尔·图伦和杨信彰教授的论文都被收入"语料库文体学"。如果根据研究对象进行区分,图伦教授的论文会被收入"文学文体学",而如果根据语言学模式加以区分,杨信彰教授的论文则会被收入"功能文体学"。总之,由于一篇论文的不同属性,采用任何一种标准的区分都难免"以偏概全"。

　　本集中的论文有两个来源,一是英国的《语言与文学》、美国的《文体》和国内的《外国语》上近期发表的论文,二是由中国修辞学会文体学研究会主办、宁波大学外国语学院承办的"2010文体学国际研讨会暨第七届全国文体学研讨会"的宣读论文(经过了作者的精心修改),后者构成稿源的主体。在这次研讨会上,来自国内外的代表不顾鞍马劳顿,以极大的热情和强烈的兴趣投入大会和分会场研讨。会上宣读了一百多篇论文,议题非常广泛,包括文学文体学、功能文体学、话语文体学、认知文体学、语用文体学、教学文体学、叙事文体学、文体学与翻

---

[1] Dan McIntyre and Beatrix Busse, eds., *Language and Style: In Honour of Mick Short*, New York: Palgrave Macmillan, 2010.

译、文体学与相邻学科、文体学各流派理论模式及方法论、语言各语体特征、文体学应用研究前景等。从会议代表的发言来看，国内外学者的研究在广度和深度上均有很大提高，研究的范围既有文体学理论探索，又有文体学理论的应用研究；既有文体学纵深研究，又有文体学跨学科研究。我们知道，近二三十年来英国一直是国际文体学研究的中心，这次研讨会请来了英国的三位著名文体学家米克·肖特、迈克尔·图伦和杰夫·霍尔做大会发言。他们的论文是本论文集的一个亮点。

由于篇幅和版权所限，本文集仅仅收入了本次研讨会上宣读的部分论文，但依然较好地体现了这次国际研讨会论文的前沿性和广阔性。借此机会特别感谢这次会议的东道主宁波大学外国语学院，感谢该院为大会的成功举办所做出的巨大贡献。也特别感谢上海外语教育出版社的大力支持。这次研讨会的成功和本论文集的出版一定会对我国文体学事业的发展产生深远的影响。

申　丹
2011年秋于燕园

《文体学研究：实证、认知、跨学科》序

世纪之交，尤其是进入21世纪以来，西方政治文化批评的势头减弱，对文本形式研究的兴趣回归。在美国，文体学在20世纪八九十年代曾走到低谷，进入新世纪以来逐渐复苏。文体学在西方其他不少国家发展势头一直较旺，在21世纪更加受到重视。2014年英美劳特利奇出版社和英国剑桥大学出版社前后推出文体学发展史上首部《文体学手册》，体现了文体学的成熟和兴旺发达。

在国内，改革开放以来，文体学取得了长足进展。20世纪八九十年代，当文体学在西方（主要是在美国）受到政治文化批评和解构主义等新潮的冲击时，在国内则幸运地遇到了适宜的学术氛围：经历了长期政治批评的中国学术界注重作品的形式审美研究，欢迎科学性和客观性，教学界（尤其是外语教学界）则看重工具性和实用性，文体学正好符合这些需求。国内很多大学陆续开设了文体学课程，培养出文体学方向的硕士和博士，越来越多的文体学著述在杂志上发表或成书出版。近几年来国内的文体学研究呈现出更加迅猛的发展势头。根据中国学术期刊网络出版总库的检索，2010年到2013年这四年期间，在国内发表的主题中包含"文体学"的文章共有899篇，而1980年到2009年这三十年间期刊网

上检索到的同样主题的文章为1592篇，也就是说，国内最近几年发表的文章超过1980年到2009年这三十年间所发表的文章一半的数量。

中国修辞学会文体学研究会自2004年成立以来，一直隔年举办文体学国际会议暨全国文体学研讨会，这对于推动文体学研究的发展和中外学者的学术交流起了较大作用。2012年10月，由文体学研究会主办、苏州大学承办的第四届文体学国际会议暨第八届全国文体学研讨会成功举办。在上海外语教育出版社的大力支持下，由苏晓军教授主编的这次研讨会的文选[1]即将付梓，可喜可贺。

来自中国、英国、比利时、加拿大、新加坡等国家的一百五十多名代表参加了本次会议。代表们就实证文体学、认知文体学、功能文体学、小说类文学文体分析、非小说类文学文体分析、语篇分析、语用文体学、语言变体、修辞与文体分析、叙事文体学、文体学与外语教学、文体学与翻译等议题展开了热烈的研讨。从会议代表的发言来看，国内外学者的研究在广度和深度上均有拓展，研究的范围既有理论探索，又有应用研究，既有文体学纵深研究，又有文体学跨学科研究。

文体学的实证研究是我国学者较为忽视的一个方面，本文集的前三篇论文聚焦于这一方面，分别出自在实证研究方面很有建树的威利·范·皮尔、戴维·迈阿尔和保罗·辛普森之手。威利·范·皮尔教授曾任国际文体学协会（PALA）的主席，是文体学实证研究的开创人和领军人物。2008年约翰·本杰明出版社出版了《实证文学研究的新方向：献给威利·范·皮尔》这一文集，其副标题显示出范·皮尔教授在实证研究方面的贡献和地位。戴维·迈阿尔教授也长期致力于实证研究，他2006年出版的《文学阅读：实证和理论研究》是第一部以实证方式来研究文学阅读的重要英语著作。保罗·辛普森教授是PALA的现任主席，他的论文将文体分析与实验认知心理学的方法相结合，来研究读者阅读作

---

1 苏晓军主编：《文体学研究：实证、认知、跨学科》，上海外语教育出版社，2014年。

品以及观众观看电影的过程，聚焦于叙事紧迫性，提出了研究叙事紧迫性的综合性文体分析模式。他的研究表明：系统关注文体技巧可以充实、重新界定，甚或挑战实验认知心理学的研究。辛普森的这篇论文具有较强的跨学科性质，本文集中的其他一些论文也是如此。

我们知道，20世纪90年代以来，在西方语言学、文体学、叙事学等领域均出现了"认知转向"。认知文体学成为带动文体学研究向前推进的一个龙头流派，这方面的论文也是本文集的一个重要组成部分；另外一个占较大比重的是文学文体学方面的论文。尽管文体学的研究范围早已拓展到文学之外，但文学文本依然是文体学研究的中心对象，在国内尤其如此。第一篇文学文体学的论文出自《语言与文学》期刊主编杰夫·霍尔教授之手。其独到之处是对文体学与文学批评的相互抵触进行了反思，指出了两者各自的局限性，说明两者应该以更加开放的态度，相互取长补短，以便通过跨学科的方式来更好地分析文学文本。功能文体学和语用文体学的新发展在本文集中也得到一定体现。文体学与翻译和教学的关系，也是本文集所探讨的一个方面。总之，本文集中的论文从不同角度对不同领域的文体进行了富有新意和颇有价值的探讨。

虽然由于篇幅和版权所限，本文集仅仅收入了本次研讨会上宣读的部分论文，但依然较好地体现了这次国际研讨会论文的前沿性和广阔性。借此机会特别感谢这次会议的东道主苏州大学外国语学院，感谢该院为大会的成功举办在人力、物力、财力等方面所做出的巨大贡献，尤其感谢苏晓军教授为本次会议所付出的大量心血。也特别感谢上海外语教育出版社庄智象社长对本文集出版的大力支持，感谢责任编辑周岐灵女士为本文集的出版所付出的诸多辛劳。这次研讨会的成功和本论文集的出版一定会对我国文体学事业的发展产生深远的影响。

申　丹

2013年秋于燕园

《连贯与翻译》序

王东风教授在英文博士论文的基础上，经过拓展、充实、修改而成的书稿《连贯与翻译》[1]即将付梓，可喜可贺。当年在报考北大博士生之前，东风寄来了他发表的几篇论文。从这些论文，尤其是发表在《外语教学与研究》上的《英汉语序的比较与翻译》一文中，我看到了他的研究潜力。进入北大以后，他在翻译领域刻苦钻研，不断进取。他的博士论文选题为《文学翻译的多维连贯性研究》，这是一个既具有前沿性又并非时髦的选题。

自20世纪60年代西方翻译研究借助当代语言学的快速发展，逐步走向学科化以来，这一领域出现了空前繁荣的局面，学者们借鉴了多种相关领域的研究成果，形成了各种跨学科的翻译研究派别。20世纪80年代以来，受文化研究大潮的影响，出现了翻译研究的文化转向，转为从历史文化的角度通过描写的方式来研究翻译问题。国内改革开放以来，翻译研究也得到了长足进展，西方"历时"诞生的纷呈不一的各种研究方

---

[1] 王东风著:《连贯与翻译》，上海外语教学出版社，2009年。王东风当时已经是翻译学界的知名学者，当选为中国英汉语比较研究会（一级学会）副会长，被聘为权威期刊《中国翻译》的编委，并任中山大学翻译学院常务副院长，因此本文未对他本人多做介绍。

法被近乎"共时"地引入国内。但也许跟国内学界经历了长期政治文化批评相关,"文革"后的中国学者关注客观性和科学性,尤为重视各种语言学翻译研究方法,这种情况在20世纪90年代中期依然没有多大改变。其实,即便在西方,虽然出现了翻译研究的文化转向,以广义上的语言学(尤其是超越了句子桎梏的语篇语言学等)为基础的翻译研究,依然构成了翻译的主流方向之一,与翻译的文化研究并驾齐驱。东风没有跟着西方文化转向的风头走,依然聚焦于语篇,但综合考虑了语境、读者等超语篇因素。他从"连贯"这一特定角度切入,借鉴多种分析模式,多层次和多维度地考察了以"连贯"为轴心的语篇内外的各种关系,系统探讨了小说翻译过程中连贯的解读和重构,旨在揭示在意义的组织和生成过程中,连贯所起的至关重要的作用。

本书是王东风的国家社科基金项目的研究成果。在将博士论文发展为本书稿的过程中,东风又潜心对翻译中的"连贯"问题展开了进一步探索。与前人为数有限的"连贯"研究相比,本书的研究在视野上有所开阔,在模式上有所拓展,在分析上有所深入,也更好地体现了多学科交叉渗透的特点。诚然,从任何一个角度来看翻译,都会有其特定的长处和局限性。从"连贯"的角度来看翻译,有的问题可以看得更深入、更清晰,还可以凸显相关因素之间的关联,但这一角度的视野也是有限的,跟其他角度构成互为补充的关系。翻译研究的繁荣,有赖于各种角度的共同推进,本书的研究构成"连贯"这一角度的一个可喜的进展。

东风在翻译研究领域不断取得新的成果,相信他会继续努力,为我国的翻译研究做出更大的贡献。

申 丹

2007年春于燕园

《历史的叙述与叙述的历史——拜厄特〈占有〉之历史性的多维研究》序

本书是程倩教授对博士论文加以修订和扩展而成的,是我国第一部公开出版的安·苏·拜厄特研究专著。[1] 作为她的导师,我见证了她博士论文写作的全过程,她的专注投入,她的刻苦钻研、不断进取给我留下了深刻印象。现在书稿即将付梓,我甚感欣慰。

拜厄特是英国当代文学的代表人物之一。她以丰富而卓越的小说创作享誉世界文坛,曾获英国女王所授CBE勋位之殊荣。其代表作《占有》获得了英语文学最高奖布克奖,在英语世界产生了轰动效应,现已被译成近二十种文字,畅销全球,在世界范围内产生了相当大的影响,甚至在北欧的思想文化领域引发了回溯本民族文化之源的潮流。拜厄特的创作浓缩了西方后现代文学的多元景观,构成当代西方文学评论界的一个研究热点。中国学界对拜厄特的创作进行研究,对她的影响进行评价无疑是很有必要的。但是在中国拜厄特可以说还鲜为人知,中国学者关注她的也为数不多,评论文章寥寥无几。国外的拜厄特研究虽已取得多方

---

[1] 程倩:《历史的叙述与叙述的历史——拜厄特〈占有〉之历史性的多维研究》,人民文学出版社,2007年。

面的突破，学术界对其人其作还存在较大争议，仍有很大的阐释空间。

程倩是国内较早的拜厄特研究者之一，她选取拜厄特小说创作的巅峰之作《占有》为研究对象，对之进行了富有新意和颇有价值的学术探索。本书有以下几个特点：其一，不是从某个单一的角度切入作品，而是对《占有》的丰富历史性进行多维度、多视角的探讨。本书运用叙事理论分析《占有》的历史叙事策略；采用巴赫金等人的互文对话理论读解拜厄特在历史与当下之间建构的种种对话和潜对话关系；借鉴弗莱等人的原型理论对作品的主题、人物和情节结构进行系统的神话原型解读，揭示《占有》所表现的人类历史的循环性和文学传统的延续性；最后从女性主义视角来探讨拜厄特在《占有》中所展现的女性生存历史，评价作者将女性传统与历史意识相结合的独特女性观。这种多视角的立体审视有助于较为全面地呈现出作品的多元文学景观。其二，程倩敏锐地提出《占有》的故事结构具有三个虚构历史时空，这一三分法有别于其他研究论著的两个时空的划分法。现有的批评在探讨《占有》的历史叙事时仅关注与20世纪末形成照应的维多利亚时代，忽略了神话表现的远古时代，未能揭示小说所实施的由当代向维多利亚时代再向人类早期的递进式历史回归。其三，她从作品的故事与话语的双向互动关系展开研究，揭示《占有》之历史叙事具有的故事的历史性和话语的历史性。这是认识《占有》的特定历史内容和独特艺术内涵的关键之处，却被以往的批评所遗漏，本书有意识地弥补了这种缺憾。

本书的部分内容曾以论文的形式发表在《外国文学评论》《北京大学学报（哲学社会科学版）》《国外文学》《外国文学》以及《译林》等刊物上，产生了一定影响。本书的出版将进一步帮助弥补国内拜厄特研究著述的不足。由于程倩主要是从叙事分析的角度展开探讨的，尽管揭示出了不少从其他角度难以看到的东西，但也受到这一角度的局限，留下了继续研究的很大空间。譬如，可以对拜厄特的作品展开后现代语境下的文化研究，分析其深层文化心理根源。这样，我们能够更全面、更充分地认识拜厄特的历史观。

  我期望程倩继续潜心于学术研究，以其勤奋、踏实与敏思，跋涉于学术之林而有所建树。

申 丹

2007年春于燕园

《历史话语的挑战者——库切四部开放性和对话性的小说研究》序

2003年诺贝尔文学奖得主、南非作家库切是当今国际以及国内的一个研究热点。但以往的研究主要从社会语境、后殖民主义、女性主义、互文性等角度展开，忽略了库切小说创作的一个重要方面：在他的大部分小说中，库切在揭露南非罪恶现实的同时，通过各种叙事策略和叙述技巧，以小说话语的开放性和对话性挑战了传统历史话语封闭独白的写作模式和运行规则。这是库切小说创作的一个基本思路和重要特色，把握这一点对于较为全面正确地理解库切的小说创作具有重要意义。段枫在以博士论文为基础完成的本书稿中选取了库切作品里对历史话语反思性较强的四部小说，深入探讨它们针对丑陋现实，从再现方式或话语运行规则上对封闭独白的历史话语提出的质疑和挑战，选题具有较强的创新性和突破性，对库切研究做出了自己独到的贡献。书稿即将由复旦大学出版社出版[1]，可喜可贺！

总体而言，段枫博士的这部专著具有以下几个主要特点。一是具有相当好的国际视野。段枫对国际库切评论的主要研究方向和走势有较好的把握，在梳理并阐明现有评论不足的基础上提出自己的观点，具有强

---

[1] 段枫:《历史话语的挑战者——库切四部开放性和对话性的小说研究》，复旦大学出版社，2011年。

烈的问题意识和对话性。二是很好地运用叙事理论挖掘出库切小说与历史事实和历史写作之间的特殊关系。段枫叙事学功底扎实，在本书中突破了现有库切研究聚焦于故事内容的通常做法，指出库切对历史书写方式的揭露与对抗不仅限于小说的情节层面，同样体现在小说的话语层面。她独辟蹊径，从形式结构切入库切的四部小说，从不同侧面剖析库切小说与"历史野蛮精神"和"历史的神话结构"之间的复杂关系，揭示出库切为了改变小说对历史的传统附庸地位，以其开放性的整体对话结构，站在对立面向历史话语提出了强有力的挑战。三是对文本进行了深入细读，挖掘出《等待野蛮人》中的时态变化和《福》中并置的第一人称叙述与其主题之间的紧密联系；揭示出《耻》中聚焦与反聚焦之间的张力，指出库切正是通过这种特殊的叙述手法，来微妙对抗历史话语二元对立的常规框架；并深入分析了《伊丽莎白·科斯特洛》如何通过特殊叙事手法来实现挑战历史话语的复调性和开放性。

段枫在复旦大学硕士毕业后，应届考入北京大学读博士。本项研究的不少阶段性成果已在国内核心期刊上发表，有四篇论文发表于《外国文学评论》，这对于一位青年研究者来说，是难能可贵的。段枫的博士论文入选了全国百篇优秀博士论文。这是对她博士阶段出色的科研工作的肯定，也是对她将叙事学等理论成功应用于作品阐释的一种肯定。在国内外都存在把文论往作品上生搬硬套的现象，那样做对文学阐释害多于利。但若能在很好地把握理论的基础上，恰当地从理论角度切入文学作品，那就可谓如虎添翼。

段枫博士思维敏锐，具有相当强的分析、比较、归纳和评判的思辨能力和理论提升能力，且行事有条理，效率高。相信她会在科研的道路上不断奋进，取得越来越丰硕的研究成果。

申　丹
2010年9月于燕园

《英国经典文学作品的儿童文学改编研究》序

惠海峰是非常优秀的青年学者，热爱和潜心学问，研究具有深度和创新性，并已开始在国际学术界崭露头角，被聘为欧美《国际儿童文学研究》期刊顾问，意大利《教育史与儿童文学》期刊编委，加拿大《青年人：青年人、文本与文化》编辑部成员、英国劳特利奇出版社中华学术外译项目评审专家，以及普渡大学比较文学研究期刊《比较文学与文化》评审人等。

海峰的这一成果[1]是国内首部研究西方儿童文学改编的专著。国内儿童文学研究仅有约半个世纪的历史，迄今依然发展缓慢，在外国文学界尤其如此。至于对儿童文学的改编研究，即对成人小说改编为儿童版的研究，无论是在中国文学界还是在外国文学界都几乎完全空白，这部专著具有填空补缺的作用。学界之所以忽略成人作品的儿童文学改编，主要是因为倾向于将这种改编仅仅视为在内容和表达上的简化。海峰的专著有助于从两方面纠正这种狭隘的看法，因为它不仅揭示出改编作品的丰富内涵，而且揭示出影响儿童文学改编的多种重要因素，如特定历

---

1 惠海峰：《英国经典文学作品的儿童文学改编研究》，北京大学出版社，2019年。

史时期的阶级状况、意识形态、社会观念和文类规约,以及原作的性质、原作者的创作立场和改编者的改编立场等。

海峰在北京大学完成本科、硕士和博士的学习,一直成绩优异,曾获得北京大学外国语学院研究生论文一等奖、北京大学优秀博士学位论文奖等。本书一方面基于他的博士论文,另一方面则基于他博士毕业后多方面的研究拓展。在做博士论文时,他将英国经典作品研究与儿童文学研究有机结合,聚焦于《鲁宾逊漂流记》(*Robinson Crusoe*)和《格列佛游记》(*Gulliver's Travels*)从成人文学改编成儿童文学的历史流变。这是一个带有交叉性质的题目,涉及儿童文学研究、改编研究、18世纪英国小说研究这三个不同领域,试图在成人文学和儿童文学之间架起一座桥梁,以文类规约和历史流变为拱,以宗教主题、儿童观和教育主题为面,以叙事学和文体学为路径,力求在严谨的叙事和文体分析的基础上从浩渺的英国文化和社会史画卷中去寻求文本改编背后的社会和文化动因。历经数年磨砺,海峰交上了一份令人感到骄傲的博士论文答卷。他于2012年博士毕业,获得当年北大外院西方语言文学领域唯一的"北京大学优秀博士学位论文奖"。数年之后的2018年春,在北京外国语大学的一个学术会议上,曾经参与海峰论文指导的刘意青老师还公开赞扬了海峰的博士论文。

毕业之后,海峰继续潜心进行儿童文学改编研究,将儿童文学改编置于更大的社会和文化背景中,延伸到了中国的新课标读物对外国儿童文学的改编,并将其作为观照,对比分析美国的"共同核心标准"对儿童文学改编的影响,从比较文学这样一个更大的视野来审视儿童文学改编之种种,使研究更加厚重,蕴涵更加丰富,研究成果也顺利发表在美国《比较文学与文化》和欧洲《世界文学与比较文学评论》等期刊上。值得一提的是,海峰不仅在博士论文中很好地运用了文体学和叙事学的方法,且在毕业后还深入研究了新兴的认知叙事学,将其成功运用到儿童文学改编的分析中，探讨了儿童版中多层嵌套认知结构的特点，这无论是在儿童文学研究界还是在叙事学界都具有创新性和前沿性。

本书是海峰从博士到博士之后这十年研究成果的浓缩。前半部分收入了他博士论文的研究精华，后半部分则是他博士毕业之后的拓展研究，全书构成对儿童文学既细致深入又较为全面的剖析。本书反映出海峰在儿童文学研究之路上思考的不断发展，从最初的改编版本历史流变到后来不断积极采用新范式和新视角，发表的期刊也从儿童文学类期刊扩展到比较文学类、文学理论和诗学期刊，体现出他对国际儿童文学研究最新动态的把握和积极的创新尝试。

海峰是真心热爱做学问的青年学者，基础扎实，学养有素，研究潜力巨大。在当今不少人急功近利的大环境中，他耐得住寂寞，能够不为外界所动，潜心学术，这一点尤其难能可贵。我期待着他在儿童文学研究的道路上继续砥砺前行，不断开拓创新，勇攀一个又一个新的高峰。

申　丹

2019年春于燕园

《跨媒介的审美现代性：
石黑一雄三部小说与电影的关联》序

  沈安妮是很优秀的博士毕业生，视野开阔，科研创新能力强，研究有深度。她2018年夏获得北京大学博士学位，次年她的论文首批入选国家社会科学基金后期资助优秀博士论文出版项目。安妮的这一成果[1]是国内首部研究石黑一雄与电影之关联的专著。自2017年石黑一雄获得诺贝尔文学奖以来，国内外掀起了石黑一雄研究热潮，研究大多聚焦于后殖民、创伤、回忆等问题。石黑一雄小说与电影的关系，以及其与审美现代性的关联，尚缺乏关注。这部专著率先从跨媒介的角度研究石黑一雄的审美现代性，以新的视角探讨石黑一雄的创作目的、创作手法和创作特色，揭示出石黑一雄作品丰富复杂的深邃内涵。

  在以往对文学与电影的关联性研究中，文学领域或者电影领域的学者一般都立足于自身领域的媒介，来探讨另一媒介。电影研究者以从小说改编过来的电影为研究对象，往往围绕改编之于原著的忠实性展开讨论，注重影视媒介对文学的再现形式和手段；而小说研究者则以小说为

---

[1] 沈安妮：《跨媒介的审美现代性：石黑一雄三部小说与电影的关联》，中国社会科学出版社，2020年。

本，关注小说被改编成电影后出现了哪些差异，并探讨以这些差异为参照，可以如何更好地理解小说。安妮的专著超出了这些传统思路，不仅十分关注石黑一雄的小说创作过程如何受到相关电影的影响，并且将石黑一雄的小说和电影视为基于"跨媒介的审美现代性"的联姻关系，将注意力转向文学现代主义和电影现代主义之间的关联。从这种文学与电影具有某些共通本质的角度来做文学阐释，能帮助我们发现石黑一雄的作品对蒙太奇之外的其他电影技巧的借鉴和发展，从而更好地理解石黑的创作为文学审美带来的新意，更好地把握石黑小说的深刻和独到之处。

我有幸指导了安妮的博士论文，欣喜地看到她在北大读博期间的快速进步和成长。她通过努力，在学习期间获得国家奖学金、学术创新奖、北京大学外国语学院研究生论文一等奖。毕业时获得当年北大外院西方语言文学领域唯一的"北京大学优秀博士学位论文奖"，并被评为北京市优秀博士毕业生。本书主要基于她的博士论文。她在文中提出了富有新意的跨媒介的审美现代性的总体框架，在其统领下，系统深入地分析了石黑一雄在《远山淡影》《被掩埋的巨人》和《别让我走》这三部小说中对审美现代性的思考与电影现代性之间的关联，有效揭示出多种与文本表面意义相悖的深层隐含意义。这有利于拓展石黑一雄研究的视野，同时可为审美现代性研究提供特殊的启发，有较大的理论价值和学术创新意义。不过最值得称道的是，论文试图跨越技法技巧层面的简单对比或媒体间的渗透影响，以同源共振共鸣为阐述主线，论证了不同媒介在审美现代性范畴内的关联和交集，这种研究思路和研究成果对于相关研究的进一步发展有重要的启发作用。

作为刚开始在国内学术界崭露头角的学术新人，安妮在科研发表上也取得了不错的成绩，先后在《外国文学》《文艺理论研究》《国外文学》《当代外国文学》和《北京电影学院学报》等CSSCI检索期刊上发表论文八篇，两篇被人大报刊资料复印中心转载。

安妮是十分热爱并致力于学问的青年学者，涉猎广泛，学风端正，问题意识强，具有很大的科研潜力。毕业之后，她争取到赴耶鲁大学电影与媒介研究中心做博士后研究的机会，继续对这一跨媒介课题进行扩展性研究。就在前不久，我又收到她荣获2020年度得克萨斯大学奥斯丁分校哈里·兰塞姆中心学者奖学金的喜讯，有机会去搜集珍贵的石黑一雄文献资料。她正充满期待地开始筹备她的下一轮研究。她的这份对学术的执着和热情，十分难能可贵。我期待着她在石黑一雄研究和文学与电影关联研究的道路上，不断开拓创新，勇攀高峰。

申　丹
2020年春于燕园

第五辑　书　评

关于西方叙事理论新进展的思考
——评国际上首部《叙事理论指南》

世纪之交，美国《文体》杂志登载了布赖恩·理查森的如下预测："叙事理论正在达到一个更为高级和更为全面的层次。由于占主导地位的批评范式已经开始消退，而一个新的（至少是不同的）批评模式正在奋力兴起，叙事理论很可能会在文学研究中处于越来越中心的地位。"[1] 进入21世纪以来，西方叙事理论的确呈现出更加旺盛的发展势头。布莱克韦尔出版社于2005年夏推出了国际上首部《叙事理论指南》[2]，称之为目前国际上"能够得到的最好的"叙事理论导论。这部力作很好地体现了当前西方叙事理论的基本特点和发展趋势，引发了笔者多方面的思考。

一 富有含义的出版背景

我们知道，经典叙事学产生于20世纪60年代结构主义发展势头强劲的法国，至70年代独领风骚，成为国际性研究潮流，随后却受到解构主义和政治文化批评的夹攻，研究势头回落。80年代中期在美国诞生了

---

[1] Brian Richardson, "Recent Concepts of Narrative and the Narratives of Narrative Theory," *Style* 34 (2000): 174.

[2] James Phelan and Peter J. Rabinowitz, eds., *A Companion to Narrative Theory*.

"女性主义叙事学",它将结构主义的形式研究与蓬勃发展的女性主义文评相结合,这在当时的学术环境中,可谓为叙事学提供了一种"曲线生存"的可能性。法国女性主义文评是以后结构主义为基础的。也许是由于结构主义与后结构主义在基本立场上的对立,以及叙事学重文本结构和法国女性主义重哲学思考等差异,女性主义叙事学未能在法国形成气候。尽管法国的叙事理论仍在以各种形式继续发展,但20世纪90年代以来,美国取代法国成为国际叙事理论研究的中心,陆续诞生了修辞性叙事学、认知叙事学等各种后经典叙事学流派。与此同时,在西方出现了一种将各种活动、各种领域均视为叙事的"泛叙事观"。这有利于拓展叙事研究的范畴,丰富叙事研究的成果,也引发了对叙事理论更广泛、更浓厚的兴趣。而进入21世纪以来,西方排斥形式研究的激进学术氛围有所缓解,解构主义的发展势头也早已回落,出现了更有利于叙事理论发展的学术大环境。

在这种情况下,英国的布莱克韦尔出版社制订了出版《指南》的计划。在英国,叙事理论一直发展缓慢,而文体学却发展势头旺盛,20世纪90年代以来英国成了国际文体学的研究中心。从表面上看,小说文体学的"文体"和小说叙事学的"话语"相互之间可以替代,实际上两者相去甚远,所涉及的小说形式层面不一("文体"涉及遣词造句,而"话语"则主要涉及时间安排、叙述层次等结构技巧),两者构成一种直接互补的关系。然而,由于这种关系被表面上的"可替代性"所掩盖,因此在英美两国,文体学和叙事学似乎成了对方的"克星",一方的发达造成另一方的不发达。可以说,目前在英国难以找到很有影响的叙事理论家。因此,布莱克韦尔出版社特意邀请美国学者詹姆斯·费伦和彼得·拉比诺维茨担任主编。费伦曾任以美国为主体的国际叙事文学研究协会的主席,而拉比诺维茨则是当时在任的主席。费伦可谓当今该领域的首要领军人物,威信极高。他们组织了一个很有影响的三十五人的作者队伍。除了中途因故退出的米克·巴尔和不能用英语写作的热奈特之外，我国读者熟悉的著名叙事理论家几乎全部加盟。为了保证质量，2003年10月在美国哥伦布召开了"当代叙事理论：最新进展"研讨会，会上宣读的都是为《指南》撰写的章节，旨在通过讨论交流，帮助作者进一步修改完善。主编的知名度、约稿的高层次、质量的严把关，是这本书得以成为当今"最好的"叙事理论著作的重要前提。

二 丰富的前沿内容

除了主编撰写的前言，《指南》有序幕、正文和尾声。序幕由三篇回顾叙事理论发展史的文章组成。正文分为四部分，第一部分为"顽题新解"，共有六篇文章。在第一篇中，韦恩·布斯对"隐含作者"这一概念加以捍卫，并拓展了其适用范围。下面两篇出自安斯加·纽宁和塔玛·雅克比之手，聚焦于"不可靠的叙述者"。纽宁认为，在探讨这一问题时，不仅应考虑文本结构，而且也应从读者认知和作者修辞的角度切入。雅克比早在20世纪80年代就因研究这一问题而出名，她从读者阐释的角度来看叙述者的"（不）可靠性"，提出最好将其视为"阅读假设"。后面三篇分别出自希利斯·米勒、申丹和理查德·沃尔什之手。米勒采用叙事学的概念对亨利·詹姆斯的《尴尬的时代》进行了细读，得出了两种互为对立的阐释。[1] 拙文揭示了叙事学的"话语"与文体学的

---

[1] 身为解构主义大家的米勒，在这篇论文中不仅采用了叙事学和新批评的分析方法，而且声称："叙事学之结构区分的用处主要在于帮助对作品进行更好的解读。"（第125页）解构主义是不承认"更好的解读"的，只有新批评和叙事学等才追求"更好的解读"。米勒的分析旨在支持亨利·詹姆斯（形式主义小说理论的主要奠基人）关于形式与内容密不可分的观点，得出的一个结论是"所有好的解读都是形式主义的解读"（第125页）。米勒在解构主义的兴盛时期，曾在《今日诗学》杂志（1980年第3期）上与结构主义叙事学家里蒙－凯南展开论战，强调文学意义的特征是"永无穷尽的不确定性"，而不是里蒙－凯南在现代派作品中所发现的"歧义"（相互排斥的两种阐释之"共存"）。但在这篇论文中，米勒得出的"更好的解读"恰恰是詹姆斯这位现代派作家之作品中的"歧义"，这与米勒思想深处的形式主义实质密切相关（参见拙文《〈解读叙事〉的本质究竟是什么？》，《外国文学评论》2004年第2期）。

"文体"之表面相似和实质不同,并通过实例分析说明了两个学科之间的互补性。沃尔什是应邀加盟的唯一一位英国学者,他采用关联理论,从语用学的角度切入对虚构本质的探讨。

第二部分题为"修正与创新",共有八篇文章。第一篇是理查森的《超越情节诗学》,聚焦于20世纪先锋派小说中各种偏离传统的叙事进程。第二篇出自拉比诺维茨之手,探讨的是叙事中的时间顺序。他认为除了考虑事件的自然时序和叙述者所安排的时序,还应考虑人物体验事件的不同时序。第三篇是苏珊·弗里德曼探讨叙事空间的文章,旨在修正叙事理论重时间、轻空间的倾向。她不仅强调空间和时间的交互作用,而且强调空间的动态性,分析了空间因素如何在情节发展中起动力作用。在第四篇中,苏珊·兰瑟探讨了作为叙述主体的"我"与作者之间的各种不同关系。她挑战了传统上对于真实的"我"和虚构的"我"的区分,根据读者心目中的"我"与作者之间距离的远近,提出了自己的文类区分模式。第五篇是罗宾·沃霍尔研究"不能叙述的"因素的文章。她区分了四种不能叙述的因素,并揭示了好莱坞如何通过打破这方面的形式规约和社会规约,逐渐生产出"新叙事"电影。在第六篇中,迈尔·斯滕伯格探讨了叙述者和人物在叙事表达中不同程度、不同种类的自我意识及其重要作用。在第七篇中,埃玛·卡法莱诺斯综合借鉴普洛普和托多罗夫的功能分析方法,提出了一个叙事发展的五阶段模式。她采用这一模式分析了坡的《椭圆画像》,揭示出同样的事件在整个故事和嵌入故事中如何导致不同的阐释。在最后一篇中,西摩·查特曼对一个叙事作品与模仿它的"二级叙事"作品之间既相似又相异的复杂关系进行分析比较,说明了后者的传承与创新,并揭示了两者各自的技巧。

第三部分题为"叙事形式与历史、政治、伦理的关系",共有九篇文章。在第一篇中,戴维·里克特着重分析了《圣经》叙事所具有的正统叙事模式难以直接涵盖的独特性,旨在说明,若能在考虑历史语境的情况下比较灵活地运用有关模式，就能对《圣经》文本做出较好的阐释。哈里·肖在第二篇中强调叙事交流模式也应考虑历史语境。在第三篇中，艾莉森·凯斯从女性主义叙事学的角度切入，分析了历史语境中"似非而是的省叙"与性别政治的关联。在第四篇中，费伦将注意力引向叙事与伦理之间的关系，区分了不同种类的叙事判断，并探讨了它们之间的交互作用。在第五篇中，布斯的女儿艾莉森·布斯探讨了名人肖像（及其隐含的生平信息）的选择与政治、历史、集体（民族）意识等因素之间的关联。第六篇由S.史密斯和J.沃森合作完成，讨论了自传叙事中的各种问题，如自传中的骗局、后殖民作家对虚构与非虚构的实验、混合媒介的自传等。在第七篇中，杰拉尔德·普林斯探讨了如何建构后殖民叙事学。他从后殖民的角度重新考察各种叙事学概念，老概念由此获得了新的含义或重点。在第八篇中，梅尔巴·卡戴-基恩聚焦于叙事中的声响表达。她提出了一些新的叙事学术语，包括将视角概念转换为声音感知概念，并分析了现代派作家伍尔夫对声音感知的创新性表达。在第九篇中，里蒙-凯南探讨了《在癌症的症状下》的叙述伦理。该书前半部分是身患绝症的丈夫自己的叙述，后半部分是妻子在他去世后的描述。里蒙-凯南分析了这两种叙述所涉及的各种关系，并提出了一连串相关伦理问题。

　　第四部分题为"超越文学叙事"，共有七篇文章，从文字叙事向非文字叙事拓展。第一篇出自彼得·布鲁克斯之手。他探讨了在法律范畴中讲故事的运作方式，尤其是如何在接受过程中受控制，并倡议建构"法律叙事学"。在第二篇中，艾伦·纳德尔探讨了电影叙事中作用于观众的隐蔽规约，尤为关注"古典好莱坞风格"的特定规约。在第三篇中，琳达·哈钦和迈克尔·哈钦夫妇将注意力引向歌剧叙事，尤其是对死亡的表达和观众的接受。在第四篇中，罗亚尔·布朗聚焦于电影音乐的"准叙事特性"，揭示出电影音乐如何通过打破音乐厅的规约等方式,提供一种评论,创造一种并列性质的叙事结构,或参与创造一种带有"故事"性质的元文本。在第五篇中,弗雷德·莫斯探讨了古典器乐与叙事的关系。他并不赞成把音乐直接视为一种叙事表达,而只是认为音乐与叙事具有可比性。他特别关注对同一乐曲的不同舞台演奏和音乐评论中的主观性或建构性。在第六篇中,凯瑟琳·柯达特聚焦于在不同媒介的叙事作品中不断出现的斯巴达克思这一人物,旨在回答这一问题:为何人们一直对这个以失败而告终的人物着迷?第七篇出自费伦的妹妹佩吉·费伦之手,探讨的是如何写作(戏剧)表演艺术的历史。表演艺术是"现时"性的,且旨在动摇"主体"与"客体"、"做"与"讲"之间的界限,而叙事的特性则与之相违。佩吉·费伦试图用"表演性的写作"来解决这一问题。

尾声部分有两篇文章,在第一篇中,玛丽-劳雷·瑞安聚焦于数字化叙事,探讨各种数字化叙事如何(才能)根据叙事意义的要求,来充分利用计算机软件的潜能。第二篇出自波特·阿博特之手,题为《所有叙事未来之未来》。阿博特探讨了叙事在各种先进技术的作用下(将面临)的发展和变化,追问叙事形式的发展与人们的认知和行为方式之(未来)变化的关联,并考察了新的叙事形式和传统叙事结构之间的关系。

三 主要特征和发展走向

1. 关注不同媒介和非文学领域

20世纪80年代以来出现的"泛叙事观"与文化研究密切相关。学者们的视野从文学向各种其他文化领域和文化媒介拓展。进入新世纪以来,这种拓展的势头有增无减。这一点从《指南》也可窥见一斑。电影、音乐、歌剧、法律、人物肖像、古典器乐、数字化叙事等均进入了研究视野，这大大拓展了研究范畴，提供了不少创新的可能性。以往的泛叙事研究常常流于浅显，探讨的往往是其他领域和媒介的"叙事可比性"或表层的"叙事"特征。《指南》中这方面的论文则具有一定的深度。这些研究揭示了在不同媒介或领域中运作的各种叙事规约，还根据不同媒介和领域各自的叙事特点，对传统结构模式加以改造和补充。国内这方面的研究相对较少，可大力发展。可以将以小说为基础的模式作为参照，来改建或者新建不同媒介和不同领域的叙事诗学或语法。但要避免走得太远，避免将"非"叙事成分视为叙事成分。此外，还可像柯达特那样，探讨在不同媒介的叙事作品中不断出现的同一人物或其他叙事成分。

2. 关注文学叙事中的"新"结构和"新"文类

就文学叙事而言，近年来西方学者较为关注偏离规约的叙事现象、新的叙事（次）文类，以及以往被忽略的叙事现象和叙事文类（关注对象上的"新"），这也是《指南》的一个突出特点。理查森、沃霍尔、普林斯、查特曼、卡戴-基恩、卡法莱诺斯、拉比诺维茨和弗里德曼等从不同角度在这方面进行了开拓。面对现有的结构模式所无法涵盖的叙事现象，学者们会提出新的概念或建构新的模式来予以描述和分析，这是对叙事诗学的发展和补充。在将已有的概念运用于新的叙事文类时，也往往会赋予其不同的重点，强调相关叙事结构在该文类中的不同意义。这也是我国叙事理论界可以借鉴的一种发展趋势。

3. 从新的角度切入

近来不少叙事理论家从新的角度切入一些叙事现象，拓展了对叙事运作方式和功能的认识。这在《指南》中也得到了体现。沃尔什借用语用学的关联理论切入对虚构性的探讨，提供了一个观察老问题的新视角。兰瑟也从语用的角度切入文类区分，聚焦于在读者心目中，作者与文本中的"我"究竟是相互依附（如自传）、相互分离（如广告），还是含混不清（如文学作品），读起来令人耳目一新。这些学者往往较为注重跨学科研究，有意识地借鉴其他学科的理论概念、批评视角和分析模式，以求更新和扩展研究范畴。即便不涉及别的学科，有的学者也会从一个新的角度来看问题。斯滕伯格从叙述者和人物的"自我意识"这一与众不同的角度切入对叙事表达的探讨，得出了富有新意的研究结果。但这类研究也有一个问题，即有时过分强调自己的研究角度的重要性，其实，这些新的角度与现有角度之间往往是一种互为补充、难以取代的关系。就国内来说，我们也可注意从新的角度对一些问题展开探讨，寻找有价值的新的理论模式，在叙事分析中加以应用；或者换一个角度切入，建构新的相关理论模式。

4. 从作品本身转向读者/观众接受

近年来，越来越多的学者注意研究读者、观众对各种叙事文本的阐释或接受。《指南》中的不少论文都涉及了这一方面。有的叙事理论家从这一角度来挑战经典概念的定义。雅克比对"不可靠的叙述者"的探讨就是典型例子：她聚焦于读者对这种叙事现象的解读，并对读者从不同角度出发的各种不同阐释进行了系统分类。她强调应将"叙述者的（不）可靠性"视为一种"阅读假设"（仅从读者的角度出发）。有趣的是，雅克比的文章的主标题是"作者修辞，叙述者的（不）可靠性和读者的不同阐释"，标题说明"不可靠性"就作者而言，是一种修辞策略；就叙述者而言，是他/她的一种叙述特征。这与经典定义本质相通。其实，雅克比的探讨只是有助于我们了解不同语境中的不同读者如何阐释这一叙事现象，只是拓展了研究范围或改换了研究角度，对经典定义本身并未构成一种颠覆。尽管雅克比的题目较为全面，她在文中却一再单方面强调读者，而读者的阐释往往五花八门，受多种因素的制约。将"叙述者的(不)可靠性"仅仅视为读者的"阅读假设",显然有失偏颇。可话说回来,将注意力从文本转向读者或观众的阐释,能够得到很多新的研究结果。从我国的情况来看,对读者或观众尚不够重视。这也是我们可进一步关注的一个方面。

5. 从理论到批评,从批评到理论

经典叙事学以建构叙事诗学(语法)为主体,只有少量的叙事批评。叙事诗学(结构语法)无须考虑语境,但叙事批评则需考虑语境。20世纪80年代以来,由于学术大环境越来越强调语境,众多叙事学家将注意力转向了作品阐释。构成后经典叙事学之主体的是"理论+批评",即借鉴、改造或新建叙事结构模式,将之用于叙事批评。同时,也有不少学者仅仅进行叙事批评,旨在阐释作品的各种语境意义。值得注意的是,有的论著表面上是叙事批评,实际上旨在通过对具体作品的分析,来说明带有普遍意义的理论问题。里蒙-凯南的文章就是一个典型实例。该文聚焦于对一个作品的叙述表达和读者接受的分析,但关注的其实是从中反映出来的叙事交流和叙事伦理等带有普遍性的问题。这种从批评到理论的探讨,具有较强的可读性和说服力。这也是我国学者可以借鉴的一种方法。

四 经典叙事学与后经典叙事学之间到底是什么关系?

在《指南》的前言中,我们看到了这样的文字:"叙事理论可分为两种引人入胜、富有成效的研究方法",一种关注"历史、政治、伦理方面的问题",另一种则探讨"叙事之根本、不变的理论原则。这种方法往往与结构主义(或经典)叙事学相关联,而在后结构主义兴起之后,则往往被认为已经过时,甚至不合情理,且剥夺了作品的生命力。然而,

我们希望这部文集可以说明，这仍然是一个生机勃勃的研究领域，依然在产生富有启迪的论著"[1]。（第1—2页）这是对经典叙事诗学之合理性和有效性的捍卫，在西方普遍认为经典叙事学已经过时的语境中，显得与众不同。

这些文字出自费伦之手，他在以往的论著中，对经典叙事学一直持批判立场。这次转变立场，与他跟中国学者的交流直接相关。中国学界是在经历了长期政治批评之后，才开展叙事学研究的，对形式结构研究有较为客观的看法，对经典叙事学的兴趣经久不衰。在这一氛围中，笔者对西方排斥经典叙事学的做法进行了认真考察，发现西方学界没有看清叙事诗学作为一种"文本语法"和叙事批评作为一种"文化产物之解读"之间的不同。

近二十年来，西方学者对文学作品的看法发生了根本转变，不再将之视为独立自足的艺术品，而是历史语境中的文化产物，因此叙事批评一般都结合语境展开。但叙事诗学涉及的是不同叙事作品共有的结构成分（譬如倒叙和预叙、内视角和外视角的区分），只能脱离千变万化的具体语境来建构。其实，不少后经典叙事学家都借鉴经典诗学概念，或针对新的叙事现象继续建构脱离语境的结构诗学模式，以便为语境中的作品阐释提供新的分析工具，这是在继续从事经典叙事诗学。笔者就此与费伦进行了交流，促使他改变了看法。[2] 然而，"经典叙事学已经过时"依然是当今西方流行的观点，因此《指南》在这方面出现了多种不和谐

---

1 费伦说明了这些理论原则只是就"大多数叙事作品"或"某一历史时期的叙事作品"而言，并非绝对化的概念（第2页）。
2 费伦在2004年9月的"长江学者"推荐信中写道："申丹教授观察到不同理论流派、分支之间的关系，帮助我们所有的人更清楚地看到研究领域的发展和争论。例如，她具有说服力地阐明叙事的语境研究和更严格的形式研究，表面看来是对立的，但实际上是或者应当是相互支持的方法。"此前，他读到了我论述这两个学派之关系的论文，该文在美国《叙事理论杂志》2005年第2期上发表。

的音符。

且以"序幕"为例,"序幕"有三篇文章:赫尔曼对当代叙事学的起源和早期发展的回顾、弗卢德尼克对近几十年叙事理论发展的评介、麦克黑尔对这两篇回顾性文章的评论。赫尔曼的情况跟费伦一样,在跟笔者交流之后,改变了立场,承认脱离语境的经典叙事诗学的合理性。[1] 未跟笔者就这一议题交流过的弗卢德尼克则依然持流行的观点。麦克黑尔虽然跟笔者进行了交流,可得出了一个不同的结论:结构研究与语境研究各有各的道理,但两者之间难以调和。其实,根据《指南》和目前西方论著的一般情况来看,这两种方法往往出现在同一论著中(譬如沃霍尔[2]和卡法莱诺斯的文章),两者构成一种非常协调的互补关系。上引《指南》前言中的文字,将这两者仅仅表述为相互独立的方法,也有失偏颇。

这里有几点值得注意:首先,必须区分叙事诗学与叙事作品分析,两者对语境有完全不同的要求。西方学界往往对两者不加区分,导致了各种混乱。研究叙事作品共有结构的经典叙事诗学(语法)没有过时,而将作品与语境相隔离的经典叙事批评则已经过时。后者在中国仍不时可以见到,但这种阐释方法确实有其片面性。其次,一种批评理论或方法究竟是否"合法"与特定的政治文化氛围密切相关。在西方形式主义文评占据了多年主导地位以后,形式结构研究80年代以来被看成为维护统治意识服务的保守方法;而中国经历了长期政治批评之后,形式结构研究则在某种意义上代表了思想的解放。尽管中国学者近年来越来越关

---

[1] 关于赫尔曼先前的立场,参见他的 *Story Logic* 一书(Lincoln: University of Nebraska Press, 2002)和他为 *Narratologies*(1999)一书所写的引言。

[2] 沃霍尔依然在文中提出经典叙事诗学已经过时,其实她自己对"不能叙述的"因素的结构区分与经典叙事诗学本质相通,可谓对经典叙事诗学的一种补充。也就是说她的理论立场与费伦在前言中提出的观点形成了冲突,但她的实际研究则为费伦的观点提供了支持。

注社会历史语境，但很少有中国学者把文学批评视为政治工具，从政治上反对形式审美研究，这与西方学界形成了鲜明对照。再次，应充分利用中国文化特有的学术氛围，来反思西方的学术现象，尤其是一些时髦、激进的学术现象，避免被其所误导。同时应利用国际交流，促使西方学者改变看法。

五 理论模式的"历史化"

20世纪80年代以来，西方叙事批评从关注形式结构的审美效果转为关注形式结构与意识形态和历史语境的关联，《指南》中艾莉森·凯斯的文章就是这方面的一个典型例证。其他很多学者的文章也是从伦理、政治、历史、种族等角度来看叙事作品。但近年来出现了一种新的趋势：不少学者致力于将理论概念或理论模式本身历史化。哈里·肖就是这方面的代表。他在文中聚焦于一个广为接受的叙事交流模式：

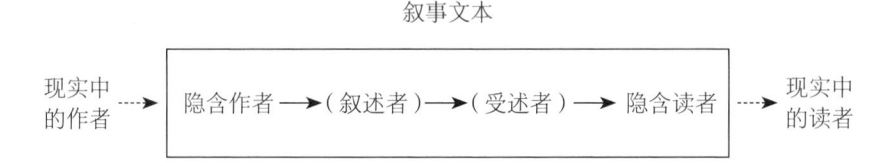

叙事文本

现实中的作者 ┈→ 隐含作者 ⟶ （叙述者）⟶ （受述者）⟶ 隐含读者 ┈→ 现实中的读者

他详细论证了从不同角度、不同作品、不同历史时期出发的读者（包括他自己），如何会对"隐含作者""受述者""叙述者"等基本概念加以不同的理解。肖认为他的探讨将这一理论模式本身"历史化"了。笔者对此难以苟同，我们须区分文类结构和语境中的意义。且以"主语—谓语—宾语"这一语法结构作为类比：这一结构模式是不同历史时期的（英语、汉语）句子所共享的。但每一个句子的"主语"或"谓语"都往往会有不同的意思；不同语境中的不同读者也会赋予同样的语言成分不尽相同的意义。探讨这些语境中的意义并不能将"主语—谓语—宾语"这一结构模式本身"历史化"。当今众多西方学者看不清这一点，他们着力考察不同语境中的读者如何（会）对作品中的结构成分加以不同的理解，然后就声称他们的研究将理论概念或理论模式本身历史化了，如纽宁就认为探讨不同语境中的作者或读者对"不可靠的叙述者"的不同创作或解读，就可以将这一理论概念本身历史化（第105页）。

理论概念的根基为基本结构特征，譬如"叙述者"就是文中出现的讲故事的人。虽然不同作品中的叙述者会表现出各种差异，不同时期的不同读者也往往会对同一叙述者加以不同理解，但这并不能将"叙述者"这一结构概念本身"历史化"，而只能说明作者创作和读者阐释的丰富性、差异性和历史性。然而，有的经典模式的确脱离了历史语境，需要历史化。上面列出的叙事交流模式就是一个例证。这一模式是查特曼在1978年提出来的[1]，从图表中实线与虚线之间的区别就可看出，该模式聚焦于文本自身，体现出在探讨叙事交流时，将文本与（创作和阐释）语境相隔离的结构主义立场。这一立场无疑是不可取的。叙事交流是在语境中进行的，若要较为全面地阐释作品的意义，就必须考虑历史语境中的真实作者和真实读者。笔者认为，有必要将查特曼图表中的虚线改为实线，并且去掉那个限定范围的框框[2]：

现实中的作者→隐含作者→（叙述者）→（受述者）→隐含读者→现实中的读者

哈里·肖在这篇旨在将叙事交流模式"历史化"的论文中，依然沿

---

[1] Seymour Chatman, *Story and Discourse*, Ithaca: Cornell University Press, p. 151.
[2] 图表中的括号表示不一定存在。这一图表不仅涉及文字叙事，而且也涉及电影叙事，而电影里不一定有叙述者和受述者。

用查特曼将文本与历史相隔离的原有模式，不能不令人感到遗憾。这里有几点值得注意：第一，可注意探讨同样的结构形式在不同时期、不同种类的作品中的不同作用，借以考察相关文学和文化规约；第二，可结合历史嬗变探讨叙事结构在历史长河中的变化；第三，可注意探讨不同语境中从不同角度出发的读者对同一作品中同样结构的不同理解，并探讨造成这些差异的历史原因和其他原因；第四，注意修正经典模式中的偏误。

六　再看"隐含作者"与"真实作者"

所谓"隐含作者"，就是隐含在作品中的作者形象；从创作来说，就是做出所有文本选择的作者（不同于日常生活中的同一人）。布斯在文中首先介绍了自己在《小说修辞学》(1961)中提出隐含作者这一概念的四个原因：一、他对当时学界追求小说中的所谓"客观性"（作者隐退）感到不满。二、对学生将叙述者和作者相混淆的误读感到忧虑。三、对于批评家忽略修辞和伦理效果而感到一种"道德上的"苦恼。四、人们在写作或说话时，常常以不同的面貌或戴着假面具出现，在文学创作中更是如此。

不难看出，前三种原因并不能说明为何需要隐含作者这一概念，因为谈真实作者就能解决问题。其实，隐含作者这一概念的提出，有其深刻的社会历史原因。《小说修辞学》面世时，正值研究作者生平、社会语境等因素的"外在批评"衰落，而关注文本自身的"内在批评"盛极之时。布斯所属的芝加哥学派属于"新亚里士多德派"，继承了亚里士多德摹仿学说中对作者的重视。但在当时的氛围中，若对文本外的作者加以强调，无疑是"逆历史潮流而动"。于是，隐含作者这一概念就应运而生了。读者对隐含作者的理解完全以作品（即其在创作中做出的选择）为依据，不考虑作者的身世、经历和社会环境，故符合内在批评的要求；同时，这一概念又使修辞批评家得以探讨作品如何表达了作者的预期效果。

2003年在美国举行的"当代叙事理论"研讨会上,听着布斯对那四条理由侃侃而谈,笔者不免心生疑惑:他根本没有提到前文所说的"深刻的社会历史原因",有避重就轻之嫌。布斯讲完后,笔者马上发问,提出了这一原因,布斯当众表示赞同。会后,笔者就这一问题与跟布斯关系密切的费伦交换了意见,费伦说他也私下问过布斯这个问题,布斯也承认了这一原因。费伦将这一原因写入了此后不久由康奈尔大学出版社出版的一本新作。[1] 笔者以为布斯在当众认可了这一原因之后,会在终稿中增加这一最重要的原因,而他却没有那样做。在此,我们可以清楚地看到隐含作者和真实作者的区分。"真实的"布斯承认那一原因,而《指南》中作为隐含作者的布斯却不承认那一原因。从这一实例,我们也可以看到区分隐含作者和真实作者的必要性。国际学界一般仅关注文学作品的隐含作者与真实作者的差异,而未考虑文学评论的隐含作者与真实作者的不同。国内则在文学评论领域往往对两者都未加区分。在今后的研究中,我们可更多地关注文学作品的隐含作者与真实作者的关系,这对作品主题阐释往往大有裨益,同时我们也需要关注文学评论中两者之间的差异,并探讨造成这种差异的深层原因。

《指南》以其前沿性、多元性和"不和谐性"引发了笔者多方面的思考。因篇幅所限,有的问题无法进一步展开,有的问题则无法涉及。现在国内有六位学者正在将《指南》译成中文,译本将由北京大学出版社于2006年出版。相信这部前沿力作会为国内叙事研究的发展提供颇有价值的参考,起到重要的促进作用。

(原载《外国文学》2006年第1期)

---

[1] James Phelan, *Living to Tell about It*, Ithaca: Cornell University Press, 2005, pp. 38-39.

《小说修辞学》第一版与第二版评介[1]

美国芝加哥学派著名学者韦恩·C. 布斯1961年出版了《小说修辞学》一书。[2] 该书面世后,在西方小说研究界产生了深远影响。改革开放后,国内也出版了该书的两种译著,也造成了较大影响。在1983年由企鹅出版社出版的该书第二版中,布斯增加了一个约60页的长篇后记,表现出与第一版不甚相同,且带有一定内在矛盾的立场。本文旨在从作者、文本与读者这三个因素入手,以结构主义叙事学以及新批评为参照,结合社会历史语境,来评析《小说修辞学》两个版本的基本特点和相互之间的本质性异同。

一 布斯的经典小说修辞学

在《小说修辞学》中,布斯提出了"隐含作者"这一概念。所谓"隐含作者"就是隐含在作品中的作者形象,它不以作者的真实存在或者

---

[1] 本文原载《英美文学研究论丛》2002年第1期。原题目为《作者、文本与读者:评韦恩·C. 布斯的小说修辞理论》,本题目为本文集所改动。
[2] Wayne C. Booth, *The Rhetoric of Fiction*, Chicago: The University of Chicago Press, 1961.

史料为依据，而是以文本为依托。从阅读的角度来看，隐含作者就是读者从整个文本中推导建构出来的作者形象。一位作者在创作某一作品时，会采取某种特定的立场，做出特定的文本选择，作品也会隐含这一特定的作者形象。因此，同一作者写出的不同作品往往会隐含作者的不同形象，正如一个人出于不同的目的给关系不同的人写出的信，会隐含此人的不同形象一样。布斯在说明隐含作者与真实作者的区别时，采用了作者的"第二自我"这一概念：作者在写作时采取的特定立场、观点、态度构成其在具体文本中表现出来的"第二自我"。

"隐含作者"这一概念的出台，有其深刻的历史原因。传统批评强调作者的写作意图，批评家往往不遗余力地进行各种形式的史料考证，以发掘和把握作者意图。英美新批评兴起之后，强调批评的客观性，将注意力从作者转向了作品自身，视作品为独立自主的文学艺术品，不考虑作者的写作意图和历史语境。在颇有影响的《实用批评》（1929）一书中，I. A. 理查兹详细记载了一个实验：让学生在不知作者和诗名的情况下，对诗歌进行阐释。二十多年后，W. K. 韦姆萨特和蒙罗·C. 比尔兹利发表了一篇颇有影响的论文《意图谬误》[1]，认为对作者意图的研究与对作品艺术性的判断无甚关联；一首诗是否成功，完全取决于其文字的实际表达。这种重作品轻作者的倾向，在持结构主义立场的罗兰·巴特那里得到了毫不含糊的表述。在《作者之死》一文中，巴特明确提出，由于语言的社会化和程式化的作用，文本一旦写成，就完全脱离了作者。[2] 巴特与传统的作者观已彻底决裂，认为作者的经历等因素完全不在考虑范围之内，因为作者根本不先于文本而存在，而是与文本同时产生。

韦恩·布斯所属的芝加哥学派与新批评几乎同步发展，关系密切。

---

[1] 收入 W.K. Wimsatt and Monroe C. Beardsley, *The Verbal Icon*, Lexington: University of Kentucky Press, 1954。

[2] Roland Barthes, "The Death of the Author," in his *Image-Music-Text*, London: Fontana, 1977.

它们都以文本为中心,强调批评的客观性,但两者之间也存在重大分歧。芝加哥学派属于"新亚里士多德派",他们继承了亚里士多德模仿学说中对作者的重视。与该学派早期的诗学研究相比,布斯的修辞学研究更为关注作者和读者。布斯的《小说修辞学》诞生于1961年,当时正值研究作者生平、社会语境等因素的"外在批评"衰极,而关注文本自身的"内在批评"盛极之时,在这样的氛围中,若对文本外的作者加以强调,无疑是逆历史潮流而动。于是,"隐含作者"这一概念就应运而生了。布斯十分强调隐含作者与真实作者的不同,因为作者在写作时很可能采取与现实生活中不尽相同的立场观点。"隐含作者"完全以作品为依据,不考虑作者的身世、经历和社会环境,故符合内在批评的要求。同时,它又使修辞批评家得以探讨作品如何表达了作者的预期效果。这一概念出台后,在小说研究界被不少学者采纳接受。

值得注意的是,布斯并非连贯一致地采用"隐含作者"这一概念。譬如,在《小说修辞学》的序言中,他谈到有的作者有意影响控制读者,有的则不然。虽然这一区分是以文本为依据的,即看作者是否在小说中公开发表评论,但在涉及现代小说时,则超出了文本自身的范畴。布斯提出,在现代小说中,修辞以一种伪装的形式出现。亨利·詹姆斯说自己之所以让一个人物充当叙述者,是因为读者需要一个"朋友"。布斯据此指出,从表面上看,詹姆斯是想戏剧性地展示事件,实际上这是一种修辞技巧,旨在帮助读者理解作品。这显然是根据作者所声称的创作意图而不是根据作品本身来进行判断。

就文本而言,布斯感兴趣的是作者(通过叙述者、人物)与读者交流的种种技巧,影响控制读者的种种手段。无论作者是否有意为之,只要作品成功地对读者施加了影响,作品在修辞方面就是成功的。布斯对小说的探讨,与结构主义叙事学有以下相似之处:(1)关心的不是对具体文本的解读,而是对小说中修辞技巧的探索。作品只是用于说明修辞手段的例证（这有别于新批评）。(2)认为文学语言的作用从属于作品的整体结构，注重人物与情节，反对新批评仅仅关注语言中的比喻和反讽的做法。布斯的小说修辞学与结构主义叙事学均聚焦于各种叙事手法，而非作者的遣词造句本身。在《小说修辞学》第二版的后记中，布斯重申小说是由"行动中的人物"构成，由语言叙述出来的，而非由语言构成的。这与以戴维·洛奇为代表的聚焦于语言的新批评派小说研究形成了鲜明对照。(3)注重对不同叙述类型、不同叙事技巧的分类，并系统探讨各个类别的功能。

但布斯的小说修辞学与结构主义叙事学也存在较多差异：

(1)叙事学家旨在探讨叙事作品中普遍存在的结构、规律、手法及其功能，而布斯旨在探讨作品的修辞效果，因此反对片面追求形式，反对一些教条式的抽象原则和标准。布斯认为不能笼统地采用某一文类的标准来评价某作品的叙事技巧，有必要区分不同的小说种类，各有其适用的修辞方法。虽然他的目的不是阐释特定的文本，但从修辞效果出发，他十分关注具体作品在修辞方面的特殊需要，关注修辞手段在特定语境中发挥的作用，关注小说家在特定的上下文中如何综合利用各种叙事方法来达到最佳修辞效果。(2)布斯不仅更为注重小说家的具体实践，而且注重追溯小说修辞技巧的源流和演变。这与以共时研究为特点的结构主义叙事学形成了对照。(3)虽然布斯将纯粹说教性的作品排除在研究范围之外，但他受传统批评的影响甚深，十分注重作品的道德效果，主张从如何让读者做出正确的道德判断这一角度出发来选择修辞技巧。在《小说修辞学》第二版的后记中，布斯对追求科学性、不关注道德效果的结构主义方法提出了批评。他认为就虚构作品的形式而言，重要的因素往往具有道德价值，若不予关注，就贬低了作品的价值。其实，这与布斯倡导的多元论相背离。从多元论的角度来看，任何研究方法都有其特定的关注和不予关注的对象，不同方法之间互为补充。(4)布斯注重作者、叙述者、人物与读者之间的修辞交流，认为这种交流隐含于每一部作品之中。叙事学界一般认为，布斯的《小说修辞学》是著名结构主义叙事学家热奈特所著《叙述话语》[1]的前驱。但实际上，两者在研究目的和研究对象上存在相当大的差异。除了上文涉及的那些差异外，我们不妨比较一下两本书的基本研究对象。热奈特的《叙述话语》共有五章，前三章探讨的都是时间结构，即作者在话语层次上对故事时间的重新安排。后两章则以"语式"和"语态"为题，探讨叙事距离、叙述视角和叙述类型。由于布斯关注的是叙事交流和修辞效果，而不是结构本身，因此没有探讨文本的时间结构，而是聚焦于（隐含）作者的声音和立场，各种叙事距离、叙述视点和叙述类型等范畴。热奈特在探讨叙事距离时，关心的是"展示"（showing）与"讲述"（telling）等对叙事信息进行调节的形态，布斯除了关心这一范畴，还十分重视叙述者与隐合作者/人物/读者，或隐含作者与读者/人物等之间在价值、理智、道德、情感、时间等各方面的距离。

　　布斯对"展示"与"讲述"的探讨，也表现出与结构主义叙事学的较大差异。这一差异在一定程度上来自他对现代小说理论的一种反叛。20世纪初以来，越来越多的批评家和小说家认为只有戏剧性地直接展示事件和人物才符合逼真性、客观性和戏剧化的标准，才具有艺术性，而传统全知叙述中作者权威性的"讲述"（概述事件、发表评论）说教味太浓，缺乏艺术性。可是，作者的议论构成重要的修辞手段，若运用得当，能产生很强的修辞效果，尤其是道德方面的效果。故布斯用了大量篇幅来阐述恰当的议论存在的必要性，说明其各种作用。与此相对照，结构主义叙事学家对作者的议论一般只是一带而过。值得注意的是，布斯在捍卫作者恰当的议论时，似乎走得太远。他认为若反对作者的公开议论，也就可以反对作者的任何叙事选择和技巧，因为它们均体现了作者的介

---

[1] Cerard Genette, *Narrative Discourse*, trans. Jane E. Lewin, Ithaca: Cornell University Press, 1980.

入。在这里，布斯从作者的介入这一角度切入，有意无意地抹煞了各种叙事技巧之间的区别。反对作者的公开议论是反对作者的直接介入，这种介入不同于对素材的选择和展示中体现出来的作者的"介入"。布斯还用了大量篇幅来说明非人格化叙述中作者的沉默所带来的种种问题，这与他对传统全知叙述的捍卫不无关联，而这一捍卫又与他对作品道德效果的重视密切相关。

布斯对读者十分关注，不仅考虑隐含作者的修辞手段对读者产生的效果，也考虑读者的阐释期待和反应的方式。修辞方法与结构主义的方法的一个本质不同在于：修辞方法聚焦于文本如何作用于读者，因此它不仅旨在阐明文本的结构和形式，而且旨在阐明阅读经验。但布斯对读者的看法相当传统。实际上，布斯对传统修辞技巧的捍卫也与他对读者的保守看法有关。在布斯眼里，读者多少只是被动地接受作者的控制诱导，而不是主动地对作品做出评判。与"隐含作者"相对应，布斯的读者是脱离了特定社会历史语境的读者。在《小说修辞学》的序言中，布斯毫不含糊地声明，自己"武断地把技巧同所有影响作者和读者的社会、心理力量隔开了"，而且通常不考虑"不同时代的不同读者的不同要求"。布斯认为只有这样做，才能"充分探讨修辞是否与艺术协调这一较为狭窄的问题"。实际上，尽管布斯声称自己考虑的是作品的隐含读者，但这也是与有血有肉的读者相混合的"有经验的读者"。与此相对照，结构主义叙事学家关心的是受述者（narratee）。受述者是叙述者的实际或隐含的受话者，是与叙述者相对应的结构因素，与社会历史语境无关，也有别于有血有肉的读者。

二 布斯向后经典叙事理论的有限迈进

1983年《小说修辞学》第二版问世。其特点是增加了约六十页之长的后记。在第一版面世后的二十二年中,美国的社会历史语境发生了根本性的变化,从重视形式批评逐渐转向了重视文化意识形态批评。时至20世纪80年代初,文本的内在形式研究已从高峰跌入低谷,盛行的是文化研究、马克思主义批评、女性主义批评等外在批评流派,以及解构主义批评。《小说修辞学》出版后,受到了广泛关注,其深厚广博的文学素养,对小说修辞技巧开创性的系统探讨备受赞赏。同时,其保守的基本立场也受到了来自方方面面的批评与责难。在第二版的后记中,布斯在两种立场之间摇摆不定,一是对《小说修辞学》中经典立场的捍卫,另一是对经典立场的反思,向后经典立场的迈进。布斯将时下的一些流行规则称为"半真半假的陈述",并进行了不无反讽的描述,譬如,所有好读者"可任意将自己的阐释和信念强加于所有的小说;传统上所说的'对文本的尊重'最好改称为'自我解构的被动投降'"。与此同时,他也表现出对时代的顺应。弗雷德里克·詹姆斯在《马克思主义与形式》(1971)一书中,对《小说修辞学》不关注社会历史语境的做法进行了强烈抨击。在第二版的后记中,布斯首先捍卫了自己的立场,提出自己不是反历史,而是有意超越历史,认为小说修辞研究与小说政治史研究是两码事,与小说阐释也相去甚远。但在冷静反思后,布斯对某些文化研究表示了赞同(尽管对大部分文化研究仍持保留态度)。他提出可以探讨为何一个特定历史时期会孕育某种技巧或形式上的变革,并将俄国形式主义学者巴赫金视为将文化语境与作品研究有机结合的范例。布斯对巴赫金的赞赏有其自身的内在原因。布斯认为形式与意义或价值不可分离。因此他既反对意识形态批评对形式的忽略,又反对不探讨价值的纯形式研究。巴赫金将对形式的关注与对意识形态的关注有机结合,从前者入手来研究后者,得到布斯的赞赏也就在情理之中。但巴赫金所关注的社会意识形态与布斯所关注的作品的道德价值不尽相同。

就作者而言,布斯一方面承认作者无法控制多种多样的实际读者,一方面仍十分强调作者对读者的引导作用。他依然认为小说修辞学的任务就是阐释作者做了什么（或者能做什么）来引导我们充分体验其所写的故事。诚然，在巴赫金的启发下，布斯认为应对实际作者加以考虑，不应在隐含作者和实际作者之间划过于清晰的界限。

就读者而言，布斯一方面认为不应将自己对文本的反应当成所有读者的反应，而应考虑到属于不同性别、不同阶层、不同文化、不同时代的读者的不同反应，还特别提到女性主义批评对文本所做的精彩阐释。但另一方面他又强调各种读者"共同的体验"和"阐释的规约"，为自己在第一版中的立场进行辩护。他说："幸运的是，该书所说的'我们'的反应，大多可简单地解释为是在谈论隐含作者所假定的相对稳定的读者，即文本要求我们充当的读者。在这么解释时，现在我会强调我们在阅读时固有的、不可避免的创造性作用。"从"幸运的是"这一开头语可以看出，布斯是能守就守，守不了方做出让步。说读者的创造性作用是"固有的、不可避免的"，也就是说并无必要提及。实际上，强调"文本要求我们充当的读者"，就必然压抑读者的创造性阅读（因为只需做出文本要求的反应），而且必然压抑不同性别、不同阶层的读者的不同反应。传统上"文本要求我们充当的读者"往往是父权制的，女性主义者会进行抵制性的阅读。受压迫的黑人面对以白人为中心的作品，也会进行抵制性的阅读，而不会服从隐含作者或文本的要求。布斯批评那些仅注重读者的差异而忽略读者共有反应的批评流派，但未意识到自己并非在两者之间达到了平衡。布斯赞同并详细论述了彼得·拉比诺维茨对不同隐含作者所做的区分，这也表明他依然注重隐含读者，忽略其与实际读者之间的差异。布斯还试图用不同种类作品之间的差异来替代不同读者之间的差异，这也是试图用"文本要求我们充当的读者"来涵盖实际读者。诚然，布斯的"隐含读者"比结构主义学者的"受述者"要接近实际读者。布斯提到了美国叙事学家杰拉尔德·普林斯对受述者的探讨，认为这种探讨太抽象，与读者的实际阅读相分离。

就文本而言，布斯检讨说，第一版有时让人感到自己选的分析素材似乎是上帝赋予的，似乎唯有自己的阐释是正确的，而实际上选材有其任意性，阅读也可能走偏。他认为当初不该将书名定为"小说修辞学"，而应定为"一种小说修辞学"，甚或应该定为"对于叙事文众多修辞维度之一的一种也许可行的看法的简介的一些随笔——尤为关注有限的几种虚构作品"。从这一详尽到十分笨拙的标题，我们一方面可以看出布斯对问题的充分认识，另一方面也可感受到一种无可奈何的口吻和不无反讽的语气。这种语气在涉及非小说文类时更为明显。时至20世纪80年代初，文学与非文学之间的界限遭到了各种解构性批评。不少人指责《小说修辞学》分析面太窄。布斯则不无反讽地回应说：自己本可以分析那么"一两个"笑话，谈那么"一点点"历史。同时明确指出，自己将研究范围局限于几种小说不无道理，因为这些小说有其特殊的修辞问题。至于对全知叙述的看法，面对众多的批评，布斯采取了一种被动防守的姿态。他说自己并非认为传统的全知叙述优于现代的作者沉默，前者时常被滥用，后者也往往很精彩，还特别强调了作者的沉默对读者的引导作用。布斯提出，随着历史的进程，我们逐渐积累越来越多的技巧，每一种都有其特定的局限性，后面的技巧并非优于前面的。不难看出，这仍然是在捍卫全知叙述。在论述这一问题时，布斯似乎忽略了不同时代的读者的不同接受心理。现当代的读者不再迷信权威和共同标准，不愿聆听权威的讲述和评判，而愿根据自己的所见所闻做出自己的判断。这种接受心理是全知议论不再受欢迎的一个主要原因。值得一提的是，受巴赫金、詹姆斯·费伦等批评家的影响，布斯更为注重文本中的双重声音或多重声音，尤其是自由间接引语这一有效传达双重声音的叙述手法。

在《小说修辞学》第二版的后记中，我们无疑可以看到布斯向后经典叙事理论的迈进，但这一迈进从本质上说是颇为被动，也是颇为有限的。可以说，布斯的《小说修辞学》构成了美国当代修辞性叙事理论的奠基之作。该书第二版向后经典叙事理论的有限迈进，也为后经典叙事理论的发展做了一定的铺垫。

关于西方文体学新发展的思考
——兼评辛普森的《文体学》

对文体学研究做出了重要贡献的劳特利奇出版社（伦敦和纽约）刚刚推出了保罗·辛普森的新著《文体学》。[1]此前，出版社邀请笔者写了推荐语，印在该书的封底上，故在该书面世之前，就从英国寄来了样书，笔者得以先睹为快。该书引发了笔者对西方文体学过去、今天和未来的一些思考，在此结合该书的观点，就西方文体学的一些新的发展趋势谈谈自己的看法。

一 西方文体学的发展势头

1958年在美国印第安那大学召开的"文体学研讨会"标志着文体学作为语言学与文学之间的交叉学科在英美的诞生；就西方而言，则标志着文体学研究的全面展开。时至2004年，西方文体学经历了曲折的发展过程。辛普森在这部新著的引言中，以勒赛克勒十一年前对文体学的批评开头。勒赛克勒对文体学采取了全盘否定的态度，认为文体学在走向

---

[1] Paul Simpson, *Stylistics: A Resource Book for Students*, London: Routledge, 2004.

衰落，走向死亡。[1] 十一年后的今天，辛普森认为勒赛克勒的预言是完全错误的，"世界各地大学的语言、文学和语言学系都在讲授和研究文体学。文体学的学术影响和发展势头可见于数量众多的研究文体学的著作、学术期刊、国际研讨会和学术组织"（第2页）。在英国、欧洲大陆和澳大利亚等地，文体学确如辛普森所言，不仅没有死亡，而且呈现出旺盛的发展势头。但在美国情况并非如此。20世纪60至70年代，文体学曾在美国风行一时，但80年代初以来，美国的文体学研究在解构主义批评、读者反应批评和政治文化批评的冲击下，日渐衰微，90年代在很大程度上被排挤出局。我们知道，1967年和1968年在美国先后诞生了《文体》和《语言与文体》这两份文体研究期刊，标志着文体学的兴旺发达。后者于1991年在形势的逼迫下，"寿终正寝"；前者虽然生存至今，但在20世纪90年代，在很大程度上变成了叙事研究期刊，登载了不少超出语言层面的叙事（包括各种媒介的叙事）研究的论文。《文体》2000年夏季刊是以"叙事概念"为题的特刊，包括两大部分：(1) 重新建构叙事理论；(2) 使叙事理论化。这些内容与杂志的名称可谓相去甚远。[2] 20世纪90年代以来英国和美国分别构成了文体研究和叙事研究的国际中心。英国是"诗学与语言学协会"这一国际性文体学组织的基地，美国则是"叙事文学研究协会"这一国际性叙事研究组织的基地。就在美国的《语言与文体》停刊的第二年，在英国诞生了《语言与文学》这一名字宽泛但实质为专注文体学的期刊（"诗学与语言学协会"的会刊）。

为何英国与美国会各树一帜呢？笔者认为主要有以下两方面的原因：(1) 英国比美国保守，因此文体学受到的冲击相对较弱。诚然，政治文

---

[1] J-J Lecercle, "The Current State of Stylistics," *The European English Messenger* 2 (1993): 14–18.
[2] 值得一提的是，虽然时至2021年，《文体》杂志依然在叙事研究领域发挥重要作用，但进入新世纪以来，随着美国激进学术氛围的减弱，文体学研究逐渐在美国复苏，《文体》杂志在文体学领域的作用也逐渐增强。

化批评在英国也产生了较大影响,但一部分文体学家迅速应对,将文体学研究与其相结合,产生了"批评语言学"(批评性话语分析)、女性主义文体学等,"功能文体学""话语文体学"等也强调与语境的关联;与此同时,较为传统的文体研究在英国依然得以生存。(2)美国叙事学(叙述学)的迅速发展,对文体学形成了另一种冲击,而叙事学在英国始终未成气候。我们知道,美国与欧洲大陆在理论思潮上的联系远比英国紧密,发轫于法国的叙事学,很快就传播到美国,在异地被发扬光大。叙事学区分"故事"(内容)和"话语"(表达方式),而文体学则区分小说的"内容"与"文体"。文体学界对"文体"有多种定义,但可概括为:文体是"表达方式"。正如笔者另文所述[1],从表面上看,小说文体学的"文体"和小说叙事学的"话语"相互之间可以替代,但实际上两者相去甚远,各自涉及小说形式的两个层面之一,构成一种直接互补的关系。然而,由于这种互补关系被定义的"替代性"或排他性所掩盖,因此文体学和叙事学在某种意义上成了对方的"克星",一方的发达造成另一方的不发达。若要产生文体学与叙事学齐头并进的局面,首先需要破除文体学的"文体"和叙事学的"话语"可互为替代的假象,充分认识到两者之间的互补性。

进入新世纪以来,美国激进的学术氛围有所缓解,作品的形式研究逐渐得到重视,被叙事学所忽略的小说的语言层面也得到了更多的关注。上文提到的"诗学与语言学协会"每年都举办年会,过去十多年都是在英国、欧洲大陆或南非等地召开,但2004年的年会是在美国纽约举行的。美国的《文体》杂志近几年所登载的文体(学)研究的论文明显增多,2003年开始主动向"诗学与语言学协会"的会员征稿。但与英国相比,

---

[1] Dan Shen, "What Narratology and Stylistics Can Do for Each Other," in James Phelan and Peter Rabinowitz, eds., *A Companion to Narrative Theory*.

美国的文体学研究只能说是在"死亡"之后刚刚复活,尚在逐渐恢复失去的元气,若要在美国真正形成气候,恐怕还要相当一段时间。

二 从文体学的定义看文体学的变化

辛普森在其新著中,对文体学做出了以下界定:

文体学是一种把语言摆到首要位置的文本阐释方法。(第2页)

这一宽泛的定义有一个明显的特征:没有提到对语言学的应用。我们知道,西方文体学之所以会在20世纪60年代开始兴盛,就是因为借助了语言学迅速发展的东风。就60至80年代而言,文体学与语言学的关系是一种极为密切的寄生关系,新的语言学理论的产生和发展往往导致新的文体学流派的产生和发展。当时对文体学的定义均十分强调文体学对语言学的应用。文体学家一般都认为只有通过语言学的方法才能较好地把握语言结构,对语言特征做出较为精确系统的描写。十五年前,卡特和辛普森曾断言文体学"必定有赖于语言学领域的本质性进展"。他们比较了"文学文体学"和"语言学文体学",前者灵活借鉴语言学的方法进行分析,旨在更好地理解和阐释文学作品;后者则进行系统的语言学描写,旨在通过文体分析来改进语言分析模式,从而对语言学理论做出贡献。卡特和辛普森将后者视为"最纯正的"文体学。[1]

为何十五年之后,辛普森会从强调语言学转为强调语言本身呢?这很可能主要有以下几方面的原因。(1)越来越多的文体学家将文体分析

---

[1] Ronald Carter and Paul Simpson, *Language, Discourse and Literature*, London: Unwin Hyman, 1989, pp. 3–4.

当成文本阐释的一种工具，而非把文体学当成促进语言学发展的一种工具；越来越多的文体学家将是否能对文本阐释做出贡献视为衡量文体分析是否成功的重要标准。这是面对严峻挑战而做出的一种回应。很多文学批评家排斥文体学是因为他们认为文体学分析不能提供新的阐释，而只是为已知的理解提供一种伪科学的证据。面对这种局面，文体学家旨在证明文体分析能够成为阐释文本的有力工具。尽管90年代以来不少文体学家关注的已不是语言的美学效果，但也是将文体分析作为揭示语言隐含的权力关系或其他修辞关系的工具。（2）虽然语言学的模式和方法确实有助于更为准确和系统地进行语言分析，但语言学术语的繁杂难懂构成了将很多人挡在文体学研究之外的一道屏障，也引起了众多圈外人士的不满，有的文体学家对语言学模式的机械运用更是加重了这种不满。面对这种情况，辛普森给出的这种宽泛定义可以减少责难。（3）为了文体学的生存和发展，需要扩大文体学研究的队伍，宽泛的定义有助于达到这一目的。（4）辛普森的这本书主要是为"语言、文学和语言学系"的学生写的。文学系的学生可能不具备语言学知识，淡化"语言学"有利于吸引这些学生。

　　辛普森给出这样的定义可谓一种明智的选择，但如此宽泛的定义也带来了一个问题：文体学与新批评（实用批评或"细读"派）的难以区分。后者在"死亡"多年之后，最近也开始在北美复活。其实，辛普森在书中依然强调了文体学对语言学（语法）的应用。为了既保持文体学的特征，又减少责难和扩大文体学研究的阵营，我们不妨两者兼顾：在写文体学的研究论文（包括研究生的论文）时，尽量较为系统地采用语言学的方法；但在给初学者讲授这方面的课程或撰写带有普及性质的论著时，则尽量深入浅出，避免采用难懂的语言学术语。其实，有的语言特征与主题意义的关联适合系统运用语言学模式加以分析，有的则需要灵活运用，而在另外一些情况下，采用"细读"语言的方法就可以达到很好的效果。辛普森总结了文体学分析的三条原则：（1）应该有一个准确的分析框架；（2）应该采用公认的术语和准则来组织分析；（3）分析的路子应该清晰明了。这显然是在暗暗强调对语言学模式的应用，但不用语言学也有可能做到这三点。总之，我们需要具体情况具体分析。笔者与学生合作的两篇论文最近分别被英国的《语言与文学》和美国的《文体》杂志接受。[1] 这两篇论文（尤其是《文体》接受的那一篇）系统运用了韩礼德的及物性模式，属于较为正统的功能文体学分析。这种论文几年前很难在《文体》找到市场，其被接受也是文体学复归《文体》的一个证据。但《文体》杂志也曾刊登了一些虽未运用语言学，却依然很有见地的文体分析论文，而这种论文则往往难以被《语言与文学》杂志接受。其实，无论是否采用语言学的模式和术语，只要能通过对语言之准确详细的分析，对文本做出令人信服的新的阐释，就是一篇好的文体研究论文。我们不妨根据具体情况采用狭义的文体学和广义的文体学概念。严格意义上的文体学采用语言学的模式和方法进行文本阐释，而广义上的文体学则可泛指通过详细分析语言来阐释文本的研究，后者也可泛称为"文体研究"。这和严格意义上的"叙事学"与泛指的"叙事理论"或"叙事研究"的关系较为相似。

三 从"叙事文体学"看文体学的拓展

辛普森这部新著的主题之一为"叙事文体学"。这一主题反映了进入新世纪之后，文体学家在分析中对叙事结构的日益关注。上文提到文

---

[1] 这是以笔者指导的一篇硕士论文中的两章为基础写成的：Yinglin Ji and Dan Shen, "Transitivity, Indirection, and Redemption: Sheila Watson's *The Double Hook*," *Style*, forthcoming; Yinglin Ji and Dan Shen, "Transitivity and Mental Transformation: Sheila Watson's *The Double Hook*," *Language and Literature* 13.4 (2004)。

体学研究与叙事学研究都有其局限性。为了克服这种局限性，一些文体学家以三种不同的方式对叙事学加以借鉴。其一，在建构文体分析模式时，借鉴叙事学的概念和框架；或在进行文体分析时，附带考察相关叙事结构。这是克服文体学之局限性的一种较好做法，但对叙事学的借鉴容易受到文体分析本身的限制，因此往往局限于文体学和叙事学的两个重合面：视角（视点）和人物话语的表达方式。辛普森的《语言、意识形态和视角》（1993）就是从事这一实践的较早的著作之一。近年来，这方面的论著有所增多，并拓展到了人物塑造和叙事时间等方面。其二，同时写文体学和叙事学的著作。迈克尔·图伦的《文学中的语言：文体学导论》没有涉及叙事学，但他的《叙事：批评性语言学导论》则基本上是一部叙事学的著作。图伦显然意识到了文体学和叙事学各自的局限性，因此他不仅两方面著书，而且也两方面开课。遗憾的是，他在书中未说明这种局限性，也未说明文体学与叙事学的互补关系，而是让它们各自以独立而全面的面目出现。我们不妨看看他对文体学的"文体"和叙事学的"话语"所下的定义：

> 文体学研究的是文学中的语言……至关重要的是，文体学研究的是出色的技巧。[1]

> ［叙事学的］"话语"几乎涵盖了作者在表达故事内容时以不同的方式所采用的所有技巧。[2]

从表面上看，"文体"和"话语"相通，指涉的都是作者的技巧，实

---

[1] Michael J. Toolan, *Language in Literature: An Introduction to Stylistics*, London: Arnold, 1998, pp. viii-ix.

[2] Michael J. Toolan, *Narrative: A Critical Linguistic Introduction*, 2nd edition, London: Routledge, 2001, p. 11.

际上两者相去甚远。在探讨"文体"时，图伦聚焦于"语言成分"，包括"词语选择、小句模式、[文字]节奏[如韵律、词语或句子的长短]、语调、对话含义、句间衔接方式、语气、眼光、小句的及物性等等"（《文学中的语言》，第ix页）。与此相对照，在探讨"话语"时，图伦关心的则是"讲故事的人所选定的表达事件的特定顺序，决定用多少时间和空间来再现这些事件，所选择的话语中（变换）的节奏和速度[究竟是快速简要概述还是慢慢地详细描述]。此外，还需选择用什么细节、什么顺序来表现不同人物的个性……叙述者和其所述事件之间的关系，由小说中的人物讲述的一段嵌入性质的故事与故事外超然旁观的全知叙述者讲述的故事就构成一种明显的对照"（《叙事》，第11—12页）。若只读两本书中的一本，无疑会对作品的形式层面得出一个片面的印象。诚然，图伦的《文学中的语言》中有一章题为《叙事结构》，但该章避开了叙事学，仅仅涉及了社会语言学家拉博夫的口头叙事模式。图伦之所以这么做，显然是因为在探讨文体学时，仅愿意接纳属于语言学范畴的模式。

辛普森在其新著中采用了另一种方法：完全打破文体学和叙事学的界限，用"叙事文体学"来同时涵盖对语言文体和叙事结构的研究。这是克服文体学之局限性的一种勇敢的做法，但出现了以下几方面的问题。首先，在理论界定中，辛普森有时将文体学与叙事学混为一谈，从而失去了文体学自身的特性。他在书中写道："很多文体学和叙事学的论著都首先区分叙事的两个基本成分：叙事情节和叙述话语。"（第20页）如前所述，这是叙事学而非文体学的区分。他还进一步说明，在"文体学的文献中"，这一区分和以下区分相对应：(1)"fabula故事"与"sjuzhet情节"；(2)"histoire故事"与"discours话语"；(3)"story故事"与"discourse话语"（第70页）。实际上，这几种区分都出现在叙事学而非文体学的文献中。文体学区分的是"内容"与"文体"，而"话语"与"文体"大相径庭。首先,"话语"涉及不同媒介,而"文体"则仅涉及文字媒介。辛普森在将"话语"纳入文体学之后,将叙事媒介视为文体学的分析对象之一:"两个常用的叙事媒介是电影和小说。诚然,还有各种其他媒介,譬如芭蕾舞、音乐剧或连环漫画。"(第20—21页)我们不妨比较一下辛普森的下面这两段文字:

> 我们为何要研究文体学呢?研究文体学是为了探索语言,更具体地说,是为了探索语言使用中的创造性……也就是说,除非对语言感兴趣,否则就不要研究文体学。(第3页)

> 语言系统广阔的覆盖面使得作者(writer's)技巧的方方面面都与文体分析相关。(第3页)

不难看出,辛普森在此仅考虑了文字媒介。值得注意的是,上面这两段引语互为矛盾:第一段将文体分析限定在语言层面,第二段则将其拓展到"作者技巧的方方面面"。以往文体学家认为文本中重要的就是语言。罗纳德·卡特曾经断言:"我们对语言系统的运作知道得越多、越详细,对于文学文本所产生的效果就能达到更好、更深入的了解。"[1] 从表面上看,辛普森的第二段引语与卡特二十多年前的论断相通,但实际上并非如此。新世纪的辛普森已充分认识到文体学仅关注语言的局限性(如第一段引语所暗示的),因此他有意识地借鉴叙事学。但也许是"本位主义作祟",他不是强调文体学与叙事学的相互结合,而是试图通过拓展文体学来"吞并"叙事学。其实,无论如何拓展"语言系统",都难以涵盖"芭蕾舞、音乐剧或连环漫画"。

---

[1] Ronald Carter, ed., *Language and Literature*, London: George Allen & Unwin, 1982, p. 5.

此外，就文字叙事作品而言，辛普森在探讨"话语"时，有时也将语言结构（文体学的分析对象）和非语言的叙述结构（叙事学的关注对象）混为一谈。[1] 他举了下面这一例子来说明"话语"对事件顺序的安排（第19—20页）：

约翰手中的盘子掉地，珍妮特突然大笑

这两个小句的顺序决定了两点：(1) 约翰的失手发生在珍妮特的反应之前；(2) 约翰的失手引起了珍妮特的反应。倘若颠倒这两个小句的顺序（珍妮特突然大笑，约翰手中的盘子掉地），则会导致截然不同的阐释：珍妮特的笑发生在约翰失手之前，而且是造成他失手的原因。辛普森用这样的例子来说明"话语"对事件的"倒叙"和"预叙"。在笔者看来，语言层面上的句法顺序与"话语"安排事件的顺序只是表面相似，实际上迥然相异。后者仅仅作用于形式层面，譬如，究竟是先叙述"他今天的成功"再叙述"他过去的创业"，还是按正常时间顺序来讲述，都不会改变事件的因果关系和时间进程，而只会在修辞效果上有所不同。这与辛普森所举的例子形成了截然对照。此外，句法顺序需要符合事件的实际顺序。就辛普森所举的例子而言，如果是约翰的失手引起了珍妮特的大笑，那就不能颠倒这两个小句的顺序（除非另加词语对因果关系予以说明，但那样也不会产生美学效果）。与此相对照，在超出语言的"话语"层面，不仅可以用"倒叙""预叙"等来打破事件的自然顺序，而且这些手法具有艺术价值。也就是说，我们切不可将文体学关心的句法顺序和叙事学关心的"话语"顺序混为一谈。

1　诚然，文字作品中的一切都是通过语言来表达的，但我们依然可以区分"语言结构"（语音、语义、句法、书写等）和非语言的叙述结构（譬如，究竟是用一个叙述者还是用两个以上的叙述者，究竟是用一句话还是用100页纸来叙述一件事，都并非对语言本身的选择）。

在说明"叙事文体学"对"情节"或"故事"的研究时,辛普森采用了弗拉基米尔·普洛普的行为功能模式来分析两个电影的情节:一为迪士尼的动画片,另一为故事片《哈里·波特与魔法石》。辛普森从情节发展中,抽象总结出普洛普的模式所涉及的种种行为功能,譬如第二种功能"主人公收到禁令"(德斯利斯夫妇不让哈里上霍格沃茨的魔法学校);第三种功能"违反禁令"(哈里上了霍格沃茨的魔法学校)。辛普森成功地将普洛普的模式用于对这两部电影之情节的分析,但这种"叙事文体学"分析既脱离了语言,又脱离了语言学。可以说,这种分析是打着"文体学"的旗号搞叙事学研究。辛普森的本意是用"叙事文体学"来涵盖叙事学[1],但这种分析则可以说是叙事学实际上取代了文体学。

在论述"叙事文体学"时,辛普森提出了"文体学领域"可分析的六个方面:(1)文本媒介:电影、小说、芭蕾舞、音乐等;(2)社会语言学框架:通过语言表达的社会文化语境;(3)人物塑造之一:行动与事件;(4)人物塑造之二:视角;(5)文本结构;(6)互文性。这一"六方面模式"的长处在于涵盖面很宽,但也带来了一些问题。上文已说明了第一个方面的问题。值得一提的是,近年来,有些文体学家注重将文字作品与根据该作品改编的戏剧和电影相比较。若旨在以戏剧和电影为参照来分析文字作品的语言,则是拓展文体学分析的一种很好的方法,提供了看问题的新角度;但若聚焦于戏剧和电影,只是以文字作品为参照,则基本上是一种叙事学的研究。就第三个方面而言,辛普森仅仅关注了小句的及物性,而没有借鉴叙事学对人物塑造之手段的探讨。就第五个方面而言,辛普森说:"对文本结构的文体学研究可聚焦于大范围的情节成分,也可聚焦于局部的故事结构特征。"前者指的就是普洛普的那

---

[1] 辛普森《文体学》中这一小节的标题是"结构主义叙事学的发展",但这一小节是为了说明"叙事文体学"的,而且一上来就用"文体学文献"遮覆了"叙事学文献"。这显然是有意在用文体学来"吞并"叙事学。

种情节结构分析，这种分析超出了语言层面，也无法应用语言学。由于文体学和叙事学各有其特性，旨在"吞并"叙事学的文体学论著难免片面展示，甚或曲解叙事学（辛普森用句法结构来说明叙述事件的顺序就无意中造成了这种后果）。从另一角度看，由于要照顾到叙事学，辛普森主要按叙事学的路子提出的"六方面模式"相对于文体分析而言，也失之片面。此外，文体学和叙事学对一些概念譬如"discourse"也用法相异[1]：叙事学的"discourse"强调的是与"故事内容"相对照的表达技巧，而文体学的"discourse"强调的则是涉及整个作品的交流关系（如 narrative as discourse）和文类之分（如 drama discourse），这些不同含义在辛普森的这本书中不时出现冲突。

正如"叙事文体学"这一名称所体现的，文体学与叙事学相结合已成为一种势不可挡的发展趋势。这固然有利于对叙事作品进行更为全面的分析，但若处理不当，则可能会造成新的问题。文体学和叙事学各有其关注对象和分析原则。既然文体学关心的是"语言"，就难以用任何名义的文体学来涵盖或吞并叙事学。若真正想将两者全面结合，切实可行的做法是首先说明两者各自的局限性和相互之间的互补性，然后在分析叙事作品时，两种方法并用。如前所述，在文体分析时借鉴叙事学的概念和模式，这是一种很好的拓展文体分析的途径。叙事学对"视角"的探讨要比文体学成熟，因此不少文体学家在分析视角时借鉴了叙事学的模式。辛普森在这部新著中分析视角时，比以往更好地借鉴了叙事学的框架。辛普森在书中还重印了米克·肖特1999年发表的一篇论文。肖特先采用叙事学的模式对一部小说的情节结构进行阐释，然后以此为框架对该小说的语言展开文体分析。这篇论文对"叙事学创新"和"语言

---

[1] 诚然，叙事学和文体学都采用了"discourse"来指涉人物的话语，如 Direct Discourse（直接引语）、Free Indirect Discourse（自由间接引语）。

创新"划分了清晰的界限，这是既借鉴叙事学，又保持文体学自身特性的一种有效做法。"叙事文体学"可以指涉这种以叙事学为框架来分析语言的文体学研究。

"叙事文体学"是一个新的跨学科文体学分支。"跨学科"是文体学的一个突出特征。通过不断与新的学科相结合，文体学不断拓展自己的研究领域，更新自己的研究方法。20世纪90年代还产生了一个新型文体学分支"认知文体学"，它进入新世纪以来呈现出旺盛的发展势头。辛普森在这本新著中，也对认知文体学做了重点评介。认知文体学是将语言学、文学研究与认知科学有机结合的文体学派。认知文体学家关注的是读者对文本世界的建构过程，这必然涉及读者对文本各个层面的反应，包括对叙事结构和叙述技巧的反应，因此对叙事学的借鉴也成了认知文体学的一个明显特征。然而，正如辛普森对于"叙事文体学"的部分论述所体现的，有的认知文体学研究在多方借鉴，旨在全面阐释时，有可能局部失去"文体学"（采用语言学模式）进行细致的语言分析这一本质特性。著名英国文体学家彼得·斯托克韦尔将自己的一本著作命名为兼容并包的"认知诗学"，而非"认知文体学"，很可能就是考虑了这一点。

近年来，一方面西方文体学加速了对其他学科的借鉴，从而促进了文体学的更新和发展，另一方面又可能"物极必反"，导致有的学者为了保持文体学的特性而限制其范围。荷兰阿姆斯特丹和美国费城的约翰·本杰明出版社于2002年开始推出"研究文学的语言学途径丛书"，该丛书强调将语言学的方法应用于文学研究。我们知道，"将语言学的方法应用于文学研究"是对文体学的一种典型界定，从这一角度看，这套丛书应当是典型的文体学丛书，但实际上并非如此。该丛书的宣言宣称其关注的是"采用话语分析、社会语言学、民族语言学、修辞学、哲学、认知语言学、心理语言学和文体学"来分析文学作品的研究。这种将

"文体学"与其他各学科相提并论的做法有一个明显的后果：把"话语文体学"、"认知文体学"、修辞性的文体分析和拉博夫的社会语言学叙事研究模式等等都排斥出了"文体学"的范畴。这种"文体学"观有过于追求正统、过于狭隘之嫌。但倘若文体学在各种跨学科研究中不注意保持自身的特性，则很可能会导致更多的学者对其范围的限制。

四 辛普森新著的创新性结构

保罗·辛普森的《文体学》是由彼得·斯托克韦尔任主编、罗纳德·卡特任顾问的"劳特利奇英语入门系列"中的一本，旨在为学生提供全面的参考信息。这套丛书采用了一种创新性的"二维度"结构：一为纵向维度，即从一个主题到另一个主题；另一为横向维度，每一个主题都有A、B、C、D这四个横向部分。辛普森的《文体学》在纵向结构上共有12个主题：(1) 什么是文体学；(2) 文体学与语言层次；(3) 语法与文体；(4) 节奏与格律（韵律）；(5) 叙事文体学；(6) 作为选择的文体；(7) 文体与视角；(8) 对人物语言与思想的表达；(9) 对话与话语；(10) 认知文体学；(11) 隐喻与换喻；(12) 文体学与文字幽默。除了最后一个主题，其他主题都从"A简介"到"B发展"到"C探索"再到"D扩展"。就文本的前后顺序而言，是依照纵向结构排序，即先是A部分，再依次是B、C、D部分。也就是说，首先出现的是对各个主题的简要介绍，然后出现的是对这些主题的说明性拓展（实例分析）或对有关研究的介绍，接着出现的是针对各个主题的实践分析活动，最后出现的是其他一些著名文体学家的相关论著。阅读时，读者既可以纵向阅读：先读完A部分，再读B部分……也可以依次横向阅读：先读A1、B1、C1、D1，然后再读A2、B2、C2、D2……还可以直接跳至感兴趣的某一主题横向阅读，譬如一上来就读A10、B10、C10、D10。纵向阅读的长处是全面了解涉及各个主题的"简介"(或"发展"或"探索"或"扩展"等不同维度)。横向阅读的长处是同时集中了解有关某一主题的这四个维度。这种纵横交错的结构要求每一个主题都较为完整,同时也要求其A、B、C、D四个部分都具有相对的独立性,能自成一体。这样也容易产生一个问题:有的主题容易以偏概全,譬如辛普森的第6个主题"作为选择的文体"仅仅涉及了小句的及物性,其A、B、C、D部分都围绕这一点展开。我们知道"作为选择的文体"可以泛指文体学的分析对象,因为文体学家分析的就是作者对语言的选择。辛普森的"作为选择的文体"之所以局限于小句的及物性,很可能就是因为要避免跟其他主题涉及的语言选择发生重叠。当然,这一问题也可以想办法解决,譬如将"作为选择的文体"改为"及物性选择"。然而,这样虽然可避免以偏概全,却难以突出"文体"就是对语言的"选择"这一核心概念。

与该书的二维度结构相对应,书中的目录也出现了变化。通常一本书只有一个目录,但辛普森的《文体学》却有两个目录。一个就叫"目录",它仅仅考虑了纵向结构,依次排出A简介:文体学的主要概念,B发展:展开文体学研究,C探索:文体分析实践,D扩展:文体学选读。每一个大标题下面都有12或11个小标题(B、C部分未探讨第12个主题,因此只有11个小标题),这看上去跟通常的目录大同小异。紧接着出现了第二个目录,叫作"相互参照的目录"。这是一个纵横交错的目录图表:横向排列A、B、C、D;纵向并排同时列出A、B、C、D各自的大标题(简介、发展、探索、扩展)和下面的12或11个小标题。也就是说,无论看该目录表第一行下面的哪一行,都能横向看到涉及同一主题的A、B、C、D这四个部分的小标题。而无论是从该目录表的任何一个位置上下看,都可纵向看到该部分(A、B、C、D之一)的大标题和下面的12个或11个小标题。譬如,在第11行上,我们可以看到A10"认知文体学"、B10"认知文体学的发展"、C10"实践中的认知文体学"、D10"认知文体学"。而若从B10的位置上下看，就可看到第一行的"B发展"和下面B1到B11的小标题。

在辛普森的这部新著中，纵向结构和横向结构交互作用、互为补充，增加了作品的动态感，而且为读者阅读提供了选择的自由，有利于调动读者的积极性。这种动态结构很可能是受了可供任意选择的计算机阅读之影响。随着计算机阅读日益受到重视，估计书面著作的结构创新也会越来越多。

总之，在应对各种挑战的过程中，西方文体学在不断调整、拓展，近年来呈现出较好的发展势头，进行了各方面的创新。笔者相信西方文体学在新世纪里会得到更好的发展。

（原载《外国语》2005年第3期）

文体学研究的新进展
——《剑桥文体学手册》[1]评介

一个学科权威性《手册》(handbook)的出版，在某种意义上标志着该学科达到了相当成熟的程度。文体学和叙事学均借鉴语言学方法来研究文学，是相互关联的交叉学科。尽管文体学在欧陆起步较早，但英美文体学和诞生在法国的叙事学几乎同时兴起于20世纪中叶。在经过半个多世纪的同步发展之后，2009年，第一部《叙事学手册》由德古意特出版社出版；2014年，两部《文体学手册》则将分别由剑桥大学出版社和劳特利奇出版社推出。后两部手册代表了文体学的新进展，也标志着文体学这一学科的进一步成熟。此前，我收到剑桥大学出版社的邀请，希望为剑桥版《文体学手册》写几句推荐的话印在该书的护封上。虽然我是劳特利奇《文体学手册》的撰稿人之一，两部《手册》在某种意义上有一种竞争关系，但在浏览了剑桥发来的书稿后，我欣然接受了邀请，因为这确实是一部难得的文体学权威参考书。本文对剑桥版《文体学手册》做一介绍。

1　Peter Stockwell and Sara Whiteley, eds., *The Cambridge Handbook of Stylistics*, Cambridge: Cambridge University Press, 2014.

一　内容简介

本书除绪论和后记外，共有三十七篇文章，分为五个部分。

第一部分"作为学科的文体学"共六篇文章，从不同角度论述文体学这一学科。

第一篇《文体学的理论和哲学》，由迈克尔·图伦撰写，阐述文体学学科基础的知识、原则、假定和方法。第二篇文章《文体学的工具箱：方法与学科分支》出自凯蒂·威尔士之手。这两篇文章形成一种互补关系。前一篇针对文体学重分析、缺理论这一看法，着力说明文体学不乏理论和哲学基础。然而，文体学确实是实践性很强的学科，尤其是在高等教育中能为学生提供分析文学文本的方法和工具，因此后一篇把"工具箱"放到了标题里，力求阐明文体学的实用性。就文体学的工具而言，计算机方法近二十年来越来越受到重视。第三篇文章《文学语言学中的计量方法》，由语料库语言学的领军人物之一迈克尔·斯塔布斯撰写，专门评介了相关计算机方法，这与通常的文体分析方法既形成对照，又构成一种补充。

接下来的三篇论文分别以《作为修辞学的文体学》《作为应用语言学的文体学》和《作为文学批评的文体学》为题，从不同角度论述了文体学的性质和特点。第一篇追踪了修辞学在古代的发展，讨论了修辞学向文体学的转向，廓清了修辞学的不同分支与文体学的不同关系。第二篇以问答的形式生动地讨论了文体学与应用语言学的关系。第三篇聚焦于文体学与文学批评的关系，从两个学科的历史发展入手，通过实例分析，说明了文体学与文学批评的关联和两者之间的差异。

第二部分"文学概念和文体学"共八篇文章，集中关注文体学与文学批评的关系，旨在从文体学的角度对一些重要的文学概念进行新的探讨。从这一部分开始，每篇文章基本上都按这一模式走：总结评介以往的相关研究，在此基础上提出自己的新模式或新观点，并通过实例分析来具体说明问题。

第一篇文章以《文类》为题，提倡将文类视为文化语境中的交流形式或社会实践。该文评介了系统功能语言学、应用语言学、历史语用学，特别是文体学对文类的研究，着重于文类的交流和社会功能，关注文类在历史语境中的文体形式变化。第二篇文章阐述了"暗指"和"互文性"等概念，讨论了如何看待和区分文本间的相互关联，探讨了作者对互文关联的生产和读者的接受，并阐明了互文关联的相关功能和在具体文本中的复杂性。第三篇文章《生产和意图》，回顾了历史上关于作者意图的讨论，追踪了批评范式如何收纳或排斥作者意图，并通过比较一个作品不同版本的文字选择来具体探讨作者意图。第四篇文章聚焦于"人物塑造"，首先简评了对文学人物性质的四种不同看法，赞同认知研究将人物视为读者头脑中的再现，然后通过一系列实例分析，详细评介了卡尔佩珀（2001）研究人物塑造的认知文体学模式。第五篇文章以《声音》为题，但关注的并非人物说出来的话，而是人物思维活动的语言再现，即人物的思维风格。由于读者看到"声音"，会自然地想到人物或叙述者说出来的话，该文的题目可能会让读者产生误解。第六篇文章以《叙述》为题，讨论的却并非叙述者的叙述，而是实际读者如何以不同方式对叙事文本（尤其是故事情节）的互文性加以阐释。在英国，叙事学不像文体学那么发达，因此不少英国文体学家将叙事学视为文体学的一部分，或者两者不加区分，但该文侧重叙事学。第七篇文章聚焦于"陌生化"，指出这一俄国形式主义的概念对当今的认知文体学研究依然有较大影响。该文结合实例分析，从（不同）读者认知的角度阐明了各种陌生化的文体技巧。本部分最后一篇文章《意象的强度和构造》，从认知文体学的角度重新探讨了"意象"这一传统文学话题。

第三部分"文体技巧"共九篇文章，讨论了文体学的各种技巧。

第一篇文章《语音文体学与书面文本》，探讨了书面文本中的语音技巧，尤其是副语言的声音特征的文体效果。第二篇《语法结构》，借助语料库语言学的方法，讨论了语法结构如何在文学文本中产生意义。第三篇文章以《语义韵律》为题，采用语料库文体学的方法，对语义韵律展开研究。第四篇文章《行动与事件》主要采用韩礼德的及物性模式对行动和事件在文学作品中的再现进行探讨。第五篇文章《语用学与推断》，探讨推断过程的性质，评介相关语用学理论，讨论如何在文体分析中应用这些理论。第六篇文章《隐喻与文体》，区分不同种类的隐喻与文体技巧的不同关系，借用语料库探讨了"有意"和"非有意"使用的隐喻在不同文类中所出现的频率，并对诗歌中的隐喻展开了文体分析。第七篇文章《前景化、埋藏与情节建构》，聚焦于情节构造中对故事事件的前景化和背景化处理，探讨其产生的特定效果。第八篇是《对话分析》，聚焦于如何分析小说和戏剧中的对话，关注人物对话与人物思想的关联。本部分最后一篇文章对文学作品中的"气氛"和"语气"展开了文体分析，并探讨读者的相关认知效果。

第四部分"语境中的文体体验"共八篇文章，旨在探讨读者的阅读体验。

第一篇以《象似性》为题，区分了不同种类的象似性，主要分析了文学语言中的拟象象似性。但该文没有特别关注读者的阅读体验，与该部分的主题有所脱节。第二篇《伦理》则较好地呼应了"文体体验"。该文采用文本世界理论，对读者在阅读小说时所涉及的伦理问题展开了认知诗学分析。第三篇《虚构性与本体》涉及一个新文类，即以手机小说为研究对象。读者手持手机，根据电话指示以及与叙述者在电话里进行的交流，在城市里边走边在具体的环境里建构故事。这一文类在某种程度上模糊了虚构和现实的界限。该文采用文本世界理论，对读者生动的阅读体验进行了令人耳目一新的分析。第四篇以《情感、感情与文体学》为题，集中分析了读者在阅读文学文本时的情感体验。尽管自从认知转向以来，读者成为不少文体研究者的关注对象，但一般关注的都是读者的阐释，而较少关注读者的情感。第五篇文章《叙事结构》，评介研究叙事结构的不同方法，区分了核心结构成分和非必需的结构成分。然后聚焦于对一个轰动的谋杀事件的不同报道，详细比较了维基百科两个不同记述版本的不同叙事结构。第六篇以《表演》为题，将注意力转向文体学家以往较少关注的戏剧表演这一范畴。该文采用概念整合理论，对实际演出和观众的认知行为展开探讨。第七篇以《阐释》为题，针对有的认知研究过于重视读者个体阅读的做法，强调要重视以共识意义为基础的"阐释"，并提出了一个分析语言共识意义的模式。第八篇是《历史文体学画像》，探讨历史文体学的性质，强调文体学家应关注文体分析所涉及的概念和方法在历史语境中的变化。该文以人物研究为例，说明"人物"在历史上曾经历了影响深远的变化，指出这如何影响了此后对人物的文体研究。

第五部分的标题是"文体学的拓展"，共有六篇文章。

第一篇《媒体分析》，评介了"媒体文体学"的性质、特点和方法，介绍了媒体向新媒介和多媒态的发展。该文的分析对象是互动对话型的采访和一个在推特网上发的引起了官司的帖子。第二篇题为《广告文化》，以推特网上微博客广告引发的争议开篇，将注意力引向了21世纪的网络等社会媒介的新的推销方式——不仅语篇形式变了，发话者与受话者关系也出现各种复杂变化。该文指出以往研究广告的各种方法（包括语用的、认知的）不再适用于当今的数字时代，并探讨当今新型的推销语篇的性质和特点（包括所属文类和逼真性）。第三篇关注的是政治文体。该文比较古典修辞学研究的政治文体与当今符号学方法所研究的政治文体，介绍语料库"关键词比较分析"的方法，并采用这一方法分析了时任英国首相的政治演讲。第四篇文章《关于人物关系的文体学》，对文学作品中人物之间的关系展开了文体分析，聚焦于人物关系体现出的性别政治。第五篇《翻译中的文体学》，强调文体学在翻译研究中的重要性，并对一首唐诗的英译展开了文体分析。最后一篇论文《关于日常交谈的文体学》转向了日常交谈，通过对小组交谈的具体分析，说明细致的文体分析有助于理解社会交往。

在本书的结语部分，两位主编探讨了文体学的学科性质、学科地位、在世界上的发展范围，并对其未来发展做了展望。

二　简　评

本书特色鲜明，主要体现在以下几个方面：

第一，独具匠心的编排。本书正文五个部分突出了文体学作为一个独立学科的存在，体现出对文体学与文学之关系的重视，对读者阅读体验的强调和对文体学新拓展的关注。与以往文体学论文集按文类或流派编排的方式相比，本书的编排显示出更强的学科掌控能力。

第二，学科意识增强。本书在结语部分阐述的中心论点是：文体学已经不再是语言学与文学之间的交叉学科，而是发展成了一个独立的学科。但两位主编在这一点上看法不尽相同。彼得·斯托克韦尔在结语中不仅强调文体学已经成为一个独立学科，而且认为以前也不应把文体学视为语言学与文学之间的交叉学科。反过来，他认为既然文学从广义上说是由语言构成的，"文学研究应该首先被看成是应用语言学的一种特殊形式"。他进而提出，既然文学研究借鉴历史、社会学、经济学等等，文学研究才是跨学科的。萨拉·怀特利在结语中表示同意现在把文体学视为独立学科，但她指出文体学家依然非常关注语言学、心理学、认知科学、教育学等领域的新发展，注意加以借鉴，而且"最引人入胜和最富挑战性"的文体学研究依然是跨学科的。笔者更赞同第二主编的立场。

我们知道，在文体学诞生之前，文学和语言学已经是两个独立存在的学科，文体学将语言学应用于文学研究，构成两者之间的桥梁，成为一种新兴交叉学科。的确，文体学在今天获得了更加独立的地位，两部《文体学手册》的即将面世就是明证，而且英国的本科生已经能够获得文体学学位。但是，文体学作为交叉学科或界面研究的性质并没有改变，这是文体学的学科特点和学科优势。具有反讽意味的是，尽管第一主编强调文体学已经不再是交叉学科，本书第一部分"作为学科的文体学"的首篇和末篇文章却都强调文体学是处于语言学和文学这两个更大学科中间位置的交叉学科。首篇文章的最后一节以"学科的成熟"为题，但仅仅说明：与以往不同，文体学家不再是被动地等待语言学模式的诞生来加以应用，而是面对文学文本复杂的语言现象，"比过去更加愿意对所采用的语言学模式加以修正和补充"。我们从这样的论述中看到的是一个更加成熟的交叉学科。

第三，多方面的新拓展。本书单辟一部分来探讨文体学的"拓展"，这在文体学论文集中属于首创，在叙事学等其他相关领域的论文集中也难以见到，这说明本书主编对文体学新拓展的重视和强调。仔细考察，就可以看到本书中的文章在以下多个方面的拓展。（1）拓展到新媒介、新文类和多媒态，推特网上的微博客广告、维基百科的记述和手机小说成为有的篇目的聚焦对象。《媒体分析》一文在结尾处特别提问：当我们面对新的"时移"和"按需点播"的社会媒体的时候，媒体文体学需要关注什么新的问题？（2）拓展到新的文体分析范畴，如"语义韵律"。（3）拓展到同一范畴中以往被忽略的方面，如在语音文体研究中关注书面文本中副语言的声音特征，在戏剧文体分析中关注舞台上的演出和听力受损的人观看字幕的情形。（4）将文体学研究拓展到对一些文学概念的探讨，如以专文讨论"文类""暗指和互文性""生产和意图"等文学概念。（5）拓展到叙事学的范畴。《前景化、埋藏与情节建构》一文聚焦于对情节中事件的安排处理。(6)拓展到对文体学分析的反思。《历史文体学画像》一文指出以往对人物的文体分析忽略了"人物"这一概念在历史上的变化,并提出了纠正措施。(7)将对文本的关注拓展到对社会问题的关注。《广告文化》一文着重探讨广告文化在新世纪的变化所涉及的相关社会问题,该文在结尾处还特别提出要关注文本的作者身份和所有权,要关注对公开和私下之间界限的侵蚀,还要关注民众对自己日常生产的文本所能控制的程度。

第四,读者针对性强。本书第二部分特别针对文学领域的读者,把文体学作为一种文学批评方法来探讨;与此相对照,第三部分针对应用语言学领域的读者,聚焦于如何把语言学应用于文学文本分析。针对不同的读者群,来撰写一本书的不同部分,这在以往的学术论著(包括论文集)中很少见。

第五,语料库的方法受到重视。本书不少撰稿者注意利用计算机,在不同程度上采用了语料库的方法。当今,语料库文体学发展势头旺盛。但值得注意的是,对于"反讽"等微妙的文体效果,语料库的方法难以施展。

第六,行文方式新颖。本书的结语和第一部分第五篇文章效仿古希腊的苏格拉底对话,采用了对话形式。把传统的系统论述改为互动性和合作性更强的对话,突出了问题意识,对相关问题有很强的针对性,也增强了可读性,容易抓住读者的注意力。第三部分第三篇文章由两位作者撰写,其中一位根据另一位的理论模式展开文本分析,后者则依据自己的理论对分析加以评论,这种对话型的讨论更有利于读者掌握相关分析方法。

文体学在西方不少国家一直发展势头较旺,在新世纪更加受到重视。英国自20世纪80年代开始一直是国际文体学研究的中心。2014年剑桥大学出版社推出的这一《文体学手册》,体现了文体学的兴旺发达和日益成熟。该手册从编排到选题,从理论模式到实际分析,从读者考虑到行文方式都有重要创新和拓展,对我国文体学研究的发展具有重要启示作用。

(原载《外语教学与研究》2014年第2期)

《语言与文体》评介

《语言与文体》[1]是文体学力作,北京大学出版社近期将引进此书。此书有两个目的:一是展示文体学的新发展并示范如何进行文体学分析,二是向国际著名文体学家米克·肖特表示敬意,感谢他长期以来为文体学的发展所做出的卓越贡献。米克·肖特是英国兰卡斯特大学教授,他创办了国际文体学协会(PALA)和该协会的会刊《语言与文学》。他著述甚丰,与杰弗里·利奇合著的《小说文体论》2005年被PALA评为"1980年以来文体学领域最有影响的著作";他2000年还获得了英国的国家教学奖。

英国文体学家丹·麦金太尔(哈德斯菲尔德大学教授)和德国文体学家比阿特丽克斯·巴斯(海德堡大学教授)精心设计了这部文体学文集,献给米克·肖特,同时向PALA成立三十周年献礼。本书在PALA成立三十周年的年会上首发,产生了较大影响,出版以来受到国际文体学界的欢迎和好评。本书的题目特意取自肖特教授讲授了多年的文体学课

---

[1] Dan McIntyre & Beatrix Busse, eds., *Language and Style: In Honour of Mick Short*, Hampshire: Palgrave Macmillan, 2010.

程的名称"语言与文体"。

自20世纪80年代以来,英国一直是国际文体学研究的中心,肖特也一直在文体学重镇兰卡斯特大学工作,因此应邀撰稿的二十八位学者中有二十位英国学者(其中有四位来自兰卡斯特大学)、六位欧陆学者、一位美国学者和一位中国学者,基本上都是国际知名文体学家。

一 内容简介

本书除绪论和后记外,共有二十六章,分为四个部分:开场白、诗歌文体学、戏剧文体学、叙事小说文体学。

第一部分"开场白"为铺垫性质,共有三章,探讨了文体学的基本原则和方法。

第一章《通过语言分析文学:莎剧中的两段人物言语》由杰弗里·利奇撰写。本章通过实例生动地说明了语言选择的创造性和文学性,论述了何为"文体"和"文体学";在此基础上,对《威尼斯商人》中两个人物相互对照的言语展开了分析。第二章《新历史文体学的发展动向》由本书第二主编比阿特丽克斯·巴斯撰写,首先论述什么是"新历史文体学",提出了进行新历史文体学分析的一个较为全面的框架和具体步骤,然后对19世纪英国小说中人物思想表达和叙述的交互作用展开了分析。第三章《文体分析方法:实践与教学》由罗纳德·卡特撰写,在简论近二十年来文学、语言和教育等方面的发展,且简介了文体分析和批评性话语分析之后,聚焦于对狄更斯小说的文体分析和课堂教学,介绍了文本变形分析、读者反应分析、语料库分析、认知分析等各种方法。

第二部分"诗歌文体学"由第四章到第八章组成。

第四章《诗歌文体学:德拉·梅尔的〈倾听者〉》出自凯蒂·威尔

士之手。本章首先简介了诗歌文体学，以及《倾听者》这首诗如何受欢迎，然后以《倾听者》为例探讨诗歌中的语音模式、韵律、前景化、图式、概念隐喻、象征，以及文本语境和读者各不相同的阐释。第五章《泰德·休斯〈鹰栖〉修辞模式的认知文体解读：文体学在文学批评争议中可能起的作用》由彼得·韦丹柯撰写。他从读者认知的角度展开文体分析，着力说明文体意义在于引发读者在头脑中再现先前的相关经验，而这种再现又受到（读者眼中）相关社会历史文化语境的影响。本章对已故桂冠诗人泰德·休斯的《鹰栖》展开了详细的认知文体兼修辞分析。第六章《〈外行：当代诗歌的句法象似性与读者阐释》由莱斯利·杰弗里斯撰写。该文从理论上探讨语言的象似性，评介以往的研究，然后对《外行》这首诗展开细致的文体分析，尤其关注句法象似性的效果，也十分关注（不同）读者的反应。第七章《诗歌的文本世界》出自埃琳娜·塞米诺之手，分析素材是克雷格·雷恩的《火星人给家里寄明信片》。该文采用认知诗学的分析方法，揭示读者应邀建构的"世界"以及建构过程的特点和复杂性。第八章《〈酒吧私密话〉：声音模式的不可或缺》由汤姆·巴尼撰写。该文通过分析诺曼·卡梅伦的《酒吧私密话》，说明了声音模式对于诗歌意义的重要性，指出声音不仅与意义产生共鸣，而且在有的诗歌里本身就产生意义——在象征层次上重新创造意义，因此应该引起文体学家的充分重视。

　　第三部分"戏剧文体学"仅有四章，这是因为文体学家对戏剧的研究起步较晚，而且相对关注较少。

　　第九章《戏剧文体学：普遍要素》由玛格·蒙克尔特撰写，提出戏剧中存在三种不可或缺的要素："行动""言语"和对这两种要素的"认识"。其中某种要素可能会在某种程度上被加以前景化，以便取得特定效果。该文探讨了戏剧发展史上这三种普遍存在的要素在不同种类的戏剧中的功能、作用和相互之间的关系。第十章《昆汀·塔伦蒂诺〈落水狗〉中的对话与人物塑造：语料库文体分析》由本书第一主编丹·麦金太尔撰写，分析对象为电影剧本。以往对电影的分析忽略了人物对话，而该文指出人物对话在电影中有十分重要的作用。人物对话分析在文体学的戏剧研究中由来已久，但往往只是分析有代表性的片段，近年来有文体学家采用语料库的方法对整个剧本的某些语言特征展开了探讨，而该文则旨在采用语料库的方法来探讨《落水狗》这整部电影中的人物对话，看一个人物的话语与其他人物的话语相比有何特点，这些特点如何帮助塑造鲜明的人物形象。第十一章《"看清楚点，李尔"？把李尔看清！基于语料库的对莎士比亚〈李尔王〉的语用-文体研究》由道恩·阿彻和德里克·鲍斯菲尔德合撰。该文聚焦于《李尔王》中十分重要的第一幕第一场，采用语用学和语料库语言学的方法，对李尔王与女儿及坎特伯爵的互动展开文体分析，特别关注李尔王的古怪行为和其他人物的反应。第十二章《戏剧话语中的言语活动类型、不协调与幽默》由丹·麦金太尔和乔纳森·卡尔佩珀合撰。本章聚焦于演员面试这一言语活动类型，将一个滑稽短剧中的演员面试与通常的面试加以比较，看该剧中面试演员的言语行为如何偏离了读者/观众对这种言语活动类型的认知图式，从而产生幽默的效果。

  第四部分"叙事小说文体学"是本书篇幅最长的一部分，共有十四章，超过了诗歌和戏剧部分的总和。这是因为与早期文体学聚焦于诗歌研究相对照，近二三十年的文体学研究十分关注小说这一文类。

  第十三章《叙事小说文体学》由申丹撰写。在叙事作品的文体分析中，米克·肖特和其他文体学家关注最多的是叙述视角和人物话语表达方式，这也是文体学和叙述（事）学两个最为重要的重合面。本章对这两方面进行了理论探讨，清理了相关混乱，然后对一个短小叙事的不同版本进行了比较分析。第十四章《作者的文体》由戴维·胡佛撰写。该文采用计算机文体学的方法，主要通过分析词语出现的频率，来探讨作者文体的独特性。该文选取了两部维多利亚小说,每部小说先后由两位不同的作者完成,也就是说两人描写的是同样的主题、情节和人物,但通过借助计算机的分析比较,可以看到两位作者在撰写同一部小说时文体上的差异。第十五章《通俗小说中立场态度的二维和三维图示》由莉萨·奥帕斯–汉宁恩与塔皮奥·塞帕宁合作撰写。该文采用统计学方法来分析比较20世纪90年代三种通俗小说对立场态度的不同表达:言情小说、女作者笔下的侦探小说和男作者笔下的侦探小说,旨在说明用三维来图示复杂的统计结果比用传统的二维形式更能说明问题。第十六章《视角》出自保罗·辛普森之手。该文评介和举例说明了探讨叙述视角的各种文体框架。除了采用小说中的实例,该文还采用了一个电影实例,来说明视角的不同类型以及读者/观众的相关反应。第十七章《句子和小句类型对于叙事效果的内在重要性:或者说,爱丽丝·门罗的〈祈祷圈〉是如何开始的》出自迈克尔·图伦之手。该文以门罗《祈祷圈》的开头几段为例,说明句法结构如何帮助表达主题意义。该文源于课堂教学,让学生区分文本中的不同句子和小句类型,然后探讨相关主题意义和效果。第十八章《侦探小说、情节建构和读者操纵:阿加莎·克里斯蒂〈闪光的氰化物〉中的修辞控制和认知误导》由凯瑟琳·埃莫特和马克·亚历山大合撰,指出这部侦探小说的技巧在于给读者指错方向,转移读者的注意力,以至于结局完全出乎读者的意料。该文采用认知文体学的工具,分析了克里斯蒂如何通过修辞技巧来操控和误导读者。第十九章《叙事和隐喻》由莫尼卡·弗卢德尼克撰写。该文以对锡德尼《阿卡迪亚》中一个片段的分析为例,指出传统隐喻理论作为分析工具的不足和认知隐喻理论的优越性。并结合雅各布森和洛奇对隐喻和转喻的区分,进一步说明了认知隐喻理论,同时介绍了叙事学的隐喻研究,并对数个作品中的叙事隐喻进行了具体分析。第二十章《Wmatrix、关键概念与朱利安·巴恩斯〈尚待商榷〉中的叙述者》由布赖恩·沃克撰写。《尚待商榷》这一小说中有九位第一人称叙述者，该文采用新的语料库工具Wmatrix对其中主要的三位展开了分析。分析聚焦于"关键概念"，关注表达关键概念的具体词语形式，考察关键概念与叙述者的性格特点和发展变化的关系。第二十一章《写作再现、书信体小说和自由间接思想》出自乔·布雷之手，探讨小说中写信的人如何解读和引用对方信中的话，引用的目的是什么。本章不仅关注书信体小说，而且关注其他类型的小说中人物对信件的阐释和反应，并指出在《傲慢与偏见》中，对阅信人意识的表达促成了自由间接引语这一技巧的使用。第二十二章《确信带来平息：〈胡子〉里偏执狂思维的宁静瓦解》由乔安娜·加文斯撰写。该文分析了当代法国作家埃马纽艾尔·卡雷尔《胡子》的英译本，探讨了表达偏执狂主人公的思想和视角的各种语言手段，尤其是自由间接引语，并详细分析和图示了相关概念结构和复杂的文本世界的建构。第二十三章《末日启示叙事的第十一张检查表》出自彼得·斯托克韦尔之手。米克·肖特在《诗歌、戏剧、散文语言探索》一书中给出了十张检查表来总结那本书的内容，同时给读者提供指引和帮助。这十张检查表涉及文体分析的十个范畴，体现了文体学的发展史，但没有涵盖认知诗学这一新近发展。本章提出增加第十一张检查表，以涵盖这方面的内容。这张表涉及文体特征唤起的读者对文本世界的建构、对情节的理解，以及对整个作品的体验等。第二十四章《多模态：拓展文体学的工具箱》由尼娜·诺加德撰写。文体学研究一般关注的是文字本身，而这一章则把注意力拓展到了颜色、版面设计、图像等其他模态如何产生意义，提出了分析小说中多模态因素的概念和框架，以便充实文体学的工具箱。第二十五章《小说分析的语料库方法：〈傲慢与偏见〉中的礼貌和身体语言》由米凯拉·马尔贝格和凯瑟琳·史密斯合作撰写，借助于三种语料库方法（关键词、词语索引和文内比较），对《傲慢与偏见》中礼貌和身体语言与主题意义的关联展开了分析。第二十六章《非文学语言：对英国讽刺杂志〈侦探〉封面的文体研究》出自本书第二主编比阿特丽克斯·巴斯之手。从题目就可见出，文体学主要的分析对象是文学语言，而本章则集中对文学范畴之外的杂志封面展开研究，分析对象包括封面上的语言和图像策略以及两者之间的互动，旨在探讨这些封面如何通过幽默和讽刺把政治、社会、文化和语言方面的评论传递给读者。

二 主要特点

本书特色鲜明，主要体现在以下几个方面：

第一，这部文集与米克·肖特的文体学研究有密切的呼应关系，在肖特研究的基础上拓展和创新，特别是与肖特的《诗歌、戏剧、散文语言探索》（1996）一书相关。该书全面探讨文学语言，产生了很大影响。在约稿时，主编要求各章撰稿人特别关注自己的探讨与这本书的关联。就本书的总体构思而言，主编也参照肖特以诗歌、戏剧、散文叙事的文类区分为依据的做法，来划分本书主体的三个部分。

第二，设计独具匠心，注意全书和各部分的引论和铺陈之间的关联。就全书而言，先是绪论，然后又是开场白，两者交互作用，为正文的探讨铺路搭桥。正文三个部分，每部分第一篇文章都具有导论性质，统领该部分的探讨，后面的每一篇都聚焦于同一文类中的某个或某个方面的文体技巧，探讨如何从特定角度对该文类的作品展开具体分析。通常，西方论文集的主编或者让应邀撰稿者自己围绕论文集的宗旨选题，或者仅规定一个题目。本书的两位主编则不仅为每位撰稿人定题，而且拟定了各章的提要（有一定的协商更改余地）。主编为诗歌部分的首章拟定的提要是："凯蒂·威尔士将对一首诗展开文体分析，聚焦于韵律、词语选择，以及语境和诗歌语言之间的关系。威尔士将把经典的分析技巧与认知文体学的新近发展相结合，以体现文体学这一学科的进步，并展示文体学能够在新发展中融入传统的文体分析框架。"主编为小说叙事文体学部分的首章设定的思路则是："本章将探讨叙事小说文体分析中的关键性理论和方法问题。申丹将示范如何进行视角和人物话语表达等方面的文体和叙述分析。本章的目的之一在于提出相关关键问题，以便让该部分后面各章展开更为详细的探讨。"这种预先拟定的提要给撰稿者指出了目标，提供了思路，也明确了每一章的撰稿要求。主编约稿前对论文集的各章进行具体设计，可以更好地组织整个论文集的论述，有利于提高论文集的整体水平，可供国内学者主编论文集时加以借鉴。

第三，多方面的拓展和创新。（1）拓展到新的研究对象。本书不少章节注意填空补缺。譬如在探讨象似性时，通常关注的是语音的象似性，如拟声词，而第六章则聚焦于当代诗歌中的句法象似性。此外，在分析现当代诗歌时，以往注重探讨偏离规约、具有前景化效果的句法结构，而该文则将注意力引向较为标准的句法结构，力求揭示后者如何通过象似性来微妙地产生意义。又如，以往的文体学家比较关注对人物言语和思想的表达，很少讨论对人物信件的阅读和再现，而第二十一章则集中探讨这一方面，且把注意力拓展到了非书信体小说中的人物对信件的阐释和反应。再如，第十章将研究对象拓展到整部电影中的人物对话；第十二章则针对以往的文体分析仅从一个特定角度分析剧本某个方面的做法，通过考察人物的言语活动类型，对剧本展开较为全面的探讨。（2）注重理论和方法上的拓展和创新。譬如，鉴于肖特1996年的书中列出的文体分析检查表未涵盖认知诗学这一新发展，认知诗学的领军人物斯托克韦尔在第二十三章中提出增加第十一张检查表来涵盖这方面的内容。又如，第二十四章不仅把注意力从文字拓展到了颜色、版面设计、图像等其他模态，而且提出了分析小说中多模态因素的理论概念和框架。克雷斯和莱文曾借鉴韩礼德把语言视为社会符号的思想，提出不同模态遵循的是同样的符号原则，因此可以采用韩礼德描述语言的三种元功能来描述不同模态和它们的互动。第二十四章挑战了这一观点，认为有的模态难以根据这三种元功能进行分析，而提出了更为切实可行的分析模式。第十九章采用认知隐喻理论来说明作品中隐喻、明喻和转喻共存的现象和三者之间的相似，并对未来的隐喻研究提出了建议。（3）通过改进研究方法得出新的阐释结果。第十五章变传统的二维图示为新颖的三维图示，从而使分析数据能更好、更清楚地说明不同种类的作品所表达的不同立场和态度，用直观图示令人信服地挑战了先前的阐释。第二十章采用新的语料库工具Wmatrix，发现了与作品主题意义相关的新信息，譬如，以往批评家未提及的某位叙述者的某一性格特征。该文在分析中也发现了Wmatrix这一工具的某些不足，并提出了改进的办法。（4）通过研究角度和研究对象的互补来创新，如第二章关注人物思想表达和叙述的交互作用；第五章和第十八章将认知文体研究与修辞研究相结合；第十一章将语料库分析方法与语用学的方法相结合。

　　第四，语料库的方法受到重视。本书的不少撰稿者注意利用计算机，在不同程度上采用了语料库的方法。从中可看到，借助计算机进行文体分析有以下优越性。其一，方便分析作者的文体特点。每位作者都有自己的写作习惯，有的词语使用的频率可能会高于或低于其他人，利用计算机可以很方便地找出较长篇幅的文本中相关语言选择的频率，从而帮助判断一位作者文体的独特性（见第十四章）。其二，方便分析叙述者的文体特点。采用新颖的Wmatrix软件，可以很方便地找出某位叙述者整个话语中的"关键概念"，从而考察与"关键概念"相关的叙述者的性格特点和发展变化（见第二十章）。其三，有利于探讨与词语使用频率相关的人物特征和人物之间的关系，如第十章和第十一章都采用语料库的方法比较电影和戏剧人物话语中一些关键词和关键语义域出现的不同频率，考察其反映的人物特征以及人物之间的关系。其四，有利于追踪文体的历史变化。第二十六章借助语料库的方法，追踪考察了自1961年创刊到2008年底这近五十年间,《侦探》杂志封面上的语言特征,指出什么是期刊一贯的语言风格,什么是近期语言上的创新。值得注意的是,计算机方法对有的文体分析而言具有优越性,但对有些文体分析则不太适用。在文学作品中,作者往往做出十分微妙的文体选择来表达主题意义或生产反讽效果,就这些文体选择而言,计算机难以施展,顶多能提供一定的帮助,而无法替代分析者自己对文本深入细致的考察。本书有的撰稿者努力使计算机方法能够在一定程度上服务于主题阐释。如第二十章注重通过计算机来发现长篇小说的主题,并找出对主题表达可能较为重要的作品片段,以便下一步进行更为深入的文体选择与主题意义的关联考察。第二十五章注意把语料库分析与文体学家自己对文本细致的主题分析相结合,把前者作为对后者的一种帮助和补充。

第五,读者意识强。从20世纪90年代开始,出现了认知转向,进入新世纪以来,认知文体学、认知诗学发展势头旺盛,不少文体学家的读者意识大大增强。本书中很多章节从读者认知的角度切入探讨,从中可看出以下一些特点。其一,从文本拓展到读者。第十二章的两位作者曾撰文考察人物的言语活动类型与人物塑造过程的关联,在本文中,他们把目光拓展到了读者/观众,说明剧本中人物的言语活动类型如何旨在取悦于读者/观众。第十六章则在同一篇文章中,从文本中的视角探讨开始,逐渐转向关注读者的视角探讨。其二,综合采用不同的认知研究模式,如第七章将可能世界理论、文本世界理论和图式理论应用于对一首诗的认知诗学分析,较好地揭示了读者建构文本世界之过程的特点和复杂性。其三,关注不同读者各不相同的认知。以往的认知文体分析往往聚焦于普通文学读者的认知,而本书中有的章节(如第四章和第六章)则注意探讨不同读者对同一作品的不同反应。

第六,关注文体在历史语境中的作用和在历史进程中的变化。第二章的标题突出了历史考察的视角,其探讨的新历史文体学把文体学的各种理论和方法用于分析历史上的（文学）文本，考察文体技巧在历史进程中是保持稳定还是发生了变化，以及这些文体技巧是否前景化。第九章关注戏剧发展史上三种要素在不同戏剧中的作用；第四章关注社会历史文化语境对读者阐释的影响；第十六章评介了关注语境的社会语用框架的视角研究。

  世纪之交，尤其是进入新世纪以来，西方政治文化批评的势头减弱，对义本形式研究的兴趣回归。在美国，文体学在20世纪八九十年代曾走到低谷，进入新世纪以来逐渐复苏。文体学在西方不少其他国家一直发展势头较旺，在新世纪更加受到重视。英国自20世纪80年代开始一直是国际文体学研究的中心，以英国学者为主体的PALA是国际文体学家的大本营，PALA的创始人肖特教授为文体学的发展做出了重大贡献。这本献给肖特教授和PALA成立三十周年的文集设计精心，布局合理，富有特点，也有多方面的拓展和创新，体现了文体学这一学科的进一步成熟，为西方文体学的未来发展做了重要铺垫，对于我国文体学研究的下一步发展也具有重要参考价值。

（原载《外语研究》2013年第6期）

从三本著作看西方翻译研究的新发展

20世纪80年代初以来,西方翻译研究进展迅速。如果说西方译学研究在60和70年代的突飞猛进主要得益于语言学的快速发展的话,在近二十年里,文化研究、文学研究、人类学、信息科学、认知科学、心理学和广义上的语言学等均对翻译学科的发展起了较大的推进作用。尽管翻译研究的方法纷呈不一,但近年来可以说有两大派别占据了主导地位:一派以广义上的语言学(尤其是语篇语言学和话语分析)为基础,致力于建构和发展经验性质的翻译科学;另一派则从历史的角度通过描写的方式来研究翻译问题,意在揭示翻译实践与研究中蕴含的文化与政治因素。

本文旨在通过对20世纪90年代出版的三本西方译学研究代表作的考察,来看西方翻译研究新发展的一些特点。这三本著作分别为巴兹尔·哈廷姆所著《跨文化交际:翻译理论与对比语篇语言学》[1],哈罗尔德·基特尔和阿明·弗兰克主编的《跨文化性与文学翻译的历史研究》[2],丁达·戈尔莱所著《符号学与翻译问题》[3]。就这三本书来说,哈廷姆的著

---

[1] Basil Hatim, *Communication Across Cultures: Translation Theory and Contrastive Text Linguistics*, Exeter: University of Exeter Press, 1997.

[2] Harald Kittel and Armin Paul Frank, eds., *Interculturality and the Historical Study of Literary Translations*, Berlin: Erich Schmidt Verlag, 1991.

[3] Dinda L. Gorlee, *Semiotics and the Problem of Translation*, Amsterdam: Rodopi, 1994.

作可被视为上文提到的第一大研究派别的典型著作，基特尔与弗兰克的书则是第二大派别的一部代表作。这两大派别尽管大相径庭，但有一个突出的共同点，即具有较强的经验性。与此相对照，戈尔莱的《符号学与翻译问题》一书则是纯理论研究的代表。通过对这三本书的考察，我们不仅可以管中窥豹，看到当今西方两个主要译学研究派别的某些特点，而且可以对西方的纯理论研究略有了解。

一

近二十年来，对比语言学、语篇语言学和翻译理论均取得了长足的进展，但将这三者结合起来研究的论著尚不多见。哈廷姆的《跨文化交际》一书在这方面做出了可喜的努力。哈廷姆在书中提出了一个语篇处理的理论模式。它包含语境、语篇结构和语篇组织这三大部分。在探讨语境时，哈廷姆主要采用了语域理论，但将符号学和语用学（主要用于意图研究）也纳入了语域分析，如下图所示（第22页）：

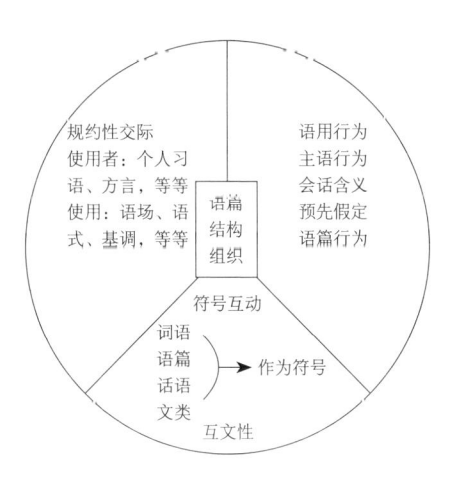

规约性交际
使用者：个人习语、方言，等等
使用：语场、语式、基调，等等

语用行为
主语行为
会话含义
预先假定
语篇行为

语篇结构组织

符号互动
词语
语篇
话语
文类
互文性

作为符号

←文化/意识形态，等等→

哈廷姆认为"规约性交际""语用行为"和"符号互动"这三种语境成分对于语篇类型、语篇结构和语篇组织起决定性的作用。他以该模式为框架，以英语与阿拉伯语之间的翻译为分析对象，对语篇类型、语篇结构和语篇组织进行了系统探讨。就语篇类型来说，哈廷姆区分了说明文和论证文这两大类。在语篇结构方面，哈廷姆主要对段落划分、嵌入主文本中的次文本的作用等展开了讨论。至于语篇组织，哈廷姆探讨了文本中的主谓递进、句间衔接手段、直接引语与间接引语等多种因素。该书在围绕作者提出的语篇处理模式进行了充分讨论之后，又扩大范围，针对语篇类型与礼貌策略之间的关系、如何对待来自两个不同文化的文本以及如何翻译非虚构性文本中的反讽性成分等问题展开了讨论。

总的来说，该书有以下几个特点：（1）与众多以语言学理论为基础的译学研究论著相类似，该书以一个理论模式为中心，逐层推进地展开讨论，具有很强的系统性。（2）与传统的语言学翻译理论形成对照，该书十分强调情景语境的作用。譬如第十一章在探讨语篇中表达情感的语言手段时，注重对权力关系和意识形态之影响的探讨。（3）该书探讨的是超过句子这一层次的语篇类型、语篇结构和语篇组织，并关注这三个层次之间的交互作用。（4）该书还注重对翻译总体策略的探讨。譬如在探讨直接/间接引语时，哈廷姆指出阿拉伯人在写新闻报道时，习惯用间接引语。在将英文新闻报道中的直接引语译入阿语时，译者应采用一种间接或者"半直接"的形式，这样方能在修辞功能上达到对等。由于以上这些特点，该书较好地揭示了语篇的组合机制和交际过程中的一些重要因素，为译学研究提供了不少新的洞见。正如诺伊贝特和施莱夫所言，语篇语言学模式将翻译对等建立在"语篇和交际的层次上，而不是句子和词汇的层次上"，因此为译学研究提供了"比句子语言学更为强有力的分析工具"。[1]

---

[1] Albrecht Neubert and Gregory M. Shreve, *Translation as Text*, Kent: Kent State University Press, 1992, p. 24.

值得一提的是，该书不仅致力于将对比语言学和语篇语言学运用于翻译研究，而且注重通过翻译研究来检验和丰富这两个语言学派。在这一点上，它有别于仅仅将语言学模式当作工具的译学研究。该书证明"在进行对比分析时，若不以话语为基础就无法达到完整。同样，缺乏对比基础的话语分析也难以达到完整。翻译则为语言对比提供了最为适用的研究框架"（第xiii页）。

二

20世纪80年代以来，受文化研究大潮的影响，翻译的历史文化研究日益受到重视。值得一提的是，与以语言学模式为基础的译学研究形成对照，采用历史描写主义方法的译学研究一般仅关注文学文本。基特尔与弗兰克主编的《跨文化性与文学翻译的历史研究》是这一新的译学研究潮流的代表。该书主要由三部分组成。[1] 第一部分包含三篇论文，集中探讨在18世纪的德国，通过法语这一中介将英文作品间接译入德语的翻译实践。第一篇论文根据法国语言文化对译文影响之大小和德国译者对于法国的不同态度，将间接翻译英国小说的译者分为四类，并对造成他们之间差异的原因进行了深入探讨，以此揭示出18世纪德国翻译文化的复杂性。第二篇论文通过实例论证指出：虽然以法语为中介的文学翻译在1770年左右就已销声匿迹，但就非虚构性文本而言，这种间接翻译一直延续至18世纪末。该文揭示了造成这两者不同步的各种历史文化原因。第三篇论文聚焦于以法语为中介的本杰明·富兰克林自传的德译，分析了富兰克林自传的不同译本所具有的不同特点及其蕴含意义，并挖掘了

---

[1] 本书后面收入了这部文集的导读。为了避免重复，此处删除了对这二个部分的一些介绍。若要更全面地了解这本书的内容，可阅读后面的导读。

造成这些不同特点的意识形态、美学和文化等方面的各种动态因素。

第二部分探讨的是美—德翻译中出现的文化差异和译者的不同译法。该部分由四篇论文组成。第一篇集中分析T. S. 艾略特的《荒原》在不同时代的法文和德文译本。该文旨在建构一个由多种参数组成的模式，用于描写原文中的文化指涉和译者在译文中对这些文化因素的处理。第二篇论文集中分析德国译者在翻译杰克·伦敦的《野性的呼唤》时，对于物质文化词语的不同译法，十分注重探讨译者由于不熟悉原文中的文化背景而偏离原文的各种现象。第三篇论文将研究焦点对准政治文化，探讨了德国译者在政治审查制度的影响下，对欧文的《瑞普·凡·温克尔》所进行的各种更改。第四篇论文探讨德国译者在翻译马克·吐温的《田纳西州的新闻业》时，对于美式幽默的处理方式。鉴于德国和美国在对幽默的看法上存在明显差异，译者有意识地对原文进行了各种改动，并增加了一些原文中没有的成分，以求在德国读者中产生类似的幽默效果。

第三部分由三篇论文组成。第一篇论文探讨戏剧翻译中，人物名字和头衔的译法及其社会历史文化含义。该文采用历史描写的方法，对三个世纪以来法语—波兰语和波兰语—德语/英语的戏剧翻译进行了系统研究。如该文所示，人物名字和头衔是文化身份的重要标示因素，在翻译中常常会导致两种历史语境、两种社会文化规约之间的冲突，面临这些冲突的译者不得不采取各种对策来加以处理。该部分后两篇论文均围绕可译性这一理论问题展开讨论。可以说，它们在相当大的程度上偏离了该书采用的历史描写主义的正轨。

总的来说，该书展示了译学研究中历史描写方法的主要特点和作用。它揭示了译者在特定情景语境下的种种不同译法，挖掘出各种相关的社会历史文化原因。此外，还在实际分析的基础上，总结概括出具有一定普遍性和指导性的翻译程序、翻译方式、翻译原则以及研究参数。值得一提的是，该书仅对一些问题做出了揣测性的回答，不少结论也带有推测性。这反映出历史描写方法难以克服的一种局限性：今天的翻译研究者在探讨过去某个历史时期的翻译时，难免会遇上缺乏确切"事实"或第一手资料的障碍，故只能根据已知情况做出种种推测性的判断，但这些判断往往不乏洞见和启迪意义。

三

上文提到的两本著作均具有较强的经验性。与此相对照，戈尔莱的《符号学与翻译问题》是纯理论研究的代表作。该书将查尔斯·皮尔斯的符号哲学应用于翻译理论研究。除了对皮尔斯的理论进行全面深入的阐述之外，该书还对一些具有"辅助性"或者互补性的理论进行了探讨，包括维特根斯坦的语言哲学、沃尔特·本雅明的语言理论和罗曼·雅各布森有关三种翻译的理论。这些理论均在符号学和翻译理论之间起着某种桥梁的作用。

该书的中心主题可以用简短的一句话来概括：翻译是符号阐释过程。符号阐释过程涉及三种因素：符号、该符号的所指物、该符号的阐释符号。"阐释符号"指阐释者在阐释原符号时，自己头脑中产生的新的符号。符号阐释过程具有开放性和无限性。第一个阐释者在对一个符号进行了阐释之后，就生成了一个新的阐释符号。第二个阐释者又可以对这个阐释符号进行阐释，从而再生成一个新的阐释符号。这个过程可以无穷无尽地延续下去，生成一个连绵不断的阐释符号的链条。也就是说，阐释过程构成一个不断生成新的意义的过程。从这个角度，翻译可被视为一个永无止境、不断变化的进化过程（见下文）。此外，根据皮尔斯的符号理论，阐释过程对于符号的生命至关重要。符号只有通过阐释/翻译，才会富有意义。当一个符号再也得不到阐释/翻译时，其生命就会终止。从这一视角看，翻译的目的就不是再现原文的意思，而是体现和调动身为符号的原文的意义潜势，使其能够不断获得新的生命。

应当指出，这个"翻译是符号阐释过程"的概念实际上具有一定的矛盾性，对译者提出了难以调和的两种不同要求。若追根溯源，则不难发现，这主要是因为这一"符号阐释过程"有两个不同的重点：或者是所指物，或者是阐释符号。当该过程以所指物为重点时，一系列翻译行为的目的就是使符号和所指物逐渐达到对等——对等就是阐释/翻译过程的终点。戈尔莱区分了三种翻译对等：指称对等、意义对等和质量对等。"质量对等"指译文和原文具有同样的感官或者物质特性，譬如"同样的长度、段落划分、押韵的结构和/或标点选择"（第175页）。就这样的翻译对等而言，可以说戈尔莱的符号学翻译理论与传统翻译理论并无本质区别。

与此相对照，当这一过程以阐释符号为重点时，注意力就从翻译对等转到了如何帮助符号（原文）发展这一问题上。译文作为阐释符号，其主要任务就是帮助原文不断生长。皮尔斯说，"倘若一个符号不能把自己变成另一个发展得更为充分的符号的话，那么它就不是符号"（转引自本书第121页）。同样，思想必须不断在"新的更高的翻译中生存和发展，否则它就不是真实的思想"（同上引）。根据这一进化性质的理论，译者"应该能够而且乐意破坏他们的'传统'职责，偏离常规"，应该创造性地"通过增加来背叛（原文）"并"通过减少或者歪曲来背叛（原文）。不然的话，他们所生产的只会是呆板的直译，是没有生命的复制品。假如翻译仅仅是制造原文的影像，那么它就只会使符号阐释过程走向衰竭，因为它编织出来的是千篇一律，缺乏差异，甚至完全雷同的图案"（第195页）。显而易见的是，这个以发展为宗旨的观点与上文提及的以对等为宗旨的观点互为矛盾，难以调和。在书中，这两种观点有时相互渗透，混淆不清。它们对译者提出了两种完全不同的要求，译者很可能会感到无所适从。如果说，以等值为重的观点容易为译者所接受并身体力行的话,以发展为重的观点则难以把握好分寸。该书要求译者破坏他们的"传统"职责,背叛原文,但是没有通过任何实例来说明怎样才能完成这一任务。

该书在相当大的程度上与翻译实践相脱节。值得注意的是,皮尔斯将翻译与同一语言内部的符号阐释等同起来,忽略了翻译这一跨语言文化的符号阐释过程的特点。戈尔莱在书中也不时表现出类似的片面性。如前所述,皮尔斯的符号阐释过程呈线性递进形态:原符号(通过阐释者的阐释)导致第一个阐释符号的诞生,后者又(通过阐释者的阐释)导致第二个阐释符号的诞生,后者又导致第三个阐释符号的诞生,如此等等。戈尔莱将这个阐释符号生成阐释符号的模式直接用于描述翻译:原文(通过译者的翻译)导致译文甲的诞生,译文甲又(通过译者的翻译)导致译文乙的诞生,译文乙又导致译文丙的诞生,如此等等。但实际上,除了通过一种中介语言的间接翻译,一位译者通常不会翻译前人的译本。无论前面已有多少译本,后面的译者还是会翻译原文。从实际情况出发,我们不妨这么描述翻译中的符号阐释过程:原文本符号(原文)导致第一个阐释符号(译义甲)的诞生;然后,(已经经过一次翻译的)原文本符号导致第二个阐释符号译文乙的诞生;然后,(已经经过两次翻译的)原文本符号导致第三个阐释符号(译文丙的诞生),如此等等;此外,还应考虑到前面的译文对后面的译文或大或小的影响。也就是说,从第二个符号阐释行为开始,我们在考虑原文本符号时,不仅要考虑原文,还需考虑已有的译文在译者阐释过程中所起的作用。

总的来说,戈尔莱的《符号学与翻译问题》一书有两大长处。一是综合了各种与翻译有关的语言符号理论,将之应用于翻译理论研究,是一个可喜的跨学科研究的尝试。二是借助皮尔斯等人的有关理论,为考察翻译提供了一个新的角度,将翻译视为一个旨在帮助原文不断获取新的生命力的进化过程。但令人遗憾的是,由于不注重实际分析,该书的理论探讨在一定程度上脱离了翻译实践。这是该书的一大弱点，也可谓译学的纯理论研究或大或小的一个通病。

  以上探讨的三本著作各具特色，各有其特定的分析原则、阐释框架和研究对象。通过对它们的考察，我们管中窥豹，分别看到了当今几个较有影响的译学研究派别的一些特点，看到了其不同的长处和局限性。当然，西方译学界派别繁多，研究方法纷呈不一，本文主要通过三本著作所展示的画面难免具有笼统性和片面性。但希望能够通过这样的探讨，帮助增进对西方译学研究新发展的了解。

（原载《中国翻译》2000年第5期）

第六辑　导　读

《含混的话语：女性主义叙事学与英国女作家》导读[1]

本书是世界上第一部女性主义叙事学的文集，是这一文学研究流派的创始人、领军人物和骨干学者合力打造的一部力作，1996年由美国北卡罗来纳大学出版社出版。顾名思义，"女性主义叙事学"就是将女性主义文论或者女性主义思潮与叙事学研究相结合的交叉流派。其诞生于20世纪80年代中后期，90年代以来得到长足发展。本文集的所有作者都是女性，其研究对象是从19世纪到当代的六位英国女作家的作品，包括简·奥斯丁、弗吉尼亚·伍尔夫、米娜·罗伊、安妮塔·布鲁克纳、安吉拉·卡特和珍妮特·温特森。这些女作家在创作时，具有较强的女性自我意识，勇于冲破传统的束缚，并展现出各种意义含混的文本特征。本书的十二位作者结合社会历史语境中的性别政治，探讨这些作家笔下的叙事结构和叙述技巧，尤为关注各种含混的表达方式所具有的性别含义，从多个角度展现出女性主义叙事学的阐释策略。

作为铺垫，本文首先简要介绍女性主义叙事学诞生的背景，然后通

---

[1] 本文是为外语教学与研究出版社2019年引进的原版图书写的导读，原著为 Kathy Mezei, ed., *Ambiguous Discourse: Feminist Narratology and British Women Writers*, Chapel Hill: The University of North Carolina Press, 1996。

过分析女性主义叙事学与女性主义文评的不同，廓清女性主义叙事学的本质特点。在此基础上，对本书内容进行评介。

一 女性主义叙事学诞生的背景

不少人认为，女性主义叙事学是结构主义叙事学的批判者、颠覆者和替代者之一，而实际上，前者也是后者的一个重要救星。结构主义叙事学于20世纪60年代在法国兴起，并迅速扩展到其他西方国家，形成一个强有力的文学研究流派。然而，在解构主义和政治文化批评的夹击下，20世纪70年代末80年代初，结构主义叙事学陷入低谷，当时不少人纷纷宣告其"死亡"。在这种情况下，美国学者苏珊·S.兰瑟于1981年出版了《叙事行为：小说中的视角》，该书率先将叙事形式研究与女性主义批评相结合。这本书虽尚未采用"女性主义叙事学"这一名称，但堪称女性主义叙事学的开山之作，初步提出了其基本理论，并进行了具体的批评实践。稍后，陆续出现了一些将叙事学研究与女性主义研究相结合的论文和专著，其中最具影响力的是兰瑟1986年发表的宣言性质的论文《建构女性主义叙事学》。这些论著通过将叙事学的结构技巧研究与女性主义的性别政治相结合，逐步将形式主义的叙事学改造成一种具有社会历史关怀的文学研究流派，使之在激进的学术氛围中得以生存和拓展。此后，女性主义叙事学又与修辞性叙事学和认知叙事学等联手构成"后经典叙事学"。其在20世纪90年代以来，得到快速发展。

本书共有十二位作者，其中五位是美国学者，七位是加拿大学者。可能有的读者会纳闷：既然结构主义叙事学兴起于法国，为何早期女性主义叙事学的学者基本都是北美的呢？原因很复杂，但有一个关键因素，即20世纪60年代末兴起的英美女性主义文评与法国女性主义文评之间的差异。前者侧重于社会历史，着力解释文学作品中性别歧视的事实；后者则以后结构主义为理论基础，偏重哲学思考，致力于创造女性语言。经典叙事学的理论基础是结构主义，与后结构主义之间存在基本立场上的对立。[1] 此外，叙事学聚焦于具体的结构技巧，难以与重哲学思考而轻作品阐释的法国女性主义文评联姻，但与关注作品中性别歧视的英美女性主义文评则不难结合。

就英美两国而言，为何女性主义叙事学诞生在美国，而不是在英国呢？我们知道，英国的学术氛围比较保守，结构主义叙事学在法国兴起之后，很快扩展到紧跟欧陆的美国，而英国则反应较慢。除了相对保守之外，这也跟英国文体学的强势发展有关。文体学和叙事学均认为自己研究的是文学作品的（全部）表达方式，而实际上文体学仅仅关注遣词造句，忽视结构技巧，而叙事学则聚焦于结构技巧，忽略遣词造句。然而，两者在相当长的时间内，均未能看到自己的局限性。在文体学发展势头一直旺盛的英国，叙事学受到压制，直至21世纪初，仍被当成文体学的一个分支对待。在美国，结构主义叙事学迅速发展成一个独立的文学研究流派，在遭遇政治文化批评的冲击之后，苏珊·S. 兰瑟和罗宾·沃霍尔等女性叙事学家率先突围，通过将结构技巧研究与性别政治相结合，使叙事学得以继续生存和发展。

与美国毗邻的加拿大也为女性主义叙事学的兴起提供了合适的土壤。1989年加拿大的女性主义文评期刊《特塞拉》(*Tessera*) 发表了"建构女性主义叙事学"的专刊，与美国学者相呼应。本书主编凯西·梅齐就是这一期刊的创办者之一。1994年，以美国学者为主体的国际叙事文学研究协会（SSNL）在加拿大不列颠哥伦比亚省召开年会，加拿大学者和美国学者联手举办了一个专场"为何要从事女性主义叙事学？"，相互交流

---

[1] 但本书中有的论文在一定程度上体现出女性主义批评（与女性主义叙事学批评相对照）的特点，同时也体现出后结构主义的影响。

了从事女性主义叙事学的经验。这一专场也为本书做了重要铺垫。

就女性主义文评而言，进入20世纪80年代以后，也需要寻找新的切入点，叙事学模式无疑为女性主义的文本阐释提供了新视角和新方法，因此越来越多的女性主义学者开始采用叙事学的方法展开研究，本书中有的作者就属于这种情况。

二 "女性主义叙事学"与"女性主义文评"的差异

我们不妨从"女性主义叙事学"与"女性主义文评"的差异来看前者的主要特征。从大的政治目标来说，两者基本一致：争取男女平等，改变女性被客体化、边缘化的局面。然而，两者之间也存在以下差异：

（一）女性主义学者进行阐释时，倾向于从摹仿的角度来看作品，将其视为社会文献，将人物视为真人，往往凭借阅读印象来评论人物和事件的性质，很少关注作品的结构技巧。而正如兰瑟在《建构女性主义叙事学》一文中所指出的，女性主义叙事学家不仅从摹仿的角度将文学视为生活的再现，而且也从符号学的角度将文学视为语言的建构。换句话说，女性主义叙事学家通过分析结构技巧，来考察作品如何再现生活。

（二）不少女性主义学者认为文学理论是父权制的，因此对结构主义叙事学持排斥态度。面对这种情况，沃霍尔从三个方面为叙事学进行了辩护。首先，叙事学旨在描述作品的形式特征，而不是对其进行评价，不一定会涉及父权制的等级关系。其次，尽管以往的叙事学家在建构理论模式时，主要以男性作家的文本为例证，但叙事学并非一个封闭的系统，而是不断通过研究新的文本，对理论模式进行试验和拓展。此外，尽管叙事学本身无法解释造成男作家与女作家的作品之差异的社会原因，但叙事学描述是建构"性别化话语诗学"的第一步，第二步则是将叙事学与历史语境相结合，考察作品特征与语境中性别观念之间的关联。可以说，沃霍尔这样的论述并未切中要害，因为至关重要的是需要区分叙事"诗学"（或"语法"）和叙事学"批评"。叙事诗学（或语法）指的是对各种结构技巧在理论上的区分，譬如对内视角（聚焦者处于故事之内）和外视角（聚焦者处于故事之外）的区分。在具体作品中，作家对内视角和外视角的选择有特定的主题目的，这很可能会涉及性别政治，因此在探讨具体作品的形式特征时，需要考虑创作时的社会历史语境。但在叙事诗学里，对内视角和外视角的理论区分是无须考虑具体语境的：聚焦者处于故事之内的就是"内视角"，处于故事之外的就是"外视角"——这种理论上的区分无法加以性别化。

沃霍尔提到的建构"性别化话语诗学"是女性主义叙事学一种不切实际的追求。兰瑟认为"对女作家作品中叙事结构的探讨可能会动摇叙事学的基本原理和结构区分"[1]。而实际上，结构技巧是男女作家通用的，男女作家都可以采用内视角或者外视角，都可以采用第一人称或第三人称叙述，都可以采用直接引语或者自由间接引语，如此等等。倘若女作家作品中的结构技巧已被纳入叙事诗学，那么研究就不会得出新的结果；倘若某些结构技巧在以往的研究中被忽略，那么将其收入叙事诗学也只能是脱离语境的结构区分，实质上仅仅构成对经典叙事诗学的一种补充，对此笔者已另文详述。

女性主义叙事学家力图将叙事诗学（理论）和叙事学批评（实践）都加以语境化和性别化，但只有在后一个范畴里才有可能成功。尽管相关学者主观上没有认识到这一点，但范畴本身的制约暗暗引导了研究走向。如果说20世纪六七十年代的结构主义叙事学主要致力于叙事诗学建构的话，80年代末以来女性主义叙事学则转而聚焦于作品阐释，这才是

---

[1] Susan S. Lanser, *Fictions of Authority: Women Writers and Narrative Voice*, Ithaca: Cornell University Press, 1992；外语教学与研究出版社，2018年，第6页。

可以将叙事学研究与性别政治相结合的领域。正因为如此，本书正文部分聚焦于作品阐释，而不是叙事诗学的建构。也就是说，女性主义叙事学的真正贡献在于结合性别和语境来解读作品中的结构技巧。

（三）就作品阐释而言，叙事学区分了故事内容和话语表达这两个层次。在"故事"层面，女性主义学者聚焦于故事事实（主要是人物的经历和人物之间的关系）的性别政治。与此相对照，女性主义叙事学家关注的是故事事件的结构特征所反映的性别政治。她们往往采用二元对立、叙事性等结构主义模式，力求挖掘表层事件下面的深层结构关系。

但除了部分早期论著，女性主义叙事学的研究基本都在"话语"层面展开，本书的主标题"含混的话语"也说明本书的研究对象主要是话语表达层。女性主义文评也关注"话语"，但所指大不相同。其在微观具体层次，指涉人物所说的话（故事内容的一部分）；在宏观抽象层次，则指涉作为符号系统的语言、写作方式、思维体系、哲学体系、文学象征体系等。这种符号系统往往暗含性别政治，譬如，西方文化思想中的太阳/月亮、文化/自然、父/母、理智/情感等二元对立，就隐含着等级制和性别歧视。女性主义学者力求通过女性写作来抵制和颠覆这样的父权话语。与此相对照，在叙事学中，"话语"仅在微观层次运作，指涉的是表达事件的方式（与故事内容相对照）。如果女性主义叙事学家关注"话语中性别化的差异"[1]，其关注的就是某一历史时期的女作者和男作者倾向于采用的不同叙述技巧。女性主义叙事学家之所以聚焦于这一层面，可能主要有以下原因：女性主义批评聚焦于内容层，在很大程度上忽略了表达层，而叙事诗学对"话语"层面的各种技巧（如人物话语表达方式、叙述类型、叙述视角、叙述距离等）展开了系统研究，进行了各种

---

[1] Robyn Warhol, *Gendered Interventions: Narrative Discourse in the Victorian Novel*, New Brunswick, N. J.: Rutgers University Press, 1989, p. 17.

区分。女性主义叙事学家可以利用这些研究成果，并加以拓展，来对作品的表达层进行较为深入的探讨，以此填补女性主义批评留下的空白。

在叙事学的"话语"层面，有一个重要的概念"声音"。正如兰瑟所指出的，其与女性主义文评中的"声音"相去甚远。[1]女性主义文评的"声音"具有广义性、摹仿性和政治性等特点，可以指以女性为中心的观点、见解，甚至行为，比如，"女性主义者可能去评价一个反抗男权压迫的文学人物，说她'找到了一种声音'，而不论这种声音是否在文本中有所表达"[2]。相比之下，叙事学的"声音"具有特定性、符号性和技术性等特征，专指各种类型的叙述者讲述故事的声音，这是一种重要的形式结构。女性主义叙事学家将对叙述声音的技术探讨与女性主义的政治探讨相结合，研究叙述声音的社会性质和政治涵义，并考察导致作者选择特定叙述声音的历史原因。

（四）无论是揭示男作者文本中的性别歧视，还是考察女作家文本中对女性经验的表述，女性主义批评家经常关注男性阅读与女性阅读之间的差异：男性中心的阅读方式往往扭曲文本，掩盖性别歧视的事实，也无法正确理解女作家对女性经验的表述，只有摆脱男性中心的立场，从女性的角度才能较好地理解文本。萨莉·鲁滨逊在《使主体性别化》（1991）一书中提出了颇具影响力的"对抗式"阅读的观点。她认为读者需要抵制男性霸权的话语体系中文本的诱惑，阅读作品时采取对抗性的方式，从女性特有的角度来对抗男性中心的角度。

与此相对照，女性主义叙事学家强调的是叙述技巧本身的修辞效果。沃霍尔在《性别化的干预》一书中，引用了黑人学者詹姆斯·鲍德温对于美国女作家斯托所著《汤姆叔叔的小屋》的一段评价："《汤姆叔叔的

---

[1] Lanser, *Fictions of Authority*, pp. 3–5.
[2] Lanser, *Fictions of Authority*, p. 4.

小屋》是一部很坏的小说。就其自以为是、自以为有德性的伤感而言，与《小女人》(Little Women)这部小说十分相似。多愁善感是对过多虚假情感的炫耀，是不诚实的标志。"[1]《汤姆叔叔的小屋》是沃霍尔眼中采用"吸引型"叙述的代表作。然而，鲍德温非但没有受到小说叙述话语的吸引，反而表现出厌恶。但与女性主义学者不同，作为女性主义叙事学家的沃霍尔看到的并非男性读者与女性读者对作品的不同反应，而是读者如何对叙述策略应当具有的效果进行了抵制。她说："正如鲍德温评价斯托的《汤姆叔叔的小屋》的这篇雄辩的论文所揭示的，读者的社会环境、政治信念和美学标准可以协同合作，建构出抵制叙述者策略的不可逾越的壁垒。……叙述策略是文本的修辞特征，小说家在选择技巧时显然希望作品通过这些技巧来影响读者的情感。但叙述策略并不一定成功，很可能会失败。"[2] 如果说女性主义学者关注的是"作为妇女来阅读"与"作为男人来阅读"之间的区别，那么女性主义叙事学家关注的则是叙述策略本身的修辞效果和作者如何利用这些效果。倘若读者未能把握这种修辞效果，则会被视为对作品的一种有意或无意的误解。不难看出，这是一种较为典型的结构主义立场。但与结构主义批评不考虑作品的创作语境相对照，女性主义叙事学家十分关注作者选择特定叙述技巧的社会历史原因。

从以上诸方面应能看清女性主义叙事学有别于女性主义文评，构成颇有特色的交叉学科。但不少学者对此缺乏清醒的认识。在本书的绪论中，梅齐提出鲁滨逊在《使主体性别化》一书中为女性主义叙事学开辟

---

1 Warhol, *Gendered Interventions*, p. 25. 值得一提的是，Little Women 通常被翻译成《小妇人》，但这部小说描写的是四姐妹从十几岁开始的成长。小说分为两部分，第一部分聚焦于四姐妹婚前的经历，第二部分曾以 *Good Wives* 为题在英国出版，专注于婚后。如果翻译成《小妇人》，容易忽略第一部分集中描述的婚前期。

2 Warhol, *Gendered Interventions*, pp. 25—26.

了一条新的发展途径：探讨如何在阅读过程中建构性别（第9—10页）。的确，鲁滨逊将自己与沃霍尔和兰瑟等女性主义叙事学家放到一起进行了比较[1]，给了梅齐一个她在"女性主义叙事学的范畴之中"运作的印象。其实，只要仔细阅读鲁滨逊的那部著作，则不难发现其研究属于女性主义文评而非女性主义叙事学：聚焦于阅读策略而非叙述策略；所有的概念（如"话语""声音"）都是女性主义的而非叙事学的；从传统的情节观出发，探讨人物的经历和人物之间的关系，没有借鉴叙事学的模式和方法。可以说，鲁滨逊在某种程度上混淆了自己的女性主义研究与兰瑟等人的女性主义叙事学研究之间的界限，误导了梅齐。而梅齐在绪论中的介绍，又加重了这一混淆。在梅齐主编的本书正文中，也不时出现这种界限混淆。下面，我们将聚焦于这本书本身。

三　各章内容简介

本书由绪论、正文（共十二篇论文）和结语构成。主编凯西·梅齐当时是加拿大西蒙弗雷泽大学英语系的主任，现为该系荣休教授，其主要研究兴趣为英国女作家、加拿大和魁北克文学。在绪论中，梅齐首先简要介绍了叙事学，然后追溯了将叙事学与女性主义文评相结合的"女性主义叙事学"十年来的发展史，并介绍了本书各章的基本内容。

正文的第一篇和第三篇论文可谓正宗的女性主义叙事学的论文，夹在两者中间的第二篇论文则在某些方面偏向女性主义批评。我将对这三篇论文进行详细介绍，并对第二和第三篇论文加以比较，以便用实例说明与女性主义文评相对照的女性主义叙事学的特点。因篇幅所限，从第四篇论文开始，我的介绍将从简。

1　Sally Robinson, *Engendering the Subject*, Albany: State University of New York Press, 1991, p.198.

正文第一篇论文出自罗宾·沃霍尔之手，她是女性主义叙事学的创始人和领军人物之一，当时是美国佛蒙特大学英语系的副教授和研究生项目主任，后来成为美国俄亥俄州立大学英语系的杰出教授，也曾担任国际叙事文学研究协会的主席。她此前出版的《性别化的干预：维多利亚小说中的叙述话语》(1989)是女性主义叙事学的代表作之一，此后也发表了这方面有影响力的论文和专著，为推动这一学派的发展做出了重要贡献。

这篇论文题为《眼光、身体与〈劝导〉中的女主人公》，聚焦于叙述视角与性别政治的关联，这是女性主义叙事学涉足较多的一个范畴。简·奥斯丁的《劝导》是以一位女性为主要人物的所谓"女主人公"文本。女性主义批评家认为该时期的这种文本总是以女主人公的婚姻或死亡作为结局，落入了父权制社会文学成规的圈套，《劝导》也不例外。沃霍尔对这一看法提出了挑战。她认为若从女性主义叙事学的立场出发，不是将人物视为真人，而是视为"文本功能"，着重探讨作为叙述策略的聚焦人物的意识形态作用，就可将《劝导》读作一部女性主义小说。沃霍尔首先区分了《劝导》中"故事"与"话语"这两个层次，指出尽管在"故事"层次，女主人公最终成为一个男人的妻子，但"话语"层次具有颠覆传统权力关系的作用。奥斯丁选择了女主人公安妮作为小说的"聚焦人物"，叙述者和读者都通过安妮的视角来观察故事世界。通过详细深入的分析，沃霍尔揭示出作为叙事的"中心意识"，安妮的眼光对于叙事进程起着至关重要的作用；而作为一种话语技巧，安妮的视角解构了以下三种父权制的双重对立：外在表象与内在价值、看与被看、公共现实与私下现实。安妮的眼光与故事外读者的凝视往往合而为一，读者也通过安妮的眼光来观察故事，这是对英国18世纪感伤小说男权叙事传统的一种颠覆。

沃霍尔还探讨了《劝导》中视觉权力的阶级性——安妮这一阶层的

人对于下层阶级的人视而不见，不加区分，尽管后者可以仰视前者。这从一个侧面体现出女性主义叙事学对阶级、种族等相关问题的关注。此外，通过揭示在《劝导》中，具有举足轻重的主体性的人物也是身体成为叙事凝视对象的人物，沃霍尔的探讨挑战了女性主义批评的一个基本论点：成为凝视对象是受压迫的标志。的确，在很多文本中，作为凝视对象的女性人物受到压迫和客体化，但正如沃霍尔的探讨所揭示的，文本中的其他因素，尤其是叙述话语的作用，可能会改变凝视对象的权力位置。

总而言之，沃霍尔通过将注意力从女性主义批评集中关注的"故事"层转向叙事学批评聚焦的"话语"层，同时通过将注意力从后者关注的美学效果转向前者关注的性别政治，较好地揭示了《劝导》中的话语结构如何颠覆了故事层面的权力关系。可以说，沃霍尔的这篇论文是女性主义叙事学的一个"范本"。

正文第二篇论文由克丽丝汀·鲁尔斯顿撰写，题为《话语、性别和闲聊：对巴赫金和〈爱玛〉的某些思考》。鲁尔斯顿是加拿大多伦多大学的博士、剑桥大学的博士后。她一直在加拿大西安大略大学法语系任教，现为该系教授。其主要研究方向为妇女研究和女性主义理论。

鲁尔斯顿把注意力转向充满社会政治关怀的巴赫金的理论，但她不像其他采用这一框架的学者那样，聚焦于社会语境中叙事的对话性和开放性，而是注重阶级差异和性别差异之间的关系。她一方面指出，在分析意识形态斗争时，源自马克思主义传统的巴赫金重视阶级差异，漠视性别差异；另一方面则指出，简·奥斯丁在《爱玛》中，聚焦于性别问题，而忽略了性别与阶级之间的关系。她将巴赫金的一段论述与奥斯丁作品中的相关部分加以对比，进行辨证的分析，以凸显两者在处理叙事冲突时截然不同的关注。通过比较分析，鲁尔斯顿阐明了巴赫金和奥斯丁在立场上的对照以及隐蔽的相似之处，并揭示出两者分别忽略性别和阶级的根本原因。

这篇论文的主标题通过对男女言语的区分，指向性别政治。文中指出，在《爱玛》中，语言显而易见地被性别化了：女性说的话被称为"闲聊"，而男性说的话则被称为"对话"。然而，爱玛的父亲像女性一样闲聊，因而说的话起不了作用。家里这种男权的弱化，使爱玛相应获得了较多的权威性和影响其他女性的能力。尽管爱玛在其小圈子里占据了某种男性的主体地位，但她依然完全被浪漫话语所控制，因此未能建构起抵抗父权制的空间，最终也只能是"'像女人一样'闲聊"（第46页）。就阶级而言，爱玛占据了较为优越的地位，但就性别而言，她作为女性则处于劣势，这导致了她的一些错误判断。鲁尔斯顿指出：奥斯丁在家庭生活这个私下小范围里，批判性地分析了性别化的语言是怎样产生的，这种语言又如何干扰性别化的主体位置和社会等级。小说里闲言碎语的流传不断阻碍稳固的独白话语的形成，使小说中的语言具有流动性和对话性。但与此同时，奥斯丁并未意识到，阶级屏障构成对女性的一种禁锢（爱玛自己的阶级优越感也使其受到男性阶级结构的束缚），必须打破阶级结构，才能实现妇女的解放。正是因为这种认识上的局限，奥斯丁才会把婚姻作为女性主体获得经济基础的唯一途径。这样她就受制于男性的阶级结构，在这种结构之中，潜在的女性之间的团结难以实现。通过对巴赫金和奥斯丁的比较分析，鲁尔斯顿揭示出在小说里，性别问题和阶级问题密不可分，对两者都需要加以考虑。

正文第三篇论文出自主编凯西·梅齐之手，题为《谁在这里说话？〈爱玛〉〈霍华德别业〉和〈达洛维夫人〉中的自由间接话语、社会性别与权威》。梅齐认为在她研究的三部小说里，"自由间接引语"构成作者、第三人称叙述者和聚焦人物以及固定和变动的性别角色之间文本斗争的场所。梅齐十分关注叙述权威，但她的看法与兰瑟在《虚构的权威》中的看法大相径庭。鉴于本文库在2018年推出了兰瑟的这部专著，我们不妨看看两者之间究竟有何差异。兰瑟探讨的是女作家如何在挑战男性权威的同时建构女性的自我权威；与此相对照，梅齐将（传统）叙述权威仅仅视为父权制社会压迫妇女的手段，没有将之视为女作家在建构自我权威时可以利用的工具，因此聚焦于对（显性或隐性）叙述权威的削弱和抵制。梅齐将简·奥斯丁笔下的爱玛与福楼拜笔下的爱玛相提并论：两位女主人公都敢于说出"她者"的声音，挑战叙述者的权威。这样的人物既可能在叙述者的控制下变得沉默，也可能通过"自由间接引语"继续作为颠覆性"她者"的声音而存在。

此外，与兰瑟的研究相对照，梅齐十分关注作者的自然性别与第三人称叙述者的社会性别之间的区分。处于故事之外的第三人称叙述者往往无自然性别之分，其性别立场只能根据话语特征来加以建构。《爱玛》的作者简·奥斯丁身为女性，但其第三人称叙述者在梅齐的眼里，则在男性和女性这两种社会性别之间摇摆不定。《霍华德别业》出自 E. M. 福斯特这位身为同性恋者的男作家之手，但其叙述者往往体现出异性恋中的男性立场。《达洛维夫人》出自伍尔夫这位女作家之手，梅齐认为其叙述者的社会性别比《爱玛》中的更不确定，更为复杂。那么，同为女性主义叙事学家，梅齐和兰瑟为何会在这一方面出现差别呢？这很可能与她们对叙述权威的不同看法密切相关。与第一人称叙述者相比，第三人称叙述者在结构位置和结构功能上都与作者较为接近，但若仔细考察第三人称叙述者的意识形态立场，则有可能从一个特定角度发现其有别于作者之处。梅齐将叙述权威视为父权制权威的一种体现，因此十分注重考察女作家笔下的叙述者如何在叙述话语中体现出男权立场，或同性恋作者笔下的叙述者如何体现出异性恋中的男权立场。相比之下，兰瑟十分关注女作家对女性权威的建构，这一建构需要通过叙述者来进行。因此在考察女作家笔下的第三人称叙述者时，兰瑟聚焦于其在结构和功能上与作者的近似，将其视为作者的代言人。这里有以下几点值得注意：

（1）即便属于同一学派，不同的研究目的也可以影响对某些话语结构的基本看法。（2）结构和功能上的相似不等于意识形态立场上的相似。（3）随着叙事的发展，叙述者的社会性别立场可能会不断转换。（4）无论作者的自然性别为何，叙述者的社会性别立场可能会在某种程度上反映作者的社会性别立场。

与"间接引语"相比，"自由间接引语"可以保留体现人物主体意识的语言成分，使人物享有更多的自主权。在梅齐看来，这一同时展示人物和叙述者声音的模式打破了叙述者"控制"人物话语的"等级制"。在奥斯丁的《爱玛》里，叙述者开始时居高临下地对女主人公进行了不乏反讽意味的评论，但后文中不断出现的自由间接引语较好地保留了爱玛的主体意识。梅齐认为这削弱了代表父权制的叙述控制，增强了女主人公的力量。值得注意的是，梅齐有时走得太远。她写道："奥斯丁显然鼓励爱玛抵制叙述者的话语和权威。"（第74页）然而，爱玛与其叙述者属于两个不同的层次，爱玛处于故事世界之内，而叙述者则在故事之外的话语层面上运作，超出了爱玛的感知范畴。当然，梅齐的文字有可能是一种隐喻，意在表达奥斯丁赋予了爱玛与叙述者相左的想法，当叙述者用自由间接引语来表达这些想法时，也就构成了对其权威的一种挑战。这里有两点值得注意：（1）叙述者可以选择用任何引语方式来表达人物话语，采用自由间接引语是叙述者自己的选择。（2）即便我们从更高的层次观察，将叙述者和爱玛都视为奥斯丁的创造物，也应该看到叙述者的态度对自由间接引语的影响。自由间接引语是叙述者和人物之声的双声语。当叙述者与人物的态度相左时，叙述者的声音往往体现出对人物的反讽，也就是说，自由间接引语会成为叙述者对人物话语进行戏仿的场所。这种戏仿往往增强叙述者的权威，削弱人物的权威。在《爱玛》中，不断用自由间接引语来表达爱玛的话语确实起到了增强其权威的作用，但这与爱玛的立场跟叙述者的立场越来越接近密切相关。

在《霍华德别业》这样的作品中，叙述者具有男性的社会性别，梅齐关心的问题是：叙述者"是否以权威性或讽刺性的语气说话，从而使女性聚焦人物沦为男性叙述凝视的客体？这些女性聚焦人物是否有可能摆脱叙述控制，成为真正的说话主体，获得自主性？"（第71页）梅齐剖析了文中的自由间接引语和叙述视角体现出来的性别斗争关系，并对作者的态度进行了推断。福斯特一方面采用马格雷特的眼光进行叙述聚焦，间接地表达了对这位"新女性"的同情，另一方面又通过叙述者的责备之声，用社会上的眼光来看这位女主人公。这种矛盾立场很可能体现的是作为同性恋者的福斯特对于社会性别角色的不确定态度。至于伍尔夫这位女作家，梅齐认为其主要叙述策略是通过采用多位聚焦者和自由间接引语来解构主体的中心和父权制的单声。

值得一提的是，与仅仅表达人物声音的"直接引语"和"自由直接引语"相比，"自由间接引语"在叙述者的声音和人物的声音之间摇摆不定。梅齐认为这种结构上的不确定性可遮掩和强调形式上性别的不确定性，并同时指出，由于"自由间接引语"在叙述者和人物的声音之间含混不清，这一模式既突出了双重对立，又混淆和打破了两者之间的界限。

女性主义批评往往忽视"自由间接引语"，而关注这一话语技巧的形式主义批评又不考虑意识形态。梅齐聚焦于"自由间接引语"的性别政治意义，构成观察问题的一种新角度。但仅从这一立场出发，则难免以偏概全。我们不禁要问：叙述权威究竟是否总是代表父权制的权威？叙述者与人物的关系是否总是构成父权制的等级关系？两者之间是否总是存在有关社会权力的文本斗争？叙述者与人物的声音之间的含混是否总是涉及性别政治？既然"自由间接引语"从美学角度来说，兼"直接引语"与"间接引语"之长，作者选择这一话语技巧究竟是出于审美考虑，还是政治考虑，还是两者兼而有之？总之，我们一方面不要忽略话语结构的意识形态意义，另一方面也要避免走极端，避免视野的僵化和片面。

本书的第二和第三篇论文都选择了奥斯丁的《爱玛》作为研究对象，并且都聚焦于人物的"话语"。然而，第二篇论文在一定程度上体现出女性主义批评的特点，而第三篇跟第一篇一样，堪称典型的女性主义叙事学研究。我们不妨对两者略加比较，通过实例来把握女性主义叙事学与女性主义文评的差异。**首先，两者体现出分析对象上的不同**。我们知道，人物话语可以分为"内容"和"表达方式"。第二篇论文研究的是人物说出来的话（故事内容）所涉及的性别政治；而第三篇论文研究的则是"自由间接引语"（与"直接引语""间接引语""自由直接引语"等相对照）这种表达方式所体现的性别政治。**再者，两者在运用叙事学理论上存在差异**。尽管第二篇论文不时采用了叙事学的术语，但往往只是松散地或者比喻性地加以运用，譬如用"叙事结构"指涉情节的表层发展，而不是其深层结构；用"叙述者"既指称叙述者，有时又指称爱玛这一人物，并说爱玛有时"从叙述者变成了被叙述的女主人公"（第49页），而第三篇论文则严格区分故事外的全知"叙述者"和故事内的爱玛这一"人物"。

与此同时，我们也应看到第二篇论文在某些方面偏离女性主义文评，走向了女性主义叙事学。一、它不是凭借阅读印象，而是细致考察文本，详细分析人物语言特征与性别政治的关联；二、它没有把人物视为真人，而是在一定程度上视为作者出于特定主题目的的语言建构；三、它有意采纳叙事学的术语，而不是像有的女性主义学者那样，摒弃"父权制"的文学理论；四、它立足于文本本身产生的效果，而不是读者所持的不同阅读立场。

通过比较，我们不仅能更好地看清这三篇论文本身的性质，而且也能更好地把握本书后面的论文。因篇幅所限，在通过正文开头这三篇论文基本定位之后，笔者对后面论文的介绍将从简。此外，下面对作者的介绍，一般也止步于写作本书时的情况。

正文第四篇论文由丹尼斯·德洛里撰写。她在美国布兰迪斯大学获得博士学位，研究的是（后）现代小说中的性别与寓言使用之间的关系，并曾先后在布兰迪斯大学、麻省理工学院和波士顿大学任教。这篇论文题为《从语法上分析女性句子：弗吉尼亚·伍尔夫叙事作品中封闭的悖论》。我们知道，与18、19世纪之交的奥斯丁相对照，20世纪的现代主义作家伍尔夫是女性主义的先锋，旗帜鲜明地展现出反父权制束缚的立场，这种立场在其《一间自己的房间》和《三个基尼》中表现得最为明显。本书中共有五篇论文以伍尔夫为研究对象，德洛里的为第一篇。该文聚焦于句子中的插入语，分析了这种句法特征在伍尔夫以下三部小说中与性别政治的关联：《雅各的房间》《达洛维夫人》和《到灯塔去》。德洛里揭示出频繁使用插入语构成了伍尔夫女性写作的一种特点和女性主义叙事的一种策略。

第五篇论文由苏珊·斯坦福·弗里德曼撰写，题为《空间化、叙事理论与伍尔夫的〈远航〉》。弗里德曼在美国威斯康星大学麦迪逊分校任教，是英语文学和妇女研究的"弗吉尼亚·伍尔夫讲座教授"，1992年曾担任国际叙事学研究协会的主席。在本文中，她借鉴了巴赫金的时空体理论和克里斯蒂娃的空间化理论，分析《远航》中纵横交叉、相互对照的叙事运动，深入探讨这种空间化阅读视野下的叙事运动与性别政治的关联。

第六篇论文由梅尔巴·卡戴－基恩撰写，题为《女性主义会话的修辞：弗吉尼亚·伍尔夫与扭转的方式》。卡戴－基恩是加拿大多伦多大学英语系教授，曾担任弗吉尼亚·伍尔夫研究协会的主席。在该文中，她将伍尔夫与巴赫金进行比较，指出虽然两人都关注了对话性，但身为女性的伍尔夫的关注未能引起批评界的重视。卡戴－基恩揭示了伍尔夫如何在其散文、随笔中，通过会话这种修辞模式，打破独白并不断扭转话题，使文字具有不确定性，以此规避父权制话语的权威性控制，使会话成为一种具有创新性和颠覆性的女性主义话语策略，但这种策略是否能起作用在很大程度上取决于读者的接受。

第七篇论文由帕特里夏·马特森撰写，她一直在加拿大不列颠哥伦比亚省的道格拉斯学院任教，现为该学院英语系教授。这篇论文题为《恐怖与狂喜：弗吉尼亚·伍尔夫〈达洛维夫人〉的文本政治》，旨在通过细致的文本分析，揭示伍尔夫在这篇小说中如何挑战父权制意识形态和突出女性主体性。

第八篇论文由雷切尔·布劳·杜普莱西撰写，她在美国费城的天普大学任教，著述颇丰，包括《超越结尾的写作：20世纪女作家的叙事策略》（1985）和《粉红色的吉他：作为女性主义实践的写作》（1990）。她的论文题为《震颤的高潮：米娜·洛伊笔下的性交与叙事意义》。该文通过细致的文本分析，以及将洛伊这位现代主义诗人与 D. H. 劳伦斯这位小说家对性行为的描写加以比较，说明在洛伊的诗歌中，这种描写与性别政治和社会历史语境的关联。

第九篇论文出自珍妮特·吉尔特罗之手。她在加拿大西蒙弗雷泽大学英语系任教，其研究具有跨学科性质，将文学研究与语言学－语用学研究相结合。这篇论文题为《安妮塔·布鲁克纳〈杜兰葛山庄〉中与礼貌相关的反讽》。该文采用了语用学和语言学的方法，对《杜兰葛山庄》中的叙述者和人物的语言进行分析，聚焦于预先假定的表达、省略了行动者的语句、情态和预测等语言特征，分析这些跟礼貌相关的语言特征与深层反讽和性别政治的关联。

第十篇论文的作者是艾莉森·李，她当时在加拿大西安大略大学英语系任助理教授；此前出版了《现实主义与权力：后现代英国小说》；本书截稿时，她正在研究后现代女性书写中的暴力。这篇论文以《安吉拉·卡特的新夏娃（林）：叙事的去/使性别化》为题，聚焦于卡特的《新夏娃的激情》这部小说。小说的叙述者原为名叫伊夫林（Evelyn）的男性，后通过变性手术变身为名叫夏娃（Eve）的女性。尽管叙述者在生理上有明确的性别区分，但在回顾性叙述的时间进程中，叙述声音和视角在性别上却常常含混不清，难以确定。这篇论文揭示了这种文本特征与性别政治的关联。

正文最后一篇论文出自女性主义叙事学创始人和领军人物苏珊·S.兰瑟之手。她当时是美国马里兰大学英文和比较文学以及妇女研究的教授。此前出版了颇具影响力的两部女性主义叙事学的著作：《叙事行为》（1981）、《虚构的权威》（1992）。这篇论文题为《使叙事学性别化》，聚焦于珍妮特·温特森的《写在身体上》。这部小说从未提及第一人称叙述者的姓名和性别，兰瑟认为这种文本和性别的不稳定性是推动叙事发展的重要力量。该文的主要观点是：叙事诗学和叙事分析都应该涵盖"sex"（生理性别）、"gender"（社会性别）和"sexuality"（性欲、性取向）等基本要素，而以往这些要素在叙事学里被边缘化或被忽略。

本书的结语由琳达·哈钦撰写。她是多伦多大学英文和比较文学教授，著述甚丰。这一结语题为《对宏大叙事的怀疑：后现代主义和女性主义》。该文探讨了后现代主义和女性主义在挑战传统权威上的相似和相异之处，揭示了造成差异的根本原因。该文还指出了女性主义和后现代主义在哪些方面具有相互促进的作用，但持鲜明社会政治立场的女性主义难以跟后现代主义融为一体。

无论是正宗的女性主义叙事学的论文，还是在一定程度上偏向女性主义批评的论文，本书主体部分的论文均以细致的文本分析和颇具深度的剖析见长。它们切入的角度各异，多维度地揭示出性别政治在叙事文学中的复杂性，以及在文学阐释中关注性别政治的重要性。正宗的女性主义叙事学的论文特别展示出如何让形式研究和意识形态研究有机结合，使阐释富有新意。女性主义叙事学方兴未艾，希望本书能帮助读者从更多的维度了解这一流派，同时激发更多的读者在批评实践中，将女性主义与叙事学相结合，从新的角度解读作品中的性别政治。

《西方文体学的新发展》导读[1]

认知文体学导读

20世纪90年代以来,在西方语言学、文体学、叙事学等领域均出现了"认知转向"。在约翰·本杰明出版社2002年推出的《认知文体学》这部论文集的前言中,埃琳娜·塞米诺和乔纳森·卡尔佩珀将"认知文体学"界定为跨语言学、文学研究和认知科学的文体学派,这一流派将以下两者有机结合:(1)对文学文本精确细致的语言学分析;(2)对文本生产和接受所涉及的认知结构和认知过程的系统关注。

尽管认知文体学是新兴流派,但它与以往的文体学研究有着千丝万缕的联系。与纯粹的语言学分析不同,文体学一直关注语言形式与其所产生的效果之间的关联,也就或多或少地涉及读者的认知。布拉格学派的穆卡洛夫斯基为了说明文学语言的文学性,在20世纪30年代提出了"前景化"的概念,这一概念不仅对布拉格学派的文学文本分析而且对西

---

[1] 申丹编:《西方文体学的新发展》,上海外语教育出版社,2008年。书中对不同文体学流派分别加以导读。

方文体学的发展产生了很大影响。"前景化"的语言形式是在语法上或使用频率上偏离常规的语言形式，这种语言形式在读者的阅读心理中占据突出位置，往往能让读者产生一种新奇感，使读者特别关注语言媒介本身的作用（本书中丹·麦金太尔的论文追溯了这一概念跨媒介、跨学科的发展史）。尽管前景化概念是一种语言审美概念，但它涉及读者的阅读心理和阅读效果，因此被视为认知文体学的一块重要铺路石。

美国学者斯坦利·费什也被视为认知文体学的先驱之一，他于1970年提出了"感受文体学"。这种分析方法是在读者反应批评的影响下诞生的。在费什看来，文体分析的对象应为读者在阅读时头脑中出现的一系列原始反应，包括对将要出现的词语和句法结构的种种推测，以及这些推测的被证实或被修正等各种形式的瞬间思维活动。费什认为读者所有的原始反应都有意义，它们的总和构成话语的意思。从关注读者反应这一点来看，的确可以把感受文体学视为认知文体学的先驱，但我们不应忽视以下两点：其一，费什为了用他的"感受文体学"来取代通常的文体学，不惜对后者全盘否定（其实，他本人有时也不得不采用通常的文体分析方法，不同方法之间实际上是互补关系）。也就是说，感受文体学是以文体学之颠覆者的面目出现的，而认知文体学则旨在补充发展文体学。其二，在很多情况下，原始反应不值一顾，费什的理论对原始反应一律予以重视未免失之偏颇（其实，费什在分析中关注的也往往是具有阐释意义的原始反应）。与此相对照，认知文体学在分析读者的认知结构时，是有目的、有选择的。

总的来说，认知文体学有以下几个特点：(1)着眼点上发生了转移，从分析语言结构与各种意义的关联转向分析作者创作和读者阐释的认知机制（不少论著聚焦于后者）。(2)模式的更新，借鉴了认知语言学、认知心理学等新的模式。(3)通常关注的是规约性读者的共同反应，即（某个群体的）读者共享的基本阅读机制，但有时也关注有血有肉的个体读者的反应，即由于个人身份和经历等方面的不同而导致的不同反应。（4）不少认知文体学研究没有阐释新意，其目的不是为了提供对作品的新的阐释，而只是为了说明（以往的）阐释是如何产生的，即便关注对同一作品的不同阐释，也往往致力于解释处于不同语境中的先前的读者如何对同一文本产生了不同反应。认知文体学系统揭示了以往被忽略的大脑的反应机制，说明了读者和文本如何在阅读过程中相互作用。这种研究很有价值，相对于以往忽略读者认知的分析传统而言，也开拓了一条新的道路。可是，对于文学批评而言，重要的是读出新意，读出深度。若要对文学批评做出贡献，就需要往前再走一步，采取一种特别敏锐的读者的认知角度，揭示被"通常的读者"或"以往的读者"所忽略的某种深层意义。

本部分收入了四篇论文，第一篇论文题为《认知如何能给文体分析添砖加瓦》，这是一篇深入浅出、容易理解的入门论文。该文发表于《欧洲英语研究杂志》2005年第2期（该期为《认知文体学》特刊），作者为荷兰文体学家迈克尔·伯克，曾获荷兰阿姆斯特丹大学博士学位，兼任"诗学与语言学协会"这一国际性文体学组织的常务理事，现任教于荷兰罗斯福学院，担任学术核心学部（包括英语系和修辞学系）的主任。他是认知文体学领域的代表人物之一，曾应邀为基思·布朗主编的《语言与语言学百科全书》（第二版，2006）撰写了"认知文体学"和"情感：文体学研究方法"两个词条。他的这篇论文针对有的文体学家对认知方法所持的怀疑和排斥态度，旨在说明在文体分析中增加认知维度是大有裨益的。他先从主流文体分析中选取了一个较为出色的分析实例，即彼得·弗登克对菲利普·拉金《离去》的分析，然后对这首诗进一步加以认知文体分析。伯克采用了三个认知理论工具：（1）图形与背景；（2）意象图示；（3）认知隐喻。在深入浅出地简要介绍了这三个理论工具之后，伯克对拉金的诗展开了清晰易懂的认知分析。与弗登克的传统文体分析相比，伯克从认知的角度展开探讨，令人耳目一新。从两者的比较中，能较好地看清认知文体分析的特点，看到语言学分析和认知分析之间的互补性。

本部分第二和第三篇论文聚焦于认知文体学目前的一个热门话题：概念整合。概念整合是较新的认知语言学理论，文体学家很快将其运用于对文学作品的分析。这两篇论文分别探讨了诗歌和游记中的概念整合。前一篇出自美国学者玛格丽特·弗里曼之手，她是迈里菲尔德认知与艺术研究所的荣誉退休教授，近年来在认知文体学领域十分活跃，频频发表著述，是概念整合探讨方向的一位权威（英国《语言与文学》2006年第1期的《概念整合》特刊曾邀请她对该期中的文章进行了综合评论）。这篇论文发表于《语言与文学》2005年第1期，被誉为该杂志最受欢迎的论文之一。该文旨在说明福科尼耶和特纳的概念整合理论可提供一个较好的框架，来系统连贯地描述诗歌创作和阐释的认知机制，其分析实例为西尔维亚·普拉斯的诗歌《申请者》。英国文体学家埃琳娜·塞米诺曾在朗文出版社1997年出版的《诗歌与其他文本中的语言与世界建构》一书中探讨了普拉斯的这首诗，采用的理论框架是语篇理论、可能世界理论和图示理论。塞米诺本人承认，尽管这三种理论各有其长，但即便综合利用，仍然难以很好地对该诗做出解释。弗里曼希望通过采用概念整合理论来更好地描述这首诗是如何被创造和如何被阐释的。除了导论，该文共有三节：第一节评介了塞米诺分析《申请者》时采用的三种理论模式的所长所短，进而指出了相比之下，该文采用的概念整合这一理论框架的优越性；第二节针对不熟悉这一领域的读者，简要描述了该文采用的概念整合理论框架；第三节为全文主体部分，对普拉斯的《申请者》进行了较为系统全面的概念整合分析。概念整合理论可较好地描述心理空间映射的认知过程，较好地融合作品的主要图示。弗里曼指出，在对这首诗进行整合操作时，福科尼耶和特纳提出的"最优约束机制"使读者得以在表面上反常的比喻中发现一种连贯性，这种连贯性不是源于真实世界的客观一致，而是处理各种隐喻映射的结果，这些映射相互结合，相互作用，共存于诗歌构成的多重复合整合之中。尽管弗里曼对该诗复合整合的探讨较好地说明了诗人对待婚姻和消费社会的矛盾或讽刺的态度，但与以往的文学批评相比，她的阐释结论本身并无多少新意，这是因为她探讨的目的并非对该诗进行新的批评解读，而只是为了系统阐明读者的心理空间映射过程，这种认知映射在以往的研究中被忽略。值得一提的是，弗里曼在分析中，对于诗歌创作的社会历史语境给予了较多关注，这是有的文体分析倾向于忽略的一个方面。

本部分第三篇论文将注意力转向了散文叙事。该文发表于《语言与文学》杂志2005年第2期，出自巴巴拉·丹西吉尔之手，她曾获波兰华沙大学博士学位，现为加拿大不列颠哥伦比亚大学副教授。1998年英国剑桥大学出版社推出了她的《条件句与预测》一书，在学界引起了较大反响。2005年剑桥大学出版社又推出了她作为第一作者撰写的《语法中的心理空间》。从这两本书的书名，就可看出她研究中的"认知转向"。她近年来在认知研究领域相当活跃，成了概念整合探讨方面的一位权威，并受邀在《语言与文学》2006年第1期的《概念整合》特刊担任客座主编。她在该文中采用的理论模式也是福科尼耶和特纳的概念整合理论，选取的分析对象为乔纳森·拉班的几部旅行叙事作品。丹西吉尔通过对作品各种整合策略的分析揭示了作者叙事文体的一些特征。在较为全面地探讨各种概念整合的基础上，考察了对整合策略的选择与叙述视点的关系。文章旨在论证叙述视点如何取决于整合网络的结构，并说明视点压缩机制如何构成叙述视点阐释的基础。丹西吉尔的研究有以下几个特点：（1）通过实例和图表深入浅出地详细介绍了该文采用的概念整合模式。即便对这一模式不熟悉，在阅读了丹西吉尔的介绍之后，也应能对其达到较好的了解。（2）说明概念整合模式不仅可用于对单个句子的分析，而且可用于对较长叙事文本的分析。（3）选用游记作为概念整合操作的探讨对象，开拓了新的研究范畴。（4）不仅从认知结构和认知过程的角度清晰而具体地揭示出拉班的游记创作的文体特征，而且研究重点明确，聚焦于心理空间网络（尤其是整合网络）对叙述视点的再现。我们知道，概念整合理论也是近几年国内认知语言学界的一个热门话题，这一理论模式具有较好的文体分析运用前景。希望这两篇论文能为国内文体学界的概念整合教学与研究提供有益的参考。

前面三篇论文在探讨读者认知时，像绝大多数认知文体学著述一样，没有进行心理实验，而只是以分析者自己的反应为基础，推测性地描述"读者"的认知结构和认知过程。本部分最后一篇论文则将心理实验作为重要依据。这篇论文取自《文学语义学杂志》2006年第1期，是文体学家和心理学家跨学科合作的产物。第一作者凯瑟琳·埃莫特是认知文体学的代表人物之一，英国伯明翰大学博士，英国格拉斯哥大学的高级讲师。她在国际文体学界身兼数职，被爱思唯尔出版社聘为《语言和语言学大百科》（第二版，2006）常务编委，担任其中"语篇分析和文体学"部分的主编，还被聘为比利时文体学杂志 *BELL* 的顾问。20世纪90年代以来，她对叙事认知产生了浓厚的兴趣，1997年牛津大学出版社推出了她的专著《叙事理解》，在学界产生了较大影响。她近年来对实证研究十分感兴趣，现为国际文学实证研究协会理事，该文就是她主持的实证研究项目"文体学、文本分析与认知科学"的一个成果。这一项目的合作者就是该文第二作者安东尼·桑福德，他是剑桥大学博士，格拉斯哥大学心理学系资深教授。该文第三作者洛娜·莫罗获格拉斯哥大学心理学博士学位，留在本校任教。三人合著的这篇论文聚焦于"语篇分裂"与读者反应的关系。以往的文体学家依据文本特征和自己的直觉来判断什么是"前景化"的技巧，认为语篇分裂往往是作者采用的一个重要的"前景化"手段，在读者阅读心理中占据突出位置。而该文作者则旨在通过心理实验来考察叙事中的语篇分裂究竟如何作用于读者,究竟是否会吸引读者的注意力。他们分别考察了读者对语篇分裂的两个亚类型的反应:句片和微型段落。该文的研究分两步进行,首先对语篇分裂成分的文体作用进行探讨,既关注其在情节发展中的累积作用,又关注其在局部所起的修辞作用。然后,转向心理实验,采用了一种2004年面世的新实验方法("文本变化检测法"),来考察微型段落、句片和很短的句子究竟是否会改变读者对文本细节的敏感度,并结合未来的应用前景,探讨了实验结果。该文将文体学分析与心理实验相结合,构成了一种新的跨学科途径,不仅得以从新的角度检验文体学关于前景化的基本假定,而且也通过对语篇分裂的关注丰富了对"认知加工深度"的心理研究。

批评文体学导读

20世纪80年代以来,在重视意识形态和权力关系的法兰克福学派、马克思结构主义,尤其是福柯思潮的影响下,越来越多的文体学家不再把语言看成一种中性的载体,而是视为意识形态的物质载体;不再把文本看成反映意识形态的一面单纯的镜子,而是把语言和文本视为意识形态和社会结构的产物,又反过来作用于意识形态和社会结构。从这一角度来看,文体学的任务就是揭示语篇的意识形态和权力关系。诚然,"意识形态"有各种含义,从事批评性研究的学者们也对其有各种定义,但从实际情况来看,批评性的语篇(语言、文体、文本)分析——无论冠以什么名称——往往聚焦于涉及种族、性别、阶级的政治意识形态。

首先,我们需要搞清楚批评文体学与批评语言学之间的关系。批评语言学采用系统功能语言学等业已存在的语言学模式来揭示看似自然中性的语篇的意识形态和权力关系。近十多年来,随着语篇越来越受重视,学者们倾向于用诺曼·费尔克拉夫倡导的批评语篇分析(Critical

Discourse Analysis，简称CDA）来替代或涵盖批评语言学。随着时间的推移，这方面的研究无论是在模式借鉴还是在研究范畴和研究方法上，都一直在不断拓展（尤其是CDA在社会科学领域的拓展）。批评文体学也主要是采用系统功能语言学和语用学来揭示语篇的意识形态和权力关系。那么，批评文体学和批评语言学之间是什么关系呢？如果坚持认为"文体学"研究的对象就是文学，这两者之间就是并行关系，前者研究文学语篇，后者则主要研究非文学语篇。然而，因为批评文体学的关注对象是意识形态而不是审美效果，视文学为一种社会语篇，打破了文学与非文学的区分。萨拉·米尔斯在《女性主义文体学》（1995）中对文学和非文学语篇同时展开分析（意识形态和权力关系涉及阶级、性别、种族，"女性主义文体学"聚焦于性别问题，因此构成批评文体学研究的一个分支）。琼·韦伯在《小说批评分析》（1992）中也明确声称批评文体学探讨的是所有语篇的意识形态潜流，它就意识形态提出的问题对于虚构和非虚构文本同样适用，只是虚构文本中（由于作者、叙述者、人物的共存）层次更为复杂而已。正因为如此，韦伯在以"小说批评分析"命名的批评文体学著作中，首先通过分析四篇新闻报道，来说明自己的基本研究方法。与此相对应，罗杰·福勒在《语言学批评》（1986）中，一方面说明批评语言学尤为注重分析大众语言、官方语言、人与人之间的对话等，一方面又将其分析范畴加以拓展，转而聚焦于文学语篇。尽管一部为批评文体学的著作，一部为批评语言学的著作，这两部著作在研究对象上实际大同小异，完全可以划归同一研究流派。也就是说，若打破文学与非文学的壁垒，"批评文体学"和"批评语言学"就呈现出一种交叠重合的关系。

中外不少学者认为批评文体学采用了"批评语言学"的模式，因此对这一文体学流派的区分像"功能文体学""认知文体学"等一样是根据语言学模式做出的。其实，与系统功能语言学、认知语言学等并列的批评语言学是根本不存在的。批评语言学并不是对语言学模式的建构，而是运用现有的语言学模式对社会语境中真实语篇的意识形态展开分析。在这一点上，批评语言学与功能语言学、认知语言学等呈现出不同的走向。后者利用各种语料来建构语言学模式；而前者则是采用现有的语言学模式来进行实际分析。正是因为这种不同走向，两者跟文体学的关系大相径庭。前者构成文体学借鉴的语言学模式，而后者则成了一种与批评文体学难以区分的文本和文体分析。之所以会出现这种不同走向，其根本原因是：除了"human"（hu+man）或"chairman"（chair+man）这样本身蕴含意识形态的词语，意识形态和权力关系往往不存在于抽象的语言结构之中，而是存在于语言的实际运用之中。譬如，不能抽象地谈被动语态蕴含意识形态和权力关系（请比较"her friend gave her an apple"与"she was given an apple"），尽管在语言的实际运用中，被动语态常常构成意识形态和权力操控的一种工具（出于某种政治目的用这种语言结构帮助影响或误导读者的看法）。也就是说，要进行"批评性"的研究，往往必须结合社会历史语境，对现实中的语篇展开实际分析，而难以通过语料来建构出抽象的批评性的语言学模式。

凯蒂·威尔士在《文体学辞典》（1989）中的"激进的文体学"这一词条里指出，迪尔德丽·伯顿（1982）倡导的激进的文体学类似于罗杰·福勒领军的批评语言学。这些早期的批评性语篇研究——无论是冠以"语言学"还是冠以"文体学"的名称——相互呼应，相互加强，并以其批评立场和目的影响了后来的学者，构成后来的批评性文体研究的前身。尽管威尔士对"激进的文体学"与"批评语言学"的关系把握较准，但遗憾的是，她对文体学与CDA的关系却有时认识不清。在《文体学辞典》第二版的"文体学"这一词条中，威尔士将CDA与生成语法、语用学、认知语言学等相提并论，认为CDA是文体学借鉴的一种语言学模式。而实际上CDA是批评语言学的别称或其新的拓展，因此跟文体学的关系并无二致。值得注意的是，威尔士《文体学辞典》（第二版）中删去了"激进的文体学"这一词条，且也未收入"批评文体学"或"社会历史和文化文体学"等相关词条。《文体学辞典》（第二版）于2001年面市，而20世纪90年代正是这种批评性的文体研究快速发展、占据了重要地位的时期。威尔士对这一文体学流派避而不提显然不是粗心遗漏，而很可能是因为随着时间的推移，越来越难以区分独立于"批评语言学"和CDA的这方面的文体学流派。然而，我们不能像威尔士那样回避问题，或许我们可以从两个不同的角度来直面现实：（1）将这方面的文体研究视为批评语言学和CDA的实践和拓展；（2）将"批评文体学"或"社会历史和文化文体学"视为一种统称，指涉所有以揭示语篇意识形态为目的的文体研究。从这一角度来看，批评语言学和CDA（至少其相关部分）就构成这种文体研究的组成部分。本书采用的是第二种角度，即将"批评文体学"视为一种统称。本部分收入的三篇论文较好地体现了"批评文体学"的广义视角。

第一篇论文取自《批评性语篇研究》2005年第1期，这是一本2004年才创立的专门进行批评性语篇研究的杂志。该文作者罗宾·梅尔罗斯博士是英国朴次茅斯大学的高级讲师。他在系统功能语言学方面很有造诣，近三十年来一直致力于这方面的研究。上文提到系统功能语言学是批评文体学采用的主要语言学模式，也提到批评文体学打破了文学与非文学之分，梅尔罗斯的论文很好地体现了这两个特点。系统功能语言学较为重视语义与意识形态的关联，梅尔罗斯的论文借鉴了较为早期的韩礼德的语义观和近来杰伊·莱姆基提出的语篇语义模式，将两者与福柯的意识形态理论相结合，用于分析当今英国的年轻人写给"知心阿姨"的一些信件。就像中国有为年轻人排解烦恼的"知心姐姐"一样，英国的报纸杂志设有"知心阿姨"专栏。遇上了烦心事的年轻人（大多为女性，也有可能是男性）可给这些专栏写信，寻求指教和帮助。梅尔罗斯聚焦于这些信件的话语构成、性取向、自白、规范化评价等意识形态因素，主要分析了语篇中的及物性、形合（hypotaxis）、情态意义、动词的体（aspect）等方面。与大多数批评性文体研究不同，梅尔罗斯不仅借鉴现有的语言学模式来进行实际分析，而且还致力于建构一个语篇的语义系统网络，以帮助说明（通过词汇语法层来实现的）语篇的语义如何表达相关意识形态因素。但值得注意的是，这一系统网络受到语境的限制，仅适用于"写给知心阿姨的信"这一范畴。

第二篇论文取自《语言与文学》2001年第1期，出自戴维·赫尔曼之手。现任教于美国俄亥俄州立大学的赫尔曼教授（宾夕法尼亚大学博士）既是著名叙事学家又是著名文体学家。他在事业起步时就同时从事这两个领域的研究。其文体学方面的专长在他的叙事学论著中清晰可见，而他文体学方面的论著也带有叙事学研究的烙印。本书前言提到英国文体学家兰布鲁和斯托克韦尔正在主编《当代文体学》论文集，其中的"对话和戏剧文体学"这一部分，就特邀赫尔曼为一篇涉及口头叙事的论文撰写介绍。在本书收录的这篇论文里，赫尔曼的分析对象是美国作家伊迪丝·沃顿具有里程碑意义的小说《欢乐之家》（1905）中的文体转换。这一小说涉及很多社会阶层和群体的语言风格，人物话语特征标示社会身份，文体转换反映甚或促成阶级冲突和/或性别冲突。赫尔曼的分析旨在说明，小说中的人物话语揭示出语言风格和社会身份之间、语言使用和语言环境之间相互构成的关系。对话双方通过交流和特定的文体表现出特定的角色和主体性。赫尔曼尤其关注这一点：小说中相互冲突的语言交流规范在说明男人和女人的敌对角色关系方面所起的作用。该文分为五个部分：第一部分为导言，说明该文的研究立场和研究目的；第二部分探讨如何建构关于小说的"社会文体学"（即关注语言的社会意义的文体学），该部分既借鉴又挑战了巴赫金关于小说的社会文体学观；第三部分界定和区分了"文体""方言"和"语域"，并指出这些概念有可能会发生重合；第四部分具体分析了《欢乐之家》中文体或文体转换与性别、阶级等社会身份和权力关系的交互作用；第五部分则旨在说明该文的文体研究与聚焦于非文学语篇的CDA本质上的相通之处。这里有两点值得注意，一是赫尔曼笔下关于小说的"社会文体学"就是小说范畴的CDA或"批评文体学"。二是尽管像萨拉·米尔斯这样的"女性主义文体学"的代表人物坚持认为"女性主义文体学"应该独立于"批评文体学"而存在，但从赫尔曼同时关注性别与阶级的文体研究就可看出，性别问题只是意识形态的一个范畴，因此"女性主义文体学"只是"批评文体学"的一个分支。

本部分第三篇论文取自《语用学杂志》2005年第11期，作者是两位具有同样学术背景和学术兴趣的西班牙学者马里索尔·贝拉斯科·萨克里斯坦和佩德罗·A. 富埃尔特斯·奥利韦拉（两位都在巴利亚多利德大学任教，主要学术兴趣包括妇女研究和认知文体学）。后者出版了两部专著，发表了多篇论文；前者也发表了多篇论文，并出版了自己的博士论文。从该文的题目就可看出，这是一篇具有较强跨学科性质的论文，将"批评"的目的与"认知"和"语用"的方法相结合，探讨广告英语中涉及性别问题的隐喻。该文分为五个部分：第一部分为导论，简要综述了近来与广告隐喻和性别问题有关的认知语言学、语用学和CDA领域的研究。作者在该部分中阐明：该文的研究特色是将认知语言学、语用学和CDA的方法相结合，而CDA本身借鉴的语言学模式包括认知语言学或语用学，该文的研究实际上就是一种CDA或批评文体学研究。第二部分从认知和语用的角度探讨了广告英语中的隐喻。第三部分从女性主义的角度切入，将注意力转向性别政治，探讨了广告英语中不同种类的"性别隐喻"。第四部分对该文采取的这种"批评性认知—语用方法"进行了总结，并通过实例对其特征进一步予以说明。第五部分为结语。该文清晰易懂，逻辑连贯性强，注意系统分类，较为容易借鉴。

本部分的三篇论文涉及不同的分析对象：第一篇探讨信件，第二篇研究虚构文学作品，第三篇则关注广告英语，从中我们可以看到批评性语篇分析的涵盖广度。国内对批评语言学和CDA已有一些讨论，在下一步的研究中可以像西方学者这样更为注重理论创新和实际分析，通过对不同体裁、不同范畴语篇的实际分析来丰富广义上的"批评文体学"的成果。

功能文体学导读

20世纪70年代初以来，功能文体学蓬勃发展。"功能文体学"为"系统功能文体学"的简称，它特指以M. A. K. 韩礼德创立的系统功能语言学为基础的文体学派别。韩礼德是我国读者最为熟悉的西方著名语言学家、文体学家之一，曾任教于英美著名大学，后任教于澳大利亚悉尼大学，现为该校荣休教授。韩礼德于1969年在意大利召开的"文学文体研讨会"上宣读了一篇颇具影响的论文《语言功能与文学文体》。这篇论文堪称系统功能文体学的奠基之作，对理论模式也有详细介绍，因此成为本部分的第一篇选文（最初发表于牛津大学出版社1971年出版的《文学文体》一书）。该文提出"语言的功能理论"是进行文体研究的较好工具。所谓"语言的功能理论"，用韩礼德的话说，就是"从语言在我们的生活中起某种作用、服务于几种普遍的需要这一角度出发，来解释语言结构和语言现象"。韩礼德区分了语言具有的三种"纯理功能"又称"元功能"：第一种为表达说话者经验的"概念功能"；第二种为表达说话者的态度、评价以及交际角色之间的关系等因素的"人际功能"；第三种为组织语篇的"语篇功能"。这三种纯理功能相互关联，是构成语义层或"意义潜势"的三大部分。在"概念功能"下面，韩礼德进一步区分了"经验功能"和"逻辑功能"，前者用于表达说话者在现实世界中的经验，包括对世界的认知、反应等内心活动和言语行为；后者则涉及并列、修饰等基本逻辑关系。韩礼德运用属于概念功能范畴的及物性系统对威廉·戈尔丁的小说《继承者》的文体进行了分析。《继承者》叙述了一个尼安德特原始人群被一个较为进化的智人部落（即继承者）入侵和毁灭的故事。书的前大半部分描述了尼安德特人的生活，通过他们的特定视角来看世界和智人的活动。当书快要结束时，叙述视点则转向了智人。韩礼德从书中摘取了三段，第一段取自书的前部，当时尼安德特人中的主要人物洛克躲在树丛里观察智人的行为；第三段取自书的最后一部分，显示了更为进化的智人看世界的眼光；第二段则取自两种眼光之间的转折部分。韩礼德采用及物性模式对这三个片段进行了详细的比较分析，说明作者是如何通过语言手段来实现叙述视点的转换的，并揭示出尼安德特人在进化过程中的局限性，这使他们在智人入侵后无法生存。第一和第三片段在及物性选择上的对照，反映了人在进化过程中两个互为对抗的阶段与环境的不同关系和看世界的不同眼光，这也是作品旨在表达的深层主题意义。

在韩礼德之后，不少文体学家采用及物性模式对文本的语义层面进行了分析，使之成为功能文体分析中最为突出的一个模式，且实用性较强（诚然，及物性系统本身也经历了某些小的局部改动，若要了解韩礼德自己的小改动，可参看韩礼德《功能语法导论》[2004]）。本部分第二和第三篇选文均为新近采用及物性模式的文体研究。以往采用及物性模式的文体学论著一般大同小异，均以韩礼德为榜样，聚焦于（通过人物特定视角反映的）对抗双方的权力关系，在偶尔对人物的内心展开分析时，也仅仅关注人物的某种心态。相比之下，本部分所选论文，有其自身的特点，从不同侧面反映了及物性文体分析的新发展。

第二篇选文发表于《语用学杂志》1999年第8期，作者是玛丽·赖德。她在美国加利福尼亚大学（圣地亚哥校区）获得博士学位，现任教于依阿华州立大学英语系。这篇论文采用及物性模式来研究通俗浪漫小说话语结构中的事件组合安排。通俗浪漫小说的典型情节由一系列事件组成，大多数事件都由主人公发起。而另一方面，依据传统规约，浪漫小说的女主人公应为被动型，一般不应成为事件的发起者，因此构成一种矛盾。赖德对芭芭拉·卡特兰的通俗浪漫小说《永远爱我》的高潮部分展开及物性分析，揭示出作者为解决这一矛盾所采用的一系列文体策略。小说中有的文体策略用于提升女主人公的行动性，而有的文体策略则用于降低其对手的行动性。此外，很多高潮部分的事件被置于梦幻、威胁、回忆等非真实的语境中，并因此产生了一种"膨胀"的效果。与以往的研究相比，这篇论文有以下几个新特点：(1)研究对象从经典文学作品转向了通俗浪漫小说。(2)研究重点不再是某一作品的文体策略与主题意义的关联，而是转向某一文类的作者倾向于采用的文体策略与体裁特点的关联。(3)关注的不是(人物眼光反映出来的)客观的权力关系，而是文体策略对这种关系的某种"变形"作用。

第三篇论文发表于《语言与文学》2004年第4期，出自纪瑛琳和申丹之手，这是以纪瑛琳在申丹指导下完成的硕士论文中的一章为基础写成的，文章发表后在西方文体学界产生了积极影响，英国文体学家鲁思·佩奇（伯明翰中英格兰大学）在教学中把该文印发给学生，作为一种可资借鉴的新的功能文体学的分析模式，让学生参照着进行类似的分析。这篇论文对加拿大女作家谢拉·沃森的中篇小说《双钩》的三个片段进行了系统的及物性分析，揭示出主人公在返乡过程中心理的变化或思想的转变，探讨了这种变化与主题意义的关联。其及物性研究有以下两个特点：(1)从"静态"分析转为"动态"分析，不是旨在揭示某种力量关系或某种思想状况，而是通过分析及物性结构的变化来揭示人物的精神变化过程。(2)通过文体分析挑战了以往的阐释，提出了新的阐释。传统文学批评聚焦于《双钩》主人公的外在行为，认为主人公最终摒弃城市，返乡与家乡人团聚的行为本身标志着"精神共同体"的最终形成；而这篇选文则从一个新的角度对《双钩》的主题意义进行了研究，揭示出主人公返乡的历程更是一个精神逐步回归的过程。

收入本部分的第三篇论文的一个目的是想给有意在西方文体学期刊上发表论文的中国学者和研究生提供某种参考。若要在国际上发表研究西方文体学的论文，可注意以下几个方面：(1) 在研究模式上要有所创新。本部分第三篇论文从"静态"分析转为"动态"分析，就构成了一种创新的途径。申丹曾在《文学语义学杂志》2007年第1期上发表过一篇采用及物性模式来分析短篇小说文体的论文，从另一角度对研究模式加以创新：以往所有的及物性分析都聚焦于不同类型的及物性过程之间的对比，而这篇论文则侧重于揭示作者如何通过在同一类型的及物性过程内部制造对照或对立，来微妙地表达主题意义。[1] (2) 力求超越以往的阐释。不少文体学家仅仅用文体分析来说明文学批评家为何会得出某种阐释结果。著名英国文体学家罗纳德·卡特曾在《语言与文学》(1982) 一书的前言中，对实用文体学的作用加以如下说明：通过细致的语言学分析来恰当地解释对文学作品产生的直觉反应，来"更充分地探索和明确地表达同样的直觉反应"。这样的文体分析难以被文学批评家接受，因为对于文学批评而言，最重要的是读出新意，读出深度。就目前的情况来看，除非采用认知模式等较为时髦的模式或开辟新的研究途径，缺乏阐释新意和深度的文体分析难以在西方被接受。纪琬琳和申丹在美国的《文体》2005年第3期上发表了从及物性角度研究《双钩》文体的另一篇论文，该文沿用了传统的及物性分析模式，但通过细致深入的语言分析提出了对作品的新见解，跳出了以往文学评论家仅仅依靠《双钩》情节发展来研究其主题意义的窠臼。(3) 在研究对象上要有所创新。本部分

---

[1] Dan Shen, "Internal Contrast and Double Decoding: Transitivity in Hughes's 'On the Road,'" *Journal of Literary Semantics* 36.1 (2007). 53–70.

收入的第二篇论文就是这方面的一个很好的范例。(4)关注文体学跨学科研究中的新动向和新问题。申丹在《文体》2005年第4期上发表的一篇论文就集中探讨了西方文体学家借鉴叙事学的不同途径和每一种途径的所长所短。值得一提的是,西方学术期刊一般采取匿名审稿制,评审公正,不论资排辈,尽管接受率很低,但只要真正有新意、有价值,就有可能被接受发表。

功能文体学在我国得到了较好的发展,一直是我国文体学研究的一个重要分支,这也得益于功能语言学在我国的强劲发展。希望在国内看到更多应用及物性系统和其他功能语言学模式进行的文体分析,也希望有更多的功能文体学和其他方面的文体学研究论文在国际上面世。

话语文体学导读

就文体学的发展历程来说,20世纪80年代以话语文体学的兴起为标志。话语文体学当初指采用话语分析模式、语篇语言学和语用学来进行分析的文体学流派,但后来有的采用语用学模式的文体学家从中分离出来,自成一派,构成"语用文体学"。在分析对象上,话语文体学有两点不同于其他文体学派,一是注重分析会话和交际双方的相互作用过程。诚然,话语文体学注意研究文学文本,而不是生活中的实际对话,但即便如此,话语文体学的分析重点仍为戏剧、小说、诗歌中的人物会话、独白或巴赫金理论意义上的种种对话关系。另一特点是,话语文体学的分析对象为句子以上的单位,如对话的话轮之间的关系和规律,句子之间的衔接,或话语的组成成分之间的语义结构关系等。值得注意的是,"话语"(discourse)一词现在的含义非常广泛,不少文体学研究的标题或关键词中都会出现"discourse",但并不特指会话,而是泛指话语或语篇,尤其是与社会历史语境相联的语篇。本部分的两篇选文是较为典型的话语文体学研究，分别聚焦于诗歌和戏剧中的会话。

第一篇论文的作者罗纳德·卡特是我国读者较为熟悉的国际著名文体学家、英国诺丁汉大学资深教授、英国社会科学院院士。他著述甚丰，这篇论文取自他与保罗·辛普森主编的《语言、话语和文学：话语文体学入门书》(1989)。这是一篇话语文体学的入门论文，且研究对象比较新颖。话语文体学往往聚焦于戏剧和小说，而该文则采用话语分析模式来研究诗歌中的人物会话，以 W. H. 奥登的一首诗为例证，探索了话语分析模式在诗歌会话研究中的作用。卡特同时也指出：(1) 在研究这一类诗歌时，语法分析有时作用不大，因此需要进行话语分析；(2) 诗歌具有不同程度的交互作用的性质，分析时应关注文学信息的语境和传统。有的文体学家认为，在对话语文体进行分析时应先对文中的语言特征进行语言学分析，然后再加以文学解释。这种做法遭到了一些批评家的抨击，认为会把文学意义强加于语言特征之上。作者在文中说明，自己先阅读诗歌，对诗歌的效果有了主观印象之后，才以此为基础，对诗歌进行语言学分析。他认为这种在直觉引导下的分析强于一开始就盲目地对诗歌进行详尽的语言学描述。在分析结束之后，作者审视了这种分析的所长所短，探讨了相关理论与实践问题，回答了可能遇到的挑战。最后，作者介绍了这种分析在教学方面的目的和作用。

第二篇论文出自另一位著名文体学家迈克尔·图伦之手。他是牛津大学博士，英国伯明翰大学应用英语语言学教授，国际文学语义研究学会主席，曾任教于新加坡国立大学和美国西雅图的华盛顿大学。他著述甚丰，出版了多部文体学著作。本书收录的这篇论文发表于《文学语用学》杂志2000年第2期，旨在通过实例分析，展示并捍卫一个新的分析话语结构的模式。该模式不是像语言行为理论那样的概念分析模式，而是对有目的的会话过程进行话语功能分析的模式。它由四个核心会话话步构成。这一模式不仅借鉴了言语行为理论，而且更直接地借鉴了韩礼德《功能语法导论》(1994)中的相关讨论。图伦曾经采用自己提出的这一模式分析了不同文本,他在这篇论文中扩展和修正了自己先前的探讨。该文分为五节:第一节为引言;第二节对理论模式进行描述;第三节采用这一模式分析了哈罗德·品特的《生日晚会》中"考问"那一场,但分析的目的主要在于考察理论模式在阐释运用中的所长所短;第四节评论了考问者在提问时如何违背逻辑和滥用假设,这使得会话过程一直处于缺乏合作和不连贯的状态;最后一节为附文,对理论模式做了进一步思考,重申了一些观点,并对全文进行了总结。作者指出,在详尽分析会话中的交互作用时,需要借鉴各种不同的模式,该文提出的模式只是其中一种,但这一模式切实可行,而且用起来很方便。

语用文体学导读

语用文体学指采用语用学模式或从语用的角度展开的文体分析,20世纪80年代以来发展较快,开始只是话语文体学的一部分,后来独立成为一个流派。本部分选用的两篇论文分别从语用的角度分析广告和小说。第一篇论文发表于《语用学杂志》2000年第4期,出自著名文体学家保罗·辛普森之手。辛普森是英国贝尔法斯特女王大学教授,著述甚丰,出版过多部文体学著作。1989年在与罗纳德·卡特合编的《语言、话语和文学》一书中,他发表了运用布朗和莱文森的礼貌模式来分析戏剧对话的论文,探讨了礼貌策略在人物塑造中的作用。此后,有不少西方(以及中国)文体学家也采用了礼貌理论来对戏剧人物的对话加以分析。国内对于西方语用文体学的戏剧分析已陆续有一些介绍,鉴于这种情况,本部分将注意力引向两个较新的方面。

本部分收入的辛普森的近作聚焦于(作为一种社会过程的)广告话语的一些语用特征。广告话语自20世纪80年代以来吸引了不少文体学家的注意力。这篇论文借鉴了伯恩斯坦提出的对广告话语的一种区分：理由广告和促动广告。前者通过提供购买动机或理由打动消费者，而后者借助幽默、情感和气氛等刺激消费者的购买欲望。该文将广告活动区分与一系列语用学模式和系统功能语言学相结合，尝试建构一个自己的理论模式，来较好地从"理由"和"促动"这一角度对广告话语做出系统解释。文章分为以下五个部分：第一部分简要总结了近二十年广告话语的研究成果，介绍了该文研究的特点和伯恩斯坦的理论；第二部分探讨了理由与促动之分、语用模式和广告话语这三者之间的关系；第三部分集中对理由广告展开探讨；第四部分则集中对促动广告进行探讨；第五部分为结语。该文的一个创新之处在于：以往的研究倾向于将广告文本视为一种较为独立的存在，集中探讨理想受众可能会采取哪些解读和推论策略来阐释具体的广告文，而不关注撰写人的意图和广告文的生产过程。为了纠正这一失衡，该文首先探讨广告文撰写人的市场目的和策略，然后探讨这些因素如何在语言创作中编码和如何在阐释过程中解码。也就是说，该文注重广告文的生产过程与阐释过程之间的关系；将语用研究、语言学研究与认知研究有机结合，探讨了如何从语言特征的角度来辨认广告话语中的"理由"和"促动"这样的语用建构，并结合课堂实验，从认知的角度探讨了如何对这些语用因素进行阐释。此外，该文还讨论了将来如何在这方面展开进一步的研究。

本部分第二篇论文发表于《语言与文学》1999年第3期，是该刊最受欢迎的论文之一。作者是两位较年轻的学者：任教于英国利物浦大学的西沃恩·查普曼博士和任教于英国坎特伯雷基督教会学院的克里斯托弗·劳特利奇（同时也是作家和主编）。前者研究势头强劲，已出版四部关于语用学、语言学和语言哲学的专著，并和后者合作主编了一部关于语言学和语言哲学的论文集。文学语用学十分关注语境和文类规约的作用。该文认为文学作者（文本）和读者处于交互式话语交流过程中，任何语言交流都以一套特定的规约性预设为基础。文学交流有着与日常交流不同的预设，而每一种文学体裁也有不同的预设。文学话语一方面像其他话语类型一样，取决于相关交流规则；但另一方面，与其他话语类型相比，文学话语有更大的语用灵活度，可以更自由地采用或摆脱相关预设。该文旨在探讨共享规约和话语预设如何在文学中起作用，作者如何故意违反规约和预设以取得特定效果。该文以保罗·奥斯特的后现代小说《玻璃之城》为分析对象。这一作品看上去是侦探小说，但在情节处理上有意抛开了不少侦探小说约定俗成的规约，这与作者有意安排的人物交流过程中预设的失败相呼应。该文分为五个部分：第一部分为导论，重点介绍了预设这一概念；第二部分探讨文学虚构话语中与预设相关的语言特征，提出人物之间、作者与读者之间的交流允许摆脱各种预设或允许预设的失败；第三部分从预设的角度分析了小彼得·斯蒂尔曼这一人物话语的语用特点和语用效果；第四部分从同一角度对丹尼尔·奎因这一中心人物的看法展开了分析；第五部分则在更广的意义上探讨了在读者与文本的交流中，预设失败有何作用，它与日常交流中的预设失败有何不同。该文对奥斯特小说的分析说明文学规约和话语预设是规范化的，因此在具体交流中可以悬置或违反。这挑战了斯珀伯和威尔逊在《关联：交流与认知》中所暗示的观点：人际交往中对关联的探求是自然而然的。

语用文体学在国内的发展依然十分有限，而且基本上局限于对戏剧人物对话的分析。这是一个还有很大发展空间的领域，希望有更多的国内学者从各种语用的角度展开文体分析。

教学文体学导读

本书前言提到对"教学文体学"的区分有两方面的依据，一是以改进教学为目的，二是以教学为范畴。文体学是一个实用性较强的学科，无论在西方还是在中国都对推动语言和文学的教学起了很大作用。教学文体学的主要目的是帮助学生提高（系统）描述语言选择的能力，增强对语言选择的敏感度，认识到语言选择的微妙功能和各种效果。教学文体学跟其他文体学流派的关系往往是一种前者在教学中应用后者的关系。譬如，文学文体学的教学会注重引导学生分析和欣赏语言选择的美学效果；而批评文体学的教学则会引导学生认识和揭示语言选择蕴含的意识形态和权力关系，如此等等。诚然，在通常的文体学课程中，教师往往会根据实际需要综合采用不同的文体学方法。

  本部分第一篇论文涉及新近网上互动的数字化教学方式，出自我国读者较为熟悉的著名文体学家米克·肖特之手。他是英国兰卡斯特大学语言学与英文系教授，著述甚丰。他与著名文体学家杰弗里·利奇合著的《小说文体论》（1981）被国际文体学协会（PALA）评为二十年来影响最大的文体学著作。2000年，肖特赢得英国高等教育基金会五万英镑的奖研金，决定将之用于研究网上的文体学教学。在此之前，肖特已经多年讲授"语言与文体"这个大学一年级的文体学课程，十分注重教学中的互动和趣味性。他尽力把讲授这一课程的风格搬到网上，力求既保持较高学术质量，又创造性地利用计算机，以提高学生的学习兴趣。肖特在2003年完成了"语言与文体"数字学习课件的制作，在2005年PALA的年会上给与会代表献上了这一课件，现在大家都可以通过以下网址查到和免费使用这一课件：http://www.lancs.ac.uk/fass/projects/stylistics/start.htm。在肖特的积极推介下，这一网络课件被世界上不少国家的文体学教师采纳，用于从大学一年级到硕士阶段的初入文体学之门的学生。《语言与文学》杂志2006年第3期是关于这一网络课程的专刊，德国、中国香港、英国的文体学家和肖特自己分别撰文描述了这一网络课程的使用情况，本部分这篇论文就取自这一专刊。

该文报道和分析了2002—2005年间兰卡斯特大学一年级学生使用"语言与文体"这一课件的情况和反应。读者在阅读该文之前，可先用上面提供的网址找到这一课件，掌握其基本内容，这会为理解该文做很好的铺垫。在2002—2003学年，学生通过这一网络课件进行前三分之二（诗歌和小说部分）课程的讨论式学习，后三分之一（戏剧部分）的课程依然采用教师与学生互动的传统教学方法（当时还未来得及制作这一部分的课件）；在2003—2004学年，学生则是通过这一网络课件进行整个课程的讨论式学习；在2004—2005学年，课程变为网络方法与传统方法相结合：整个课程学习中，既有通过网络课件进行的讨论，又有传统方式的每周教师授课和小组研讨。该文对这些不同教学方式所产生的结果和引发的反应进行了分析比较。每次课程开始和结束时都会对学生进行匿名问卷调查，调查结果和课程成绩构成该文比较分析的重要基础。此外，该文还将上面这些利用网络的课程与传统的教学方法（尤其是2001—2002学年的课堂教学和讨论）加以比较，聚焦于学生的课程表现和对课程各个方面的反应和评论。学生还为将来选这门课的学生提出了很好的建议。虽然目前我国不少大学的条件还难以满足网络教学的要求，但随着条件的改善，网络教学也可能会成为一种富有特色的教学手段。该文总结的网络课程的所长所短、所采用的不同教学方式以及得出的一些经验教训可为我国未来的网络文体学教学提供有益的借鉴。

肖特所在的英国兰卡斯特大学多年来一直是文体学的重镇之一，本部分的第二篇论文出自在兰卡斯特大学获得文体学博士学位的丹·麦金太尔之手。麦金太尔发表了多篇文体学论文，出版了《戏剧中的视点》这一戏剧文体学专著。他现任教于哈德斯菲尔德大学，但曾在兰卡斯特大学讲授过上文提到的"语言与文体"这一课程。该文发表于《文体》杂志2003年第1期，关注的是这一课程的课堂教学，与肖特对该课程网络教学的关注构成互补关系。该文旨在探讨如何通过"前景化"的方法来改进文体学的课堂教学。我们知道,文体学中的"前景化"是相对于普通语言或文本中的语言常规而言,可表现为对语法、语义等规则的违背或偏离,也可表现为语言成分超过常量的重复或排比。这些出于特定目的而有意偏离规约的语言现象会在读者心理中占据突出位置,给读者留下较为深刻的印象。就"语言与文体"这一课程而言,在对学生展开的问卷调查中,学生往往认为这一课程有趣味,容易吸引注意力,容易让人记住。麦金太尔据此得出结论:越容易记住的课程就越有利于学生的学习。在他看来,让课程便于记忆、提高教学效果的一个重要手段是偏离规范的教学方式,这种方式会产生一种"前景化"的效果,给学生留下深刻印象。该文追溯了"前景化"概念跨媒介、跨学科的历史发展,介绍了如何可以让教学手段产生前景化的效果(包括由两位老师同上一堂课,两人或前后讲课或共时配合;老师授课和学生练习及练习反馈交错进行;让学生自己写作,大声回答,表演出教材上的片段,或对作家可能做出的选择加以猜测,等等)。麦金太尔探讨了采取这些偏离规范的教学方式的原因和长处,说明了为何通过"前景化"方式的教学可以让学生学得更好。麦金太尔认为课堂中的"前景化"教学手段不仅可以改进文体学课的教学效果,也可改进其他课程的教学效果。中国的课堂教学与西方相比,互动的成分更少,缺乏生动活泼的氛围。该文可为改进国内较为呆板的文体学教学方式提供很好的思路和启示。

计算文体学导读

20世纪60年代以来,不少文体学家在分析时借鉴统计学并利用计算机来进行计量统计,以及利用计算机建立语料库作为分析比较的素材或参照系,从而形成了"计算文体学"(也称"计量文体学""语料库文体学")这一流派。计算文体学家往往采用通常的语法模式,采用"直接引语""间接引语""自由间接引语"这样的区分或常用的词语,通过计算机对各种语言成分的使用频率加以统计,然后对统计出来的不同频率加以文体分析,并与通过语料库建立的参照系进行文体上的对照比较。有学者认为"计算文体学"采用了"计算语言学"的模式,因此对这一文体学流派的区分像"功能文体学""认知文体学"等一样是根据语言学模式做出的。而实际上"计算文体学"并没有采用"计算语言学"模式。让我们看看下面两个定义:

(1)计算语言学利用数学方法,通常在计算机的帮助下进行研究。[1]
(2)计算文体学采用统计学和计算机辅助的分析方法来研究文体的各种问题。[2]

这两个流派都是利用数学方法(统计学方法)和计算机来进行研究。凯蒂·威尔士在《文体学词典》中将计算文体学界定为计算语言学本身的"一个分支"[3],这无疑是因为她看到了两者在利用统计学和计算机上的一致性,但两者之间实际上是一种并行关系:计算语言学利用统计学和计算机来研究语言问题,而计算文体学则是利用统计学和计算机来研究文体问题。

西方学界就文体学或计算文体学是否适合于文学作品阐释展开了争论,本部分收入的第一篇论文是对这种争论的一种直接回应。该文取自《语言与文学》2005年第1期,作者为迈克尔·斯塔布斯。他是英国爱丁堡大学博士、德国特里尔大学资深教授;在赴德国任教之前,曾在伦敦

---

[1] Jack C. Richards and Richard Schmidt, *Longman Dictionary of Language Teaching & Applied Linguistics*, London: Longman, 2000, p. 90.

[2] Katie Wales, *A Dictionary of Stylistics*, 2nd edition, Essex: Pearson Education Limited, 2001, p. 74.

[3] Wales, *A Dictionary of Stylistics*, p. 74.

大学当了五年教授；1988到1991年间，曾任英国应用语言学协会主席。他著述甚丰，研究领域较广，目前聚焦于计算机辅助的语料库语言学和计量文体学研究。在该文中，他借鉴A.肯尼1992年在一次演讲中提出的观点，给自己的分析设立了两个标准：(1)提供必须依靠计算机才能得出的分析结果；(2)计算文体分析必须在文学见解上具有新意。该文以康拉德的《黑暗之心》为分析对象，这部一百多年前出版的作品吸引了众多批评家的注意力，但很少有人对其进行文体分析。该文通过计算机软件对该作品和作为其比较对象的相关语料库进行词语方面的计量分析，研究相关词语（以及词的搭配、词汇语法）的结构意义、主题意义和历史文化意义，并通过计算机软件揭示出有的语言成分与其他作品中相关成分的互文关系及其意义。该文旨在说明：对词汇和短语的出现频率和分布状况的计量分析不仅可为公认的文学阐释提供文本细节支持，而且还可发现为文学批评家所忽略的重要语言特征，这些语言特征可能具有重要文学意义。

本部分第二篇论文取自《文体》杂志2004年第3期，出自唐纳德·哈代之手。哈代在美国的莱斯大学获得博士学位，现任内华达大学教授，计算文体学是他的两个主攻方向之一。该文阐明了计算文体学相对于其他文体学流派的长处，介绍了该文采用的计算分析工具（包括SPSS这一统计程序和哈代自建的文本分析程序TEXTANT）、语料库（包括如何使用计算文体学中第一代布朗语料库），以及如何对计量结果加以阐释，尤为关注如何通过词语搭配的计算机统计来发现作者遣词造句的文体价值或主题意义。该文在语法和语义方面聚焦于语态和施动性。哈代教授十分关注弗兰纳里·奥康纳的作品，2003年在南卡罗来纳大学出版了《弗兰纳里·奥康纳小说中的知识叙述》这部专著。该文聚焦于弗兰纳里·奥康纳小说中的"eyes"（眼睛）这一复数名词如何在奥康纳对圣事的探索中起作用。在分析时，该文首先对"eyes"在奥康纳小说中的出现频率加以统计，将之与该词在布朗语料库的同期小说中出现的频率加以比较分析，并初步探讨了该词的主题意义。接下来，该文从词语搭配的角度切入对该词的计算机统计和分析比较，逐步聚焦于较为突出和重要的"eyes + 动词"的这种搭配。该文从语态语义的角度对这种搭配展开了细致的文体分析。因为以下两种不同走向的原因，"eyes"这一词语对于计算文体学来说具有检测意义。一是因为文学批评家在分析奥康纳的小说时，十分关注"eyes"这一方面，若计算文体分析能得出新的阐释结果，就会显得格外有价值。二是因为尽管计算机软件极易搜索这一词语，却较难发现这一词语出现和产生意义的语法环境，若通过搭配分析在这方面取得进展，是十分可喜的。

  本部分第三篇论文发表于《文体》2004年第4期，出自知名度较高的文体学家埃琳娜·塞米诺之手。塞米诺获英国兰卡斯特大学文体学博士学位，目前在该大学从事文体学的教学与研究，她在认知文体学和计算文体学方面都颇有建树，她作为第一作者与米克·肖特合著的《语料库文体学》一书2004年由劳特利奇出版社出版。该文聚焦于人物言语和思想的表达方式。这一范畴20世纪60年代以来引起了众多西方文体学家和叙事学家的关注，但在国内一直未引起足够重视。该文从当代作家朱利安·巴恩斯的小说《英国，英国》(1998)中抽取了一个片段，集中分析作者在表达人物言语和想法时的文体选择、文体模型或文体上的微妙变化，探讨这些语言选择的主题意义，关注这些语言选择会如何影响读者对人物的看法以及读者跟人物潜在的情感距离。跟以往的研究相比，该文的特色在于利用了在分析语料库中书面叙事的基础上建构的SW&TP（speech, writing, and thought presentation）模式，展示了这一模式的分析和解释潜力。这一模式不仅可方便地用于计量统计，而且可发现和解释不少先前被忽略的文体特征，包括"假设"的人物话语和在SW&TP中嵌入的SW&TP。这些文体现象在巴恩斯小说的那一片段中显得十分重要。该文一直将对该片段的分析与对语料库中不同种类文本（尤其是小说文本）的分析相比较。从比较对照中，可以更好地看清该片段在表达人物话语方面的各种特征和各种潜在效果。文体学是比较性质的学科，在对单一文本中的语言选择进行分析时，文体学家一般都会或明或暗地将之与推测出来的语言选择进行比较（例如：推测在这种情况下通常的语言选择是什么）。这种推测性的分析较为主观，不甚可靠。通过计算机建立的语料库则使文体学家得以将分析中的文本与一定数量的实在文本加以确定的比较，使分析结果变得更为可靠，更为令人信服。

计算文体学在我国尚未引起重视，希望我国学者在未来的文体学研究中，能更多更好地利用计算机和统计学工具来帮助进行分析。

《文学中的语言:文体学导论》导读[1]

一

西方的文体研究有着悠久的历史,不过严格意义上的文体学研究直至20世纪初才在现代语言学方法的带动下有了初步发展。20世纪上半叶,文体学的发展势头并不强劲。到了20世纪60和70年代,西方科学主义思潮盛行,各种语言学流派不断兴起,从而促进了文体学的快速发展。20世纪80年代,文体学受到了解构主义批评、读者反应批评和政治文化批评等多方面的冲击。在英国、欧洲大陆和澳大利亚等地,这种冲击并未造成多大影响。文体学家迅速回应,拓展研究视阈,形成了更多的跨学科流派,也更多地考虑语言与读者和社会语境的关联,使文体学得到持续不断的发展。但美国的文体学研究在冲击之下曾一度落入低谷。进入新世纪以来,美国激进的学术氛围有所缓解,文本的形式研究包括文体研究重新得到重视,文体学又进入了新的发展时期。

---

[1] 本文是为外语教学与研究出版社2008年引进的原版书写的导读,原著为:Michael Toolan, *Language in Literature: An Introduction to Stylistics* (London: Hodder Arnold, 1996)。

西方当代文体学的兴盛，表现为流派纷呈。近来发展较快的文体学流派有"认知文体学"、"批评文体学"（社会历史文化文体学）、"功能文体学"、"话语文体学"、"语用文体学"、"计算文体学"（"计量文体学""语料库文体学"）、"叙事文体学"、"教学文体学"等等。对于专业研究人员而言，重要的是了解文体学研究的前沿进展，但对于文体学的学习者而言，重要的则是了解文体学的基本原理和方法。就后者来说，迈克尔·图伦的《文学中的语言：文体学导论》是一本十分重要的参考书。

图伦是国际著名文体学家，1981年获牛津大学文体学方向博士学位，现为伯明翰大学英语系教授，国际文学语义学学会主席，《文学语义学杂志》主编，《语言与文学》以及《语言科学》期刊编委，网络期刊《符号学》《语言与文学论题》顾问。他著述甚丰，出版了多部专著和主编的文集，发表了近百篇论文。

二

本书旨在帮助读者增进对语言在文学文本中运作方式的了解。图伦做了这样的说明："文体学所做的一件至关重要的事情就是**在一个公开的、具有共识的基础上**探讨文本的效果和技巧……如果我们都认为海明威的短篇小说《印第安帐篷》或者叶芝的诗歌《驶向拜占庭》是突出的文学成就的话，那么构成其杰出性的又有哪些语言成分呢？为何选择了这些词语、小句模式、节奏、语调、对话含义、句间衔接方式、语气、眼光、小句的及物性等等，而没有选择另外那些可以想到的语言成分呢？"（第xxix页，黑体为笔者所加）图伦所说的"公开的、具有共识的基础"指的就是与个人主观印象相对照的语言特征的分析。值得注意的是，在文体分析中，这种"具有共识的基础"不仅涉及对语言特征的正确辨认，而且也涉及对"语言特征的心理效果"的正确理解。语言特征所产生的"心理效果"是规约性的，一般不受上下文的限制。譬如，在英语中，"主句"在读者心理上一般会较为突出，而"从句"则一般会较为隐蔽。在主动语态"甲打了乙"和被动语态"乙被打了"这两者之间，前者会使人更突出地感受到动作发起者"甲"的存在。而"直接引语"与"间接引语"相比，则通常更具直接性、生动性以及更强的音响效果。然而，同样的"心理效果"在不同的上下文中往往会产生不同的"主题意义"。[1] 例如，同样是"间接引语"与"直接引语"的对比，在亨利·菲尔丁的《约瑟夫·安德鲁斯》开头的一个场景中，被用于反映发话者从犹豫不决到武断自信这一态度上的变化[2]；在弗吉尼亚·伍尔夫的《达洛维夫人》的一个场景中，却被用来表达一人物的平静与另一人物的惊讶这一差别；而在简·奥斯丁的《劝导》第三章的一个场景中，则被用于反映一人物的恭敬顺从与另一人物的自傲自信这一对照[3]。这种种以"心理效果"为桥梁产生的"主题意义"或"审美效果"有一个共同点，即在一定程度上取决于读者对语言结构所处的特定上下文的文学阐释，因此在这一更高的层次上往往难以达到"共识"。就图伦所提到的"公开的、具有共识的基础"而言，涉及的则是基本层次的语言成分的识别和理解。倘若某位读者不能辨认相关语言特征（如"直接引语"与"间接引语"之分、主句与从句之分），或虽能识别语言特征但不能正确把握相关语言特征的规约性心理效果（如误认为"间接引语"比"直接引语"

---

[1] 关于语言特征、语言特征的规约性心理效果、语言特征（以心理效果为桥梁）在特定上下文中产生的主题意义这三个层次的区分，由笔者多年前在国际期刊上提出：Dan Shen, "Stylistics, Objectivity, and Convention," *Poetics* 17.3 (1988): 221–238。

[2] A. McDowell, "Fielding's Rendering of Speech in *Joseph Andrews* and *Tom Jones*," *Language and Style* 6 (1973): 86.

[3] Geoffrey Leech and Michael Short, *Style in Fiction*, London: Longman, pp. 326, 335.

更有直接性和生动性，或误认为主句比从句更为隐蔽），那么这位读者的文体分析就会走入歧途，因为失去了"公开的、具有共识的基础"。

图伦在书中用了较多篇幅来引导读者正确辨认和分析语言特征，但同时强调了文学理解的重要性。在分析第一首诗时，他向读者提出的第一个问题是：你对这首诗的第一印象是什么？他要求读者把这首诗再读一遍，把自己的第一印象记录下来。为此，图伦做了以下说明："一开始分析就提到笼统或含糊的第一印象，即所谓直觉或主观的反应，这并不让人感到难堪。在分析越来越细致深入时，要记住这样的初始反应。"读者可能会对"难堪"一词感到困惑不解。这涉及20世纪60至80年代的西方"语言学文体学"与"文学文体学"这两派之争。从事"语言学文体学"的学者旨在通过文体分析来证明语言学模式在文学中的可应用性，或通过文体分析来帮助改进分析语言的模式，从而对语言学理论的发展做出贡献，而从事"文学文体学"的学者则旨在通过文体分析，更好地理解和欣赏文学作品。前一派学者强调语言描写的系统性，他们往往会直接切入对语言特征的系统描述，而后派学者则会先（反复）阅读作品，根据对作品的初步理解来选择性地描述跟主题意义或审美效果相关的语言特征，这难免会影响语言描写的系统性，因而遭到前一派学者或明或暗的批评，这就是"难堪"一词的缘由。从上引图伦对文体学之研究目的说明就可看出，本书属于文学文体学的范畴，目的是探讨语言技巧的文学效果，因此图伦会强调第一印象的重要性。这里有两点值得注意：（1）第一印象包含对作品语言之文学效果的初步反应，它会引导接下来的细致的语言分析，但细致的语言分析一般会对初步反应加以补充和修正。值得一提的是，在文体分析过程中，直觉印象与语言描写往往处于不断的"循环运动"中，在这种"无逻辑起点"的循环中，"对语言的观察能促进或修正文学见解，而文学见解反过来又促进对语言的观察"。[1]（2）既然阅读印象会影响文学文体分析，那么得到较为正确的阅读印象就是分析得以成功的一个重要基础。也就是说，要做好文学文体分析，仅仅学会如何正确辨认和理解语言特征是不够的，还需要同时提高文学阐释的能力。因此，图伦在本书中也十分注意引导读者掌握文学理解和欣赏的一些基本方法。

本书的一个重要特点是，对读者具有很强的引导性和启迪性。阅读这本书，就像是直接在跟着图伦一堂堂地上富有启发性和互动性的文体学课程。作者邀请读者参与大量的"实践活动"，这构成本书最为突出的一个特色。这种"实践活动"有六个特征：（1）图伦常常把自己放到一位读者的位置上，跟读者（"我"跟"你"）一起逐步向前走，识别和分析各种相关语言特征，探索它们意在表达什么主题意义。（2）图伦不断对读者提出问题，要求读者进行各种具体分析，让读者进入积极思考的状态。（3）图伦对有的问题马上给出自己的解答，这样有利于读者一步步跟随他进行分析。但对有的问题，他则不是马上给出自己的看法，而是用"§"标示，告诉读者本章最后会有评论或解答。这样就给读者留下了充分独立思考的余地，先自己寻找答案，然后再到本章最后将自己的看法与图伦的看法相比较和验证。而对于有的问题，图伦则完全交给读者去分析和回答。（4）图伦有时有意不将文体分析进行到底，而是要求读者在书中分析的基础上，进一步加以探讨。（5）引导读者进行作品之间的比较，通过对照来更好地看清单个作品的效果。为了促进读者独立思考，图伦有时会中途退出，让读者自己接着往下比，独立观察两个作品的其他相似和相异之处。此外，图伦有时还引导读者将自己的想法与作品中处于不同历史时期的人物的想法进行比较，通过比较来增进对该时期人物的了解。图伦有时还要求读者将自己的日常阐释框架与作

---

[1] Leech and Short, *Style in Fiction*, pp. 13–14.

品涉及的阐释框架进行比较。如在分析玛格丽特·阿特伍德的《这是一张我的照片》这首诗时，要读者设想自己会在什么情况下说"这是一张我的照片"，从个人经历的角度切入对作品主题的理解。(6) 在实践活动中，时而出现"暂停"的(长)方形格子，用于简要解释某个首次出现的语言学术语，帮助对语言学不熟悉的读者掌握语言学的基本概念，了解语言的基本运作方式。

三

为了让读者更好地了解各章的思路，笔者请图伦本人写出了各章的概要，重点介绍他的写作意图和论述特点，而笔者将重点介绍各章的基本结构和内容。

本书共有九章。第一章为后面的八章铺路，主要由三个"实践活动"组成，前两个分别引导读者对菲利普·拉金的《这里》和玛格丽特·阿特伍德的《这是一张我的照片》这两首诗展开分析，并对这两首虽创作时间相近，但写作特点大相径庭的诗进行比较。图伦指出，以文体学的思维方式作分析时，会特别关注下面这些语言走向和结构特征：语言模型、词语或结构方面的重复、不符合语法或语言拉伸的结构，或内容和表达上的较大范围的对照。受布拉格学派的影响，文学文体学十分关注各种偏离常规、引人注目的语言特征，这也是本书分析的一个突出特点。图伦还着力引导读者推导作品的语境，结合语境探讨相关语言和结构特征旨在表达的意义。第三个实践活动涉及对同一诗人笔下两首诗的比较（实际上是同一首诗的两个不同版本）。图伦要求读者依据这样的步骤来展开分析：先反复认真阅读这两首诗，解读其主题意义，然后仔细比较两者的相似和相异之处，通过对语言结构和其产生的效果的具体分析，说明自己为何更喜欢其中一首。图伦在本章最后给出了自己的理解，供读者参照比较。

　　本书的第二至第九章分别围绕语言结构和语言运作的八个重要话题展开探讨,每章聚焦于一个话题;分析素材有诗歌、短篇故事、长篇故事节选、戏剧片段、广告、访谈等等。第二章围绕"句间衔接"这一话题展开,这是连接句子以组成语篇的一种语言手段。图伦通过盖房子的生动比喻,深入浅出地介绍了"句间衔接"这一语言学概念,并系统介绍了"句间衔接"的四种基本方式:照应、省略、连接、词汇衔接。此外,图伦还引导读者考察"句间衔接"与相邻近的一些语法概念之间的联系与差别。本章有八个侧重点各不相同的实践活动。在第一个活动中,图伦选取了路易斯·卡罗尔的儿童文学作品《爱丽丝镜中奇遇记》(1871)中的一个片段,要求读者分析其中的句间衔接。图伦之所以选取这一片段,是因为韩礼德和哈桑曾分析了同一片段中的句间衔接。图伦在本章最后给出了韩礼德和哈桑的分析,请读者将自己的分析结果与这两位知名学者的分析结果进行比较,对自己的分析结果加以相应修正。图伦指出,读者现在的分析与韩礼德和哈桑三十多年前的分析之间的某些差异可能在于英语语言使用上的变化。另外七个实践活动则不仅从不同角度引导读者辨认文本中的句间衔接,而且也引导读者对句间衔接与主题意义或审美效果之间的关联进行探讨。

　　第三章聚焦于情态和态度。图伦先以韩礼德《功能语法导论》(1994)中的相关论述为基础,通过生动的例证,详细介绍了"情态"涉及的四种参数:概率、义务、意愿和频率;探讨了表达情态的几种主要手段:情态动词、情态副词、隐喻化的情态,以及超出情态的其他表达说话者态度和判断的语言手段。接下来是九个或长或短的实践活动,旨在帮助读者了解情态在作品中运作的方式和表达的意义。

　　第四章聚焦于及物性过程和过程的参与者。英语小句中的每一个动词一般都涉及一个过程[1]、一个或更多的参与者,也经常涉及环境因素。韩礼德在《功能语法导论》(1994年第2版)中,根据过程的基本性质将小句千变万化的经验表达归纳为以下六种过程:(1)物质过程(涉及表达动作的小句),(2)心理过程,(3)关系过程,(4)行为过程(像"呼吸""咳嗽"那样的并非有意而为的过程),(5)言语过程,(6)存在过程。同一种经验可以通过选择不同的过程从不同的角度予以表达。图伦通过大量实例,深入浅出地介绍了对过程的分类以及这种分类背后的理念。接下来是七个各有侧重的实践活动,旨在帮助读者掌握分析过程的方法,了解各种过程在作品中运作的方式和表达的意义。

第五章题为"记录言语和思想"(Recording Speech and Thought)[2],涉及如何通过对直接引语、间接引语、自由间接引语、自由直接引语、言语行为的叙述体等不同表达形式的选择来表达人物的言语和思想。图伦先以利奇和肖特在《小说文体论》中的探讨为基础,详细而又生动地介绍了这些表达形式的区分,尤为注重辨别自由间接引语(采用第三人称过去时)与纯粹叙述(也是第三人称过去时)之间的差别。接下来是八个实践活动,分析素材基本上都来自小说,旨在帮助读者通过对这些作品片段的分析,了解引语形式在作品中运作的方式和产生的各种效果。

1　图伦在第86页提到,对过程的区分涉及一个"永久性的难题",即如何对待从句中的动词。如在"How suffering takes place while someone else is eating or opening a window or just walking dully along"这一句中,"while"引导的从句仅仅构成整个句子的环境成分,但其本身包含三个过程(eat, open, walk),若不描写这三个过程,分析会显得很不完整。在笔者看来,这一难题的出现在于韩礼德不承认深层结构,误以为体现过程的单位为表层小句,而过程实际上属于深层语义结构(详见申丹:《叙述学与小说文体学研究》,北京大学出版社,2004年,第92—95页)。因此尤论是主句还是从句中的过程,都应在深层语义层予以描述,同时可通过表层的语法分析对主句和从句加以区分。

2　笔者认为这一标题欠妥,因为涉及的不是直接记录,而是如何通过对直接引语、间接引语、自由间接引语等不同表达方式的选择来表达人物的言语和思想,故应改为更为确切的"表达言语和思想"。图伦自己也认为标题中的"recording"一词过于中性。

在有的实践活动中，图伦还要求读者把分析素材中的某种引语形式转换为另一种引语形式，通过对照比较来更好地看清不同引语形式所产生的不同效果。

第六章题为"叙事结构"。看到这样的标题，读者可能会想到叙事学，实际上本章仅仅涉及了社会语言学家威廉·拉博夫的口头叙事分析模式。图伦之所以这么做，显然是因为在探讨文体学时，仅愿意采用属于语言学范畴的模式。图伦首先对何为"叙事（文）"进行了简明的界定，然后介绍了拉博夫的叙事分析模式：拉博夫认为、结局、回应。图伦分析了这六种成分之间的关系，提出其中的"评价"这一成分虽然并非不可或缺，但其实最为重要。他详述了这一成分及其内部的分类。这一章有十个实践活动，在实践活动中，图伦不仅引导读者从不同角度应用拉博夫的叙事分析模式，而且引导读者以这一模式为基础，进行叙事成分的建构和拆解。

第七章聚焦于词语的选择。图伦强调了词语选择在作为文字艺术的文学作品中的重要性，并认为文字填充测验法有利于彰显作者创造性的文字选择。像很多其他文体学家一样，图伦最关注的是出乎读者意料、独具匠心的遣词造句。在实践活动中，他不仅引导读者从各种常规角度欣赏作者的词语选择和词语搭配，而且采用了文字填充测验法来让读者直接参与作品的词语选择，并通过将自己的选择与作者原来的选择进行比较，更好地欣赏作者的精妙选择所产生的文体效果。此外，图伦还让读者根据相关情节内容写出一个故事的开头语，然后让读者将自己的开头与根据同样情节内容开头的雷蒙德·卡佛的《大教堂》加以比较，借此说明文体学的一个基本观点：作者在表达内容时，需要从不同的表达方式中做出选择，不同的选择具有不同的效果、重点和意义。

第八章将注意力从诗歌和小说转向了戏剧中的会话。图伦首先提出了两个问题：在交谈中我们究竟在做什么？在交谈过程中，究竟做了哪几种真正不同的事情呢？他认为交谈一般都涉及对信息或者物品/服务的给予或寻求。他借鉴韩礼德《功能语法导论》第四章[1]中的探讨，建构了一个十分简明的分析模式：就给予这方面而言，有对物品和服务的"提供"，也有对信息的"告知"；就寻求这方面而言，则有对物品和服务的"要求"，也有对信息的"询问"。诚然，交谈的目的可以是多种多样的。图伦在2000年发表的《"什么让您觉得您自己存在？"》一文中，建构的另一个简明模式就涉及了"承诺"以及"致谢/确认"等不同的言语行为。但对信息或物品/服务的给予或寻求也确实在交谈中占据了核心地位。图伦指出，在对言语行为进行分类时，要注意从形式和功能两方面考察，因为语言形式相同的话语在不同语境中可能会由于功能不同而属于不同的类别。在交流中，语言形式和实际目的常常不相吻合，譬如说话者因顾及脸面而将一个要求作为一个问题提出，这就使这一言语行为处于要求和询问这两类之间，且带上了隐喻性质。本章共有12个实践活动，前六个聚焦于卡里尔·丘吉尔的戏剧《九重天》中的一段会话；后六个则拓展到其他文本。图伦引导读者采用"提供""告知""要求""询问"这一四分模式展开分析，希望借此更好地了解会话在人物塑造、情节进程和其他方面所起的作用。

第九章聚焦于语言表达中的"预设"。图伦首先从背景（较为隐蔽）和前景（较为突出）的对照入手，解释了"预设"与"断言"之间的对照关系；然后介绍了创造或者触发"预设"的各种词汇和语法成分；并且区分了"预设"与"蕴含"这两个容易混淆的概念。在接下来的实践活动中，图伦引导读者辨认句中各种预设成分，通过预设成分来推导语言表达所涉及的语境，关注预设在某些情况下的变动性、难以确定性以及虚假性，了解预设与反讽和幽默等各种效果之间的关联。本章的部分

---

[1] 图伦自己（第184页）提到的是韩礼德这本书的第三章，这是一个笔误，应该是第四章。

实践活动涉及前面章节中已经讨论了的系统功能语法中的情态、过程、参与者等语言成分。这体现出图伦自己的教育背景：他在牛津大学做文体学方向的博士时，主要采用的语言学模式就是系统功能语法，这是本书中最为重要的一种语言学模式，当然同时也借鉴了社会语言学、语用学、语篇分析、语义学等。

总的来说，这是一本很有价值的文学文体学教学参考书。就中国的情况而言，书中展示的启发式教学法、教师与学生的密切互动具有重要的启迪意义。这本书也很适合文体学爱好者自己阅读。与图伦笔下专业性很强的《小说文体学》(1990)[1]相对照，本书的可读性很强，论述深入浅出、生动活泼。作者把自己放到读者的位置上，一步步帮助读者在分析中往前推进，同时通过提出各种问题让读者自己解答，充分调动读者的积极性，给读者留下独立思考的空间。相信这本书会受到我国众多文体学教学者、学习者和爱好者的欢迎。

1　那本书以图伦在牛津大学完成的博士论文为基础写成。

《小说文体论：英语小说的语言学入门》导读[1]

一 西方文体学的发展概况

西方对文体的研究可谓渊远流长，可追溯到古希腊、罗马的修辞学研究。但在20世纪之前，对文体的讨论一般不外乎主观印象式的评论，而且通常出现在修辞学研究、文学研究或语法分析之中，没有自己相对独立的地位。19世纪末20世纪初以来，在采用现代语言学的方法之后，文体分析方摆脱了传统印象直觉式分析的局限，逐渐深入和系统化、科学化。欧洲历史语言学和普通语言学在20世纪初已发展为较有影响的独立学科。与语言学相结合的文体学借助这股东风，逐渐成为一个具有一定独立地位的交叉学科。西方现代文体学的开创人当推瑞士语言学家索绪尔的学生查尔斯·巴利（1865—1947），他借用索绪尔的结构主义语言学对传统的修辞学进行反思，力图将文体学作为语言学的一个分支建立起来，使文体分析更为科学化和系统化。巴利的研究对象为口语中的文

---

[1] 本文是为外语教学与研究出版社2001年引进的原版书写的导读，原著为：Geoffrey N. Leech and Michael H. Short, *Style in Fiction: A Linguistic Introduction to English Fictional Prose* (London: Longman, 1981)。

体。他认为一个人说话时除了客观表达思想之外，还常常带有各种感情色彩。文体学的任务在于探讨表达这些情感特征的种种语言手段，以及它们之间的相互关系，并由此入手，分析语言的整个表达方式系统。虽然巴利没有特别关注文学文本，但他的"普通文体学"对于文学文体学的形成有直接的推动作用。

稍晚于巴利的德国文体学家利奥·斯皮策（1887—1960）被普遍尊为文学文体学之父。斯皮策认为文学作品的价值主要体现在语言上，因此他详细分析具体语言细节所产生的效果，从而有别于传统印象直觉式批评。此外，他提出了一种适于分析长篇小说的被称为"语文圈"的研究方法，即找出作品中频繁出现的偏离常规的语言特征，然后对其做出作者心理根源上的解释，接着再回到作品细节中，通过考察相关因素予以证实或修正。受德国学术思潮的影响，斯皮策将文体学视为连接语言学与文学史的桥梁，旨在通过对文体特征的研究来考察作者的心灵以及民族文化和思想嬗变的历史。

20世纪50年代末以前，文体学的发展势头较为弱小，而且主要是在欧洲大陆展开（在英美盛行的为新批评）。俄国形式主义、布拉格学派和法国结构主义等均对文体学的发展做出了贡献。在英美，随着新批评的逐渐衰落，越来越多的学者意识到了语言学理论对文学研究的重要性。1958年在美国印第安那大学召开了一个重要的国际会议——"文体学研讨会"，这是文体学发展史上的一个里程碑。在这次会议上，雅各布森宣称："倘若一位语言学家对语言的诗学功能不闻不问，或一位文学研究者对语言学问题不予关心，对语言学方法也一窍不通，他们就显然过时落伍了。"[1] 就英美来说，这个研讨会标志着文体学作为一门交叉学科的诞

---

1 Roman Jakobson, "Closing Statement: Linguistics and Poetics", in Thomas Albert Sebeok, ed., *Style in Language*, Cambridge, Mass.: MIT Press, 1960, p. 377.

生；就西方来说，它标志着文体学研究的全面展开并即将进入兴盛时期。

现代西方文体学兴盛起来之后，形成了纷呈不一的流派。西方批评界通常将文体学分为"形式文体学""功能文体学""话语文体学""社会历史和社会文化文体学""文学文体学""语言学文体学"等六种不同的流派。[1] 其实，这样的区分是建立在两种不同标准之上的。对于"形式文体学""功能文体学""话语文体学"的区分，是依据文体学家所采用的语言学模式做出的。文体学是运用现代语言学的理论和方法来研究文体的学科。在某种意义上，它与语言学之间的关系是一种极为密切的寄生关系，新的语言学理论的产生和发展往往会导致新的文体学流派的产生和发展。"形式文体学"特指采用布龙菲尔德的描写语言学、索绪尔的结构主义语言学、乔姆斯基的转换生成语法等形式主义语言学理论来进行分析的文体学派，这是20世纪60年代末以前的文体分析主流；"功能文体学"特指采用系统功能语法进行分析的文体学派，它自20世纪70年代初以来发展迅速；而"话语文体学"则特指采用话语分析模式以及语用学和篇章语言学来进行分析的文体学派，它自20世纪80年代初以来得到了长足发展。与此相对照，对于"语言学文体学""文学文体学""社会历史或社会文化文体学"等派别的区分则主要以研究目的为依据。语言学文体学旨在通过对文体和语言的研究，来改进分析语言的模式，从而对语言学理论的发展做出贡献；文学文体学则旨在为更好地理解、欣赏和阐释以作者为中心的文学作品提供根据；而社会历史/文化文体学则特指以揭示语篇的意识形态、权力关系为目的的文体研究派别。

杰弗里·利奇和米克·肖特所著《小说文体论：英语小说的语言学入门》是文学文体学的代表作。值得一提的是，"文学文体学"有广狭两

---

[1] Ronald Carter and Paul Simpson, "Introduction" to *Language, Discourse and Literature*, London: Unwin Hyman, 1989, pp. 1—20.

义：它可泛指所有对文学文本进行分析的文体派别，也可特指阐释语言形式与美学效果或主题意义之关系的文体学派。不少声称进行"文学文体"研究的语言学家纯粹将文学文本视为语言学分析的一种材料或检验语言学理论可行性的实验场所。他们以发展语言学理论为目的，在研究时将注意力集中于阐述和改进相关语言学模式，仅注重语言学描写本身的精确性和系统性，而不考虑作品的思想内容和美学效果（即使有所涉及也只是匆匆一笔带过），这是"语言学文体学"的典型特征。但其他很多从事文学文体研究的人则是将文体学作为连接语言学与文学批评的桥梁，旨在探讨作品如何通过对语言的特定选择来产生和加强主题意义和艺术效果，这才是严格意义上的"文学文体学"。

文学文体学的兴起之日正是新批评的衰落之时。与新批评有着千丝万缕联系的文学文体学之所以能在前者衰落之时兴盛起来，也许主要有两方面的原因。其一，文学文体学用现代语言学武装了自己，20世纪60年代以来语言学的蓬勃发展给文学文体学不断注入了新的活力。其二，有些文学文体学家采用了比新批评派更灵活的立场。他们虽反对将作品视为社会文献或历史文献，但并不摒弃对作品背景的了解。利奇曾明确提出："如果要对每一实例进行透彻的、卓有成效的分析，就必须了解每首诗的背景，包括作者的生平、文化背景、社会背景等等。"[1] 与新批评派相比，文学文体学家虽注重文本，但一般不排斥作者，有的还较能从读者的角度考虑问题。此外，文学文体学作为对传统印象直觉式批评的修正和补充，填补了新批评衰落后留下的空白，在语言文学教学中起了较大作用。

20世纪90年代以来发展最快的是社会历史/文化文体学。受重视意识形态和权力关系的法兰克福学派、马克思结构主义，尤其是福柯学说的

---

[1] Geoffrey N. Leech, *A Linguistic Guide to English Poetry*, London: Longman, 1969, p. vii.

影响，越来越多的文体学家认为文体分析应成为政治斗争的工具，其任务是通过改造由语言建构出来的现实，帮助消除社会上的阶级压迫、性别歧视和种族歧视。同时，通过对语言结构所蕴含的意识形态的揭示，使读者擦亮眼睛，不受文本的意识形态的左右。社会历史/文化文体学兴起之后，给研究作品美学价值的文学文体学戴上了"传统文体学"的帽子，认为这样的研究为维护和加强统治意识服务，是落后保守的行为。社会历史/文化文体学对审美研究的一概排斥，很容易使人联想起我国十年动乱期间的极"左"思潮。改革开放以后，这种极"左"思潮方得以纠正，我国学术研究界迎来了百花齐放、百家争鸣的春天。20世纪末激进的西方学者在某种意义上是在重蹈我国"文革"期间极"左"思潮的覆辙，不值得效法。重视审美研究的文学文体学尽管受到了强烈冲击，但在语言文学的教学和研究中，依然起着积极的作用。

西方现代文体学19世纪70年代末被引入国内，二十多年来，在我国的外语教学与研究中起了较大作用，也为中国的文体学研究提供了参考和借鉴。作为一个流派，西方文学文体学以其实用性和可操作性尤其受到中国学者和学生的欢迎。

二 《小说文体论》简介

利奇和肖特是著名英国文体学家、文学文体学的带头人。两人所著《小说文体论》是一本产生了深远影响的西方文学文体学的经典教材。这本书属于伦道夫·夸克主编的"英语语言丛书"。1969年利奇的另一本书《英语诗歌的语言学指南》曾在这套丛书中出版，十二年之后，这本专门以小说文体为研究对象的书在同一丛书中面世，两本书之间在研究对象上达到了一种很好的平衡。更为重要的是，这本书打破了文学文体学重诗歌、轻小说的传统，对小说文体进行了全面系统的探讨，具有开创意义。时至今日,《小说文体论》在西方文体学教学界仍为一部颇受重视的参考书。

(一)《小说文体论》的基本内容

在本书的序言部分,作者针对文体学所受到的挑战,强调了文体分析的作用和必要性。同时针对人们容易重诗歌文体、轻小说文体的倾向,指出伟大的小说家也是伟大的语言艺术家。文体学的任务就是探讨这种艺术的本质和作用。

本书的正文分为两大部分,第一部分包括第一至第四章,探讨的主题为"研究派别和方法";第二部分包括第五至第十章,探讨的主题为"文体的各个方面"。

第一章题为《文体与选择》。本章对"文体"的范畴进行了探讨。从语言学家的角度来看,文体涉及的问题是"作者为何选择用这种特定的方式来表达自己的想法";从批评家的角度来看,问题则是"这种美学效果是如何通过语言来产生的"。本章探讨了有关文体的各种不同定义,并对不同的文体学派进行了比较,意在为后面的具体分析铺平道路。

第二章题为《文体、篇章与出现频率》。本章主要探讨了如何依据出现频率来确定文体特征这一问题。假如文本中出现了一例被动语态,未必会构成文体特征,但倘若在一个篇章中,被动语态频繁出现,则很可能构成一个文体特色。也就是说,需要从整个文本的角度来考虑问题,注重语言特征之间的相互关系和交互作用,重视重复出现的语言现象所构成的文体模型。语言现象出现的频率超常地高或超常地低都构成一种偏离。但是,只有出于美学目的的偏离才具有文体意义。频率上的常规可在不同的范畴内、不同的层次上加以确定。

第三章题为《一种分析方法与几个实例》。在前两章的基础上,本章提出了一个文体分析模式,意在说明如何将语言学用于小说文体分析。

这个模式包括词汇特征、语法特征、修辞手段、语境和句间照应这四大类，每一大类下面又系统区分了各个分类。由于文体分析注重的是语言形式所产生的文体效果，因此需要根据语言形式在文本中的作用来进行选择和判断。在具体的文本分析中，有的语言特征会较为突出和重要，有的则不太明显或无足轻重。尽管如此，系统地提出一个涵盖各种语言特征的模式对分析有较好的参考作用。以这一分析模式为框架，本章对取自康拉德、劳伦斯和詹姆斯作品中的三个片段进行了系统的文体分析。

第四章题为《文体层次》。本章首先探讨了如何从认知代码的角度来认识语言这种交流工具，进而探讨了传递信息的语言与现实或模拟现实之间的关系。在此基础上，本章从语义、句法、书写和语音等不同层次，对曼斯菲尔德作品中的一句话进行了详细的文体分析。这一实例符合语法规则。本章还对取自默文·皮克作品的一个有意违背语法规则的片段进行了详细分析。后者属于为了美学目的而从质量上偏离常规的语言现象。这与第二章所探讨的频率上或数量上的偏离相呼应，两种偏离共同构成前景化。

第五章题为《语言与虚构世界》。作为第二部分第一章，该章旨在为后面的章节铺平道路，尤其是为第六章充当序曲。本章系统论述了语言与现实或现实主义的关系、现实与模拟现实的关系、象征主义与现实主义的关系、现实中的言语与虚构的言语之间的关系等，并对视点、前后顺序、描写焦点等小说技巧进行了探讨。

第六章题为《思维风格》。思维风格是一个人（作者或人物）认识世界和理解世界的特定方式。本章探讨了语言上的选择如何体现思维风格，并对小说中较为正常、不太正常和极不正常的各种思维风格进行了详细的分析和比较。

第七章题为《篇章修辞》。本章首先区分了作为话语的交流和作为篇章的交流。然后从句法、语音、书写、句间照应等方面系统探讨了篇章中的各种修辞表达形式。

第八章题为《话语与话语情境》。文学中的话语交流在第一层次上是作者与众多读者之间的交流，在第二层次上是隐含作者与隐含读者之间的交流，下面还有叙述者与受话者、人物与人物之间的交流。本章以（隐含）作者与（隐含）读者之间的交流为重点，探讨了小说中话语的交流层次、隐含作者与隐含读者之间的关系、各种叙述者、（隐含）作者对人物的看法、反讽和叙述语气等。

第九章题为《小说中的对话》。本章评介了近来语用学家、哲学家及其他学者对言语行为或对话的研究，并采用这些方法对小说中的对话（包括人物脑海中的自我"对话"）进行了细致的文体分析。此外，本章还探讨了作者与读者之间的"对话"。与第八章对作者的语气之探讨相对应，本章还分析了人物说话时的语气。

第十章题为《言语与思想表达》。小说中存在表达人物言语和思想的各种方式，包括直接式、间接式、自由直接式、自由间接式等。本章对这些不同表达方式的语言特征、功能和文体价值进行了全面系统的探讨。

最后，本书提供了与各章配套的小说片段和练习题，供学生进一步进行分析。

（二）《小说文体论》的要旨和特点

1. 宗旨和总体特点

总的来说，这本书充分体现了文学文体学的宗旨，即构成连接语言学与文学批评的桥梁，通过对小说语言的分析，更好地了解和欣赏作者的艺术成就。

由于文学文体学家以阐释语言形式的美学价值为己任，因此语言学在这一派别看来不过是帮助进行分析的工具。他们并不限于采用某种特定的语言学模式，而是根据分析的实际需要，选用一种或数种适用的语言学方法，这也是本书的特点之一。本书面世时，现代语言学已经得到了长足的发展，出现了从心理、社会和哲学的角度来考察语言的新视角，本书综合借鉴了这些新方法。

文学文体可分为作者的文体（如鲁迅的文体）、文类的文体（如意识流小说的文体）、断代文体（如英国18世纪小说的文体）和文本的文体（如曹雪芹的《红楼梦》的文体）。从表面上看，作者的文体与文本的文体相去不远，实际上，前者主要涉及作者的语言表达习惯，后者则主要指为加强特定作品的主题意义而有意做出的文体选择。有的语言表达习惯未必与美学价值密切相关。在几种文体范畴中，与作品的美学价值关联最紧的就是文本的文体，因此本书集中探讨这一范畴。本书在分析时，进行两种不尽相同又互为关联的比较。其一是将文本中符合语法的特定选择与其他潜在的选择做比较，譬如本书第三章将曼斯菲尔德作品中的"The discreet door shut with a click"这句话与"The discreet door closed with a click""There was a click as the discreet door shut"等各种不同的表达方式进行了比较分析。其二是将文本中出于美学目的而违背语法规则的现象与语言常规作比较（详见本书第四章第六节）。两者相结合，就能较为全面地分析小说中的文体层次。

2. 形式与内容的二元区分

在文学研究中，存在一元论和二元论之争。持一元论的人认为形式与内容密不可分，对表达形式的选择就是对内容的选择；持二元论的人则认为形式与内容可以区分，同一内容可用不同的形式来表达。一元论在诗歌和现代派小说的研究中被广为接受，而二元论则在现实主义小说的研究中较有市场。但有的学者在分析现实主义小说时，仍然持强硬的一元论立场。[1] 利奇和肖特认为在分析现实主义小说时，二元论比一元论更为合乎情理，因为一般可以区分表达同一意思的不同方式，这些不同方式构成文体变体。文体学的任务就是研究这些文体变体所具有的美学价值。诚然，小说尤其是现代派小说中还存在不少难以区分形式和内容的区域，譬如晦涩难懂的比喻、使语言失去指称作用的艺术性的"文字游戏"。本书主要从二元论的立场出发，研究不同的文体变体所具有的美学价值。

3. 多层次研究，但并非"多元论"

在文体分析中，有的文体学家仅仅关注文本的某一层次。譬如，理查德·奥曼仅关注不同的句法结构[2]，安·班菲尔德则仅关注人物话语的不同表达方式[3]，另有一些文体学家则仅仅关注词汇层。本书在词汇、句法、语音（或书写）、修辞、语境和句间照应等各层次上对文体选择展开分析，并提出了一个多层次的分析模式。这有利于全面把握语言形式的文体价值。

利奇和肖特认为自己的多层次研究是一种多元论，并把 M. A. K. 韩礼德的功能主义文体观界定为多元论，在本书中多次引用。这可以说是混淆了多层次研究与多元论之间的界限。韩礼德从语言在人们的生活中起某种作用这一角度出发来解释语言结构，进行文体分析。[4] 他区分了语

1　David Lodge, *Language of Fiction*, New York: Columbia University Press, 1966.

2　Richard Ohmann, "Generative Grammar and the Concept of Literary Style," in Donald C. Freeman, ed., *Linguistics and Literary Style*, New York: Holt, Rinehart & Winston, 1970.

3　Ann Banfield, *Unspeakable Sentences: Narration and Representation in the Language of Fiction*, London: Routledge, 1982.

4　M. A. K. Halliday, "Linguistic Function and Literary Style: An Inquiry into the Language of William Golding's *The Inheritors*", in Seymour Chatman, ed., *Literary Style: A Symposium*, Oxford: Oxford University Press, 1971, pp. 330–365.

言具有的三种主要功能：表达说话者经验的"概念功能"，表达说话者的态度、评价以及交际角色之间的关系等因素的"人际功能"，以及组织语篇的"语篇功能"。但这只是说明韩礼德从三个方面来研究语言或文体的功能，属于多层次的研究。这三种功能相互关联，共同构成"意义潜势"。韩礼德的文体观应该说是一种一元论，因为它不再区分形式与内容，完全将文体视为对"意义潜势"的选择。

利奇和肖特在进行多层次研究时，并未改变自己的二元论立场。若要准确描述，可以说本书以二元论为基础，对文体进行多层次研究。

4. 可读性和实用性强

本书以学生和"非专家"为读者对象，并不要求读者具有语言学方面的专门知识。由于本书避免采用艰涩的语言学术语，因此只要了解基本的语法和修辞方面的概念，读这本书就会感到相当自如。本书深入浅出地介绍了一些文体学方面的基本概念，哪怕读者是初次踏入文体研究的领域，只要注意阅读正文和注释，也不会感到困难。

小说中的文体特征不如诗歌中那么明显，面对一段小说文字，初做文体分析的人也许不知从何入手。本书根据这一需要，提出了一个分不同层次进行分析的模式。这一模式的长处一方面在于有利于学生运用语言学工具对相关的语言层次进行较为系统的描写，另一方面在于便于教学、便于引导初学者入门。为了易于掌握，这一模式以提问题的方式运作，譬如在语法这一大类的句型这一项下面，有这样的问题："作者是仅仅采用陈述句，还是也采用疑问句、祈使句、感叹句或者零句（minor sentence）？如果作者采用了其他句型，它们的作用为何？"这样的引导给学生指出了一条较为清楚的途径。但倘若学生对语言现象与美学价值的关系或者各层次之间的交互作用把握得不好，分析结果则容易给人以一种机械呆板之感。

此外，本书进行了大量的实例分析，旨在帮助学生尽快掌握文体分析的方法。最后还提供了练习，供学生进一步实践，以便更好地掌握有关方法。

5. 清晰明了

本书对一些文体学的范畴和概念进行了梳理，力求做到条理分明。且以第十章"言语与思想表达"为例。在《英国小说的人物话语》一书中，诺曼·佩奇区分了八种表达人物话语的方式：直接引语、被遮覆的引语、间接引语、"平行的"间接引语、"带特色的"间接引语、自由间接引语、自由直接引语、从间接引语"滑入"直接引语等。[1]这样的区分虽十分细致，但引语形式的排列不够规则：从"直接引语"到最间接的"'被遮覆的'引语"，然后再到较为直接的"间接引语"。在本书中，利奇和肖特根据叙述者介入人物话语的不同程度对引语形式进行了有序排列：始于完全被叙述者控制的方式，到部分被叙述者控制的方式，终于完全不受叙述者控制的方式。这样就增强了系统性和清晰度。

此外，西方学者在讨论引语形式时，一般未对人物的言语和思想进行区分，因为表达言语和思想的几种引语形式完全相同。他们或用"话语""引语"等词囊括思想，或用"方式""风格"来统指两者。但利奇和肖特进行了这一区分，改用"思想行为的叙述体""间接思想""自由间接思想""直接思想""自由直接思想"等对应名称来描述表达思想的几种引语形式。这无疑增加了有关术语的清晰度。但这种做法也有烦琐之嫌，因为将有关术语的数量增加了一倍。此外，不区分言语和思想的做法已成为一种惯例，因此，利奇和肖特的区分未能得以推广。值得一提的是，利奇和肖特认为描写人物的思想有别于描写人物的对话，其原

---

[1] Norman Page, *Speech in the English Novel*, 2nd edition, London: Longman, 1973, pp. 35–38.

因之一在于一个人"不可能看到他人头脑中的东西"。在利奇和肖特看来，描写人物的思想如同戏剧中的独白，是一种艺术上的特许。但这种看法未必能站住脚。实际上，听到戏剧中的独白时，观众会明显地觉得这是在演戏，而读到小说中人物的思想时，读者却会觉得像读到人物对话一样自然。这是因为小说中的人物都是作者创造出来的，作者与人物的关系全然不同于现实生活中人与人的关系。作者不仅知道人物说了什么，也知道人物想了什么。小说与戏剧或电影的一个重大区别就在于它能十分自然地展现人物的内心世界。现代小说正是通过展示第三人称人物的心理活动来达到逼真地再现生活的目的。

总的来说，这是一本既有理论意义又富有实际价值的小说文体学教科书或参考书。它的引进将对我国文体学的教学起到良好的促进作用。

《跨文化性与文学翻译的历史研究》导读[1]

西方翻译研究自20世纪60年代开始逐步走向学科化以来，这一领域出现了空前繁荣的局面，学者们借鉴了多个领域的研究成果，形成了各种跨学科的翻译研究流派。如果说西方翻译研究在20世纪六七十年代的突飞猛进主要得益于结构主义语言学的话，80年代以来，文化研究、文学研究、哲学、语篇语言学、话语分析、语用学、认知科学、人类学、心理学、信息科学等等则从各种不同角度推进了这一领域的发展。近二十年来，尽管翻译研究的范式纷呈不一，且有不少学者以广义上的语言学为基础，依然致力于建构和发展经验性质的翻译科学，但这一领域出现了明显的"文化转向"，有很多学者从关注两种语言之间的转换，转为从历史的角度通过描写的方式来研究翻译问题，意在揭示翻译涉及的各种社会文化因素。哈罗尔德·基特尔与阿明·弗兰克主编的《跨文化性与文学翻译的历史研究》就是"文化学派"的代表作之一。

或许是因为文化转向首先发生在文学研究领域，且社会文化因素

---

[1] 本文是为外语教学与研究出版社2012年引进的原版图书写的导读，原著为：Harald Kittel and Armin Paul Frank, eds., *Interculturality and the Historical Study of Literary Translation* (Berlin: Erich Schmidt Verlag, 1991)。

在文学领域较为突出的缘故，翻译的历史描述研究往往聚焦于文学文本（也较为关注宗教文本），与以语言学模式为基础的翻译研究形成对照。本论文集的十一位作者中，有十位是德国哥廷根文学翻译研究中心的学者；两位主编也为该中心的学者，是年富力强的博士（第一主编）和资深教授（第二主编）的互补搭配。本书是集体合作研究的成果，涉及文学翻译之历史描述的不同方面，探讨了以往被忽略的一些非常重要的问题。除一篇之外，书中的论文都在1988年6月于英国汝里克大学举行的"超越翻译"研讨会上宣读过。研讨会的主席就是文化学派的奠基人之一苏珊·巴斯内特教授。所谓"超越翻译"就是不局限于对译作和原作之对应关系的关注，注重考察影响制约原著选择、翻译过程和译本接受（包括其在目标文化中的建构作用）的各种外部因素。20世纪80年代末90年代初正值文化转向开始走向高潮的时期，这个研讨会和作为其部分成果的本书就是这一研究潮流的一个体现。

定位与特色

"文化转向"扭转了翻译研究的语言学派对文化因素的忽略，开拓了翻译研究的新视野和新途径，这是有很大积极作用的。然而正如西方文论界各派之间存在明显的排他性一样，在翻译研究领域也出现了唯我独尊的排他现象。不少文化学派的学者趋向于走极端，夸大该学派自身的作用，认为翻译就是一种文化活动，从历史文化的角度展开翻译研究才是正确的。有的文化学派的学者只是把翻译作为文化研究的一个范畴或一种佐证。20世纪90年代以来，文化学派还呈现出越来越激进的倾向。有的学者只是把翻译视为达到某种意识形态目的的一种工具，从学术研究转向政治斗争。有的学者受后结构主义思潮中怀疑、叛逆、颠覆之倾向的影响较深，反对翻译的理性研究，从另一角度对关注译作和原作之对应关系的翻译本体研究造成了冲击。正因为如此，近年来翻译的文化转向在国内外均遇到了挑战，一些学者提出要回归语言研究，或用语用学等其他范式来加以取代。这里有三点值得注意：(1) 正如单一语言文化中的语言学、语用学、文化研究等无法相互取代一样，跨语言文化交际中的各种研究学派（以及每一学派的不同分支）都有其特定的研究重点和盲点、立场和原则、长处和局限性，互相之间应为一种共存互补的关系。即便就理性研究与反理性研究，或注重译者的忠实性（以原作为中心）与注重译者的再创造性（以译作本身为中心）而言，也给我们提供了看问题的互为对照的视角，两种方法的共存也是不无裨益的。毋庸置疑，因为翻译不仅是跨语言的交流，也是跨文化的交流，因此翻译研究中的"文化"角度永远是不可或缺的。(2) 就具体翻译实践而言，有的语言形式的转换问题较为突出，有的语言转换受到文化差异的严重干扰，有的审美特征的传递构成一个重点，有的语用关系特别值得关注，有的凸显意识形态和权力关系的制约，有的特别值得探讨译作是否做到了与原作对应，有的则更值得关注译作本身的实用目的或在目的语文化中的建构作用，如此等等。此外，就具体翻译研究者而言，同一学者往往需要针对不同研究对象和研究目的而采用不同的方法，有时还需要对各种方法加以综合利用，以便对翻译实践进行较为全面的考察。从这一点来说，掌握翻译的"文化"研究方法也是十分必要的。(3) 就文化学派的不同分支而言，各有各的特点和用处。的确，若仅仅把翻译作为文化研究的一个场域或政治斗争的工具，对于翻译学科本身的建设不会有多少作用，但仍然可以通过这种研究来看清意识形态和权力关系如何（或可以如何）通过翻译实践来运作。

本书属于文化学派中较为温和的一类。有以下几个特点：(1) 依然是基于理性的研究。(2) 总体而言，不是把翻译作为文化研究的一个范畴，而是以推动翻译学科本身的发展为目的。(3) 书中的一些论文依然关注译作和原作的对应关系、描述文化差异造成的语言上的不对应和如何在翻译中采取适当措施来取得对应的效果。此外，一些论文还以原作的文化指涉为标准，描写译者的文化偏离或文化误读。值得一提的是，有的学者在挑战翻译的"文化转向"时，认为关注文化因素必然会导致对具体语言问题的忽略。然而，正如我们在本书中可以看到的，文化差异往往通过语言来承载和体现，因此翻译的文化研究依然可以关注语言的转换，只是需将注意力从语言形式本身转到语言的文化指称和文化意义上来。后者的转换往往更为复杂，更为困难。如何较好地完成翻译中的"文化转换"是译者的重要任务，也是译学研究的重要对象。（4）本书中的一些论文注重对文化转换普遍规律的探索，并提出了一些切实可行的对翻译中的文化因素加以描述的模式。由于这些特点，本书十分契合国内翻译界目前对回归理性研究和本体研究的呼唤，可以为我国译学范畴的文化研究和教学提供非常有益的参考。

基本内容

本书由四部分组成，前三部分构成本书主体。总体而言，第一部分较为关注翻译的外部因素；第二部分则在翻译的"内部研究"与"外部研究"之间达到了一定平衡；第三部分的第一篇与第二部分较为相似，也体现了"内部"与"外部"的有机结合，其余两篇则在某种程度上偏离了本书描写性研究的主要轨道，转向了翻译的理论研究。第一部分共有三篇论文，集中探讨在18世纪的德国，将英语作品通过法语中介"转译"成德语作品的翻译实践。这三篇论文构成了一种连贯而互补的进程：从虚构作品到非虚构作品，然后再到个案研究。第一篇根据法国语言文化对译文影响之大小和德国译者对于法国的不同态度，将间接翻译英国小说的译者分为四类，并深入分析了造成他们之间差异的原因，以此揭示出18世纪德国翻译文化的复杂性。第二篇通过实例论证指出：虽然以法语为中介的文学翻译在1770年左右就已销声匿迹，但在非虚构性文本之范畴，这种间接翻译一直延续至18世纪末。该文仔细考察了造成这两者不同步的文类规约和历史文化原因。第三篇论文集中探讨以法语为中介的本杰明·富兰克林的《自传》的德译。该文分析了这部《自传》的不同译本所具有的不同特点及其蕴含意义，并挖掘了造成这些不同特点的意识形态、美学和文化等方面的各种动态因素。这一部分对"转译"的探讨，从一个侧面体现了描写翻译学在研究疆域上的拓展：将一些以往被忽略的边缘翻译种类作为研究对象。

第二部分探讨的是美—德翻译中出现的文化差异和译者的不同处理方式。该部分由四篇论文组成。第一篇集中考察T. S. 艾略特的《荒原》在不同时代的法文和德文译本。《荒原》这首诗具有丰富的语言和文化复杂性。该文对其文本成分的文化意义和互文含义进行了颇有洞见的分析，并通过归纳总结，提出了一个由六种参数构成的模式，用于描写原文中的文化指涉和译者对这些文化因素的处理。这六种参数分别为：（1）文化指涉的明晰度（从最为微妙的文化内涵到明确无疑的文化上的陈词滥调）；（2）范围（或特属于某个地区、某个阶级，或属于某个国家，或具有文化普遍性）；（3）性质（宗教、文学、艺术、体育、生活方式等等）；（4）历史维度（文化指涉所处的特定历史时期）；（5）语篇类型；（6）一体性或者融合性（在何种程度上文化指涉与作品融为一体）。这六种参数为描写分析不同译者对《荒原》中文化指涉的不同译法提供了一个切实可行的框架。但该文指出，对其他作品的译文或者其他文学/语言/文化之间的翻译进行研究时，可能需要根据实际情况增加新的参数或者删减既定参数。此外，在一个情景语境中显得十分重要的参数，在另一个情景语境中可能会变得无足轻重。同样，由于文化之间的差异，在源语中最为平淡无奇的文化指涉有可能会在目的语中成为一个突出的问题。

在进行描写分析时，该文有意识地避免偏向源语文化或目的语文化，力求通过聚焦于转换过程在两者之间达到某种平衡，而且综合考虑了语言、文学、文化等诸方面的差异。第二篇论文探讨了九位德国译者在翻译杰克·伦敦的《野性的呼唤》时，对于物质文化词语的不同译法。该文认为，这种分析可以达到三个"有特色的"目的。其一，就同一原文而言，可以揭示不同译文的相互关系；其二，可以揭示出译者对于原作品、原作者和翻译艺术的看法。应该说，这两个目的是文学翻译研究所共有的，而不是文化词语译法研究所特有的。只有第三个目的才真正有特色，即揭示同一文本的先后译者对于原文中社会与自然背景的不同熟悉程度。该文不仅关注两种语言的文化词语在指称意义和内涵意义上的不一致，而且注重探讨译者由于不熟悉原文中的文化背景而偏离原文的各种现象，还分析探讨了社会文化环境的变迁对翻译策略的影响。第三篇论文将研究焦点对准政治文化，探讨了德国译者在政治审查制度的作用下，对欧文的《瑞普·凡·温克尔》所进行的各种更改。该文证明在这方面进行跨文化研究具有较大的优越性，因为"通过译作与原作的比较，我们可以比仅仅研究原作更为准确地估量审查制度所带来的后果"。这篇论文属于文化学派的一个分支——"操控学派"的范畴，该分支聚焦于目的语文化因素（意识形态、诗学、赞助人等等）对翻译过程的制约。第四篇论文探讨德国译者在翻译马克·吐温的《田纳西州的新闻业》时对美式幽默的处理方式。鉴于德国社会和美国社会在对于幽默的看法上存在明显差异，译者有意识地进行了各种改动，并增加了一些原文没有的成分，以求在德国读者中产生类似的幽默效果。也就是说，这篇论文从文化的角度描述了如何争取获得"同等反应"，或达到"动态对等"。值得注意的是，该部分的论文有一个共同点，即注重对描写模式的建构或对普遍规律的挖掘。作者只是将具体文本当成说明描写模式或普遍问题的实例。

第三部分由三篇论文组成。第一篇论文探讨戏剧翻译中人物名字和头衔的译法及其文化含义。该文采用历史描写的方法,对三个世纪以来法语—波兰语和波兰语—德语/英语的戏剧翻译进行了系统研究。就人物名字而言,主要有以下五种译法:(1)照搬不译;(2)根据目的语的拼写和发音规则来同化原名;(3)用目的语的对应名字来替代原名;(4)仅翻译原名的意思(语义翻译);(5)仅传递原名所用的某种艺术手段(以反映出人物某些方面的特征)。至于人物头衔,则主要有以下几种处理方式:(1)省略;(2)添加;(3)照搬;(4)更改;(5)语义翻译;(6)替代。如该文所示,人物名字和头衔是文化身份的重要标示,在翻译中常常会导致两种历史语境、两种社会文化规约之间的冲突,面临这些冲突的译者不得不采取各种对策加以处理。该部分后两篇论文将注意力转向了"可译性"这一理论问题。一篇从历史的角度探讨了乔伊斯的《芬尼根的苏醒》(又译《芬尼根的守灵夜》)的可译性。该文认为"可译性"在很大程度上取决于对文学文本和语言的根本看法。从传递意义的角度来说,像《芬尼根的苏醒》这样以语言嬉戏和意义含混为特征的作品是不可译的。既然意义在原文中难以确定,一个特定的译本就"只是可能的变体之一"。该文借鉴古德曼对于"亲笔书写"(autographic)的艺术与"代理书写"(allographic)的艺术的区分,分析了这样的原文与其各种"变体"之间的关系。然而,古德曼的符号理论难以区分不同种类的文学文本,该文对古德曼的借鉴有一个令人遗憾的后果:模糊了《芬尼根的苏醒》这种意义含混的作品与意义较为清晰的作品之间的界限。另一篇探讨可译性的论文比较了美国哲学家奎因、法国哲学家德里达和德国哲学家本雅明不尽相同的立场,指出对语言本身的看法决定了对可译性这一问题的看法;或反过来看,对翻译的看法在某种程度上为对语言的根本看法提供了支持。虽然探讨的对象是一些非传统或反传统的理论,但该文自身所持的立场依然是传统和理性的,旨在探索科学规律。

本书第四部分仅有一篇论文，题为《寻求文学世界地图》，出自若泽·朗贝尔教授之手。他任职于比利时勒芬天主教大学翻译研究中心，该文是他在德国访问讲学时的一篇演讲稿。尽管朗贝尔是描述翻译学的代表人物之一，但该文关注的是如何对文学本身进行较为客观科学的划分和描写，涉及的问题包括：在一个社会文化区域中存在何种类型的文学；作品是在什么区域生产和接受的；文学现象之间是什么关系；存在什么文学规约或规约系统等。朗贝尔挑战了"国别文学"的概念，认为这一概念没有顾及国别内部的文学差异，未能涵盖被边缘化的文学和外来文学，也难以解释文学在全球化时代日益国际化的倾向。他提出存在划分文学的很多可能的方法，但对不同文学进行划分和解释时应综合考虑国别、语言、政治、规约、经济、宗教等多种因素，还应关注历时变化。该文的广阔视野和较为平衡的眼光值得借鉴；该文对文学分布的研究也构成文学翻译研究的一种重要背景知识。

总体而言，本书展示了译学研究中历史描写方法的一些主要特点和作用，揭示了各种文化因素对翻译的影响和制约，描述了在面对两种语言所体现的两种文化的差异时，译者在特定情景语境下的不同处理方法。此外，本书还在具体探讨的基础上，总结概括出具有一定普遍性和指导性的描写参数或描写模式。描述性翻译研究与规范性翻译研究构成一种明显互补的关系，两者探讨的都是对方难以关注的东西。规范性研究的目的是通过提出翻译规则和翻译标准来改进翻译实践。而通过描述性研究，可对以往的翻译实践达到更全面深入的了解，从而为规范性研究提供依据或参考。此外，正如本书中有的论文所示，描述性研究也可以把原作作为一种（隐含）标准，来描述译作在各种因素的作用下对原作的偏离，从而为避免相关误读、误译提供警示，还可描述译者如何采取各种策略应对文化差异，在目的语文化中取得类似反应。这种描述本身隐含了规范，与规范性研究形成一种呼应，或为之提供了一种佐证。值得一提的是，本书仅对一些问题做出了揣测性的回答，不少结论也带有推测性。这反映出历史描述方法难以克服的一种局限性：今天的翻译研究者在探讨过去某个历史时期的翻译时，难免会遇上缺乏确切事实或第一手资料的障碍，故只能根据已知情况做出种种推测性判断，但这些判断往往不乏洞见和启迪意义。

值得强调的是，本书中的不少论文将外部研究与内部研究、文化关注与语言关注有机结合，具有较强的实用性和时效性，符合目前国内翻译界的迫切需求。相信本书会受到我国读者的欢迎，对我国的翻译教学和研究起到积极推进的作用。

《跨越学科边界》导读[1]

"叙事学研究"导言

经典(结构主义)叙事学兴起于20世纪60年代的法国,并迅速扩展到其他国家,形成一个强有力的文学研究流派。然而,在解构主义和政治文化批评的夹击下,20世纪70年代末80年代初,结构主义叙事学在西方陷入低谷,当时不少人纷纷宣告其"死亡"。20世纪90年代,后经典叙事学开始兴盛,学界普遍认为后经典叙事学是经典叙事学的替代者。本部分第一篇论文(发表于《外国文学评论》2003年第2期)指出,这种舆论评价源于没有把握经典叙事学的实质,没有廓清经典叙事学、后经典叙事学以及后结构主义叙事理论之间的关系。这篇论文通过区分叙事学理论和叙事学批评,深入探讨这些问题,以期"正本清源"。该文指出,就理论(叙事语法、叙述诗学)而言,经典叙事学在西方既没有死亡,也没有演化成"后经典"或"后结构"的形态。经典叙事学理论与后结

---

[1] 高等教育出版社2021年出版申丹的自选集《跨越学科边界》,书中按研究领域分为四个部分,下面是申丹为这四部分的选文分别撰写的导言。

构主义叙事理论构成一种"叙事学"与"反叙事学"的对立,并与后经典叙事学在叙事学内部形成一种互为促进、互为补充的共存关系。该文还探讨了经典叙事学下一步发展中应注意的问题。这篇中文论文有一英文的姐妹篇,即笔者在美国发表的《语境叙事学与形式叙事学缘何相互依存》(《叙事理论杂志》2005年第2期,该期首篇),这篇论文帮助不少西方学者看到,经典叙事学理论并未过时。

"不可靠叙述"是叙事学的核心概念之一,它貌似简单实际上颇为复杂。这一概念在西方学界引起了"修辞方法"和"认知(建构)方法"之争,也导致了综合性的"修辞-认知方法"的诞生。本部分第二篇论文(发表于《外国文学评论》2006年第4期)探讨了"修辞方法"和"认知(建构)方法"的实质性特征,说明后者对"认知叙事学"之主流的偏离,并揭示出"修辞-认知方法"之理想与实际的脱节。该文还探讨了迄今为学界所忽略的一种不可靠叙述。这篇论文旨在清除相关混乱,阐明"不可靠叙述"的各种内涵和实际价值,以帮助读者更好地把握和运用这一概念。这篇论文也有一英文的姐妹篇,即笔者应邀为国际上第一部《叙事学手册》(第二版,德古意特出版社,2014)这一权威参考书撰写的五千英文单词的长篇词条"不可靠性"。两者分别在国内和国际产生了较大影响,前者在国内被引用了275次(据中国知网截至2019年1月30日的数据),后者则帮助笔者从2014年至2018年连续上榜Elsevier在国际上高被引的中国学者榜单。

本部分第三篇论文(发表于《国外文学》2008年第1期)将"不可靠叙述"运用于对埃德加·爱伦·坡作品的分析。学界普遍认为坡的唯美思想是一种统一的文学观。然而,若仔细考察坡的文论则会发现,其唯美主义实际上是一种体裁观,诗歌是唯美的文类,而小说则不然。以坡对诗歌和短篇小说在主题方面的区分为铺垫,这篇论文通过对《泄密的心》及相关作品的分析揭示出:(1)不可靠叙述与道德教训在《泄密的心》中的关联;(2)研究不可靠叙述的"认知派"有一个盲区,忽视了将特定批评方法往作品上硬套的现象,需加以补充;(3)坡的不同作品"隐含"不同的道德立场,或遵循或违背社会道德规范;(4)在后一种情况下,需要从根本上修正"修辞派"衡量不可靠叙述的标准;(5)若要较好地把握作品的道德立场,需要综合考虑文内、文外、文间的因素,对作品进行"整体细读"。这篇论文也有一英文的姐妹篇,即笔者在《19世纪文学》(美国)2008年第3期上发表的《埃德加·爱伦·坡的美学理论、关于精神失常的辩论与〈泄密的心〉中以伦理为导向的叙事动力》。此刊是国际上19世纪文学研究的顶级期刊,这篇英文论文也获得了北京市第十一届哲学社会科学优秀成果奖二等奖。可以说,两篇论文具有同样的水准、同样的研究深度。

本部分最后一篇论文(发表于《外国文学研究》2013年第5期)聚焦于叙事的"隐性进程",这是笔者在国际国内首创的理论概念和研究模式。我们知道,从古希腊亚里士多德对情节的关注到当代学者对叙事进程的探讨,批评家们往往聚焦于以情节发展中不稳定因素为基础的单一叙事运动。然而,笔者发现在不少叙事作品里,在情节发展的背后,还存在一个隐性的叙事进程,它与情节发展呈现出不同甚至相反的走向,在主题意义上与情节发展形成一种补充性或颠覆性的关系。"隐性进程"不同于以往批评家所探讨的情节本身的各种深层意义。这一暗藏的叙事运动往往具有不同程度的反讽性,但这种反讽是作品从头到尾的一股反讽性潜流,不同于以往批评家所关注的反讽类型。本文首先通过与以往的批评关注相比较,并结合读者反应,说明什么是叙事的"隐性进程",然后探讨如何才能成功地发现叙事的"隐性进程"。笔者在国内外首创的这一理论概念和研究模式正在产生越来越大的影响。国内已经有不少学者将之运用于小说和戏剧的分析,国际上也有西方学者将之拓展运用到其他媒介作品的分析。改革开放以来,我国的外国文学研究者倾向于采用西方学者提出的理论和方法，我们应该争取不断在国际学术前沿开拓创新，帮助构建由中国学者创立的理论话语体系。

"文体学研究"导言

20世纪60年代以来，西方文体学得到快速发展，形成了纷呈不一的流派。对这些文体学流派应该如何加以区分，是一个貌似简单但实际上非常复杂的事情。笔者在《叙述学与小说文体学研究》（北京大学出版社，1998年，第82—84页）一书中指出，西方学界对文体学各流派看似清晰的区分，实际上涉及了不同标准：对于"形式主义文体学""功能主义文体学""话语文体学"的区分，是依据文体学家所采用的语言学模式做出的；而对于"语言学文体学""文学文体学""社会历史文化文体学"的区分则主要以研究目的为依据。笔者认为，由于文体学各派自身的性质和特点，这样的双重（甚或三重）标准可能难以避免，重要的不是找出某种大一统的区分标准，而是应认识到对文体学各派的区分往往以不同标准为依据。徐有志先生在《外国语》2003年第5期上发表了《文体学流派区分的出发点、参照系和作业面》一文，提出了不同意见，认为"同一著述中应有一个统一的出发点，不能变来变去"。针对这一情况，本部分第一篇论文（发表于《外语教学与研究》2008年第4期）探讨了以下几个问题：（1）在同一著述中，是否应该采用同一区分标准？（2）如何区分语言学文体学和文学文体学？（3）文体学流派是否应分为两个不同层次？这篇论文旨在通过梳理，更好地认识各种区分标准及其短长，看清文体学研究的性质、特点和发展变化。

改革开放以来，功能文体学在我国得到了快速发展。笔者在《外国语》1997年第3期上，发表了《对功能文体学的几点思考》一文。张德禄教授在《韩礼德功能文体学理论述评》（《外语教学与研究》1999年第

1期）一文中，也论及了一些相关问题，这促使笔者在《外语教学与研究》2002年第3期上，发表了本部分选用的第二篇论文，该文对功能文体学做了进一步思考，主要涉及以下四个问题：（1）文体与相关性准则，（2）文学文本的情景语境，（3）性质突出与数量突出，（4）分析阶段与解释阶段之间的关系。据中国知网的数据，截至2019年10月17日，这篇论文已被引用121次。

上面两篇论文都属于理论探讨，本部分的第三篇论文（发表于《外语教学与研究》2006年第1期）则是把功能文体学的及物性系统运用于批评实践，深入细致地分析了兰斯顿·休斯《在路上》的及物性特征，揭示出相关文体选择的深层象征意义。我们知道，文体学长期以来遭到不少文学批评家的攻击和排斥，一个重要原因在于其"循环性"——未能得出新的阐释结果。本文指出，这种"循环性"并非文体学研究的内在特点，而是与文体学家的阐释目的直接相关。若要增强文体学在文学批评中的作用，分析者应力求通过研究语言特征，揭示出作品中以往被忽略的深层意义。这篇论文还指出，以语言特征为依据的文体分析有助于了解隐含作者与真实作者之间的复杂关系。据中国知网的数据，截至2019年10月17日，这篇论文已被引用153次。这篇中文论文有一英文的姐妹篇，即笔者在文学语义学顶级期刊《文学语义学杂志》2007年第1期上发表的《内部对照与双重解码：休斯〈在路上〉的及物性》，这可以从侧面说明国际上对这一功能文体学作品分析的认可。

"翻译学研究"导言

"形式对等"，又称"形式对应"，是我国学者十分熟悉的美国著名翻译理论家奈达在20世纪60年代提出的概念。多年来，这一概念在国际和国内译学界被广为引用，产生了很大影响。本部分的第一篇论文（发表于《外语教学与研究》1997年第2期）揭示出"形式对等"实为"逐词死译"的当代名称，所谓"形式对等"的翻译仅仅翻译了一个语言层面，是部分翻译；译文中的语法结构实际上是未经翻译的源语中的形式结构，而不是目的语中对等的或对应的形式。这篇论文还通过对习语翻译的探讨，进一步分析了所谓"形式对等"翻译的实质，并剖析了造成这种译法的历史上和认识上的原因。该文指出，要达到真正的形式对等，必须用目的语中的对应形式结构来替代源语中的形式结构，这是一种全译形式。有关翻译"忠实性"的探讨应在全译形式之间展开，而不应在"逐词死译"（部分翻译）和"意译"（全译）之间展开。这篇论文有一英文的姐妹篇《字面翻译：并非"形式等同"》，发表于国际译协的会刊《巴别塔：国际翻译杂志》1989年第4期首篇位置。香港中文大学翻译系的陈善伟教授读到该文后，邀请笔者为他和戴维·波拉德合编的《翻译百科全书》撰写了五千英文单词的长篇词条"字面翻译"。这说明我们不应迷信广为接受的权威观点，而应深入仔细地考察相关概念，透过现象抓住问题的实质。

20世纪60年代，翻译研究和文体学研究在西方几乎同时开始兴盛，但两者在相当长的时间里，各行其道，几乎未发生什么联系。中国在经过多年的政治批评之后，自改革开放以来，标举客观性和科学性，给文体学提供了很好的发展土壤，翻译研究也得到快速发展。但总的来说，中国学术界对文体学在翻译学科建设中的作用也认识不足。本部分第二篇论文（发表于《中国翻译》2002年第1期）认为，就我国的翻译学科建设而言，实用性强、较易掌握的文学文体学十分值得重视。该文指出，在翻译小说时，人们往往忽略语言形式本身的文学意义，将是否传递了同样的内容作为判读等值的标准；而这样的"等值"往往是"假象等值"，即译文与原文看上去大致相同，但文学价值或文学意义相去甚远。该文指出，深入细致地分析文体，可以有效解决小说翻译中的很多问题，尤其是"假象等值"的问题。该文选取了一些有代表性的翻译实例，通过对不同层次的文体价值展开深入细致的分析，来探讨文学文体学在翻译学科建设中的作用。据中国知网的数据，截至2019年10月17日，这篇论文被引用267次。笔者在国际上也发表了一系列论文，从不同角度说明文体学在翻译研究中的重要性。《劳特利奇文学翻译手册》（2019）的两位美国主编凯利·沃什伯恩和本·范威克读到我在国际上这方面的发表后，于2016年发来电邮，邀请我撰写该书的"文体学"一章。这从一个侧面说明国际译学界现在已较好地认识到文体学在文学翻译中的作用。

"论跨学科研究"导言

本书前三个部分分别属于文学研究、语言学研究和翻译学研究这三个不同学科领域。在选用的论文中，有的本身带有明显的跨学科性质。譬如，收入"叙事学研究"中探讨坡的《泄密的心》的论文，将叙事学的结构分析方法与文体学的文字分析方法有机结合；收入"文体学研究"的第一篇论文涉及文学研究和各语言学流派之间的学科交叉；"翻译学研究"的第二篇论文则将文学文体学引入了翻译学科建设。但这些论文均未直接论述跨学科研究。

本部分收入了两篇专门探讨跨学科研究的论文。第一篇聚焦于外语跨学科研究与自主创新的关系。20世纪90年代中期以来，随着跟国际学术界日渐接轨，我国的外语科研从强调引进介绍逐渐转向强调创新和发展。2001年，在大连外国语学院召开的首届"中国外语教授沙龙"，将"外语科研创新"明确作为一个中心议题，笔者为那届沙龙写了一篇论文《试论外语科研创新的四条途径》，从以下四个方面谈了外语科研创新的问题：（1）不迷信广为接受的权威观点；（2）从反面寻找突破口；（3）根据中国文本的实际情况修正所借鉴的外国理论模式；（4）通过跨学科研究达到创新与超越（发表于《外语与外语教学》2001年第10期）。本部分第一篇论文（发表于《中国外语》2007年第1期）结合笔者后面几年的科研经历，从新的角度谈外语跨学科研究与自主创新的关系，主要涉及以下四个方面：(1)总结探索、分类评析跨学科研究的新发展；(2)廓清画面，清理跨学科研究中出现的混乱；(3)透过现象看本质，化对立为互补；(4)利用跨学科优势，做出创新性的分析。这篇论文通过介绍跨学科创新的经验，希望帮助激发跨学科研究的兴趣，推进外语界的自主创新。

本部分第二篇论文（发表于《外语教学与研究》2004年第2期）聚焦于文体学与叙述学之间的互补性。笔者在爱丁堡大学做文体学的博士论文时，发现了文体学和叙述学各自的局限性和两者之间的互补性，后来率先对其加以揭示，并倡导在分析小说的形式层面时，将两个学科的方法有机结合。本部分收入的这篇论文指出：在教学中，文体学课关注小说的遣词造句，叙述学课则聚焦于组合事件的结构技巧，两者各涉及小说艺术的一个层面，呈一种互为补充的关系。文体学课和叙述学课对于小说艺术形式看似全面、实则片面的教学，很可能会误导仅上一门课程的学生。该文有以下四个主要目的：(1)剖析小说的"文体"与叙述学的"话语"的貌似实异；(2)揭示造成两者差异的原因；(3)介绍近年来国外的跨学科分析；(4)从理论和实践两个角度提出解决问题的办法。可喜的是，文体学与叙述学之间的互补关系在国内外都越来越得到重视，2014年劳特利奇出版社推出了国际上第一部《文体学手册》，该书主编迈克尔·伯克邀请我撰写一章，题目就是《文体学与叙述学》。

附　录

人格的魅力[1]
——怀念我的公公李赋宁

　　李赋宁先生作为我国外语界的一位大师，在外语教学和研究方面的建树享誉甚广。在外语界的一代宗师当中，他杰出的人品更是有口皆碑。作为他的儿媳，我有幸近距离受惠于他超凡脱俗的高尚品德。

　　我之所以成了李赋宁先生的儿媳，与他的人格魅力不无关联。1981年秋，我在北大英语专业研究生入学考试中考了第一，因此获得由教育部公派留学英国的资格。在1982年春的出国预备期，系里让我教法语专业的英语。一天，我到燕东园去取试卷，要找的那位老师不在，我就去了附近的石幼珊老师家。石老师问起我那在美国伯克利大学读博士的男友，我告诉她因性格不合，已决定分手。石老师则跟我说，李先生曾为他的独生子李星相中了我，一年前曾托她打听我是否有男朋友，当得知我已有男友时，感到很失望。她问我是否愿意跟李星接触。当时离出国只有几个月了，在这之前，我曾跟对学生关怀备至的班主任刘意青老师谈过跟男友分手的事，并讨论是否在出国前再交新的男友。商量的结果是：先出国读书，读完再说。但我终究没有坚持这一计划，因为相信

---
[1] 本文原载《国外文学》2004年第3期。

"有其父必有其子"。

第一次见到李先生，是在1978年系里组织师生外出看原版电影时乘坐的车上。路上我一直和他闲聊，觉得这位大学者很有绅士风度，温文尔雅，和蔼可亲，一点架子都没有，给我印象极好也很深刻。李先生为我们77级同学上了一年的英国文学选读课。听他的课是一种享受。他讲一口标准的英国英语，抑扬顿挫，很有节奏感。他讲课一板一眼，十分清楚系统；上课也很投入，一兴奋起来，表情和手势"协同作战"，极富感染力。整整一年的师生关系，大大缩短了我跟李先生的距离，也加深了我对李先生学问和人品的敬仰。在他的人格魅力的感召下，我开始了跟李星的接触。

1982年秋，我赴英留学，次年秋李星赴美留学。1987年冬我回到北大工作，李星1991年夏完成在美国的博士后研究，回到他的母校清华大学工作。我们这才结束了牛郎织女的生活，在燕园安了家。这样的经历在我们的父辈，也许并不鲜见，但在我们这一代，交往仅五个月就两国分居九年而依然固守原来的选择，也多少算个奇迹了。我的不少朋友想知道李星如何牢牢地牵住了我的心，秘密主要在于他从父亲的遗传和教养中得到的宽阔坦荡的胸怀、善良温厚的天性、儒雅谦逊的气质、广博的人文素养、喜欢自嘲的幽默感、天真纯朴的童心和对妻子的满腔柔情爱意。我曾跟一些朋友说过，李星跟他父亲一样，是世上少有的能为妻子做出牺牲的男人。婆婆和我都认为自己是最幸运的妻子。患病前的公公对婆婆的悉心关照曾多次令我感叹不已。公公三十九岁才得子，对独子宠爱有加，儿子自然没有养成在日常生活中照料他人的习惯，但从李星充满关切的话语和眼神中，我仍能感受到他十分体贴的天性。在重大问题上，李星总是和父亲一样，以妻子为重，这让看惯了成功男人自我中心的我倍感幸运。我的公公婆婆是世上感情最好的夫妻之一，这对李星有很好的潜移默化的作用。我常常不自觉地将李星与他父亲进行比较，从心底里感激公公婆婆养育了这么好的儿子，给了我这么好的丈夫。

李赋宁先生之于我可以说不是父亲，亲如父亲。也许是前世有缘，老家陕西、生于南京的公公与在河南出生长大的家父居然成为初中（北京三中）、大学（西南联大）、研究生（清华研究院）的校友，又都在20世纪40年代末去美国留学，50年代初返回祖国投入新中国的建设。而且，两人都是有名的模范丈夫。"文革"前就成了副教授的家母酷爱读书，不善家务，父亲成了三个孩子和夫人的"全权保姆"。尽管在生活照料上，能干的家父超过了公公，但在对妻子的柔情爱意上，家父却不及公公，事业发展上就更是如此了。我在湖南工作的父母身边长到十九岁，然后到北大上学，从英国回来后，跟公公婆婆共同生活了三年半，后来也基本天天见面，共进晚餐，有幸长期直接感受公公的为人处世与治学之道，得到他慈父般的关爱。

身为著名学者，李赋宁先生虚怀若谷，谦逊过人。他给家人做了事情从不表功，受到赞扬也总是自谦一番，觉得是应该的，做得还不够完美。此外，还经常"转移目标"，将表扬引向其他相关的人，包括家里的小阿姨。但家里人若做了什么好事，他总是第一个予以夸赞，由衷地表达感激之情。他是家里对别人的长处最为敏感、最能欣赏、最心存感激的人。当家人或客人谈到李先生学术上的造诣时，他也往往会提到在这方面卓有建树的其他学者，对他人称赞一番，而不是洋洋自得。他向初次来家的客人介绍自己的爱妻时，也总是带着谦恭的微笑，彬彬有礼地说，"这位是徐述华教授"，以示对夫人的尊重。无论地位高低，工作性质如何，李先生对所有的人都以礼相待，热情招呼，从不摆架子。他在初次见面时总是刻意记住别人的姓名、籍贯等。哪怕只见一次面，多年之后再会时，也往往能脱口报出这些细节，令人惊诧不已。

李先生心地极为善良体贴，时时处处为别人着想。他性格比较内向，但在患病之前，脸上总是带着亲切的微笑，给人阳光和温暖。遇到不顺心的事情,他会"自我消解",从不向别人发泄。与人交谈时,李先生是最为关注、最为耐心、最善解人意的听者。他从不打断别人的话头,只是饶有兴味地倾听着,不断微笑着点头附和。轮到他说话时,他会从容斯文,绘声绘色地侃侃而谈,话语中不时闪现出学识和睿智的光芒。当别人打断他的话头时,他从不介意,总是十分耐心地听人把话说完,然后自己再接着往下说。家里的气氛通常十分融洽温馨,若偶尔发生了分歧或误解,公公就会把责任往自己身上揽,以"牺牲"自己来求得全家的和谐。公公尽管委曲求全,但至诚至真,从不为讨好任何人而说任何假话。需要表态时,他总是毫不偏袒,实话实说,或者把话题引开,但绝不歪曲事实。公公是家里最不善家务而服务意识却最强的人。家里没请保姆时,下面条、盛饭、扫地、擦桌等都是这位大学者的专利。有保姆代劳后,他依然坚持做一些力所能及之事。记得刚回国时,李星还在美国,婆婆天天到石油大学科研攻关,公公经常提个袋子去采购家里吃的用的,年轻又不坐班的我感动之余也自然予以分担。公公最怕麻烦别人,自己有了病痛也因怕别人担心而不吭一声,独自默默地承受着,有时甚至因此而耽误病情,令人深感痛惜。

或许是一心为祖国、一心为他人的宽阔胸怀,加之生活中的大彻大悟,李赋宁先生有着非同寻常的平和心态,荣辱不惊,对自己取得的成就从不沾沾自喜,对"文革"中遭受的不公正待遇不加抱怨,日常生活中也不因任何事情动肝火。他没有脾气,没有责备,只有儒雅亲切的微笑,并常用自谦自嘲、幽默风趣给家里带来轻松愉快和欢声笑语。他语言天赋很高,喜欢摹仿各地的方言,有时以假乱真,有时那略带京腔的"土话"又令人忍俊不禁。他还喜欢讲笑话,那惟妙惟肖的"表演"给家里增添了不少快乐。他记忆力极强,常常生动地谈起往事,话语中的智慧和哲理给人以深刻的启迪。公公生性敏感但胸襟宽阔,从不多疑,对人充满信任。他在世纪之交患病后,出现了一些情绪上的病态反应,脸上的笑容相应减少了，但在任何情况下，都未发过脾气。

公公是我的良师益友和终身受惠的治学榜样。公公从事古英语、英语史和莎士比亚研究，而我搞的是当代的叙事理论、文体学等，两人在专业方向上相去甚远。但他渊博的学识依然使我受益匪浅。早些年，我喜欢就一些拿不准的问题请他指点迷津，只要是跟英语语法有关的问题，他往往会即口解答。遇到需要译成中文的希腊文、拉丁文、古英语等等，因我无法将原文读给他听，我就将原文抄在纸上，晚上回家时交给他，第二天就能从他那儿得到书写齐整的答案，可以说他是覆盖面很广的活字典。由于他的谦逊和认真，只要不是百分之百地有把握，他总要予以说明，强调自己的答案不一定可靠，仅仅供我参考，嘱咐我要进一步查证，以免出错。

公公热爱教学，热爱学生。他有着高度的责任感，备课极为认真，上课前的半天是他雷打不动的最后冲刺的备课期。在这个时间段里，他排除一切干扰，坐在桌前，几个小时一动不动。看着他全神贯注、伏案工作的背影，我更加明白了他上课为何会那么有条理，为何会从头到尾让人挑不出一个错，找不到一个英语口误。他批改作业一丝不苟，宛如印刷体的工整笔迹令人赞叹。他常常兴致勃勃地谈起班上的学生，对一些有才能的学生大加赞赏，自豪之情溢于言表。他心地厚道，富有同情心，善待他人，奖掖后学。学生若遇到了什么困难，他会十分挂念，主动予以帮助。他总是为别人而喜，为别人而忧。

慈爱的公公永远离开了我们。时光难以倒流，但眼前仍然时时闪现着公公的身影——他那温和的音容笑貌、儒雅谦恭的风度、善解人意的倾听、自谦自嘲的谈吐、顾全大局的退让、体贴入微的关照、利他的自我忍耐、那体现他博大无私胸襟的生活中的点点滴滴……他的人格魅力已融入我的心灵，将永远伴随着我，感动着我，影响着我，促我改进，促我完善。我敬爱亲爱的公公，您永远活在女儿的心中！

爱心铺成希望之路[1]

我出生在岳麓山下、湘江河畔的一个大学教师的家庭。上小学没多久就遇到了"文革"的动乱。父亲因为是20世纪50年代初从美国归来的留学生，被打成"黑帮分子"，关进了"牛棚"；母亲也成了"反动学术权威"，遭到批判；我自己则成了"黑五类"子弟。也许是由于老师和同学的心肠好，自己在加入红卫兵和共青团等组织时没有遇到任何麻烦，并一直担任干部，成了当时我们这样的家庭的一个"例外"。既然当干部，就得事事走在前头。记得在农村参加双抢时，每天顶着烈日，冒着近四十度的高温在水田里一干就是十六七个小时，虽然自己身单力薄，却从不甘居落后。寒冬腊月，为了烧战备砖，自己带头跳进满是冰碴的煤池，把赤裸的双腿当成搅拌机来搅煤。渐渐地，我的双膝变得很不灵活，而且感到心慌气短。到医院一检查，才发现已经染上了严重的风湿热。

上高中报到的日子来临了，我瘫倒在病床上，父亲拿着医生建议休学一年的假条去给我办手续。他回到家时，我发现他脸色不好，忙问是

---

[1] 本文原载魏国英主编：《她们拥抱太阳：北大女学者的足迹》，北京大学出版社，1995年。

怎么回事。原来，校方不同意我休学，理由是这届高中生是根据德、智、体的标准择优选拔上来的，休学会证明"体"这方面不合格。摆在我面前的只有两条路：要么放弃上高中，要么先请一段时间假，然后自己想办法跟上班。我选择了后者。在家躺了半个学期我就再也躺不住了，在同学们结束了期中考试后，我开始去上课。当时正值邓小平同志复出工作的"回潮"时期，学校对文化学习抓得比较紧，老师们有些担心我因缺课太多赶不上。期末考试时，我以平均98分的好成绩使老师们放了心，自己也算是闯过了一道难关。

尽管自己学习能力不差，但内心一直深知这辈子是没有可能上大学的。在小学快毕业时，湘剧团到我们学校招学员，老师推荐我去报考，我毫不犹豫地去了。回家后，我把此事告诉了刚从"牛棚"出来的父亲，没想到他十分生气，他说："你怎么能去湘剧团呢？你将来是要上大学的！"父亲的话使我感到十分意外，因为我已认定自己这辈子绝对与大学无缘。他的话根本没能说服我，幸好我当时身材不够高，未被录取，否则现在我就不会站在北大的讲坛上了。

虽然我现在教的是英语，但在中学学的却是俄语，高中毕业时，连二十六个英文字母都认不全。我跟我哥哥同时毕业。他去了"广阔天地"，我留城待业，尽管当时我担任了留城知青的团支部书记，承担了不少社会工作和全部家务，但毕竟还有点空余时间，离开学校半年后，我萌发了学英语的念头。我的母亲担任了我的启蒙老师。她是一位聪明过人、自学能力极强的知识女性。她先教了我英文字母和音素，然后就要求我完全自学。我不知道该怎么读课文，只好按照俄语的腔调来瞎蒙。当时买不到录音机和英语磁带，唯一可听的是收音机里中国国际广播电台的英语新闻，而那时我听它就像听天书一样。我的有些高中同学对我学英语一事感到不以为然，一位同学对我说："现在小孩七岁就开始学英语，你都十七八岁了还跟着凑什么热闹？"至于为何要凑这个热闹，连我自己也说不清楚，只觉得有种朦朦胧胧的求知欲，多少想学点东西。

打倒"四人帮"后，迎来了"文革"后的第一次高考。因母亲想把我留在身边，我在第一志愿栏里填的是湖南师院（现湖南师大）外语系。考完之后，有人传来消息，说我考得太好，几个来湘招生的外语院校都想录取我，这下可愁坏了母亲。其实我的英语分考得并不高，但总分倒是考了个第一。有一天，我父母所在大学负责招生工作的领导来到我家，她一进门就说自己是受省招办委托来做家长工作的，原来我已被北京大学录取。她满脸严肃地说："国家需要申丹上北大。"这一消息使我喜出望外，因为湖南的招生简章上根本没有北大英语专业的名额（后来才知道是临时从湖北拨来了一个名额）。40年代曾就读于西南联大和清华研究院的父亲也感到十分高兴。我欢呼雀跃地嚷着要上北大，母亲只是目不转睛、恋恋不舍地看着我，自始至终一声没吭。来人把这当成了"默许"，回去复命，说家长同意了。

1978年2月，我跟被北大物理系录取的哥哥一起沿京广线来到了北京，迈进了这所令人神往的高等学府的大门。在分班考试时，也许由于我的语感还比较好，一下就考进了快班。我们班同学最大的比我大十二岁，一般也大四五岁，他们大多是外语学校毕业的，学了很多年英语，看过不少原著，而我仅看过一本简易读物，不仅基础差，而且因为缺乏训练，听力课上时常听不懂，回答不出问题。与同学之间的差距如此之大，这是自己始料未及的，因此有时感到灰心丧气。好在周围的老师和同学经常热情地鼓励我，给我打气，在他们的帮助下，自己终于克服了内心深处的消极情绪，下决心迎头赶上。一次，有一位美国专家给我们开了一门较难的文学课，在选课资格考试上我考了个不及格，但几位老师商量之后，还是破格让我上了。在这种情况下我没有气馁，急起直追，一年后结业考时，我的成绩跃居全班第二，有的同学说我是坐着直升飞机往上赶，但照我当时的情况，不坐直升飞机确实是难以赶上的。三、四年级时，我的成绩为全优，考研究生时又考了本专业第一名，由此获得了唯一公派留学英国的资格。

1982年秋，我来到了英国爱丁堡大学读研究生。刚开始还比较顺利，一年后得到了英国方面的全额资助，并获得了奖给特别优秀的学生的爱德华·博伊尔奖研金。但在做博士论文时，却遇到了麻烦，我开始选的题超出了导师的专业范围，在研究了一年之后，由于我喜欢向学术界权威的观点提出挑战，导师感到难以把握，因此坚持让我换题，换到她的领域中去，而这个领域我在国内从来没有接触过，时间又很紧迫，可以说是举步维艰，我一时感到有些畏难泄气。这时，我不止一次地翻开一个天蓝色封皮的小本，它的扉页上写着："申丹同学——获全班'最有希望的人'称号。"这个在大学毕业前夕的班会上来到我手中的小本一直跟随着我，从它身上我吸取了不少力量。在这期间我也回了一趟国，一踏上自己的国土，尤其是一迈进燕园，我心里顿时就有种特别亲切、温暖和踏实的感觉，在这片催人奋进的热土上，在祖国亲人们的勉励声中，我更深切地感受到了自己对学校、对国家、对民族所担负的责任。从我懂事的时候起，40年代曾在美国留学的父亲就常给我们讲中国人当年在海外如何受人歧视，谆谆教导我们要努力为国争光、为民族争气。面对日渐年迈的父亲，我暗暗发誓绝不给中国人丢脸。回到爱丁堡大学后，我在有关老师和校方的积极支持下转了一个系。这个系向来不接受中国学生，但系主任看了我写的东西之后，破例接受了我并亲自担任我的第一导师。我下决心一定要为中国人争口气，开始在新的研究领域里艰难跋涉，结果路越走越顺。1987年11月，在考官们的赞许声中，我无条件通过了博士论文答辩（未要求做任何修改），这对于爱丁堡大学的文科学生来说还是较为难得的。

次月，我服从祖国的需要和国家教委的决定，放弃了赴美国从事博士后研究的机会，回到了北京大学任教。再次踏上燕园的热土，我的心情格外激动，禁不住从内心向她发出深情的呼唤："我回来了，亲爱的母校。"是这片土地给我提供了第一次在英语课上回答老师问题的机会；是这片土地上数双热情的手帮助我迈出了成长过程中关键的一步。这片土地上有我魂牵梦系的湖光塔影和心爱的图书馆；这片土地上有真诚地关心、爱护和帮助我的师长、同事、朋友和各级领导；有聪明可爱的学生；还有那良师益友般的公公和慈爱的婆婆。从我回国探亲时一迈进燕园心中就顿觉热浪翻滚的那一时刻起，我就从来没有怀疑过自己属于这块热土；从我回国工作再次踏进燕园双眼顿觉潮润的那一瞬间起，我就再也没有想过要离开这片圣地。

刚回国时，工资的微薄、住房问题的难以解决、夫妻长期两国分居的痛苦、部分亲友对我的选择的不理解，这一切都没有动摇我那稳稳深深地扎在燕园这片沃土上的根。我以极大的热忱投入了教学和科研工作，我想以自己辛勤的劳动来对培养我的母校和祖国进行微薄的回报，我希望自己能像当年教我的老师那样教好新一代的学生，能像前辈那样为科研的大厦添砖加瓦，为学校和国家的发展尽职尽力。1991年我日夜思念的丈夫结束了在美国的博士及博士后研究，回到了他的母校清华大学工作，这为我们长达九年的牛郎织女生活画上了句号，我的住房也在有关同志的帮助下得到了解决，我与我那心心相印、情投意合的丈夫在燕园终于有了一个温馨和谐的甜蜜小窝。

时间飞逝，转眼间回国已经六年多了。我在教学与科研方面一直进展顺利，成了一名年轻的教授和博士生导师。不少人觉得我很幸运。有的人认为我的幸运在于我的聪明，也有人认为我的幸运在于我的机遇。但在我看来，这些都不是最根本的原因。假如说最根本的原因是个秘密的话，这一秘密就悄悄地藏在那个在大学毕业前夕的班会上来到我手中的天蓝色小本里，里面有同学这样的临别赠言："所有的人都爱你"，"人人都祝福你"。使我真正幸运的原因正是这来自方方面面的爱与祝福、鼓励与扶持；在我成长的每个阶段，都有数双热情的手给予我指引和关心，帮助我排忧解难、铺路搭桥。我所得到的爱又激励我更加爱他人、爱学校、爱国家。记得高中毕业时，我的同学告诫我，必须学会变得老练圆滑一些，否则像我这样天真单纯的人在社会上必定会碰得头破血流。大学毕业时，我的同学却给我留下了这样的赠言："你很纯，真的，愿你永远这样纯——起码是在心灵上。""愿你四十年后，仍像今天一样天真、活泼、可爱。"最近，有一位学生给我写了这么几句话："像您那样怀着顺其自然、不与人争、纯纯净净的心思认真踏实地去做学问的人，不管到多大年纪、不管成就多人，总能保持诚挚、自然甚至天真的本性。"也许我确实生性纯真，但这一天性得以保存正是因为这个社会、这个世界给了我丰盈的关心和爱护。我愿永远以默默的奉献和坦诚的爱心来回报这个充满爱的世界。

光启学术书目

《愚庵续论》　　　　　　　　刘家和 著
《学史余瀋》　　　　　　　　马克垚 著
《进学丛谈》　　　　　　　　葛晓音 著
《文叙之思》　　　　　　　　申　丹 著